비평의 희망

비평의 희망

권성우 평론집

문학동네

비평의 희망을 위하여

'희망'이라는 단어는 묘한 느낌을 지니고 있다. 그것은 참으로 익숙한 정서를 전달하면서도 동시에 깊은 울림을 동반한다. 보편적으로 말해서 힘겨운 현실을 버티고 있는 사람들에게는 희망이야말로 그들의 척박한 삶을 기꺼이 영위하게 만드는 주술과 같은 역할을 수행하게 될 것이다. 또한 때로 희망이라는 말은 지리멸렬한 일상으로부터 탈주하기 위한 상투적인 언어의 기획이라는 측면에서 자유롭지 않을 것이다. 이러한 희망의 복합적 속성과 관계없이, 나에게 희망이라는 말은 생에 대한 새로운 열정을 끊임없이 환기시키는 실존적 울림이 담긴 매력적인 표현으로 다가온다. 가령 지금은 고인이 된 비평가 김현 선생이 젊은 날, '절망'이라는 단어를 통해, "막연히 어떤 위대한 것이 몰락해가는 그런 것을 생각하고 거의 아름다움마저 느끼곤 했었다"면, 나는 희망이라는 표현을 통해 내일은 오늘과 다르리라는 기대와 신선하고 역동적인 정신과의 만남에 대한 막연한 소망, 성실한 자기 갱신에의 염원 등을 품어보곤 했었다. 이러한 의미에서 나는 지금 이 시대의 비평문학에 가장 절실하게 필요한 덕목이 바로 '희망'이 아닐까 생각해본다.

이 비평집의 제목을 '비평의 희망'이라고 붙인 심리적 기원은 바로 지금까지 언급한 측면에서 찾을 수 있을 것이다. 이 시대의 문화판에서 비평은 다른 어떤 존재보다도 지독히도 부정적으로 언급되었다. 비평의 역사 자체가 자기 부정을 통해 지속적으로 위기에 대응하는 과정이라고 볼 수 있겠지만, 최근 몇 년간은 특히 비평의 위기, 비평의 죽음, 비평의 타락이 그 어느 시기보다도 집중적으로 언급되고 있다는 점에서 비평의 위기가 극단적으로 심화되었던 문제적 시기였다고 할 수 있으리라. 그렇다는 것은 이 시대의 비평문학이 이제 어떤 임계점에 도달했다는 사실의 방증이 아닐까 싶다. 단적으로 말해서, 우리시대의 비평은 비평의 고유한 역할에 대한 절망 속에서, 비평의 주체성과 자율성을 위협하는 제도적 위기 속에서 자신의 존재를 필사적으로 연명해왔다고도 볼 수 있을 것이다. 이러한 비평의 역설적인 존재방식은 현실에 처절하게 절망했던 사람들에게서 진정한 '희망의 싹'을 발견했던 발터 벤야민의 정직한 태도를 연상시킨다. 그렇다면, 그 자신이 극단적인 절망과 대면하고 있었기에 그토록 섬세하고 위태로운 영혼의 표정을 보여주었던 벤야민의 입장과 이 시대의 비평문학은 자연스럽게 겹쳐질 수 있겠다.

절망이 심화될수록 새로운 희망의 빛깔은 영롱하게 빛날 수 있다. 비평의 자기 부정, 비평에 대한 성찰, 비평에 대한 비판이 치열하게 전개될수록, 비평은 그 확고한 존재이유를 한층 투명하게 입증하게 될 것이다. 그러므로 비평에 대한 절망과 환멸이 심화되고 있는 지금 이 시기야말로 다시 비평이란 무엇인가, 문학이란 무엇인가, 라는 근원적인 질문을 통해 비평의 새로운 희망을 얘기해야 할 때가 아닐까.

『비평의 매혹』『비평과 권력』에 이어지는 『비평의 희망』은 거시적인 시각에서 보면, 일종의 삼부작의 완결편이라고 할 수 있다. 비평에 대한 순정한 매혹에서 출발했던 필자의 글쓰기는 비평과 권력의 상관관계에

6

대한 인식을 통해 비평의 위기와 정면으로 대결할 수밖에 없었다. 그 과
정에서 필자는 부정적인 문학제도와 관행의 압력 아래 씌어지는 비평 행
위에 대한 일말의 절망감을 느꼈다. 최근의 비평 행태에 대한 메타비평
은 이러한 문제의식 속에서 씌어진 글들이었다. 그 절망은 배타적인 문
학제도에 비판적인 한 사람의 문학비평가가 필연적으로 마주쳐야 할 통
과의례라고 볼 수 있을 것이다. 이제 비평의 절망을, 비평의 위기를 통과
하고 있는 이 시점에서 필자는 새로운 비평의 희망을 얘기하고자 한다.
『비평의 희망』에 비평적 글쓰기의 본질이나 문학의 운명과 진로에 대한
사유가 담긴 글들과 비평적 에세이라고 부를 수 있는 글들이 다수 포함
된 것은 바로 이러한 새로운 비평적 모색과 밀접한 연관성이 있다고 할
수 있으리라.

　모두 5부로 이루어진 이 비평집은 다음과 같은 기준에 의해 구분되었
다. 우선 1부는 '문학이란 무엇인가'라는 질문에 대응하는 과정에서 씌
어진 글들을 모아보았다. 그 글들을 통해 필자는 이 '영화의 시대'에 한
사람의 문학비평가로서, 문학 행위에 참여한다는 사실에 대한 자의식을
나름대로 드러내고자 했다. 2부는 비평가론의 묶음이다. 나와는 다른 문
학관과 비평세계를 지니고 있는 비평가들과의 만남을 통해, 이 시대 비
평가들의 비평적 전략과 운명을 엿보고자 했다. 다양한 비평가들의 비평
적 자의식을 통과했을 때 비로소 우리는 비평의 희망을 한결 구체적으로
언급할 수 있을 것이다. 3부는 새로운 글쓰기 방식과 공간에 주목하면서
씌어진 글들이다. PC통신이나 인터넷 공간의 비평 행위, 비평적 에세이
의 가능성, 대화적 비평, 비평사적 통념에 대한 전복적 시선 등의 주제에
대한 글들로 이루어진 3부의 글들은 무엇보다도 상투적인 비평 형식과
내용에서 이탈했을 때, 진정한 비평적 갱신이 이루어질 수 있다는 메시
지를 담고 있다. 4부의 글들은 일종의 '비평적 에세이'에 포함된다. 전통
적인 비평의 형식을 탈피하여, 글 쓰는 주체의 내면과 마음의 무늬가 자
유롭게 파동치는 비평적 에세이를 통해 새로운 비평적 형식의 가능성에

대해서 탐문해볼 수 있었다. 5부의 글들은 1994년에서 1996년 사이에 대중문화계간지 『리뷰』에 연재되었던 글들이다. 이 글들을 통해 1990년대 중반의 문학현장과 문학작품을 조감하는 필자의 시선을 확인해볼 수 있을 것이다.

비평집의 내적 형식과 일관성을 고려하다보니, 아쉽게 빠진 글도 많다. 특히 최근에 발표한 최인훈론, 이문열론을 비롯한 상당수의 장문의 작가론과 작품론이 이 비평집에 수록되지 못한 점이 안타깝다. 조만간 또 한 권의 책에 그 글들을 담으려 한다.

이 책을 '문학동네'에서 출간하게 된 것은 개인적으로 참으로 특이하고 소중한 체험일 것이다. 최근의 몇몇 첨예한 논쟁의 과정에서 필자는 『문학동네』와 판이한 문학적 입장을 보여준 바 있으며, 『문학동네』측 비평가들의 현실 인식과 문학적 입장을 비판하기도 했었다. 그 비판과 차이를 생산적으로 수용하면서, 6년 전의 약속을 서로 지키게 된 것에 대해서 기쁘게 생각한다. 이번 비평집의 출간은 기본적으로 서로에게 지속적으로 의미 있는 자극과 성찰의 대상이 될 수 있으리라는 기대에서 비롯된 것이다. 독자에게 약속드리건대, 결코 그 기대를 배반하지 않겠다.

마지막으로 이 비평집을 출간하는 과정에서 구체적으로 도움을 준 황종연, 정홍수 형에 대해서 고마움의 마음을 따로 전하고 싶다. 특히 황종연 형과의 대화는, 나와는 다른 비평적 정신과의 만남을 통해 무엇을 배울 수 있는지에 대해서 인식할 수 있었던 소중한 계기였다. 아울러 이 책의 발간을 지원해주고 오랫동안 기다려준 대산문화재단에도 감사의 마음을 전하고 싶다.

무엇보다도 20년 후의 내 딸 권슬빈이 이 책을 통해 삶에 대한 사소한 희망이라도 발견할 수 있다면, 더할 나위 없이 행복하겠다.

2001년의 화창한 가을 하늘을 바라보며
권성우 씀

차례

5부 문학현장과의 만남 : 문학 리뷰

1부 다시 문학이란 무엇인가?

문학은 어떻게 살아남는가
—이인성의 문학적 에세이에 대하여

1. 문학의 죽음, 그 이후

2001년의 벽두에도 '문학의 죽음'을 둘러싼 담론은 여전히 증폭되고 있다. 『현대문학』 1월호는 대중예술, 대중문화와 비교하여 문학의 초라한 위상을 다양한 통계수치를 통해서 음울하게 보여주고 있으며,[1] 조선일보(2001년 1월 22일자)는 응모작이 최근 몇 년 사이에 급속하게 줄어든 대학문학상의 위기와 몰락에 대해서 탄식조의 어조로 보도하고 있다. 앞으로도 문학이 얼마나 죽어야 문학이 소생할 수 있는 것일까. 혹은 문학이 얼마나 학살되어야, '문학의 위기'를 말하는 목소리가 잦아들 것인가. 마치 지배 이데올로기의 규율권력을 교묘하게 정당화시키는 역할을 수행하는 희생양과도 같이 지금 이 시대의 '문학'은 끊임없이 죽어나가

---

1) 이현식·이창민, 「'대중문화 속에서의 글쓰기'를 위한 실태조사 보고서」, 『현대문학』 2001년 1월호.

고 있다. 혹시 이러한 과정 자체가 일종의 문화적 상징제의가 아닐까. 그렇다면, 문학의 죽음을 탄식조로 얘기하는 논자들의 이데올로기와 욕망은 무엇일까. 그것은 일면 문학 중심주의자들의 철지난 집착이 아닐까. 오히려 문학의 죽음을 얘기하는 논자의 욕망과 이데올로기에 대한 성찰 속에서 새로운 문학의 길이 열릴 수 있는 것이 아닐까. 이러한 일련의 물음들이 내 머리를 스치고 지나간다.

그렇다면 이제, '문학의 위기' '문학의 죽음'이라는 에피세트들은 유행어의 차원을 탈피하여, 분명 일종의 지독한 클리세로 작용하고 있다고 말할 수 있을 것이다. 그러므로 구체적인 근거가 배제된, 문학의 죽음에 관한 모든 형태의 일반론은 그 자체로 보수적이며 불성실한 논의일 확률이 높다. 정말 중요한 것은 문학의 죽음에 대한 담론을 타성적으로 반복하는 것이 아니라,[2] 이 시대의 문학의 존재방식에 대한 성실한 고민과 구체적인 모색일 터이다. 말하자면 저 타성적인 '문학의 위기'에 대한 무성한 담론들을 문학의 실체, 문학됨의 근거, 문학의 존재방식에 대한 집요한 탐색으로 되돌려놓는 것이 이 시대 문학인이 수행해야 할 중요한 임무가 아닐까 싶다. 이러한 의미에서 나는 새롭게 문학의 길을 시작하려는 문인들에게 다음과 같은 조언을 건넨 바 있다.

이 영화의 시대에, 그리고 대중문화의 시대에 당신은 왜 문학을 지망하

---

2) 이러한 의미에서라도 유종호의 시론 「캠퍼스 문학의 고사(枯死)」(조선일보 2001년 1월 30일자)는 흥미로운 관점을 제시하고 있다. 그는 "사랑이란 우회로 없이 성으로 직행하고 성이 동일화된 세계에서 청소년들은 이미 문학적 대리경험을 필요로 하지 않게 됐다. 행복의 약속을 기다리기 전에 그것을 손쉽게 취득한다. 문학독서의 이상적 프라이버시의 공간은 온통 성의 공간으로 변용됐다. (……) 성의 충족이 금기 없이 용이하게 된 포르노토피아에서 사랑의 상상적 대리적 경험으로서의 문학읽기가 무슨 필요가 있을 것인가? 한 가지 원인으로 설명하는 모든 환원주의에는 반대하지만 문학쇠퇴와 포르노토피아의 실현 사이에도 중요한 한 계기가 있을 것이다"라고 주장하면서, 성적 체험의 자유분방한 확대가 문학의 고사(枯死)에 커다란 영향을 미쳤을 것이라는 가설을 제시하고 있는데, 이는 문학의 몰락과 연관된 상당히 예리하면서도 설득력 있는 견해인 것으로 보인다.

는 것인가? 바로 이 질문에 대한 당신의 대답이 명료하게 정리되지 않는 다면, 즉 이 시대에 문학을 한다는 것에 대한 치열하고도 섬세한 자의식이 동반되지 않는다면, 당신의 문학행위는 단지 습관적인 끼적거림이거나 철지난 유행에 불과할 수도 있다. 당신의 문학행위에 대한 치열한 자의식 속에서 문학의 새로운 가능성이 태동하리라.[3]

이러한 치열한 문학적 자의식의 필요성은 기성 문인의 경우에도 그 예 외가 될 수 없을 것이다. 적어도 이 시대에 문학을 한다는 것에 대한 의 미를 진지하게 되묻는 문인이라면, 누구나 문학의 운명과 문인의 위상에 대한 근원적인 성찰을 전개할 수밖에 없을 것이다. 이러한 문학적 자의 식에 대한 성찰을 치열하게 보여준 문인들 중에서, 이른바 디지털 시대, 영화의 시대, 대중문화의 시대를 맞이하는 문학의 새로운 운명에 대해 누구보다도 집요하게 성찰하고 정교하게 사유하는 대표적인 소설가로 이인성을 주목할 수 있을 것이다. 흔히, 전위작가, 실험작가라는 정형화 된 지칭으로 인식되어온 이인성은, 작품 자체로도 문학의 운명에 대한 자의식을 선명하게 보여주었지만, 동시에 대중문화와 영화, 디지털의 홍 수 속에서 '이제 소수인의 장르가 되어버린 문학이 어떻게 살아남아야 하는가?' 하는 심원한 문제에 대해서 지속적으로 빛나는 사유를 보여준 에세이스트이기도 하다.

이 글은 이인성의 산문집 『식물성의 저항』에 수록된 문학적 에세이들 중에서 문학의 미래와 문학의 존재방식에 대한 예리한 통찰력을 보여주 는 글들[4]에 대한 분석과 비판을 통해, 이인성의 문학에 대한 사유를 메

---

3) 권성우의 문학칼럼, 「신춘문예 지망생에게」, 한겨레신문 1999년 12월 7일자.
4) 다음과 같은 글들이 이에 해당된다.
「소설이냐 자살이냐 : 디지털 시대의 '이야기' 비판」(이하 인용시에는 「소설」로 칭하며, 뒤의
숫자는 『식물성의 저항』의 해당 면을 의미한다)
「'문화의 시대'를 위한 두 반성 : 21세기의 문턱을 넘어서며」(이하 「반성」으로 칭함)
「언어의, 언어에 의한, 언어를 위한 : 21세기 문학 또는 식물성의 저항」(이하 「언어」로 칭함)

타적으로 해석하고자 하는 의도에 의해서 씌어진다. 이인성의 문학적 에세이는 소설가가 스스로 작성한 문학적 사유의 진수를 보여주고 있다는 점에서, 그리고 정확하면서도 끈질기게 되새김질하는 듯한 작가 특유의 문체를 구사하고 있다는 점에서도 분명 유의미한 분석과 해석의 대상일 것이다.

2. 문학적 자의식과 치열한 장인정신

이인성의 에세이는 무엇보다도 이른바 대중문화 시대와 인터넷 시대에 진정한 문학이 지향해야 할 고유한 몫에 대해서 본격적인 탐색을 보여주고 있다. 산문집『식물성의 저항』에 수록된 몇몇 문학적 에세이에서 주장하고 있는 바를 간단히 요약하면, "인터넷과 대중문화가 활개치는 시기일수록, 문학은 그러한 세계를 따라갈 것이 아니라 오히려 문학만이 담당할 수 있는 고유한 영역을 제대로 보여주어야 한다"는 입장으로 정리될 수 있다. 그렇다면 문학에 대한 어떠한 태도가 '문학다운 문학'을 낳을 수 있을까. 이인성의 문학적 에세이를 전반적으로 참조하면, 문학다운 문학은 치열한 '문학적 자의식'과 성실한 '장인정신'을 통해 달성될 수 있다. 이 두 가지 문학적 덕목은 이인성의 글쓰기를 관류하는 가장 기본적인 문학적 태도에 해당된다.

그는 소설가로 등단한 이후, 치열한 장인정신과 문학에 대한 자의식을 일관되게 강조해왔다. 가령, '습작시절'이라는 부제가 붙은 1986년에 발표된 글에서 이인성은 "예정대로 쉽게 씌어지는 소설을 믿을 수가 없었던 것이다. 그것은 왠지 소설의 생명을 박탈하는 자기기만으로 느껴졌다"(132쪽)고 말하고 있다. 그런가 하면 이인성은 황지우의 새로운 시집의 의미를 설명하는 대목에서 "내가 지적하고자 하는 것은, 그런 장인적 태도야말로 1990년대 이후의 '날림'의 글쓰기 속에서 문학을 살아남게

하는 마지막 힘이 되리라는 것이다"[5]라고 말하고 있다. 이러한 태도에서 우리는 치열한 장인정신의 어떤 표정을 엿볼 수 있다. 1980년 『문학과지성』 봄호에 중편 「낯선 시간 속으로」를 발표하면서 작가 활동을 시작한 그가 작가 생활 20여 년 동안 펴낸 책이 산문집 『식물성의 저항』을 포함해도 다섯 권에 불과하다는 사실은, 소설 쓰기에 대한 이인성의 염결성을 미루어 짐작하게 만든다. 아마도 이인성은 '피로 쓴다'는 고전적인 수사법을 감당할 수 있는 몇 안 되는 작가가 아닐까.

장인정신과 더불어, 이인성은 다름아닌 문학을 선택했다는 사실에 대한 자의식, 말하자면 문학적 자의식[6]을 끊임없이 강조하고 있다. 이러한 태도는 "문학다운 문학에 요청되는 것은 문학으로서의 자의식"(「언어」, 181쪽)이라는 '문학의 위기' 시대에 제대로 된 문학이 갖추어야 할 미덕에 대한 근본적인 사유를 낳는다. 그 사유는 기본적으로 문학적인 것에 대한 진지한 성찰을 통해 문학의 고유한 몫과 특성을 온전히 확보해야 한다는 주장으로 나아간다. 그래서 "앞으로의 문학은 어떤 방법으로든 그러한 자기-투시적, 자기-반성적 거울을 작품 안에 내장하지 않고는 버틸 수 없을 것이다"(「언어」, 181쪽)는 예측이 나오는 것이다. 그가 이른바 '영화적 소설'과 '혼성 모방적 소설'의 경향에 대해서 단호한 비판을 내보이고 있다는 점도 바로 그러한 경향의 소설들이 문학의 고유한 특성과 상대적 장점을 제대로 살리지 못하는, 말하자면 문학의 자기 반성적 기능을 몰각하고 있다는 사실과 연관되는 것이다.

---

5) 이인성, 「'영원한 바깥'으로 떠나고 싶은, 떠나기 싫은」, 『식물성의 저항』, 265쪽.
6) 뛰어난 문인들은 늘 자신이 참여하고 있는 해당 장르에 대한 투철하고도 정교한 문학적 자의식이 드러난 글들을 남긴 바 있다. 시의 존재론을 사회학적 맥락에서 치열하게 살핀 김수영의 「시여 침을 뱉어라」, 소설을 쓴다는 행위가 내장하고 있는 욕망의 밑자리를 투명하게 탐색하고 있는 이청준의 「지배와 해방」, 문학비평의 존재 이유를 고통스럽게 성찰하고 있는 김현의 「비평의 방법」 등이 그 대표적인 실례이다. 이러한 사실은 '문학적 자의식'이야말로 그들의 글쓰기를 한 단계 진전시키는 문학적 추동력이자 열정의 원천이라는 사실을 입증하고 있다.

나는 이인성의 이러한 문학적 태도야말로 이른바 타성적인 '문학의 죽음'에 대한 본격적인 문제제기이자, '문학의 위기'에 대처하는 가장 원칙적인 관점이라고 생각한다.[7] 이인성의 이러한 문학적 입장이 커다란 의미를 띠고 있는 이유 중의 하나는, 그의 문학적 사유가 그 자신의 소설적 실천에 의해서 구체적으로 담보되고 있다는 사실에 있을 것이다. 이인성은 자신의 소설을 두고 "도저히 영화로 만들 수 없는 소설"(「언어」, 175쪽)이라고 평가한 어느 영화감독의 얘기를 듣고 만족스러웠다고 고백하고 있다. 이 부분은 자신의 소설에 대한 이인성 특유의 자부심이 은밀하게 드러나고 있는 대목이 아닐까. 아울러 이 대목은 "영화의 시대니까 영화를 따라가는 소설을 써야 할까? 아니다. 영화의 시대이기 때문에 소설은 영화를 따라갈 수도 없고, 따라가려 하면 죽는다. (……) 죽음의 심연은, 영화의 시대니까 소설은 더 소설만의 소설이 되라고, 영화가 따라올 수 없는 소설이 되라고 일러준다"(「언어」, 154쪽)는 이인성의 소설관과도 절묘하게 부합된다. 어떻게 보면, 이인성의 소설적 여정은 영화가 따라올 수 없는 소설을 쓰기 위한 고투의 도정이 아니었을까 싶다. 이 세상의 어느 것도 감히 할 수 없는, 다만 소설만이 보여줄 수 있는 소설 쓰기의 여정만이 그에게 소설 쓰기의 진정한 보람과 남다른 매력을 선사해줄 것이기 때문이다. 이와 연관하여 이인성 스스로 자신의 작품 「낯선 시간 속으로」의 한 부분에 대해서, "그것들은 문학이 아니면 환기

---

7) 이인성의 이러한 입장은, "이 세상에 아름다움과 진실이 존재한다는 것을 알게 해주기 위해서만이 있을 필요가 있는, 신분 없는, 다만 정신일 뿐인 귀족주의! 나는 그것이 문학의 길이라고 생각하게 되었다. 시장에 대한 강력한 항체로서 문학의 귀족성을 나는 요청하고 싶다. 문명사적 전환을 예고하는 새 밀레니엄을 향해 발을 내딛는 문지방 앞에서 엘리트주의는 비난이 아니라 문학에 내려진 명령이라고 나는 생각한다. 문학은 키치, 펄프 시장으로부터 철수해야 한다. 문학은 '문화자본'의 부가가치에 의해 계량화되고 교환되는 시장으로부터 은둔해야 한다"(「이제 문학은 은둔하자」, 『21세기 문학이란 무엇인가』, 민음사, 109쪽)는 황지우의 이른바 귀족주의 선언과 일맥상통한다. 이인성과 황지우의 이러한 문학관은 긍정적인 의미에서의 '문학적 엘리트주의'가 대중문화 시대의 문화적 하향평준화에 대한 강력한 저항의 방식일 수 있다는 새로운 가능성을 보여준다.

시킬 수 없는 어떤 의미를 찾아가고 있는 것이다"라고 언급한 구절은, 그가 문학만이 추구할 수 있는 영역의 적극적인 모색과 추구를 통해, 이른바 대중문화 시대의 문학의 입지를 다지고 있음을 명확히 보여주고 있다.

지금까지 설명한 이인성의 문학적 태도는 디지털 시대의 문학, 영상 시대의 문학이 그 고유한 가치를 확보하기 위해서 선택할 수 있는 가장 현실적이며 유력한 방책이 아닐까 싶다. 거시적인 지평에서 보면, 이러한 이인성의 문학관은 충분한 근거와 현실적인 설득력을 지니고 있다. 다만 이인성 식의 '문학의 특수성'과 '문학만의 몫'에 대한 유다른 강조가 조금만 비껴나면 완고한 문학 중심주의의 새로운 변형으로 수용될 여지도 있다는 사실을 지적해두자. 말의 진정한 의미에서 "도저히 영화로 만들 수 없는 소설"이 과연 가능할 것인가. 나는 그렇지 않다고 생각한다. 단지 영화로 만들기 용이한 소설과 상대적으로 영화로 만들기가 곤란한 소설이 있는 것이 아닐까. 그리고 "문학이 아니면 환기시킬 수 없는 어떤 의미"라는 표현도 좀더 구체적인 부연 설명과 합리적 근거가 주어지지 않는다면, 일종의 텅 빈 수사학적 상징일 수 있다. 그의 주장대로 문학이 아니면 환기시킬 수 없는, 문학이 아니면 도저히 보여줄 수 없는 어떤 의미라는 것이 명확하게 존재하는 것일까. 물론 매체에 따라서 다양한 예술 장르들이 각기 다른 방법과 형태로 의미생산을 수행하겠지만, 과연 문학만이 보여줄 수 있는 특정한 의미가 존재하는지에 대해서는 분명히 회의적이다. 영화나, 연극, 혹은 다른 예술들은 단지 문학과 다른 방식으로 그 의미생산에 참여하고 있는 것은 아닐까. 문학과 다른 예술의 차이점은 세상을 드러내고 의미를 생산하는 방법론(매체)의 차이에서 연유하는 것이지, 특정한 의미 환기의 가능／불가능이라는 이분법적 구도를 통해 드러나는 것은 아닐 터이다. 그러므로 그 어떤 예술의 매우 특수한 상상력도 다른 예술 고유의 방식으로 치환될 수 있는 것이다. 그들은 단지 다른 방식으로 세상과 사회, 인간을 묘사하는 것이다. 그러니 이인성은 매체의 차별성에서 연유하는 형상화 방법의 차이를 묘사의 가능성 / 불가능성 문제로 착각하고 있는 것이 아닐까.

　이인성의 사유는 문학의 진로와 역할에 대해서 누구보다도 진지하고 정교한 모색을 진행하고 있는 것으로 보인다. 그럼에도 불구하고 "문학이야말로 모든 문학의 진정한 중심이라는, 끝내 중심이어야 한다는 무의식적 고정관념"(「언어」, 164쪽)이라는, 그 스스로 구사한 표현에서 이인성 자신도 자유롭지 않은 것이 아닌가 하는 질문을 던져볼 필요가 있을 것이다. 아마, 이러한 이인성의 면모는 부정적인 의미에서의 한계라기보다는 한 사람의 소설가로서 그가 숙명적으로 마주칠 수밖에 없는 존재론적 조건일 것이다. 말하자면 그는 끝끝내 문인의 눈으로 세상과 문화를 해석할 수밖에 없는 것이다. 진정한 문인이라면 누군들 그러하지 않겠는가. 문학에 순교한 이인성, 영화의 시대에도 "나는 그저 소설만의 남는 몫에 나를 건다"면서 결사항전을 선언한 이인성의 입장에서 보면 이러한 문학적 실존은 지극히 자연스러운 표정이리라.

3. 이야기 비판과 문학의 고유한 길

　「소설이냐 자살이냐 : 디지털 시대의 '이야기' 비판」은 「언어의, 언어에 의한, 언어를 위한 : 21세기 문학 또는 식물성의 저항」에서 보여준 문제의식을 좀더 예각적으로 가다듬으면서, 소설가 이인성의 문학적 자의식을 한층 선명하게 보여주고 있는 문학적 에세이라고 할 수 있다. 이 글 역시, 「언어」와 마찬가지로 디지털 문화와 대중문화에 맞서서 책과 문학, 소설의 고유한 가치를 이인성 특유의 집요하면서도 정밀한 논조로 설파하고 있다. 제목에서 드러나듯이, 이러한 주장을 전개하는 이인성의 어조는 절박하고 진지하다. 그리하여, "한 사람의 작가로서, 아무튼 디지털 문화에 결핍된 것으로서의, 또는 그것에 대한 비판적 장치로서의 책의 문화 — 더 좁히자면 문학 — 를 지켜내야 한다고 생각한다"에서 엿볼 수 있는 문학인으로서의 책임감과 제대로 된 소설이 씌어져야 한다는 소설가적 결벽증이 이 에세이를 관류하고 있다. 그래서 이 글은 문학다운 문학, 소설다운 소설에 미달되는 경향에 대한 비판이 주를 이루고 있다. 이인성은 이 글에서 "최근 들어, 소설을 '이야기'의 차원으로 축소시키는 의식적 무의식적 현상들이 기승을 부리고 있는 게 마치 소설의 자살행위를 보듯 위태롭게 여겨"(「소설」, 97쪽)진다며 그 현상의 대표적인 두 가지 실례로 '혼성 모방적 소설'과 '가짜 영화적 소설'을 들고 있다. 이러한 이인성의 이야기 비판은 최근에 급작스럽게 형성된 것만은 아니다. 그의 이야기에 대한 '비판적 자의식의 기원'은 자신의 전공인 불문학적 지식으로 소급된다. 이인성은 이미 1983년에 씌어진 글에서 마르셀 프루스트와 제임스 조이스, 그리고 누보 로망 계열 작가들을 논하면서 그들을 관류하는 가장 대표적인 문학적 경향으로 '이야기의 파괴'를 들고 있다.[8] 그렇다면 그들이 이야기를 파괴하고자 하는 문제의식의 뿌리는 무엇일까? 이인성에 의하면 "'그럴듯한 이야기체'를 파기하지 않는 한 부르주아적 관념이 파괴되지 않는다는 점"에 그러한 문제의식이 존재한다는 것이다. 이렇듯, 그는 자신의 전공인, 현대 프랑스 소설이 마주친 이야기 파괴의 논리를 자신의 소설창작과 소설이론에 창조적으로 적용시키고 있는 것이다.

이러한 이인성의 이야기 비판이, 상품미학의 그림자에 휘둘려 말초적인 흥미에 매몰된 대중소설과 이른바 '소설공장'을 통해서 기획 생산되는 공식화된 스토리 소설에 대한 강력한 항체 역할을 수행한다는 사실은 분명하다. 특히, "소설을 이야기로만 환원시켜 이해하는 것은 소설을 축소 또는 위축시키는 것, 더 나아가 소설을 소설답지 않게 만드는 것이다"(「소설」, 100쪽)라는 이인성의 발언에는 소설가로서의 자부심의 표정이 묻어나 있다. 그러나, 다음과 같은 점에서 이인성의 이야기 비판에 대한

---

8) 이인성, 「'전위'의 인식, 그리고 소설」, 『식물성의 저항』, 28쪽.

재검토와 반론이 가능할 것이다.

우선, 이인성이 '이야기' 개념을 너무 제한적 자의적으로 규정하고 있는 것이 아닌가 하는 물음을 던질 수 있다. 예를 들어, "조금 과격한 표현을 쓰건대, 소설을 이야기로 환원시켜 그 원초적 욕망을 자극해 팔아먹겠다는 것은 인간을 퇴행시켜 짐승처럼 부려보겠다는 의도와 크게 다르지 않다"(「소설」, 101쪽)에서 언급되는 '이야기'라는 표현은 지극히 부정적인 함의로 사용되고 있는 것으로 파악된다. 위의 예문에서 구사된 '이야기'와 우리가 보편적으로 상정하는 '이야기'는 상당히 다른 개념을 함축하고 있을 터이다. 사실 이야기라는 개념은 너무나 커다란 의미를 담보하고 있다. 말하자면 '이야기' 자체에 이미 참으로 다양한 이야기 방식과 형태가 포함되어 있는 것이다(이인성의 소설 역시 일종의 이야기 아닌가!). 내용 면에서도, 인간의 인식 지평의 확대와 체험의 깊이를 담보하는 이야기가 있는가 하면, 문화산업의 논리에 의해 함몰되어 인간의 욕망을 천박하게 자극하는 이야기도 존재한다. 혹은 이인성의 어법을 빌리자면, 삶에 대한 성찰을 제공하는 이야기냐 단순한 심심풀이용 이야기냐, 차원의 구분이 있을 수 있다. 그러므로 이 문제는 이야기 자체가 아니라, 어떤 이야기이냐의 차원에서 제기되어야 할 것이다. 이와 연관하여, 최근의 우리 소설문학은 이야기의 과잉이나 이야기의 범람 때문에 문제되는 것이 아니라, 오히려 이야기다운 이야기, 제대로 된 이야기조차 만들지 못한다는 점에서 비판받는 것이리라. 그리하여, 90년대 문학의 다양성에 일조한 젊은 작가들이 보여주는 전방위적 소설적 재능과 이야기 파괴형식에 대한 새로운 의미부여만큼이나, 그들에 대한 불신과 비판이 전개되고 있는 이유는 무엇인가. 그 이유 중의 하나로, 그들이 최인훈 황석영 이문열 이청준 김원일 등의 선배 작가들이 보여주었던 저 능란한 이야기 솜씨와 정교한 서사구성 능력에 비교할 때 상대적으로 미숙한 솜씨를 지니고 있다는 사실을 들 수 있을 터이다. 사실 이인성이 이청준의 성실한 장인성을 설명하면서, "작품 하나하나에 대한 문학적 장인의식이 깔려 연결되어 있"다는 식으로 표현한 대목은, 역으로 1990년대에 주목받은 소설가들에게 장인정신과 이야기꾼의 솜씨, 서사적 구성 능력 등이 상대적으로 결여되었다는 사실을 간접적으로 암시하고 있다. 다시, 문제는 이야기 자체가 아니라, 어떤 방식의 이야기인가일 터이다.

또다른 한편으로, 소설이 이야기의 차원으로 축소되는 것에 대해서 강렬한 저항의식을 지닌 이인성이 지극히 단순한 이야기의 극대화라고 할 수 있는 '게임' 방식을 차용한 김설의 『게임 오버 — 수로 바이러스』를 높이 평가하고 있는 대목은 논리상 자연스럽지 못하다. 이 소설이 "컴퓨터 게임적인 상상과 사고에 빨려드는 나와 그것으로부터 벗어나려는 나의 팽팽한 싸움을 뛰어나게 그리고 있다"(「언어」, 173쪽)는 이인성의 지적은, 게임이 끝난 곳에서 또다른 이야기 넝쿨이 시작되는, 이른바 '하이퍼 텍스트'적 창작방법의 새로움에 대한 지나친 의미부여에서 나온 과대평가가 아닐까. 『게임 오버 — 수로 바이러스』에는 흥미진진하고 통속적인 이야기와 방법론적 새로움은 있을지언정, 그 이야기에 대해서 근원적으로 성찰하는 주체의 시선은 매우 약화되어 있다. 실상, 이 작품은 방법론상의 획기적인 새로움이 대중문화의 통속적 주제에 의해 잡아먹힌 경우에 해당된다. 이인성식으로 말하자면, 소설은 게임과 대중문화 이상의 그 무엇을 보여주어야 하는 것이 아닐까.

이인성의 이야기 비판의 또다른 한계는, 그가 그 비판의 실례로, '혼성모방 형식의 소설'과 '영화적 소설'을 거론하고 있다는 점에서도 찾을 수 있다. 이인성이 염두에 두고 있는 그 비판의 대상들은, 이야기를 소설의 주요한 방법론으로 활용하는 소설 중에서도 전형적으로 부정적인 경우에 해당된다. 말하자면 이인성은 이야기 혹은 소설의 지극히 부정적인 형태를 들어, '이야기 비판'을 시도하고 '소설의 죽음'을 얘기하고 있는 것 아닌가. 참으로 제대로 짜여진 이야기와 소설을 비판했을 때, 이야기 자체에 대한 근원적인 비판이 되지 않겠는가. 이러한 의미에서, 이야기의 분류와 이야기의 개념 규정에 대한 좀더 세밀한 규정이 이루어졌을 때, 이인성의 이야기 비판은 한층 의미 있는 작업이 될 수 있을 것이다.

4. 문학적 자존심과 엘리트주의

문학을 한다는 것은, 어떤 의미에서는 자신이 가장 소중하다고 생각하는 가치들을 온몸으로 지켜내는 일이기도 하리라. 그러다보니, 문학인들은 범인들에 비해서, 자신의 글쓰기에 대한 투철한 자부심과 자존심을 가지고 있는 경우가 많다. 사실 이러한 경향은 예술가들에게 전반적으로 나타나고 있는 심정적 기질로 볼 수 있는데, 그러한 자부심과 자존심이 때로 그 어떤 고독과 세속적 어려움에도 불구하고, 자신만의 고유한 예술세계를 일구어가는 추동력으로 작용하기도 한다(때로는 그 남다른 자존심으로 인해, 사람들은 예술가라는 부류에 편입되는 것이 아닐까). 그러므로 예술가적 선민의식으로 요약될 수 있는 이러한 경향을 부정적으로 볼 필요는 없을 것이다. 이인성은 그 어떤 작가보다도 자신의 글쓰기에 대한 예민한 자의식과 남다른 자존심을 가진 경우에 해당된다.[9] 『낯선 시간 속으로』에서 『강 어귀에 섬 하나』에 이르는, 그가 지금까지 발표한 개성적이며 독특한 소설적 성과들, 그리하여 결코 아무나 쉽게 도달할 수 없는 문학적 결실들이 그 문학적 자존심의 구체적 근거일 것이다. 이인성의 표현대로 날림의 글쓰기가 횡행하는 이즈음, 이인성이 지닌 치열한 장인의식과 민감한 문학적 자의식, 긍정적인 의미의 엘리트주의는 그 날림의 글쓰기를 향한 가장 근원적인 비판일 것이다. 이러한 사실만으로도 이인성은 우리 소설계에서 각별하게 소중한 존재이다. 그러나 자신에

---

9) 고종석은 『식물성의 저항』의 말미에 수록된 '작가 소묘'에서, "자신을 최고의 예술가로 생각할 사람에게, 더구나 자신을 소수 문학의 챔피언으로 생각할 사람에게, 너는 윤리적이다라고 말하는 것은 모욕이 될지도 모른다"(「이인성 생각」, 271쪽)고 쓰고 있다. 문학적 동료에게 비추어진 이인성의 문학적 선민의식을 여실히 보여주는 대목이다.

게 철저한 '장인적 태도'는 한꺼풀 뒤집으면 자신과 같이 장인적 성실성을 보여주지 않는 작가와 문학적 흐름에 대한 냉소와 경멸로 발산될 수도 있다. 이인성에게 간혹 이러한 징후가 느껴진다. 1990년대 이후의 문학을 '날림'의 글쓰기로 바라보는 지적 외에도, 『식물성의 저항』 곳곳을 관류하고 있는, 문학다운 문학에 미달되는 흐름들에 대한 다소 신경질적 비판이 바로 그러한 징후가 아닐까. 특히, "게으르고 둔한 대부분의 평론가들이 허둥대거나 의도적으로 잊고 있는 이 시집" "되지도 않는 헛소리로 겉멋이나 부리는 '평론가' 님들" 등의 평론가에 대한 이인성의 냉소적 어투는 일종의 분석 대상이다.[10] 그렇다면, 이인성식으로 말해, 1990년대에 양산된 '날림의 창작물들'을 우울하게 바라보는 비평가들의 심정은 어떠할까(이 대목에서 일본의 비평가 가라타니 고진이 비평 활동을 그만두기로 결정한 이유가 떠오른다. 그는 "비평이란 '상황'에 개입하는 일이다. 그리고 문학작품도 그 한 대상이다. 그런데 지금은 비평가가 온몸으로 부딪히고 싶어지는 작품이 없다. 작품이 없으니 비평도 제대로 된 것이 나올 수 없고 그러다보니 젊은이들도 비평을 읽지 않는다. 당연히 비평으로 향하게 만드는 어떤 지적 계기가 없다"고 말한 바 있다. 과연 이러한 지적이 단지 일본에만 해당되는 것일까). 비평가와 작가가 서로의 작업에 대해 나름대로 아쉬움과 불만이 없을 수는 없을 것이다. 그러나 그 아쉬움이 일종의 경멸과 냉소를 동반할 때, 그것은 왜곡된 선민의식의 표출이 아닐까 싶다. 나는 이인성에게서 그러한 모습을 본다.

다음과 같은 고종석의 언급은 이인성이 강조하는 성실한 장인의식과 문학적 자존심의 '심리적 기원'을 정확하게 지적하고 있는 것 아닐까.

---

10) 흥미로운 것은 황지우 역시, 자신의 산문과 시 곳곳에서 비평가들에 대한 냉소와 경멸을 내보이고 있다는 사실이다. 그것은 치열한 장인의식을 지닌 문학적 엘리트주의자들이 문학적 선민의식을 표출하는 한 방법일까. 아니면, 이인성과 황지우의 개인적 성향에서 비롯되는 것일까.

자존심을 지키면서도 겸손한 것, 그것은 얼마나 어려운가? 나는 인성이 깊은 속에서까지 겸손하다고는 생각하지 않는다. 그렇게 힘들여 소설을 쓰고, 자기 소설의 품격에 대한 확신을 지닌 사람이 어떻게 깊은 속에서까지 겸손할 수 있겠는가? (……) 그리고 흔히 듣는 말이지만, 겸손과 자긍을 겸하는 것은 어려운 일이다. 나는 인성이 그런 힘들고 어려운 일을 하는 사람이라고 생각한다.[11]

그렇다. 어찌되었든 자신이 쓰는 소설의 문학성에 대한 확신을 가지고 있다는 것, 바로 이것이 이인성이 온갖 날림의 글쓰기에 대해서 단호한 비판을 기꺼이 전개하는 심리적 바탕일 것이다. 나는 이인성의 이러한 자신감과 자존심을 기꺼이 존중하고 싶다. 그 문학적 자존심이 이인성의 고유한 문학세계를 낳는 욕망 그 자체이기에. 다만, 이제 이인성의 남다른 문학적 자의식이 자신과 다른 문학적 경향에 대한 문학적 '배려'와 상호이해의 길로 나아갈 수 있기를 기대한다. 그러했을 때, 그의 문학적 자존심은 엘리트주의자의 예민한 신경증을 넘어, 무수한 문학적 타자와 대화하는 현자의 테크닉이 될 수 있을 것이다. 이미 이인성은 자신의 그러한 심리적 편향을 인식하고 있다. 그는 남도기행중에, 다산초당과 땅끝 마을을 뒤끓는 관광객에 대해서 짜증을 느끼는 자신의 마음에 대해서, 나중에 "그게 내 속에 곪은 병, 일종의 순수주의적 편협증 탓이 아닐까 하는 반성과 회한에 휩싸"였다고 말하고 있는 것이 아닌가.

여기까지 얘기하니, 내가 이인성의 문학적 미래에 대해서 지나치게 모범답안식으로 접근하고 있다는 생각이 들기도 한다. 오히려, 이인성의 그 '순수주의적 편협증'이야말로, 그 도저한 문학적 자존심이야말로 지금의 이인성 문학을 낳은 심리적 탯줄이 아닌가 하는 목소리가 들려온다. 그렇다면, 이인성은 변하지 말아야 하는가. 하지만, 그 자존심과 편

---

11) 고종석, 「이인성 생각」, 『식물성의 저항』, 270쪽.

협증이 항상 타자에 대한 냉소와 경멸을 동반할 필요는 없는 것이 아닌가. 타자에 대한 따뜻한 배려 속에서도, 자신의 문학적 자존심을 온전히 간직할 수 있는 것이 아닌가 하는 다른 목소리도 들려온다. 아마도 이러한 고민 속에서 이인성의 글쓰기도 서서히 변모해갈 것이다. 그렇지만, 이인성이 어떻게 변모하더라도, 그가 문학에 모든 것을 거는 순교자적 열정과 성실한 장인정신만큼은 결코 변하지 않을 것이다. 이 에세이에서 전개된 이인성에 대한 몇 가지 비판에도 불구하고, 궁극적으로 이인성의 글쓰기에 대해 끝끝내 신뢰할 수밖에 없는 이유가 바로 여기에 있다 하겠다.

(『내일을 여는 작가』 2001년 봄호)

문학에 대한 근원적인 질문

—이성복의 문학론에 대하여

1. 이성복의 문학론을 이해하기 위하여

1980년대 초반부터 현재까지 우리 시문학에 지울 수 없는 뚜렷한 문학
적 흔적을 남긴 우리 시대의 대표적 시인이자, 탁월한 에세이스트이며,
제2회 '김수영문학상' 수상자이자 제4회 '소월시문학상' 수상자이기도
한 이성복은 현재까지『뒹구는 돌은 언제 잠깨는가』(1980),『남해금산』
(1986),『그 여름의 끝』(1990),『호랑가시나무의 기억』(1993) 등의 네 권
의 시집과『그대에게 가는 먼 길』(1990),『꽃핀 나무들의 괴로움』(1990)
등의 두 권의 산문집, 그리고『네르발 시 연구 — 역학적 해석의 한 시도』
(1993)라는 연구서,『사랑으로 가는 먼 길』(1994)이라는 제목이 붙은
'문학 앨범' 등을 발간한 바 있다. 1980년대의 초입부터 시작하여 현재
에 이르는 이성복의 시적 여정은, 한국의 전통적인 서정시의 문법에 대
한 충격적인 해체(『뒹구는 돌은 언제 잠깨는가』)라는 문학적 화두로부터

시작되어, 한결같으면서도 현란한 시적 갱신을 도모했다고 할 수 있는데, 이러한 그에게 많은 비평가들은 '우리 시대의 대표적 시인'이라는 표현을 기꺼이 헌정하곤 했다. 그리하여 그는 항상 비평가들의 민감하고도 다양한 관심 속에서 존재하였으며, 그의 시세계는 다른 어떤 시인의 시세계보다도 풍요롭게 조명되었다고 볼 수 있을 것이다. 1994년 말에 출간된 '문학 앨범'에 의하면 이성복에 대한 비평이나 논문 형식의 글은 50편을 상회하고 있다.

이러한 의미에서 이성복은 황지우와 함께 가장 다채로운 비평적 조명을 받은 우리 시대 시인 중의 한 명이라고 할 수 있을 것이다. 이러한 의미에서 이성복의 시는 무척이나 행복하다.

그런데 기이한 점은 이성복에 대한 무수한 작품론과 시인론, 대담 등의 다양한 형태의 비평이 씌어졌지만, 정작 그의 문학론(시론)을 비롯하여 넓은 의미에서의 산문에 대해서 조망한 평문이 거의 씌어지지 않았다는 사실이다. 여기서, 탁월한 시인이나 비평가, 소설가가 자신이 참여하고 있는 장르에 대한 정교한 자의식을 지니고 있다는 사실[1]을 생각하면, 우리는 이성복의 경우에는 그러한 자의식, 즉 시와 문학에 대한 사유가 어떠한 방식으로 표출되어 있는가 하는 점이 궁금해지지 않을 수 없다. 아울러 그의 산문이 과연 어떠한 문학적 풍경을 보여주고 있는가 하는 점도 중요한 탐구의 대상일 것이다. 탁월한 시세계를 보여주었던 시인 치고, 그 나름의 개성적이며 독특한 시론이나 문학론을 펼치지 않은 경우가 드물었다고 볼 때, 이성복의 시론 및 문학론 에세이를 이해·분석하는 작업은 이성복의 시세계에 대한 이해에도 커다란 도움을 줄 것으로 판단된다. 이 논문은 이러한 문제의식에 따라, 시인 이성복이 에세이나 문학론, 시론의 형태로 개진한 글들을 종합적으로 검토하여, 이성복의 문학론의 변화과정을 탐색하기 위한 의도로 씌어진다.

---

1) 권성우, 「비평이란 무엇인가?」, 『비평의 매혹』, 문학과지성사, 1993, 41~42쪽 참고.

2. 불가지론과 문학에 대한 끊임없는 질문

초기에 개진된 이성복의 예술관이나 문학관은 기본적으로 불가지론에 가깝다. 이러한 견해는 지속적으로 견지된다. 즉 문학이나 예술은 논리로 완벽하게 설명될 수 없다는 입장이 지금까지 전개된 이성복의 문학관을 관류하고 있는 것이다. 이러한 이성복의 시론(문학론)의 단초가 되는 글은 1978년에 발표된 「삶에 대하여」라고 할 수 있다. 이 글에서 이성복은 '왜 사는가'에 대한 명료한 해답이 있을 수 없다며, 다음과 같이 주장하고 있다.

삶을 삶이게 하는 그 무언가 때문에 '왜 사는가'라는 질문에 대한 완전한 해답은 그 질문 자신일 수밖에 없다. 그것이 극단적이든 중도적이든 간에, 어떤 해답도 근본적인 질문의 변질로 볼 수 있다. 따라서 삶을 삶답게 하기 위해 우리는 끊임없이 그 질문을 제기하고, 그 질문이 변질되지 않도록 노력해야 한다. 삶은 삶을 삶이게 하는 그 무언가를 보존하려는 노력에 다름아니다.[2]

이러한 사유에는 삶이 어떤 명료한 형이상학적 전제에 의해서 설명될 수 있다는 견해를 거부하는 마음과 그 어떤 사유도 주체의 입장에서 바라본 주관적인 견해에 불과하다는 입장이 담겨 있다. 이러한 이성복의 견해는 그의 단장에서도 수시로 출몰하고 있다. 예컨대 앞의 예문보다 1년 먼저 발표된 한 에피그램에서 이성복은 "세계와 인간에 관한 한, 인식의 불가능성은 우리가 얻을 수 있는 유일한 인식이다. 그 불가능성은 인식이

---

2) 이성복, 「삶에 대하여」, 『꽃핀 나무들의 괴로움』, 살림, 1990, 132쪽.

처음이자 마지막으로 자기 통로를 여는 것이 된다. 불가능성, 혹은 유일한 인식의 출구를 통해 잡신(雜神)들은 신원보증서 없이 출입한다"[3]고 언급하고 있으며, 또다른 단장 형식의 글에서 그는 "'본다' 는 것은 이미 편견을 가지기를 택했다는 말이다"[4]라고 언급하고 있다. 이렇게 본다면 이성복은 문학이 하나의 단일하고 체계적인 논리에 의해서 해석될 수 있다는 생각에 대한 본능적인 거부감을 지니고 있다고 판단된다. 이러한 이성복의 문학관은 소박한 사실주의에 대한 비판과 맞닿아 있다.

이성복은 1983년에 진행된 「시·삶·역사」라는 제목의 대담에서 다음과 같이 말하고 있다.

언어와 대상의 관계가 합일적이고 획일적인 것일 때, 그 언어는 대상에 대한 단순한 기호의 차원에 머물 때, 그것은 현실의 반영에 그치고 말 것입니다. 그러나 제 생각에는 문학이 결코 현실의 단순한 반영일 수는 없을 것 같습니다. 문학공간과 현실공간은 엄연히 혼동될 수 없는 것이 아닐까요. 이러한 혼동이 바로 소박한 사실주의자들의 흔히 간과하는 문제일 것 같은데, 그들의 신념 이면에는 감각으로 파악할 수 있는 것만이 진실이며, 우리의 감각은 그 진실에 도달할 수 있다는 낙관론이 깔려 있다고 생각됩니다.[5]

진실에 도달하는 과정에 대한 낙관론적 견해를 지니지 못한 이성복으로서는, 당연히 소박한 사실주의 문학에 대해서 동의할 수 없었을 것이다. 이러한 사유는 기성의 제도와 체제에 대한 불신으로 나아간다. 그리하여, 이성복은 "시는 어떤 체제든 기성의 것에 대한 근본적인 불신이며, 상투화되고 강요된 삶에 대한 근원적인 모반입니다"(같은 대담, 185쪽)

---

3) 이성복, 『그대에게 가는 먼 길』, 살림, 1990, 22쪽.

4) 앞의 책, 40쪽.

5) 이성복, 「시·삶·역사」, 『꽃핀 나무들의 괴로움』, 살림, 1990, 176쪽.

라고 말하게 되는 것이다. 그로서는 체제와 제도에 편승하거나 기생하는 것은 진정한 시가 아닌 것이다. 이성복의 초기시에서 등장하는 부성의 부정은 바로 이러한 전복적인 태도에서 연유하는 문학적 상징에 다름아 닐 것이다.

3. 문학에 대한 환상을 넘어서

이성복의 문학관은 1988년에 발표된 「연애시와 삶의 비밀」에 이르러 중요한 분기점을 형성하고 있는 것으로 보인다. 이 글은 문학에 대한 이 성복의 애증을 진솔하게 보여주는 뛰어난 에세이라고 할 수 있다. 이 글 이 무엇보다 주목되어야 하는 이유는, 그전까지 어떤 방식으로든지 문학 에 대한 열렬한 애착을 보여주던 이성복이 이 글을 통해 비로소 문학의 존재방식에 대한 냉철한 성찰을 보여주고 있다는 사실 때문이다. 예를 들어 다음과 같은 예문을 보자.

지금부터 꼭 십 년 전 어느 좌담회 자리에서 나는 문학은 나의 유일한 '구원'이라는 말을 한 적이 있었다. 그때 어떤 사람은 전적으로 동감한다 는 말을 했고 어떤 사람을 이의를 달았다. 그로부터 십 년 후 문학은 내게 있어서 유일한 구원도 아니었고, 가능한 여러 구원의 방법들 중의 하나도 아니다. 대체 구원이라는 것이 가능한지, 아닌지조차 나는 알 수 없다. (……) 이 세상에서의 삶은 캄캄한 어둠 속에서 일순간 켜댄 성냥불 같은 것이다. 과연 문학은 카프카의 말대로 '얼어붙은 호수를 가르는 도끼날' 같은 것일까.[6]

---

6) 앞의 책, 77쪽.

위의 예문에는 이성복이 문학에 대한 환상을 지워버리게 된 과정이 진솔하고도 간명하게 드러나 있다. 즉, 이십대 중후반에는 문학이 자신의 유일한 '구원'이라고 말할 정도로 문학에 대한 형용할 수 없는 애정과 환상을 지니고 있던 이성복이, 10여 년의 세월이 흐른 뒤에는 문학이 구원과 아무런 연관성이 없다는 인식에 도달하며 '구원'이라는 관념 자체가 일종의 '형이상학적 환상'에 불과할지도 모른다는 생각을 하게 되는 것이다.

이러한 인식은 이성복이 함께 헤쳐온 1980년대의 지적 유산이 그의 문학관에 알게 모르게 스며든 결과라고 생각된다. 말하자면 문학이 어떤 특별한 형이상학적 존재가 아니라, 세계를 조망하는 예술적 수단의 하나라고 보는 입장, 혹은 문학 역시 신성하고 예외적인 존재가 아니라, 다른 모든 일과 마찬가지로 노동의 한 방식이라는 사회학적 상상력에 입각한 관점이 이성복으로 하여금 문학에 대한 환상으로부터 탈각하게 만든 중요한 요소라고 할 수 있는 것이다. 1970년대 후반부터 1980년대 후반에 이르는 세월이야말로 문학에 대한 효용론적 관점이 풍미하고, 문학적 신비주의에 대한 혹독한 비판이 전개된 시기가 아니었던가. 이러한 지식사회학적 정황이 이성복의 문학관의 변모를 추동시켰으리라. 물론 이성복이 단지 사회사적 분위기에 편승해서 문학에 대한 입장 변화를 추구했다고 할 수는 없을 것이다. 이성복의 사유의 밑바닥에는 기본적으로 문학을 신비화시켜, 문학 특유의 역동성과 긴장성을 잃어버린 '닫힌 문학'에 대한 거부감이 자리잡고 있었던 것이 아닐까. 그래서 이성복은 "문학을 구원으로 여기는 일련의 생각들은 알게 모르게 문학을 신비화한 결과이다. 언제부터 문학이 그렇게 대단한 것이었던가. 심연을 밝히는 것을 그 책임으로 여겼던 문학이 심연을 은폐하는 환각제 구실을 해온 것은 아니었던가"라면서 한때 자신이 가지고 있었던 문학에 대한 종교적 애착을 전면적으로 부정하고 있다. 이러한 문학적 사유의 '존재론적 전환'을 통해서 이성복이 도달한 결론은 다음과 같다.

나에게 있어서 글쓰기는 가능한 여러 삶의 방식들 가운데 하나이다. 나의 삶이 가능한 여러 길들 중의 하나라면 글쓰기는 그 길을 가는 일이 된다. 내가 지나온 길이 유일한 올바른 길이 아니었듯이, 지금 내가 가고 있는 길 또한 유일한 올바른 길이 아닐 것이다. 길에는 정답이 없다. 서로 다른 답이 있을 뿐 (……) 마지막 숨을 거두는 순간에 내가 가게 될 길 또한 그러하리라.[7]

이러한 표현은 이성복이 이제 문학과 자신에 대한 나르시시즘적 태도와 주관적인 애정에서 탈피하여, 문학과 자아에 대한 객관적인 성찰 및 타자에 대한 이해로 옮겨가겠다는 다짐으로 볼 수 있을 것이다. 특히 "내가 지나온 길이 유일한 올바른 길이 아니었듯이"라는 구절은 이성복이 '자신'에 대한 긍정적인 확신과 지나친 신뢰로부터 한 발 떨어져서, 자신을 최대한으로 객관화하고자 노력하고 있음을 선명하게 보여준다고 하겠다. 이러한 이성복의 변모는, 철학적으로 표현하자면, 주체 중심주의에 기반한 자기 동일성에서 벗어나 타자에 대한 성실한 이해와 배려로 나아가는 도정으로 이해될 수 있을 것이다.

4. 자기 성찰과 자기 비판

자신, 혹은 주체가 특별하고 예외적인 존재가 아니라는 사실은 자신에 대한 성찰과 타자에 대한 이해 및 관찰을 동반하게 된다. 이성복의 문학적 여정에서도 이러한 사실은 유사하게 현상되고 있다. 「차에 대한 단상」(1989)은 차(車)를 화두로 하여, 자기 자신에 대한 성찰과 타자에 대

---

7) 같은 책, 83쪽.

한 배려를 유려하게 풀어놓고 있는 산문이다. 이성복은 이 산문에서, 차
운전이 우리 삶의 축도가 될 수 있음을 흥미롭게 보여주고 있다. 가령 다
음과 같은 구절을 보자.

운전연수에서 여러 코스들의 훈련이 사람들과의 삶에서 지켜져야 할
기본적인 예의 교육으로 비유될 수 있다면, 그 예의 필연성은 실제의 운전
에서 얼마든지 찾아볼 수 있다. 가령 차의 속도가 빨라질수록 운전자의 시
야는 좁아진다. 멀리 있는 것은 잘 보일지 모르나 가까이 있는 것은 희미
하게만 보일 뿐이다. 이와 같은 경우는 현실의 삶에서도 자주 경험하는 일
이다. 우리의 뜻하는 바가 급격하면 급격할수록 우리의 시야는 좁아진다.
우리의 뜻이 과격하면 할수록 우리의 시력은 흐려지며, 그리하여 우리 가
까이 다쳐서는 안 될 것들을 다치게 한다. 과격은 맹목을 낳고 맹목은 또
다른 과격을 부른다. 과격하기 때문에 맹목적이고 맹목적이기에 과격할
수 있는 것이다.[8]

자신이 지닌 욕망이 절실하면 절실할수록, 과격하면 과격할수록 타자
에게 상처로 다가갈 수 있다는 논리를 이성복은 차를 비유로 하여 설명
하고 있다. 이러한 비유를 통해 이성복은 궁극적으로 냉정한 자기 성찰
을 시도하고 있는 것이 아닐까. 이러한 자기 성찰의 모습은 『사랑으로 가
는 먼 길 : 이성복 문학 앨범』에 수록된 「액자 속의 사내를 찾아서」라는
글에서 한결 인상적으로 드러나 있다. 문학 앨범의 출간을 위해서 따로
씌어진 것으로 보이는 이 글에서 시인은 자신의 내면적 초상을, 삼인칭
'그' 의 시점으로, 참으로 진솔하고 투명하게 드러내고 있다. 그 드러냄
의 솔직성(?)이 어느 정도인가 하면, 마치 자신의 솔직함을 무기로 자신
의 나르시시즘을 옹호하는 것으로 보이기도 한다. 다음의 예문들을 읽어

8) 같은 책, 91쪽.

보자.

　지난 세월 동안 그는 몇 권의 시집과 산문집을 냈지만, 그 책들의 성격
은 저마다 다른 것이었다. 더러 애정과 관심을 가진 사람들이 그것이 그의
꾸준한 '자기 개발'이나 '지적 모험'이라는 식으로 어지간히 미화시켜 둘
러대지만, 그 자신에게 남는 느낌은 약간의 허세와 대부분의 남사스러움
이었다. 한 군데 오래 머물러 그 자리의 햇빛과 그늘을 속속들이 맛보면서
깊이 뿌리를 내려가는 '정주형' 삶을 배워 익힌 작가들 앞에 설 때마다,
그가 갑자기 낯이 뜨거워짐은 바로 자신의 약점에 대한 켕김 때문이었으
리라.[9]

　그가 국민학교 5학년 때 혼자 서울에 올라간 것을 두고 '대단한 결단'
이라고 입을 모으지만, 사실은 억누를 수 없는 충동에 맞선 섬약한 기질의
패배일지도 모른다. 스스로 생각해보아도 그는 유혹에 약한 편이며, 특히
감각적 유혹에 대해서는 쉽게 허물어진다. 지금까지 그가 저질렀던 어리
석음과 남에게 준 상처는 대개 그가 순간적인 유혹에 제대로 버텨내지 못
했기 때문에 생긴 것들이다. 그때마다 그는 반성하고 후회했지만 이내 똑
같은 유혹에 다시 빠져들었고 다시 후회하고 반성하였다.[10]

　평상시 그는 자신이 무척 다정다감한 사람이라고 생각하지만, 때로 자
신의 냉혹함과 비정함의 단적인 증거 앞에서 당혹하며, 평소 소심하고 연
약하기 짝이 없는 그가 돌연히 남들의 기대와 예상을 뒤엎고 얼토당토않
은 짓을 저지르거나, 저질렀다는 것을 뒤늦게 알아차렸을 때, 그 자신에
대해 놀라지 않을 수 없었다. 그럴 때마다 그는 대체 자신이 어떤 사람인

---

9) 이성복, 「액자 속의 사내를 찾아서」, 『사랑으로 가는 먼 길 : 이성복 문학 앨범』, 웅진출판,
1994, 140~141쪽.
10) 앞의 책, 148쪽.

가를 자문해보지만 끝내 자신의 정체성을 밝힐 수 없었다.[11]

사실 이러한 자기 성찰과 자기 드러냄은 그 배후에 자신에 대한 묘한 자부심과 나르시시즘을 내장한 경우가 많다. 어떤 의미에서는 치열한 '양심고백'조차도, 자신에 대한 최소한도의 자신감 없이는 쉽게 할 수 없는 행위일 것이다. 그리고 그 솔직함과 자기 드러냄이 일종의 무기가 되어 타자를 압박하는 제스처로 작용할 수도 있을 것이다. 이러한 일반론을 인정한다고 해도, 이성복의 자기 성찰과 자기 드러냄은, 자기 현시욕과 무반성적인 나르시시즘이 난무하는 이 시대의 풍토를 감안하면, 신선한 문학적 풍경이라고 할 수 있지 않을까 싶다.

흥미로운 사실은 이성복의 이러한 자기 성찰이 자신의 문학적 성공과 명성으로 인해 비로소 가능해졌을 것이라는 점이다. 만약 이성복이 아무도 그 문학성을 인정하지 않는 삼류 시인이라고 가정해보자. 과연 이런 식의 자기 드러냄과 자기 성찰을 보여줄 수 있을까. 결코 아닐 것이다. 설사, 그것이 가능하다 해도, 그것은 진정한 의미에서의 자기 성찰이 아니라 문학적 해프닝이나 천박한 나르시시즘으로 받아들여질 것이다. 그러니, 우리는 그 어떠한 자기 성찰도 주체의 입장이 적절하게 뒷받침되지 않고서는 그 의미가 결정적으로 반감된다는 사실을 인식할 수 있는 것이다. 이러한 면에서 보면 이성복은 대단히 명민한 시인이 아닌가 생각된다. 물론 이성복의 자기 성찰의 순수성을 우리는 기본적으로 신뢰한다. 그럼에도 불구하고, 이성복의 자기 성찰은, 자신의 행위가 어떠한 맥락과 파장을 지니고 있는가에 대해서 치밀하게 고려한 연후에 수행된 태도가 아닌가 생각된다. 당연히 이러한 태도 자체가 약점을 아닐 것이다. 다만 자기 성찰이라는 지적 행위는 주체의 치밀한 고려가 동반되었을 때, 그 의미가 최대한 살아날 수 있다는 사실을 이성복의 경우를 통해 분

---

11) 같은 책, 153~154쪽.

명히 인식할 수 있다.

냉엄한 자기 성찰은 궁극적으로 자신과 연결되어 있는 '타자'의 존재에 대한 인식과 배려를 동반하지 않을 수 없다. "자신에 대한 반성이란 자신의 과도함에 대한 성찰이며, 그 과도함으로 인해 겪게 될 상대의 아픔에 대한 심려이다"[12] 같은 표현이 바로 이러한 점을 여실히 보여주는 예일 것이다. 이러한 타자에 대한 섬세한 인식이 전형적으로 드러난 글이 「뜨겁도록 쓸쓸한 사내의 초상」(1987)과 「크고 넓으신 스승」(1990)이다. 전자는 이성복의 절친한 문우인 소설가 이인성의 초상을 해부한 글이고, 후자는 이성복이 진정으로 존경하는 스승인 문학비평가 김현이 이 세상을 뜬 후에 그를 추모하며 쓴 글이다. 물론 이 글은 글의 성격상 그가 가장 애정을 지니고 있는 타인의 장점만 묘사한 글이기에, 타자와의 치열한 논쟁적 대화보다는 타자와의 행복한 합일이 주 내용을 구성하고 있다. 그런데 이 글들에는 이성복의 문학에 대한 사유가 독특한 방식으로 스며들어 있다. 다음과 같이.

마치 섬세한 천을 짜듯 한치의 간극도 없이, 혹은 말린 멍석을 깔듯 물샐틈없이 이어나가는 그의 글쓰기는 의식이 자신을 도피할 수 없는 지경으로 몰아세우는 참담한 과정에 다름아니다. 그의 글을 읽는 우리가 고통스러운 것은 그의 의식이 자신의 고통을 담보로 하여 우리의 의식까지 그 고문대 위에 올려세우기 때문이다. 그토록 힘겨운 그의 글쓰기는 모든 것이 뒤죽박죽·날림투성이인 우리 시대, '아침은 지나갔고 저녁은 오지 않은' 문화변동기의 희생물 바로 그것이다. 누군가가 해야 하는 일, 박수도 갈채도 없는 그 일을 그는 한 시대의 '숙명'처럼 묵묵히 하고 있을 따름이다. 요즘도 나는 문장이 엉망인 학생들을 보면 이인성의 글을 복사해 여러 번 읽으라고 권한다.[13]

---

12) 이성복, 「차에 관한 단상」, 『꽃핀 나무들의 괴로움』, 살림, 1990, 92쪽.
13) 앞의 책, 211~212쪽.

위의 예문은 이성복이 생각하는 문학에 대한 몇 가지 암시를 던지고 있다. 그 하나는 이성복의 경우, 문학과 삶을 동일한 연장선상에 놓고 바라보고 있다는 점이다. 소설가 이인성의 의식의 치열성과 고통이 그의 글쓰기의 치열성으로 나타났다고 파악하는 이성복의 관점은 치열한 삶이 전제되지 않은 치열한 글쓰기가 존재할 수 없다는 입장에 접근한다. "이인성의 가혹한 자기 고문은 바로 허약한 사람들에 대한 사랑과 안팎을 이룬다. 아직까지 나는 그만큼 함께 아파하면서도, 그만큼 울음을 숨길 줄 아는 사람을 본 적이 없다"는 이성복의 이인성에 대한 평가 역시, 문학 이전에 이인성의 삶의 태도를 얘기하고 있는 것이 아닌가. 그러므로 이인성이 자신의 고통을 담보로 하여 글을 쓰기에, 그 글이 우리에게 의미가 있다는 설명이 바로 이성복의 관점에 연결된다고 하겠다.

다음은 그가 정확한 문장을 강조하고 있다는 사실도 주목된다. 문학에서 정확하고 아름다운 문장이나 문체의 중요성을 특별히 소중하게 생각하는 이러한 입장은 그의 스승인 김현의 영향에서 비롯된 것으로 보이는데, 사실 이성복 역시 대단히 정확하고 아름다운 문체를 구사하는 대표적인 문인이 아니던가. 이성복의 산문이 그의 시만큼이나 풍요로운 문학적 향기를 담고 있는 것도 그의 유려하고 단정한 문체에서 비롯된다고 여겨진다.

「크고 넓으신 스승」은 이성복이 그의 스승인 김현 선집 『전체에 대한 통찰』(1990)에 수록한 김현의 삶과 문학에 대한 애틋한 추모의 글이다. 이 글에서도 이성복은 김현의 문학적 역량이나 문학적 재능 이전에 김현의 인간적인 매력과 겸손한 삶의 태도에 대해서 더 커다란 비중을 두고 얘기하고 있다. 이성복은 김현의 풍모에 대해 "언제나 따뜻하시면서 의연하셨던 선생님의 기품" "마치 물 위에 비친 달의 모습처럼 확연히 빛을 발하다가도 지나가면 한 점 흔적을 남기지 않는 선생님의 처세" "선생님께서는 그토록 날카로우셨기 때문에 따뜻할 수 있었고, 그토록 올곧

으셨기 때문에 푸근할 수 있었다" 등의 표현을 구사하고 있다. 심지어 친구로부터, 스승 김현이 자장면 배달부에게까지 정중하게 배웅인사를 하는 장면을 전해들으면서 이성복은 커다란 감동을 받았다고 언급하고 있다. 이러한 김현의 삶이 그의 글과 문학에 섬세하게 스며들어, 탁월한 글쓰기를 낳았다는 것이 이성복의 에세이를 관류하는 시각이라고 할 수 있다.

김현, 이인성과 같은 이성복과 가까운 지인에 대한 글쓰기를 통해서 추론해볼 때, 이성복은 문학과 삶이 서로 분리될 수 없다는 사실, 그리하여 문학과 삶, 글과 행동이 일치하는 경지를 이상적으로 상정하고, 문인을 평가하고 있는 것이다. 사실 이러한 이성복의 관점은 1980년대 초반부터 간헐적으로 드러나고 있었다. 예컨대 다음과 같은 글을 보자.

　가령 우리가 '싱싱하게 살고 싶다'고 말했을 때, 그 말이 곧 '싱싱한' 것은 아니다. 그 말이 싱싱한 말로서 들려지기 위해서는, 그 말을 지배하는 우리들 체험의 진부함과의 싸움이 있어야 한다. 모든 표현의 싱싱함, 모든 시의 풍부함은 이미지의 교묘한 배치나 조립에 의해서가 아니라, 무미건조한 우리들 삶의 통속성과의 싸움에서 얻어지는 것이다. 감동적인 이미지란 곧 체험된 이미지이다.[14]

이러한 문학관은, 한 문학작품의 문학성이 필자의 경험과 체험의 지평에 의해서 커다란 영향을 받는다는 경험주의적 문학관에 해당된다. 그러고 보면 "예술가로서의 삶의 완성의 문제는 나에게 완성된 예술보다 훨씬 중요하게 생각된다"[15]는 초기의 단장 역시 예술과 삶의 일치를 표현하고 있다. 이러한 이성복의 예술관은 "예술은 생을 통과해간 인간의 실존의 두께이고 깊이의 다른 이름이다"[16]라고 표현된다. 물론 그렇다고

---

14) 같은 책, 291쪽.
15) 이성복, 「단장 757」, 『그대에게 가는 먼 길』.

해서 이성복이 삶과 문학을 기계적으로 일치시켜 바라보는 것은 아닐 터이다. 예술과 삶 사이에는 무수한 중첩적인 연결고리가 놓여 있으리라. 다만 이성복으로서는, 치열하고 섬세한 삶이 뒷받침된 글쓰기가 좋은 글의 중요한 요건이라는 점을 지속적으로 강조하고 있는 것이다. 이러한 의미에서 이성복의 문학세계는, 그의 문학론에서 개진된 입장에서 보면, 근대적인 분화의 원리에 근거하여 예술의 독자성을 주장하는 기교주의자나 모더니스트의 예술지상주의적 예술관과는 분명한 거리가 있다고 하겠다. 오히려 이성복의 문학관은 동양의 전통에서 일반화된 재도지기(載道之器)의 문학관에 가까운 것이다. 그러므로 이성복이 동양사상과 만나는 것은 자연스러운 수순이 아니었을까 싶다.

5. 동양사상과의 만남

문학과 삶의 일치, 글과 행동의 합일을 주장하는 이성복의 문학관은 1980년대 후반부터 자연스럽게, 그리고 뚜렷하게 동양사상과의 만남을 추구해갔다. 실제로 「연애시와 삶의 비밀」이나 「차에 관한 단상」 같은 에세이를 검토해보면, 동양사상의 흔적이 곳곳에서 발견된다. 다음의 예문들을 보자.

물과 길이 우리들 삶의 통시적인 이해를 가능케 하는 것이라면, 성(性)은 공시적 이해를 가능케 해준다. 만상은 음양의 이치에서 크게 벗어나지 않는다. 미미한 세균들의 번식에서부터 천체의 질서에 이르기까지 음양의 화합으로 설명되지 않는 부분이 있을까. 이 세상에서 남녀간의 사랑이야말로 가장 단순하고 가장 포괄적인 삶의 원리가 아닐까 하는 생각이 든

---

16) 정과리, 「디지털 환경에서 문학하기」, '2000년을 여는 젊은 작가 포럼' 발제문, 62쪽.

다. 그런 의미에서 연애시는 삶의 비밀을 밝히려는 모든 시의 원형이라고 할 수 있다. 남녀간의 사랑 속에 숨어 있는 원리들을 밝힌다는 것은 곧 삶과 죽음, 정신과 물질, 이 세상과 저 세상의 관계를 밝히는 일이 될 것이다.[17]

삶의 사각지대로 오는 천명에 대해서는 성인도 어쩔 수가 없다. 이른 나이에 안연(顔淵)이 세상을 떠나자 공자는 '하늘이 나를 버리셨다' 라고 거듭 통곡한다. 그를 따르던 사람이 슬픔의 과도함을 지적하자 공자께서는 '내가 지나치게 슬퍼했던가' 라고 반문한다. 평소에 슬픔의 과도함을 경계하였던 그가 스스로 과도한 슬픔에 빠졌다는 사실은 참으로 공자의 공자다움을 잘 드러내준다. 마땅히 과도해야 할 때 과도한 것은 과도한 것이 아니다. 그야말로 자신도 모르는 사이에 중도(中道)를 가는 성인의 성인다움이다. 역설적이게도 천명은 과도한 슬픔을 적합한 슬픔으로 바꾸어준다.[18]

첫번째 예문은 「연애시와 삶의 비밀」의 한 구절인데, 연애시의 원리가 음양의 원리에 기반한 동양사상에서 비롯되었다는 사실을 흥미롭게 보여주고 있다. 두번째 예문은 「차에 관한 단상」의 한 구절인데, 공자의 경우를 예로 들어 중도의 원리에 대해서 설명하고 있다. 실제로 이성복은 1987년부터 『주역』 『논어』 등을 강독하고, 그러한 동양사상을 기반으로 하여 「네르발 시의 역학적 이해」(1990)라는 박사논문을 작성하기도 했었다. 프랑스 시인 네르발을 '역학' 의 원리로 해석한 이성복의 학위논문과 1993년 프랑스의 스트라스부르(Strasbourg) 대학에서 발간하는 학술지 『문학연구』에 발표된 「『역경』에 비추어본 보들레르적 여정」은 서구적인 대상이 동양사상의 방법론과 만나 형성된 특이한 풍경을 보여주고 있

---

17) 앞의 책, 82쪽.
18) 같은 책, 98~99쪽.

다. 이 무렵부터 이성복의 글에는 성인, 공경, 도, 겸손 등의 동양사상에 영향을 받은 용어들이 자주 등장하게 된다. 1990년에 발표된 「성인을 찾아서」라는 산문은 이성복이 『논어』를 강독하면서 얻은 흔적이라고 할 수 있다.

"안다는 것은 곧 자신의 무지를 아는 것이다" "성인은 삶의 모든 모서리에 달통(達通)해 있는 인물이 아니라, 삶에 대한 자신의 무지(無知)를 누구보다 먼저, 그리고 누구보다 솔직히 인정하고, 그럼으로써 그릇된 신념의 폐해로부터 벗어날 수 있는 가능성을 누구보다 많이 가지고 있는 분이다"라는 표현들이 바로 이성복이 『논어』를 강독하면서 인식하게 된 지혜라고 할 수 있다. 그런데 우리가 여기서 질문해야 할 것은 이성복의 동양사상에의 경도가 서구적 지성과 근대주의에 대한 다소 낭만주의적 반발에 근거한 것은 아닌가 하는 의혹이다.

이성복이 동양사상에 경도될 무렵, 우리 지성계는 이른바 포스트모더니티와 모더니티를 둘러싼 치열한 논쟁들이 시작되던 시기였다. 그리고 그 직전인 1980년대 초중반의 지식사회학적 풍경은, 단연코 근대적 주체와 이성중심주의에 기반한 마르크스주의가 풍미하고 있었다. 이러한 무렵에 동양사상에 회귀한다는 것은 과연 어떤 의미를 지니고 있을까. 물론 1980년대를 풍미했던 근대주의, 과학주의, 이성주의에 대한 그의 반발이 동양사상에 대한 관심을 자연스럽게 유도했으리라는 점, 그리고 어떤 면에서는 포스트모더니티의 사상적 원리가 동양사상과 연계된다는 사실도 이성복의 동양사상에의 경도를 자연스럽게 설명할 수 있는 요소일 것이다.

그러나 포스트모더니티 이론의 한계에서도 인식할 수 있다시피, 근대, 혹은 이성, 주체에 대한 면밀한 검토가 배제된 탈근대, 탈이성의 논리가 드러내는 어떤 지적 허약함과 조급증을 우리는 기억하고 있다. 이성복의 경우에도 이러한 비판이 가능하리라. 그의 동양사상에의 경도가 근대의 맥락과 이성의 핵심을 치열하게 통과한 연후에 진행되었더라면 한결 설득력 있고 자연스럽지 않았을까 생각되는 것이다. 저 자욱한 근대의 회랑을 온몸으로 통과한 사상만이 근대를 근원적으로 반성할 수 있는 튼실한 입장일 수 있지 않을까. 이러한 의미에서 최근 이성복이 다시금 서양 근대에 대해 관심을 기울이고 있다는 소식은 의미심장해 보인다. 시인 송재학에 의하면, 이성복은 1991년에 이루어진 두번째의 파리 체류의 체험을 통해, '서양과의 다시 만남'을 추구했다고 한다.[19] 아울러 1994년 무렵부터는 서구 근대 인문학의 뿌리인 정신분석 관계 책들을 읽고 있다는 소식이 들려온다.[20] 이러한 이성복의 지적 전회는 서구적 근대주의로의 회귀가 아니라, 동양사상이 지닌 모종의 한계를 돌파하려는, 그리하여 동양과 서양의 타자성을 그 자체로 이해하려는 어떤 정신의 적극적인 의지로 해석되어야 할 것이다.

6. 글을 맺으며

지금까지 우리는 이성복의 산문과 단장, 에세이 형식의 글을 종합적으로 검토함으로써, 이성복의 문학관이 어떠한 변모의 도정을 밟아왔는가 하는 점에 대해서 인식할 수 있었다. 이성복의 문학관이 삶과 예술의 일치를 주장하는 입장에 가까우며, 이러한 입장은 지속적으로 견지되었다는 것, 1980년대 후반에 들어오면서, 문학의 객관적인 자리에 대한 좀더 냉철한 분석과 성찰이 이루어지고 있다는 것, 그리고 문학을 논리나 이성으로 접근하는 방식에 대해서 생래적인 거부감을 가지고 있다는 것, 1980년대 후반부터 동양사상에 경도되었다가 최근에는 서구적인 의미

---

19) 송재학, 「정든 유곽에서 호랑가시나무까지」, 『사랑으로 가는 먼 길 : 이성복 문학 앨범』, 웅진출판, 1994, 55쪽.

20) 정과리, 「그리움의 자리」, 『사랑으로 가는 먼 길 : 이성복 문학 앨범』, 웅진출판, 1994, 108쪽.

의 근대성의 기원에 대한 집중적인 탐문을 수행하고 있다는 것 등의 사실을 확인할 수 있었다.

항상 문학과 예술에 대한 근원적인 사유를 전개하는 이성복은 앞으로도 문학의 존재의미와 예술의 역할에 대한 지속적인 성찰을 보여줄 것으로 기대된다. 그러한 과정을 통해서, 시인은 어느 한곳에 머물러 있지 못하는 자신의 체질상 끊임없는 자기 갱신을 보여줄 것이다. 근대 서양문명이라는 거대한 지평과 씨름하고 있는 이성복이 앞으로 어떤 새로운 사유를 가지고 자신의 문학론을 전개하게 될지 무척이나 궁금하다. 그가 새로운 문학적 사유와 지평을 보여주는 순간, 그의 시세계는 또 그만큼 도약할 것이다. 그는 지금 이 순간에도 자신에게 다음과 같이 묻고 있을 것이다. 지금 나에게 문학이란 무엇인가?

(조상기 편, 『한국현대시의 양상과 이론』, 1998)

다시, 신세대문학이란 무엇인가?

1. 신세대문학의 올바른 이해를 위한 전제조건

우리는 1990년대 초반에 활발하게 불어닥친 이른바 '신세대문학' [1] 의 돌풍과 그에 대한 격렬한 찬반 논의들을 기억한다. 그로부터 이삼 년의 세월이 흐른 현재, 신세대문학에 관한 논의들을 펼친 '주체' 들의 의사와 관계없이 이제 신세대문학은 우리 문학의 가장 강력한 권력이자 매력적인 상품이 되었다고 말할 수 있을 것이다. 최근에 문학분야에서, 신세대문학에 대한 담론이 몇 년 전에 비해서 현저히 감소한 것은, 사태를 정확

---

1) 물론, '신세대문학' 이라는 용어는 여러 가지 오해의 소지가 있는 일종의 유행적인 담론이다. 그러나 이 용어 자체가 지닌 문제점과는 상관없이 이미 '신세대문학' 이라는 개념이 보편적으로 사용되고 있으므로 이 글에서는 일단 이 용어를 그대로 사용하기로 하겠다. 앞으로 신세대문학이라는 개념에 대한 정치한 재구성이 필요하다고 판단된다. 우리 문단에서 '신세대문학' 이란 대체로 다음과 같은 두 가지 범주로 사용되고 있다. 그 하나는 '주로 1960년대 이후에 출생하여, 1990년대 들어와서 의식적으로, 혹은 무의식적으로 1980년대의 지배적인

히 보자면, 신세대문학의 영향력 자체가 소진해서가 아니라 적어도 저널리즘의 측면에서는 신세대문학이 이미 기존의 문학을 제치고 문학의 중심부에 확고하게 진입했기 때문일 것이다. 말하자면, 이제는 신세대문학에 대해서 구태여 목청을 높이면서 선전할 필요가 없는 것이다. 그들 자체가 이미 중심이므로. 이제 신세대문학을 주창한 몇몇 주역들은 '스타 시스템'의 논리에 완연히 포섭되어 문학적으로나 세속적으로나 달콤한 고속비행의 여정을 즐기고 있지 않은가. 그렇다면 과연 무엇 때문에 이러한 사태가 발생했을까. 이 문제를 두 가지 측면에서 살펴볼 수 있을 것이다. 우선 이 문제를 문화사적인 입장에서 거시적으로 살펴보면, 신세대문학의 발흥과 그들의 '스타 시스템'으로의 편입은 돌이킬 수 없는 문화적 대세라고도 볼 수 있을 것이다. 현란한 포스트모더니즘의 용어를 들 것도 없이 실재(實在)보다 이미지가 더욱 중시되는 문화적 분위기는 후기자본주의사회에서 일어나는 보편적인 징후라고 할 수 있을 터인데, 이러한 후기산업사회의 문화적 논리를 가장 효과적으로 충족시켜주는 대상이 바로 신세대문학인 것이다. 이러한 문화적 징후는 당연히 우리 사회에서도 예외 없이 발견되는 것이 아닌가.

이제, 우리 사회에서도 외국 노동자들의 권리보호에 관한 담론들이 등장하고 있는 사실에서 극명하게 나타나듯이, 한국자본주의 역시 선진자

문학적 경향과는 상반되는 작품을 쓰는 일련의 젊은 작가와 시인들의 문학적 성과'를 일컫는다고 할 수 있다. 문학적인 입장에서 간과하지 못할 편차가 있기는 하지만 일반적으로 신경숙 장정일 이인화 박일문 윤대녕 박상우 등의 소설가와 유하 함민복 허수경 박용하 진이정 김중식 등의 시인들의 문학적 작업들이 '신세대문학'의 범주에 포괄되는 것으로 보인다. 두번째는 문학적 내용과 이념에 관계없이 일반적으로 '주로 60년대 이후에 출생하여 1990년대 들어와서 주목할 만한 활동을 보여주는 젊은 문인들의 문학적 성과'로 신세대문학을 규정하는 경우이다. 후자의 범주를 따를 경우 공지영 김인숙 김소진 공선옥 등의 소설가와 몇몇 진보적인 시인들이 신세대문학의 범주에 추가될 수 있다. 이 글에서 신세대문학이라는 용어는 주로 첫번째 의미로 사용될 것이다. 사실 어떤 예술보다도 자유로운 문학을 세대론의 관점에서 설명하거나 이해한다는 것은 여러 가지 한계를 지니고 있다고 생각한다. 그러나, 동시에 의외로 '세대론의 지평'이 한 시대의 문학적 지형도를 결정하는 중요한 변수 중의 하나라는 사실 역시 회피할 수 없는 진실일 것이다.

본주의에서나 나타났던 제국주의적 현상들이 발견되고 있고, 문화적인 측면에서 보더라도, 우리 사회는 다른 어떤 사회보다도 컴퓨터나 PC통신을 비롯한 뉴미디어의 물결에 급속하게 포섭되고 있는 상태인 것으로 보인다. 이에 따라서 새로운 문화적 분위기에 편승한 새로운 젊은 작가군의 등장은 당연히 예상되는 바였다. 아울러, 문학의 여러 가지 기능 중에서 오락적이며 유희적인 기능이 날이 갈수록 증대되는 선진자본주의의 문화적 양태가 이제 우리 문화에서도 본격적으로 시동되기 시작했다는 사실을 냉철하게 인식할 필요가 있을 것이다. 이와 연관하여, 우리 문단의 몇몇 계몽주의자들에 의한 일부 '신세대문학'의 노골적인 상품지향성과 탈이데올로기적 경향에 대한 격렬한 비판은, 적어도 이러한 문화적 문학적 대세에는 별다른 영향을 미치지 못한 것으로 보인다.

몇 년 전부터 신세대문학이 문단의 중심부로 갑자기 부상하고 이와 동시에 적어도 표면적으로는 신세대문학에 대한 비판적 담론이 점차로 감퇴하기 시작했다는 사실을 미시적이며 구체적인 측면에서도 살펴볼 수 있을 것이다. 그것은 바로 우리 문단에서 신세대문학을 대상으로 씌어진 비평담론들 자체가 지니고 있는 몇 가지 중대한 문제점에 대한 투명한 인식과 연관된다. 신세대문학에 대한 비평적 담론은 신세대문학을 대하는 입장에 따라서 대체로 두 가지 종류로 나뉠 수 있을 것이다. 그 하나는 계몽주의적인 입장에서 신세대문학의 여러 가지 맹점들, 이를테면 자기 철학 없는 '참을 수 없는 존재의 가벼움', 무역사적 허무주의, 1980년대 진보적 문화에 대한 경박한 청산주의, 슬렁슬렁 씌어진 듯한 문체 등등에 대해서 매서운 질타를 가하는 경우이다. 민중문학 계열의 대부분의 비평가들과, 아직도 유교적인 전근대주의와 '순수 이데올로기'에 매몰되어 있는 문화적으로 보수적인 비평가들이 이러한 입장에 해당된다. 뒤에서 자세히 살펴보겠지만, 이러한 입장을 펼치는 비평가들은 대개 신세대문학을 일종의 '타자'로 설정하고서, '순결한 주체(문학의 진보성? 문학의 진정성? 문학의 순수성?)'의 자기 동일성을 수호하기 위해서는 그

'타자'를 적극적으로 배척하고 분리해내야 한다는 절박한 사명감에 불타 있다. 마치 한때 저널리즘에서 빈번하게 사용되었던 '오렌지족'이나, '압구정동족'이라는 용어가 신세대를 '타자'로 분리 배제하면서 기성세대의 정체성을 보위하기 위한 상징적 담론으로 기능했던 것처럼. 그러나 이러한 입장은 바로 그 '신세대문학'의 발생론적 조건과 정확한 실상에 대한 온당한 분석을 가로막는 '인식론적 편견'을 양산하는 경우가 대부분이었다고 할 수 있다. 이와 연관하여, 많은 젊은 작가들이 자신들이 '신세대작가'라는 용어로 불리는 것을 달갑게 생각하지 않는다는 점을 고려하면, 이미 신세대문학이라는 용어가 얼마나 완고한 편견의 성을 구축했으며 무의식적으로 내면화된 이데올로기를 전파시켰는가 하는 점을 여실히 인식할 수 있는 것이다.

한편, '신세대문학'의 열광적인 옹호자로 자처하면서 기꺼이 신세대문학의 전령사 역할을 수행한 입장도 물론 존재했다. 이는 신세대의 입장에서 기성세대의 문화적 보수성을 질타하면서 사회적 상황과 문화적 조건의 급격한 변모에 따라서 생성된 새로운 문화적 흐름에 대해서 적극적인 옹호를 보내는 입장이라고 할 수 있다. 그러나, 이러한 입장은, 변모된 현실에 대한 정교한 분석과 상품미학의 책략에 대한 냉철한 대응이 수반되지 않는다면, 그들의 진정한 의사와 관계없이, 대부분 새로운 구매층의 창출을 위해서 '신세대'나 'X세대'를 전략적으로 홍보하는 상품미학의 이론적 방패 역할을 하게 될 가능성이 높다고 하겠다.

지금까지 설명해온 것처럼, 신세대문학에 대한 비평적 담론들은 신세대문학의 실상과 허상에 대한 균형적인 분석의 측면에서 보았을 때, 찬반양론 모두 일정한 한계를 지니고 있다. 이 글은 이러한 문제점에 착목하여, 신세대문학에 관한 몇몇 비평적 논의의 전개과정 및 그 문제점에 대해서 구체적으로 살펴보게 될 것이며, 아울러 신세대문학의 바람직한 방향성에 대한 제언을 덧붙이는 방식으로 씌어질 것이다.

2. 인정투쟁의 욕망을 넘어서 : 신세대문학(론)의 전략에 대한 반성

문학분야에 한정해서 조망한다면, 이른바 '세대론'의 관점에서 신세대문학에 대한 담론이 증가하는 중요한 분기점이 되었던 사건은 1991년 6월에 진행되었던 「세대론의 지평」(『오늘의 시』 제6호, 현암사)이라는 좌담이라고 할 수 있을 것이다. 그리고 이 좌담을 전후한 일이 년의 시기 동안 장정일의 『아담이 눈뜰 때』, 이인화의 『내가 누구라고 말할 수 있는 자는 누구인가?』, 박일문의 『살아남은 자의 슬픔』 등의 이른바 '신세대 소설'이라고 일컬어지는 대표적인 작품이 잇따라 발표되면서 신세대문학의 담론은 폭증하기 시작했던 것이다. 이 좌담에서, 박철화 이광호 등 젊은 비평가들은 '4·19세대'인 비평가 김주연, 그리고 박철화의 표현에 의한다면 '유신세대'인 시인 황지우와 논쟁적인 대화를 나누면서 문학적 세대론의 입장에서 동세대의 젊은 문학을 적극적으로 옹호하기 시작한다. 물론 이에 맞서서, 김주연과 황지우는 신세대문학에 대한 비판적인 의사를 개진하고 있다. 흥미로운 것은 이 좌담에서 개진된 젊은 비평가들의 신세대문학을 바라보는 논리이다. 특히 박철화는 1980년대 민중문학에 대한 강렬한 대타의식을 표출하면서, 다음과 같이 새로운 세대의 문학세계에 대해서 옹호하고 있다.

저희 세대 이전에는 어떤 하나의 태도를 선택하여 성취하는 것이, 곧 자기 실존의 완성일 수 있었겠지만, 저희 세대에게는 그렇지 않습니다. 그토록 찾아 헤매었던 삶의 휘황한 근원은 다시는 되돌릴 수 없는 어둠의 심연, 죽음의 하수구로 향하고 있어요. 따라서 이전 세대의 방황과는 달리 새로운 세대의 방황은 출구가 없는 정치적 억압의 숨막힘, 즉 비대해진 권력의 폭력, 또는 경제구조의 왜곡에서 비롯된 빈부 격차의 심화 따위에 의한 것이 아닙니다. 우리가 고통스러워함에도 불구하고 수락하지 않을 수 없는 삶 자체가 어디로 가는가, 어디로 가야 할 것인가에 대한 대답을 찾지 못한 자의 방황이죠.

위의 예문에서, 박철화가 구사하는 담론의 전략에는 '분리'와 '차별화'의 법칙이 작동하고 있다. 즉, 박철화는 이전 세대에게는 하나의 뚜렷한 중심이 있었지만, 그와 확연하게 분리되는 우리 세대는 막막한 어둠의 심연에 처해 있다는 논리로 새로운 세대의 문학과 그 이전 세대의 문학 사이에 근원적인 '단절성'을 배치하고 있다. 그러나, 박철화의 이러한 발언은 곧바로 황지우의 "대답 없는 물음은 모든 세대의 문제 아닙니까"라는 비판적 반응을 불러온다. 황지우의 발언은 박철화의 논리가 글 쓰는 사람이 보편적인 존재론적 조건을 자신들 세대만의 특수한 조건으로 오해하고 있다는 내용을 함축하고 있다. 박철화는 계속하여 주로 젊은 시인들의 문학세계를 적극적으로 옹호하면서, 젊은 시인들의 시들에 '유희의 진정성'이 부족하다는 황지우의 지적에 대해 "그것을 '유희'라고 말할 수는 없어요. 오히려 기존의 문명 자체와 인간 주체에 대한 회의로부터 새로운 긍정을 모색하기 위한 몸부림이라 생각합니다"라고 주장하고 있다. 신세대문학의 논리에 관한 위의 논쟁을 통해서 우리가 확인할 수 있는 것은, 물론 박철화는 부인하고 있지만, 이광호의 표현을 빌리자면 세대론적 '인정투쟁의 논리'가 젊은 비평가들에게서 뚜렷하게 발견된다는 점이다. 아울러 동세대의 작가와 시인들을 적극적으로 옹호함으로써 새로운 문학적 흐름을 주도하고자 하는 욕망도 박철화의 발언에서 적극적으로 발견된다. 요컨대, 박철화는 동세대 문인들의 새로운 창작 성과에 기반한 '새로운 비평의 전략'으로 무장하여, 기성의 지배적인 문학적 흐름을 적극적으로 비판 해체하면서 신세대문학의 정당성과 필연성을 전파하겠다는 강렬한 의도를 지니고 있는 것이다. 세대론에 대한 이러한 박철화식의 이해는 그후에도 신세대문학의 전개와 존립방식에 엄청난 영향을 미치면서 완고한 고정관념을 형성한 것으로 보인다.

문학사라는 거대한 별자리에 둥지를 튼 문인이라면, 누구나 지속적으로 빛나는 찬란한 별이 되고 싶을 것이다. 그것은 예술가의, 아니 인간의 가장 기본적인 욕망이리라. 바로, 이러한 형이상학적인 욕망은 많은 문인들이 고독과 가난과 그토록 막막한 글쓰기의 시간을 기꺼이 견뎌낼 수 있는 이유 중의 하나일 수 있다. 그러나, 이러한 원칙론과 별도로 지나치게 세대론적 이해에 기반한 '비평적 책략'은 한번쯤 근원적인 반성과 진지한 검토의 대상이 되어야 하지 않을까. 사실 한국 현대문학비평사의 새로운 고비고비마다 일군의 젊은 비평가집단은 그들의 신선하고도 독특한 논리로 무장하여 기성문단을 매장하면서, 새로운 세대 혹은 이념의 문학을 열렬하게 전파하곤 했었다. 예컨대 고(故) 김현을 비롯한 4 · 19세대의 비평가들이 가장 격렬하게 비판한 것은 바로 전세대인 1950년대 비평가들의 논리와 1950년대의 문학적 유산이었으며, 1980년대 중반부터 민중문학 계열의 비평가들이 목청을 돋우어 비판한 것도 역시 한때 그들이 사숙했던 진보적인 선배 비평가들의 비평적 논리였다. 그렇다면 이러한 비평사의 사적(史的) 논리를 어떻게 평가할 수 있을까.

　　예를 들어 4 · 19세대 비평가들의 경우를 보자. 현금의 시점에서 보면, 4 · 19세대 비평가들의 다채로운 비평적 성과는 우리 현대비평사에서 가장 찬연한 무지개를 수놓고 있다고 기꺼이 평가할 수 있겠지만, 적어도 그들이 그 바로 전대의 문학과 비평가들을 비판하면서 구사한 '담론의 전략'이 지니고 있는 문제점에 대해서는 지금의 시점에서 냉철하게 짚어보아야 할 것이다. 서둘러 결론부터 말하자면, 4 · 19세대 비평가들이 자기 정체성을 정립하기 위해서 '타자(전대의 문학과 비평가들)'를 비판하는 논리에는 한국 현대지성사의 고질병이라고 할 수 있는 지적 조급증과 무반성적인 주체중심적 지성의 한계, 서구 편향적인 엘리트주의 등이 고스란히 드러나 있다.[2] 그들의 자기 동일성(새로운 비평적 입장)을 내

---

2) 백낙청과 김현 김주연 등의 4 · 19세대 비평가들의, 전대의 문학적 성과를 비판적으로 검토하면서 자신의 문학적 입지를 주장하는 '세대론적 전략'의 문제점에 대해서는 졸고 「60년

세우기 위해서, 타자(전대 비평가들의 논리)의 입장을 배제하고 억압했던 것이다. 물론, 예술의 본질이 무엇보다도 새로움에 있다면, 그 새로움의 확보를 위해서 기존 예술의 고루한 관점을 비판하면서 상투적인 시각을 탈피한 새로운 관점을 주창하는 것은 예술의 피할 수 없는 근원적인 목표이자 운명일 것이다. 그러나 이러한 의욕이 과도하게 앞서면서, 항상 우리의 예술사와 비평사, 지성사는 지식이나 문화의 축적과 연속성의 확보보다는 다소 성급한 부정과 단절의 논리가 상대적으로 강조되었다고 할 수 있을 것이다. 근대문학사가 전개된 이래로, 얼마나 많은 사조와 입장들이 우리의 문학사를 헤치면서 지나갔는가. 그 사조와 입장들이 탄생한 원산지에 비하면 이 땅은 그 교체의 원칙과 주기가 얼마나 즉흥적이고 동시에 짧았는가.

최근 일군의 해체주의자들을 중심으로 이루어지고 있는 정전(canon)에 대한 근원적인 문제제기는 별도로 치더라도 유의미한 정전이 확립될 최소한의 지적 문화적 연속성의 확보나 지적 문화적 유산의 계승이 성공적으로 이루어지지 못한 채, 마치 패션의 유행처럼 숱한 문학적 입장과 문예사조의 끊임없는 교체가 난무했었다는 것이 우리 지성사와 문학사

대 비평문학의 세대론적 전략과 새로운 목소리」(『1960년대 문학연구』, 예하, 1993)를 참조할 수 있을 것이다. 일례로 김현이, 자신을 포함하여, 동세대의 비평가들인 염무웅 백낙청 김주연 김치수 등의 새로운 비평적 가능성을 논급한 「한국비평의 가능성」이라는 글은 세대론적 '인정투쟁의 욕망'이 가장 명쾌하게 노출되어 있는 글이다. 김현은 이 글에서 이어령 유종호 이철범 등의 바로 이전세대의 비평가들을 냉엄하게 비판하면서 자신과 동세대인 4·19세대를 "우리가 아는 한 역사상 가장 진보적인 세대이다"라고 표현하거나, "65년대 비평가들이 짊어지지 않을 수 없었던 과제란 문제해결의 과정에서 만나게 되는 숱한 난관들을 포기해버리는 '그 악순환을 저지하려는 진지한 노력'이다"라고 주장하는 김현의 세대론적 논리는 그 주장의 선언성에 걸맞은 충분한 검증과 정밀한 논리의 뒷받침을 얻지 못하고 있다. 왜냐하면, 전자의 명제는, 구체적인 분석이 결여된 단지 수사학적 선언의 차원으로 그치고 있으며, 후자의 주장은 딱히 4·19세대의 비평가에게만 해당되는 특수한 정황이라고 볼 수 없기 때문이다. "문제해결의 과정에서 만나게 되는 숱한 난관들을 포기해버리는 '그 악순환을 저지하려는 진지한 노력'은 유독 4·19세대가 아니더라도 모든 비평가들이 대면할 수밖에 없는 근원적 조건이 아닐까.

의 솔직한 실상일 것이다. 드넓은 문학사에 대한 진지한 검토와 고전과 정전의 맥락에 대한 이해가 수반되지 않은 채, 전대의 문학적 경향에 대한 일차원적인 대타의식에 기반하면서 새로운 문학적 영토를 개간하겠다는 욕망이 앞설 경우 그 문학의 수준은 너무나도 뻔한 것이 아닐까. 그리하여, 장정일이 『너에게 나를 보낸다』의 후기에서 "'경험'과 '사유'의 전멸. 그것이 우리들 신세대문학의 경박한 특징이고 약점이자 한계입니다"[3]라는 지적이 바로 이러한 맥락과 연결될 수 있을 것이다. 이러한 의미에서, 참을 수 없는 존재의 가벼움은 한없는 존재의 무거움을 통과한 연후에 비로소 획득될 수 있는 덕목이라는 것, 진정한 형식 실험은 고전에 대한 정확한 이해와 풍부한 인문적 지성이 수반되었을 때 비로소 달성될 수 있는 것이라고 필자가 주장한다면 그것은 대책 없는 고전주의자의 탄식이 되는 것일까.

장정일 구효서 이순원 박상우 윤대녕 이인화 등등 90년대 들어와서 주목할 만한 작품활동을 보여주고 있는 대표적인 젊은 작가들의 나름대로 의욕적이며 형식 실험적인 작품에서, 때때로 신선한 인식의 충격이나 냉철한 전복적 지성의 패기, 혹은 소설에 대한 근원적인 물음을 확인하기보다는 새로움에 대한 편집증적 집착과 미학적 혼란스러움을 느끼게 되는 것도, 바로 위에서 설명한 바와 같이 고전과 폭넓은 인문적 지성에 기반하지 않은 뿌리 없는 실험과 과도한 포즈가 난무하는 우리 문화의 미

---

3) '경험'과 '사유' 중에서, 적어도 '경험'이라는 것은 당대의 역사적 사회적 조건에 의해서 규정될 수밖에 없는 사항일 것이다. 말하자면, 그것은 한 세대의 작가에게는 이미 타고난 존재론적 조건인 것이다. 이러한 의미에서 1990년대 들어와서 활동하는 신세대작가들은 1980년대 작가들에 비해 불행하거나 행복하다. 그러나, '사유'의 넓이와 깊이는 시간과 노력에 의해서 얼마든지 확보할 수 있는 영역이 아닐까. 이렇게 본다면, 1990년대의 신세대작가들은 '사유'의 확장에 커다란 노력을 기울여야 할 것이다. 그런데, 생각보다 신세대문학에서 사유의 넓이와 깊이가 그다지 발견되지 않는다는 점, 그리고 신세대문학에서 가장 첨예한 논쟁의 대상이 되었던 장정일과 이인화가 적어도 동세대의 작가들 중에서 사유의 넓이와 정보의 순발력에서 보자면 가장 가능성을 보여주고 있다는 점은 대단히 흥미로우며 주목할 만한 사실이다.

학적 관행에서 연유하는 것이 아닌가 한다.[4] 예술에 있어서 진정한 실험은, 그리고 진정한 새로움은 단순한 순발력이나 재치에 의해서 이루어지는 것이 아니라, 지금까지 존재해왔던 인류의 예술적 성과와 다양한 형식실험의 역사를 충분히 장악했을 때 비로소 탄생하는 것일 터이다.

물론, 전통의 압력으로부터 자유롭다는 것과 고전적인 인문학적 지성에 대한 해체주의적 태도를 신세대문화나 신세대문학의 고유한 특질로 볼 수도 있을 것이며, 아울러 1990년대에 들어와서 급격하게 부상된 대중문화의 다양한 양상을 적극적으로 보여주는 것이 신세대문학의 중요한 과제가 되리라는 사실 역시 부인할 수는 없을 것이다. 그러나, 가령 신세대문학이 '존재의 가벼움'에서 연유하는 1990년대 문화의 특징들을 적극적으로 작품화한다고 할지라도, 그 작품화하는 과정의 진정성 내지 문학적 밀도의 확보 여부는 엄밀하게 가치 평가되어야 할 것이다. 말을 바꾸면 신세대문학은 1990년대의 새로운 문화적 분위기를 적어도 문학적으로는 치밀하게 형상화된 방법으로 보여주어야 한다는 것이다. 이러한 의미에서, 신세대문학의 고유한 문학적 특성과, 문학적 덜떨어짐 혹은 문학적 미성숙성은 엄밀하게 구별되어야 할 것이다.

예컨대, 느슨하게 씌어진 소설 이전의 풀어진 에세이 투의 글을 단지 1980년대 소설의 지배적인 흐름과 변별된다는 의미에서 새로운 형식이라고 상찬할 수는 없을 것이다. 몇몇 뛰어난 지성이나 충분한 예술적 훈련에 의해 단련된 작가를 제외하면, 그러한 소설들은 대부분 새로운 형

---

4) 이와 연관하여, 몇몇 진보적인 젊은 작가들의 최근 소설에서 그들이 몇 년 전까지 최고의 가치로 신봉했던 이념을 '죽은 개' 취급을 하거나 경박한 청산주의에 경도되는 풍토가 광범위하게 발견된다는 사실은 진보적인 마르크스주의와 그에 기반한 미학적 입장조차, 지적 계승이나 이념의 섬세한 내면화라는 측면에서 실패하고 있음을 분명하게 보여주는 사례라고 생각된다. 그렇다는 것은 상당수의 진보적인 지식인과 예술가에게 있어서 마르크스주의가 '패션'의 일종으로서 받아들여졌음을 의미한다. 마르크스주의가 우리 지식인 사회에 하나의 유의미한 전통으로 자연스럽게 내면화될 때, 진보적인 예술 역시 일시적인 유행이 아니라 일상적 삶에 밀착한 창조적인 전통으로 자리잡을 수 있을 것이다.

식이 아니라 '서사'에 대한 훈련이 제대로 안 된 소설 이전의 끄적거림 내지 소재가 고갈된 작가의 구차한 미봉책에 불과한 것이다. 이러한 의미에서, 진정한 새로움은 인류사 이래로 존재해온 수많은 서사구조에 대한 다양한 섭렵을 통한, 새로운 서사형식을 창출하고자 하는 창조적인 욕망에서 생성되는 것이리라. 그 빽빽한 서사의 밀림을 온몸으로 통과한 소설가에게만 비로소 새로운 소설형식의 희미한 길이 어렴풋하게 보이는 것이 아닐까. 이러한 의미에서, 지금 우리의 신세대문학에 진정으로 필요한 것은 진정한 '해체'란 '구축'에 대한 면밀한 이해에서 생성되는 것이고, 유의미한 '탈현대(포스트모더니즘)'는 '현대(모더니즘)'에 대한 성실한 파악을 통해 비로소 가능하다는 사실을 이해하는 것이리라. 밀란 쿤데라의 『참을 수 없는 존재의 가벼움』은 이념의 무거움과 정면으로 대결한 연후에 비로소 얻어진 그러한 '가벼움'이 아닌가. 혹시 우리의 신세대소설가들은 그 가벼움의 '포즈'만을 빌려오는 것이 아닌지.

지금까지의 논의를 통하여, 우리는 신세대문학에 대한 비평적 담론과 신세대문학 전반의 문제점을 살펴오면서 전대의 문학과 뚜렷이 구별되는 새로운 글쓰기를 창출하고자 하는 신세대문학과 비평의 성급한 인정투쟁의 욕망이 신세대문학의 문학적 완성도와 미학적 가치를 떨어뜨리는 요인으로 작용하고 있다는 사실을 인식할 수 있었다. 이에 따라서, 현재 신세대문학은 그 이름에 적합한 진정으로 새롭고 신선한 담론이 생성되면서 전대문학의 보수적인 울타리를 근원적으로 재편성하는 것이 아니라, 1990년대라는 새로운 문화적 정황이라는 좁은 울타리에만 편협하게 매몰되어 지리멸렬한 문학을 양산하는 것은 아닌가 하는 물음을 던져보아야 할 것이다. 좀더 근원적으로는 각 세대의 소중한 지적 예술적 유산을 상호대화와 토론 속에서 공동의 지적 유산으로 축적시키고 내면화시키는 과정이 우리의 지성사와 문화사에서 너무나 결여되었던 것은 아닐까. 이러한 의미에서, 자기 동일성과 자신의 주관적인 욕망만을 편협하게 주장하는 풍토에서 탈피하여, 자신과 상반되는 논리에 대한 정확한 이해가 신세대문학인들에게 절실히 필요할 것이다.

3. 신세대문학에 대한 비판과 옹호 사이에서

한 세대의 젊은 비평가들은 동세대 작가들과 함께 가야 한다는, 그리하여 동세대 작가들의 문학세계를 최대한 애정을 가지고 감싸안으며 새로운 문학적 기수가 되어야 한다는 우리가 흔히 접하는 논리 역시 다소 주관적인 세대론적 맥락에서 도출된 견해라고 할 수 있을 것이다. 물론, 한 시대를 같이 호흡한 동세대의 문인들은 다른 세대들은 단지 관념적으로만 이해할 수밖에 없는 독특한 시대적 감수성과 풍속도를 지니고 있을 것이다. 그리하여, 작가와 동세대의 비평가라면 다른 세대의 비평가가 단지 관념으로 인식할 수밖에 없는 그 작품의 독특한 시대사적 미학적 요소에 대해서 더욱 적극적인 평가와 해석을 내릴 수도 있을 것이다. 그러나, 근원적으로 보자면, 비평가에게 진정한 애정이란 무엇인가. 그것은 '정교한 비판'의 다른 표현일 것이다. 가령, 신세대문학에 대한 제대로 된 '비판'이 이루어졌을 때, 그리하여 그 '비판'이 그들의 실제적인 창작활동에 커다란 자극과 활력소로 작용했을 때, 비로소 신세대문학은 거듭날 수 있는 것이 아닐까. 요컨대, 신세대문학에 대한 애정은 애정대로 간직하고 있으면서도, 날카로운 비판적 시선을 보내는 것이 비평가들에게 절실히 필요하다고 할 수 있을 터인데, 신세대문학에 대한 수많은 비평적 담론들은 이러한 측면에서 보았을 때 커다란 문제점을 지니고 있다고 생각된다. 신세대문학에 대한 대부분의 평문들은 소박한 계몽적 입장에서 배태된 지극히 원칙적이고 무성의한 비판이 아니면, 세대론적 인정투쟁의 논리를 시원스럽게 탈피하지 못한 채 주관적인 애정에 기반하여 씌어진 글이라고 할 수 있다. 예를 들어, 김태현의「문학의 위기란 무엇인가」(『실천문학』 1993년 여름호)는 바로 1990년대 초반에 신세대문학에 대해서 전개된 융단폭격 중에서 그 본질적인 문제점을 보여주는 전형적인 평문일 것이다. 가령, 다음과 같은 구절을 검토해보자.

이 글은 문학의 위기를 운위할 요인이 실제로 있는 고로 이를 냉철하게 점검하여 지혜롭게 극복하는 것이 우리 문학의 현재와 장래에 보탬이 된다는 생각을 뼈대로 삼고 있다. 문학의 위기에 대한 적절한 방안을 마련하지 않고서는 민족문학의 미래가 투명할 수 없다는 생각도 그것을 후원하고 있다. (……) 그렇다면 문학의 위기를 유발하는 것은 무엇일까. 이 글은 그것을 일단 영상매체와 컴퓨터, 표절과 외설, 미시비평, 신세대문학론으로 규정한다.

김태현은 과연 문학을, 혹은 민족문학을 무엇이라고 설정하고 있는 것일까. 그의 평문에는 '문학' / '진정한 문학의 존재를 위협하는 신세대문학(론)'의 완강한 이분법적 구도가 관류하고 있다. 이러한 논리에 따라서, 김태현은 문학의 수호를 위해서, 문학의 존립을 위해서 '문학의 위기'를 유발하는 바이러스를 적발해낸다. 그 바이러스는 다름아닌 '신세대문학(론)'이다. 김태현에게 '문학'은 고정적인 형이상학적 존재이다. 그 존재의 자기 동일성을 위협하는 '타자'를 철저히 배제하고 비판함으로써 비로소 생명을 유지할 수 있는. 그리하여, 그에게 신세대문학이란, 1990년대에 들어와서 전개된 정치적 문화적 정황의 변모에 따라 갑자기 등장하여, 진정한 문학의 위엄을 파괴하는 바이러스와 같은 존재일 뿐이다. 이러한 사고야말로 철저하게 독단적인 주체 중심주의의 산물이 아닐까.[5] 김태현은, 민족문학의 바람직한 생존과 갱신을 위한 그의 사심 없

---

5) 예를 들어 김태현의 다음과 같은 주장은 그가 '성(性)'과 문화와 글쓰기의 자유에 대해서 얼마나 단순하고 일차원적인 사고를 지니고 있는가를 여실히 보여준다. "널리 알려진 바대로 『즐거운 사라』는 몇 년 전 모 주간지에 연재될 때부터 이런저런 화제를 뿌리더니 급기야 이로 인해 그 저자인 마광수와 이를 출판한 장석주가 구속되었고 이 뒤에는 그들의 구속에 대한 찬반논의가 한참 분분하였으며 심지어 이들의 석방을 위한 서명작업을 둘러싸고 웃지

60

는 계몽주의적인 열정에도 불구하고, 신세대문학이 이미 우리 문학의 무시할 수 없는 중요한 부분이며, 그 가장 부정적인 한계조차도 우리 문학과 우리 지성사의 토양에서 싹튼 것이라는 사실, 주체에 이미 타자의 목소리가 섞여들어가 있다는 사실, 뉴미디어의 발달에 따라서 문학의 개념 자체가 점차 변모하고 있다는 사실, 영상매체와 문자매체를 대립적으로 바라보기보다는 상호 보완적으로 조망하는 것이 한층 '문학'의 위상에 도움이 될 것이라는 사실 등을 애써 무시하고 있다. 문제를 근원적으로 조망하자면, 앞에서 우리가 비판적으로 언급했던 신세대문학의 경박한 세대론적 인정투쟁의 논리는 알게 모르게 1980년대를 지배했던 민중문학의 완강한 주체중심주의와 동전의 양면의 관계를 이루고 있는 것 아닐까.

그러니까 일부 신세대문학의 '참을 수 없는 존재의 가벼움'은 일부 민중문학의 '참을 수 없는 존재의 편협함'과 정확한 대응구조를 이루고 있는 것이다. '타자'의 입장에 대한 성실한 이해와, 상호 주관적이며 대화적인 지성이야말로 지금 우리의 문화와 지식인 사회에서 무엇보다도 절실하게 요구되는 소중한 가치라고 생각된다. 이러한 의미에서 신세대문학의 발생론적 조건과 새로운 성과 및 그 부정적인 심연까지도 사회사적 지평과 문화사적 맥락 등의 차원에서 정밀하게 검토하는 것이 필요할 것이다.

주목해야 할 것은 신세대문학에 대한 이러한 소박한 계몽주의적 비판은, 그 비판주체의 치열한 계몽주의적 열정에도 불구하고, 실상 신세대

못할 소동까지 일어났다. 이런 일들을 지켜보면서도 우리는 사실 인기와 돈을 겨냥하고 썩어진 한 대학교수의 조잡한 글이 그토록 커다란 관심을 끌 줄은 미처 예상하지 못했다." 김태현의 이러한 논리에 대해서 비판하기 위해서는 따로 정교한 글이 필요하리라. 다만, 그의 논의가 마광수의 글쓰기에 대한 문제제기와는 별도로, 마광수 필화사건이 한국사회에서 지니고 있는 복합적이며 심층적인 맥락을 정확하게 이해하지 못한 차원의 소박한 비판이라는 사실은 지적되어야 하겠다. 김태현은 자신과 관점이 다른 '타자'의 입장과 논리를 너무나도 단순한 자기 동일성의 관점에서 배척하고 있는 것이 아닐까. 이러한 폭력적인 자기 동일성의 신화가 궁극적으로는 제국주의와 파시즘으로 연결되었음을 서구의 철학사는 증거하고 있다.

문학의 당사자에게 거의 도움이 안 된다는 사실이다. 신세대문학의 당사자들은 그 비판자와 전혀 다른 맥락과 관점으로 문학과 세계에 대해 접근하고 있으므로, 실상 김태현식의 비판은 소귀에 경 읽기에 불과할 수도 있다. 과연 그렇다면 신세대문학에 대한 어떠한 비판이 가장 유효 적절한 비판으로 작용할 수 있을 것인가. 제대로 신세대문학을 논하는 비평가라면, 그 문학의 발생론적 뿌리를 이루는 세계관과 감수성에 대한 면밀한 이해를 통한 일차적인 동일화의 단계를 거친 연후에, 그 단계에서 한 발 더 나아가 상호 주관적인 시점으로 신세대문학에 대한 비판과 토론을 재구성해야 할 것이다.[6] 이와 연관하여, 지배문학에 대한 원칙적이며 계몽주의적인 비판을 위주로 한 반동일화(反同一化)의 방법이 아니라, 지배문화에 한편으로 '편승' 하면서 또다른 한편으로 그 지배문화의 내부로부터 '저항' 의 전술을 체득하는 미셸 페쇠(M. Pêcheux)식의 비동일화(非同一化)의 방법을 참조할 수 있을 것이다. 그러한 비판은 일차원적인 계몽주의 단계를 탈피하여, '타자' 의 존재에 대한 면밀한 이해를 거쳐, 타자의 욕망과 실존, 그 이념적 편견에 주체의 그림자를 투시해보는 상호 대화적인 비판이 될 것이다. 타자의 존재를 통해 자신의 그림자를 엿볼 수 있을 때, 그리하여 그 타자를 통해 자기 동일성을 근원적으로 되돌아보고 자신의 이데올로기를 재구성할 수 있을 때, 그러한 과정을 통해 이루어지는 비판은 '타자' 에게도 진정 치명적인 비판이 되지 않을까. 요컨대 중요한 것은 상호주관성이자 대화적 지성인 것이다.

---

6) 포스트모더니즘이나 신세대문학에 대한 논의 중에서 상대적으로 도정일의 비판이 커다란 설득력을 띠는 이유는 그가 비교적 포스트모더니즘의 철학적 기반과 논리에 대해서 정확히 이해하고 있으며, 신세대작가들의 서술방식이나 욕망의 구조에 대해서 꿰뚫어보고 있기 때문일 것이다. 그가 '타자' 를 인식하기 위해서 바친 시간이 다른 비평가보다 월등 많지 않았을까. 도정일 비평집, 『시인은 숲으로 가지 못한다』(민음사, 1994) 중에서 제3부 「혼돈시대의 소설」 참조.

4. 상품미학의 유혹을 견뎌내며

우리는 앞에서 신세대문학에 대해 가해진 계몽주의적 비판의 문제점에 대해서 살펴보았다. 그런데, 이러한 문제점과 더불어 은연중에 신세대문학의 경박한 상품성으로의 투항을 조장하는, 또하나의 위험한 논리가 존재한다. 가령, 이러한 논리는 어떠한가.

소설가라면 소설은 이야기를 꾸미는 것이라는 일차적 요구에 부응하는 재능, 이야기를 만들고 다듬을 줄 아는 재능 앞에서 우선은 반가워하자는 소리이다. 요컨대, 새로운 작가 새로운 소설을 만날 때, '이 친구 생각 됐네' 라는 감탄사를 '이 친구 소설 잘 만드네' 라는 감탄사로 바꾸자는 것이다. 그래서 이제는 내수용이 아닌 수출용 스타 상품도 만들겠다는 노력도 해야 한다.[7]

'소설적 흥미' 란 무엇인가에 대한 세밀한 규정 없이, 문학성과 대중성을 철저하게 분리하여 사고하는 그의 비평적 제안을 신세대소설가들이 그대로 수용한다면, 한국소설은 어떠한 방향으로 달려나가게 될까. 아마도, 한국의 소설문단은 할리퀸 유의 로맨스 소설과 추리소설의 제조공장이 되어, 혹시 그의 주장대로 '수출용 스타 상품' 을 만들 수 있을지도 모르겠지만, 그것마저도 엄청난 대자본의 기획력에 의해서 제조된 외국의 기획소설에 비해서 경쟁력이 떨어지지 않을까.

이제, 신세대문학인은 자신에 대한 소박한 계몽주의적 비판과 상품미학의 노골적인 유혹, 인정투쟁의 집요한 욕망 사이를 헤치며, 자신들의 글쓰기를 우리 문학사의 창조적인 전통 속으로 자리매김해야 한다는 중대한 임무를 지니고 있다. 이를 위해서는 이광호의 표현에 따른다면 "문

---

7) 진형준, 「너무 보수적인 우리 문단」, 『상상』 1994년 봄호.

학적 권력들이 구성해놓은 이 끈질긴 편견들, 이 불길한 자리"[8]를 온몸으로 탈피하는 것이 요구될 것이다. 그 작업은 그들에게 한편으로는, 지금까지 인류가 개발해낸 드넓은 인문적 지성의 대지와 수많은 봉우리로 둘러싸인 '정전'이라는 문학적 봉우리들에 대한 장기적인 차원의 지속적인 정복과 섭렵을, 또다른 한편으로는 자본의 마력을 수단으로 하여 그들의 문학적 영혼을 구매하기 위해서 기획된 상품미학의 유혹에 대한 냉철한 대응이라는 이중의 과제를 요구하고 있다.

마지막으로, 이제 그들에게 끈기를 가지고 기대해보자. 새로운 시대의 의미에 걸맞은 현대적이며 순발력 있는 새로운 지성의 활력을. 자신의 순정성도 예술성도 상품미학의 논리에서 자유롭지 않음을 고통스럽게 드러내는 현대예술가의 치열한 초상을. 스스로 상처받고 패배함으로써 자신의 세속적인 삶을 지배하는 현실의 논리에 복수하는 예술가의 자부심을. 과연 누가 신세대문학을 새로운 지성의 활기와 예술적 자존심의 마지막 보루를 표상하는 문학적 상징으로 돌려놓을 수 있을 것인가. 누구보다도 이 시대의 젊은 작가들에게 이 중대한 과제를 미루며, 글을 맺는다.

(『창작과비평』 1995년 봄호)

---

8) 이광호, 「'신세대문학'이란 무엇인가?」, 『상상』 창간호.

다시 문학이란 무엇인가

1. 문학의 새로운 존재방식

프랑스의 에드몽 로스탕(E. Rostand)의 낭만극 「시라노 드 벨쥬락」을 토대로 해서 만들어진 〈시라노〉라는 영화는 최근 몇 년 동안 필자가 본 영화 중에서 가장 매혹적이고 인상 깊었던 영화의 하나였다. 제라르 드 빠르디유, 뱅상 페레 등을 비롯한 주연 배우들의 화려하고도 섬세한 연기, 17세기 당대의 프랑스 귀족사회의 진기한 풍습과 인문학적 취향들, 문학적 재능이 연애의 중요한 수단으로 기능했던 독특한 구애의 방법과 사랑의 담론들, 전설적인 검객이자 탁월한 시인이었던 주인공 시라노의 눈부신 해학과 기지, 그리고 지나치게 크고 우스꽝스러운 자신의 코 때문에 자신의 실체를 사랑하는 사람 앞에서 숨길 수밖에 없었던 시라노의 슬픈 사랑 등등이 필자의 눈과 귀를 시종 즐겁게 했었다. 이러한 이 영화의 독특한 분위기와 감성에 대한 매혹은 나만의 것이 아니었는지, 소설가 주인석은 「그때 시라노는 달나라로 떠나가고」(『현대소설』 1992년 가을호)라는 소설을 통해, 영화 〈시라노〉를 시인 기형도의 죽음과 포개놓으면서 독특한 소설적 발상법을 우리에게 보여주고 있다.

그런데, 〈시라노〉를 본 지 수년이 지난 지금까지도 이 영화를 생각하면서 가장 먼저 떠올리게 되는 것은, 무엇보다도 주인공 시라노가 죽기전에 마지막으로 언급한 다음과 같은 인상적인 독백이었다. "월계관도 장미꽃도 다 가져가라. 그러나 한 가지만은 내게서 절대로 빼앗아갈 수 없다. 나의 허영심만은." 그 '허영심'이야말로 주인공 시라노로 하여금, 이 세상의 무수한 유혹에도 불구하고 세상의 온갖 불합리와 모순에 맞서 자신의 '자존'을 지키게 만든 '마음의 따뜻한 등불'일 것이다. 나는 최근에 몇몇 절친한 문우들의 절망과 현실적인 좌절을 훔쳐보면서, 혹은 문인들이 모이는 술자리에 아주 가끔씩 어울리면서 바로 시라노가 죽기 전에 했던 말을 '문학의 운명'과 포개놓아보곤 했었다. 좀더 구체적으로 말하자면, 문학비평을 중요한 업으로 삼고 있는 필자의 입장에서는 '문학의 죽음' 혹은 '문학의 시대는 갔다'라는 다소 과장된, 동시에 부분적으로 그 일면적 진실을 인정하지 않을 수 없는 주장들을 접하면서 바로 '우리 시대에 문학은 과연 무엇일 수 있는가'라는 질문을 나 자신에게 던지고는 했는데, 그때마다 시라노의 마지막 구절이 머리를 끊임없이 배회했던 것이다. 말하자면, 나는 시라노의 마지막 독백에서 적어도 표면적으로는 현란한 영상문화와 흥미진진한 대중문화에 문화적 헤게모니를 빼앗기고 있는 '문학의 운명'을 엿보았던 것이다. 비디오나 컴퓨터 통신, 뉴미디어를 비롯한 다른 매체와의 대결에서, 결국 패배하고 좌절할 수밖에 없는, 혹은 그 정도는 아닐지라도 최소한 문화적 헤게모니는 빼앗길 수밖에 없는 문학의 운명!

그래서 우리는 이렇게 말할 수 있지 않을까? "대중적 관심도, 자본의 저 화려한 마력도, 사회를 개선할 수 있는 추진력도 다 가져가라. 그러나 한 가지만은 문학에게서 절대로 빼앗아갈 수 없다. 패배하고 좌절하여 스스로 창공의 빛나는 별이 되는 문학의 고유한 힘만은." 그런데 역설적으로 말하자면, 그 패배와 좌절의 공간에서 문학의 고유한 역할이 생성되는 것이 아닐까. 이와 관련하여, 어느 비평가의 다음과 같은 절박한 목소리를 참조해보는 것은 어떨까.

문학이여, 결코 절망할 일이 아니다. 김훈의 어사를 빌려, 스스로 세상의 상처가 됨으로써 세상의 풍경을 드러낼 줄 아는 그대의 희한한 기술은 그대를 기어코 세상 속에 영생토록 벌할 터이니, 그게 차라리 절망할 일이고, 그 절망이 그대의 평생 유희가 되리라. 다시 몰리에르와 조이스의 그 유명한 말투를 빌려, 문학에게서 모든 것을 빼앗는다 하더라도 스스로 세상의 상처가 되는 이 즐거움만은 빼앗지 못할 것이다. 아무도 빼앗아가지 않을 터이니, 아무도 상처받고 싶지 않을 터이므로, 모두가 제 종기를 도려내고 싶어할 터이므로.[1]

문체와 불문학적 지식으로 감안하건대, 비평가 정과리가 작성한 것으로 여겨지는 위의 글에서 바로 우리는 스스로 상처가 되어 세상의 소금이 되는 문학의 '역설적인 존재방식'을 간취할 수 있다. 그 상처 때문에 세상의 온갖 축제와 영광의 휘장에 숨어 있는 권력과 욕망의 그림자를 예리하게 투시할 수 있는 문학은 '좌절한 자의 순수성과 아름다움'을 간직하고 있다. 패배한 자의 스스로 상처가 되는 권리는 과연 아무도 빼앗아갈 수 없을 것이다.

---

1) 「문학공간 : 1994년 봄」, 『문학과사회』 1994년 봄호.

2. 문학과 구원, 그리고 환상

문학의 존재방식과 연관하여, 나의 가슴을 울리고 간 또하나의 인상적인 대목은 시인 이성복의 「연애시와 삶의 비밀」에 등장한다. 이성복은 이 감동적인 에세이에서, 자신에게 과연 문학은 무엇이었는지에 대해 정갈한 목소리로 말하고 있다. 1988년 8월 17일의 일기에서 이성복은 문학의 유용성에 대한 회의를 다음과 같이 털어놓고 있다.

문학 얘기를 할 때마다 드는 생각은 이게 무슨 소용이 될까 하는 것이다. 나의 이야기가 문학을 처음 시작하려는 사람들에게 별 도움이 될 수 없으려니와 대체 문학이란 것이 살아가는 데 어떤 의미를 가져다줄까 하는 의문이 언제나 남아 있다. 한 학생은 문학이 우리의 삶을 '다시 돌아보게 하는' 역할을 해줄 수 있다고 말했다. 그리고 나도 그 말에 동의했다. 어쩌면 그 이상에도, 이하에도 동의할 수 없으리라. 다시 돌아본다? 무엇을? 깊이를 알 수 없는 심연을 (……) 다시 돌아본다는 것은 심연 위에서 눈을 뜨는 일이다. 그것이 우리를 행복하게 해줄 수 있을까.[2]

위의 진솔한 발언은 실상 문학의 존재방식에 대한 근원적인 고민과 성찰을 담고 있다. 문학의 역할과 기능에 대한 이토록 담담한 인식은 문학을 신비화하면서 문학에 대한 과도한 환상을 가지고 있는 것에 대한 비판적 성찰과 환멸에서 연유하는 것이리라. 실제로 이성복은 문학에 대한 자신의 인식의 변화를 설명하면서, "지금부터 꼭 십 년 전 어느 좌담회 자리에서 나는 문학은 나의 유일한 '구원'이라는 말을 한 적이 있었다"라고 고백하고 있다. 그렇다면 이 에세이를 쓸 당시의 이성복의 관점은 어떠한가. 이성복은 "그로부터 십 년 후 문학은 내게 있어서 유일한 구원

---

2) 이성복, 「연애시와 삶의 비밀」, 『문예중앙』 1988년 가을호.

68

도 아니고, 가능한 여러 구원의 방법들 중의 하나도 아니다. 대체 구원이라는 것이 가능한지, 아닌지조차 나는 알 수 없다"고 말하고 있다. 그렇다! 이성복은 '구원'이라는 용어 자체가 일종의 형이상학적 환상에 불과할 수도 있다는 사실을 확연히 깨달은 것이 아닐까. 그렇다면, '구원'이라는 것 자체가 사실상 존재하지 않는 것이 아닐까. 단지 이 세상의 수많은 억압받고 소외된 사람들과 여린 사람들이 막막한 일상을 견뎌나가기 위해서 매달리고 있는 환각의 형태가 바로 '구원'이라는 단어가 아닐까.

이성복은 이어 이렇게 언급하고 있다. "이 세상에서의 삶은 캄캄한 어둠 속에서 일순간 켜댄 성냥불 같은 것이다. 과연 문학은 카프카의 말대로 '얼어붙은 호수를 가르는 하나의 도끼날' 같은 것일까" 여기서 과연 무슨 말을 더 보탤 수 있을까. 다만 이성복의 다음과 같은 간단한 결론을 부기해두고자 한다. "지금에 있어 문학은 나에게 구원도, 구원의 수단도 아니다. 나는 구원을 믿지 않는다."

'문학의 기능에 대한 과도한 환상'은 대체로 두 가지 유형으로 나누어진다. 하나는 문학을 신비화하면서 그 문학을 유일한 구원이나 거대한 환상의 대상으로 생각하는 경우이다. 문학에 처음 눈뜰 무렵의 문학소녀들이나 강렬한 예술가적 감성과 광기를 지닌 사람들에게 주로 발견되는 이러한 경향은 문학에 대한 거대한 형이상학적 환상을 자랑스럽게(?) 지니고 있는 경우가 대부분이다. 이성복의 십여 년 전의 고백도 넓은 의미에서 보면 문학에 대한 이러한 '환상'을 가지고 있었다는 의미일 것이다. 한편, 문학의 가능성과 역할에 대한 또다른 측면에서 과도한 의미를 부여하는 경우는 문학을 사회개선의 중요한 도구로 간주하는 문인들에게서 자주 발견된다. 1980년대 우리 문학의 거대한 조류였던 민중 문학 계열의 문인들도 이러한 유형에 가깝다고 볼 수 있을 것이다. 이들은, 문학이 사회의 진보와 변혁을 위한 계몽주의적 역할을 강력하게 수행할 수 있다는 또다른 환상을 가지고 있다. 물론, 문학은 독자의 내면에 섬세하게 스며들고 현실에 대한 관심을 환기시킨다. 그러나 그러한 문학의 기능과 사회의 직접적인 변혁 사이에는 대단히 간접적이고 중층적으로 매개된 관계항들이 존재하고 있을 것이다. 그렇기에, 문학이 사회개선의 커다란 역할을 직접적으로 할 수 있다는 지나친 계몽주의적인 기대는 실상 문학이 세계의 중심이라는 문학중심주의적인 환상에 불과한 것이 아닐까. 따라서 다음과 같은 지적은 문학에 대한 과중한 의미 부여와 과도한 기대를 해체하는 데 중요한 참조가 될 수 있을 것이다.

적어도 미국에 관한 한 예술의 사회변혁에 대한 주장은 시대착오적인 것이다. 닥터로우의 견해로는 예술이 어떠한 것도 변화시키지 못한다는 것은 역사가 증거하고 있다. 예를 들어 1930년대의 모든 반파시즘 시(詩)들이 히틀러의 집권을 막는 데 아무런 힘도 없었다. (……) 만약에 소설을 읽고 나서 어떤 사람의 이 세계에 대한 관점이 변화되었다고 하더라도 그의 새로워진 견해가 이 세계의 변화에 필요한 실질적인 노력으로 이어지기란 지극히 힘든 일이다. 쿠버에 의하면 어떠한 시인도 아직 이 세계를 변화시키지 못하였다.[3]

물론 위의 언급은 '예술의 혁명적 잠재력'에 대해서 어떠한 환상도 가지고 있지 않은 미국의 포스트모더니즘 작가들을 설명하면서, 이미 고급문학이 문화적 헤게모니에 별다른 영향을 미치지 못하는 문화의 주변부 양식으로 전락했으며 상품미학의 거대한 울타리에 의해서 문학의 비판적 역할이 거의 거세당하고 있는 미국 문화의 정황을 묘사하기 위해서 제출된 견해이다. 그러나 위의 언급이 우리의 문화적 정황과는 아무런 연관성이 없는 단지 '강 건너 불'에 해당되는 문학적 주장이라고는 결코 볼 수 없을 것이다. 이미 우리 사회와 우리 문단에서도 위의 지적은 상당한 현실 설명력을 지니고 있다고 볼 수 있지 않을까. 그러나, 동시에 여

---

3) 정상준, 「아르키메데스의 점을 넘어서 ─ 포스트모더니즘의 역사관과 윤리관」, 『현대비평과 이론』 3호, 1992년 봄, 한신문화사.

기서 우리가 짚고 넘어가야 할 사실은, 문학의 진정한 역할은 단지 실제 사회의 개선을 위해서 문학이 과연 어떠한 기능을 수행하느냐의 관점에서만 얘기되어서는 곤란할 것이라는 점이다. 예컨대, 김지하의 「오적」이 문학사적으로 진정으로 중요한 이유는 그 작품이 독재정권의 모순을 치열하게 고발함으로써 문학이 지배 이데올로기를 고발하는 무기의 역할을 수행했다는 사실, 그로 인해 그 독재정권의 붕괴에 김지하의 시가 일조했을 수도 있다는 사실에서보다는, 그의 시가 당시 파시즘화되어가는 남한의 정치 문화를 무감각하게 수용하고 있던 이 땅의 민초들에게 '비판적 사유'와 '반성적 능력'의 환기에 중대한 역할을 수행했다는 사실에서 주어지는 것이리라. 이를테면, 자신이 당연하다고 믿어온 현실이 너무나도 음험한 욕망과 부패한 논리에 의해서 좌지우지되어왔다는 사실을 깨달았을 때의 엄청난 '인식의 충격'을 김지하의 「오적」은 제공하는 것이다. 이러한 '인식의 충격'은 우리의 문화와 삶에 섬세하게 스며든다. 그 충격은 현실을 반성하고 사유하는 능력을 확장시켜줄 것인데, 그것이 바로 비판적 문화의 은근한 힘일 것이다.

나는 물론 이 글에서 문학 무용론과 문학에 대한 허무주의를 주장하려는 것은 결코 아니다. 내가 이 글에서 각별하게 강조하고 싶은 것은, 문학에 대한 과도한 기대와 신비화가, 현금의 문화적 지형과 현실적 조건을 냉철하게 고려해보건대, 여러 가지 측면에서 바람직하지 못하다는 사실이다. 누구나 자신의 모든 열정을 바쳐서 참여하는 일이 다른 어떤 일보다도 소중하고 가치 있기를 열망할 것이다. 특히나, 이청준의 소설 「지배와 해방」에서 효과적으로 묘사되듯이 자신을 패배시킨 "바깥세계에 대한 복수심이나 그 현실의 질서를 자기 식으로 뒤바꿔놓고 싶은 욕망", 혹은 "꿈꾸고 모색해낸 새로운 질서로 그 세계를 지배하고 싶은 욕망"이 글쓰기의 중요한 추동력이라고 할 수 있는 문인들의 경우에는 더욱 그렇다. 그들은 누구보다도 자신의 글쓰기가 이 세상의 지배적 가치와 상투적인 인식을 전복시키는 거창한(?) 일이기를 꿈꾸는 것이다. 그러한 꿈과 열망이야말로 수많은 문인들로 하여금, 어떤 신진 소설가의 표현을 빌린다면 "싸늘한 골방에 처박혀 정다운 친구들의 망각만을 요청하면서 낡고 낡아 시간의 모래 위에서 썩어 문드러져가는 삶을. 그리하여 그런 소멸의 대가로 앞으로 어떻게 될지도 모를 작품 하나가 주어지는 삶을" 기꺼이 선택하는 가장 중대한 이유일 것이다.

그러나 최근 몇 년간의 문화적 현실은 이러한 문인들의 열망이 다소 과장된 자기애와 문학에 대한 과도한 의미 부여에서 기인한 것이라는 우울한 판단을 내리게 만든다. 문학은 결코 소멸하지 않을 것이며, 문자 문화의 고유한 기능 역시 사라지는 것이 아니라 다른 형태로 변환되는 것이라는 인식만으로는 문인들의 자존심을 만족시켜주지 못한다. 그들에게는 문학보다 소중한 것은 이 세상에 없다. 그러나, 이러한 문인들의 자존심은 점차 비디오와 영화를 비롯한 현란한 영상문화, 컴퓨터 통신과 CD비전 같은 뉴미디어, 그리고 후기산업사회의 화려한 꽃인 '대중문화' 앞에서 여지없이 구겨지기 시작한다. 소설가들의 자존심은 가끔 그들의 소설이 영화 시나리오의 원작으로 채택되어 물질적인 보상을 받긴 하지만, 그때의 자존심은 이미 '문화산업의 네트웍'에 의해서 나포되어 있는 형국이 아닐까. 가끔 절친한 소설가들을 만나면, 그들은 주로 영화 이야기에 열중하며, 이미 이 시대의 '찬란한 선택'이라고 할 수 없는 문학을 하는 자신의 우울한 삶과 전망 없는 글쓰기의 고통을 토로하는 경우가 많다. 최근에 유행하는, 소설가가 주인공으로 등장하는 소설들은 바로 이러한 소설가들의 일상과 전망 없는 삶을 주요한 소재로 채택하고 있다. 그들은 내심으로는 베스트셀러 작가와 문학적 깊이가 결여된 작품으로도 거액의 영화 판권료를 챙긴 대중작가들을 부러워한다. 동시에 그들은 문학적 자존심을 팽개친 채, 영화화를 기대하면서 씌어진 스토리 라인이 뻔한 소설들과 단지 대중들의 말초적인 흥미를 끌기 위해서 씌어진 작품들을 핏대를 올리면서 열렬히 비판하기도 한다(이러한 양가적 감정은 마치 속물혐오 경향과 평범한 시민에 대한 동경을 동시에 품고 있었던 모더니즘 예술가들의 모순된 양가적 반응을 연상시킨다). 이러한 경향은 대중문화와 뉴미디어가 새로운 문화적 중심으로 부각하는 최근에 더욱 격심해진 것으로 보인다. 그러나, 역설적으로 말하면, 이러한 소설가들의 반응은 그들이, 변화된 문화적 조건에 눈감은 채, 문학의 의미와 역할에 대한 과도한 기대를 여전히 고수하고 있기 때문에 연유하는 것이 아닌가 생각된다.

바로 이러한 의미에서, 지금 우리 시대의 소설가들에게 절실하게 필요한 것은 시라노가 가졌던 허영심이라고 할 수 있지 않을까. 그 허영심은 문학에 대한 지나친 환상에서 탄생하는 것이 아니라, 지금 이 시대에 문학이 할 수 있고 할 수 없는 일을 정확히 준별함으로써 탄생되는 것일 터이다. 이를테면, 다른 첨단매체와 대중문화가 기존의 문학적 자산을 홀랑 가져간 후에도, 의연히 남아 있는 문학만의 소중한 가치와 역할에 대한 자부심과 애정을 지니는 것이 이 시대의 문학인들에게 절실히 필요한 것으로 보인다.

나는 이 글의 앞 부분에서 자신이 지니고 있었던 기존의 가치와 역할의 대부분을 다른 매체에 빼앗겼기에, 혹은 좌절했기에 창공의 빛나는 별이 될 수 있는 문학의 역설, 혹은 스스로 상처가 되는 즐거움을 문학의 독특한 기능으로 설명한 바 있다. 정말 이제야말로, 문학인들은 '저주받은 영혼'이나 중심에서 소외된 아웃사이더로서의 자신의 존재에 대해서 진지하게 생각할 때가 온 것 같다. 동시에, 이제 비평가들은 무엇보다도 바로 스스로 상처가 되어 세상의 소금이 되는 소외된 시인과 작가의 손을 들어주어야 할 것이다. 세상의 중심이 된 시인과 작가에게는 자본과 상품, 대중의 열광을 비롯한 수많은 보상이 있지만, 스스로 상처가 되는 험난한 길을 선택한 시인과 작가에게는 아무런 보상도 없으므로. 그들에게는 글쓰기 자체가 가장 커다란 보상이자 고통이므로. 그래서, 누가 나에게 다시 문학이란 무엇인가, 라고 묻는다면, 나는 무엇보다도 스스로 세상의 상처가 되어 끊임없이 유랑하는 패배자나 유목민의 운명이 문학의 운명이라고. 바로 그렇기 때문에 문학은 일시적인 지상의 영광스런 존재가 아니라 영원히 창공에 빛나는 별 같은 존재가 될 수 있다고 말해 주고 싶다.

(『세계의문학』 1994년 겨울호)

2부 비평가를 이해하기 위하여

매혹과 비판 사이

—김현의 대중문화비평에 대하여

1. 문제제기

시인 황지우는 "1962년부터 1990년까지 한국문학은 김현 비평에 의해 축복받았다"[1]고 표현한 바 있다. 시인 특유의 과장과 발랄한 감수성이 돋보이는 위의 표현은 김현 비평의 깊이와 넓이를 단 한 문장으로 명쾌하게 묘사하고 있다. 그 김현이 이 세상을 뜬 지도 어언 6년의 세월이 흘러갔다. 1990년 6월 26일 그가 저 세상 사람이 된 후에도, 한국문단에는 여전히 그의 커다란 비평적 후광이 뚜렷하게 남아 있다. 김현의 신화는 지금도 계속되고 있으며, 그의 비평적 휘장은 한국의 비평문단에 부챗살처럼 드넓게 퍼져 있다. 그리하여 김현의 비평문학은 현재 한국현대비평사를 통하여 가장 찬연한 성좌 중의 하나로 존재하고 있다고 표현하는

---

1) 황지우, 「이 세상을 다 읽고 가신 이」(김현, 『전체에 대한 통찰』, 나남출판사, 1990), 454쪽.

것도 결코 과장은 아닐 것이다. 그가 이 세상 사람이 아니기에 그의 비평을 추억하는 그리움의 빛깔은 더욱 짙어지는 듯하다.

이러한 김현 비평의 성과와 매력을 적극적으로 평가하는 일련의 노력들은 김현이 이 세상을 떠난 직후부터 꾸준히 이루어져왔다. 예컨대 그의 제자들이 편집동인의 주축으로 활동하고 있는『문학과사회』1990년 겨울호는 김현이 세상을 뜬 지 불과 몇 달 만에 '김현 특집'을 마련했으며, 이의 연장선상에서 그가 편집동인으로 참여하였던 문학과지성사는 3년간의 기나긴 작업 끝에『김현문학전집』총 16권을 1993년 6월 그의 3주기에 맞추어 완간한 바 있다. 또한『김현문학전집』의 제16권인 '자료집'에 의하면 김현이 세상을 뜬 후에 그를 애도하는 무수한 신문기사와 추모의 산문, 추모시 등이 씌어진 바 있다고 한다.[2] 아울러 김병익 정과리 이성복 황지우 등 그와 직간접적으로 인연을 맺었던 문인들은 그의 비평문학과 삶에 대한 참으로 인상 깊은 추억의 에세이들을 세상에 내놓은 바 있다.

그런데 지금까지 언급한 김현에 대한 글들과 비평적 기획, 김현을 회고하는 산문들은 하나같이 비평가 김현의 비평적 업적을 긍정적인 입장에서 서술한 글이라는 점에서 뚜렷한 공통점을 지니고 있다. 이러한 사실은 필자 대부분이 김현과 직간접적으로 인간적인 관계를 맺었던 사람들이라는 점과 밀접한 상관성을 맺고 있을 것이다. 또한 이러한 글들이 대부분 김현을 추모하는 의도로 씌어진 사실도 글의 성향에 커다란 영향을 미친 것으로 보인다.

김현 비평에 대한 이러한 호평과 칭찬의 거대한 물결이 지나간 연후에, 몇몇 논자에 의해서 김현 비평에 대한 비판적인 문제제기가 이루어진 바 있다.[3] 그러니까, 그 화려한 김현 신화에 대한 본격적인 비판과 예

2) 이러한 종류의 글들은『김현문학전집』제16권 자료집(문학과지성사, 1993)에 충실히 수록되어 있다.
3) 대표적인 평문으로는 다음과 같은 글들을 열거할 수 있을 것이다.

리한 문제제기가 시작되고, 논쟁적 시각이 부각되기 시작했던 것이다. 이러한 비판적 담론들은 칭찬 일변도이던 김현 비평에 대한 전복적 해석을 통해 김현 비평의 한계와 문제점을 적극적으로 표출시키고 있다.

어떤 의미에서는 일정 부분 신화화된 김현 비평에 대한 비판적 문제제기의 중요성은 아무리 강조해도 지나치지 않을 것이다. 김현의 비평적 업적이 아무리 탁월하고 뛰어나다고 해도, 그의 비평에 대한 기존의 조명이 찬양과 긍정적 평가 일변도라는 사실은 분명히 균형감각을 상실한 것이 아닐까. 그런데 김현 비평에 대한 비판의 글들 중에는, 이동하의 치밀하고 구체적인 비판을 제외하면, 아직까지는 냉철한 균형감각에 의거한 합리적인 비판이나 생산적인 문제제기보다는 일종의 인신공격에 해당될 수도 있을 거친 비판들이 주를 이루고 있으며,[4] 더러는 '비판을 위한 비판' 행위에 열중한 나머지 김현 비평의 거시적인 문제들에 눈을 감은 채 미시적인 비판에 머물러 있는 경우도 발견된다.

이러한 의미에서 김현 비평에 대한 합리적인 이해를 위해서 이제 절실하게 필요한 것은 무엇보다도 비평가 김현에 대한 환상과 거품, 선입관과 편견, 지나친 신화화의 휘장 등을 걷어내고 김현을 김현 그 자체로 이해하는 작업일 것이다. 이를 위해서는 김현을 연구하는 인식주체의 지적 투명성이 요구된다. 왜냐하면, 지금까지 전개된 김현에 대한 비평적 담론들은, 몇몇 예외를 제외하고는, 대부분 김현에 대한 객관적 거리감 없이 연구주체의 주관(입장)에 지나치게 지배되어 있었기 때문이다. 물론

이동하, 「김현의 『한국문학의 위상』에 나타난 몇 가지 문제점」, 『전농어문연구』 7집, 1995 ; 「1970년대의 리얼리즘 논쟁과 김현·염무웅」, 『인문과학』 2집, 서울시립대 인문과학연구소, 1995.
반경환, 「상승주의의 미학」, 『행복의 깊이』, 한국문연, 1994 ; 「황지우, 김현, 정과리 비판」, 『시와 사상』 1994년 가을호.
곽광수, 「외국문학 연구와 텍스트 읽기 : 김현의 바슐라르 연구 성과에 대하여」, 『문예중앙』 1992년 겨울호.
4) 특히 반경환씨의 평문들은 섬세한 고증이나 구체적인 논거가 결여된 채, 선언적 명제 제출의 방식으로 김현에 대한 감정적 비난에 머물고 있는 것으로 여겨진다.

그 어떤 인식주체도 연구대상으로부터 완벽하게 절연된 투명한 객관성을 담보할 수는 없을 것이다. 그러나, 필자가 김현 연구에 있어서 이러한 지적을 하지 않을 수 없는 이유는, 기존의 김현에 대한 연구와 언급들이 연구자의 개인적인 입장(김현과의 친분관계의 여부)에 따라 너무나도 상반된 결론을 보여주고 있기 때문이다.[5]

이 글은 지금까지 서술한 문제의식에 입각하여 김현 비평을 객관적으로 이해하기 위한 자그마한 노력의 일환으로 씌어진다. 이 연구가 의도하고 있는 것은 김현의 평문들 중에서 '대중문화비평'이라고 불리는 글들에 대한 탐구와 분석이다. 주지하다시피 1990년대에 진입하면서 한국의 문화계는 '대중문화'에 대한 지적 관심이 폭증하고 있다. 또한 이와 맞물린 현상으로 문학과 문학비평이 전체 문화에서 차지하고 있는 위상이 변모하고 있다는 사실도 지적되어야 할 것이다.[6] 그리고 문학을 고립적인 차원에서 고찰하는 것이 아니라, 다양한 대중문화와의 구체적인 연관성 아래 주목하는 시도들이 부각되고 있다. 최근에 몇몇 문학비평가들이 영화비평이나 대중문화비평 쪽으로 시야를 넓히고자 하는 시도나 대중문화비평을 지망하는 젊은이들이 급격하게 늘어나는 현상은 바로 이러한 추세를 반영하고 있다. 이제 문학의 의미에 대한 정확한 고찰을 위해서도 대중문화와 문학의 상호 연관관계에 대한 치밀한 탐구가 절실하게 필요하다고 하겠다.

지금까지 언급한 의미에서 볼 때, 김현은 주목하지 않을 수 없는 문제적인 비평적 여정을 보여주고 있다. 1962년 「나르시스 시론」으로 등단한 김현은 1990년 작고할 때까지 엄청난 분량의 저작물과 비평문을 세상에 내놓은 바 있다. 16권 분량으로 발간된 『김현문학전집』은 그 분량도 분량이거니와, 신선한 문제제기와 정교한 분석과 해석, 유려한 문체 등으

---

5) 예컨대 반경환의 김현과 이성복, 황지우의 김현은 얼마나 커다란 거리가 있는가!

6) 이에 대해서는 졸고, 「대중문화시대의 문학비평, 그 불우(不遇)한 자존심의 운명」, 『문학동네』 1996년 봄호를 참조할 것.

로 한국현대비평사에서 독보적인 경지를 이룬 김현의 비평세계를 일목
요연하게 보여주고 있다고 생각된다. 김현의 비평세계와 연관하여 이 글
에서 특히 주목하고자 하는 바는 김현이 당대의 다른 어떤 비평가보다도
'대중문화'에 대해 선구적인 관심을 기울였다는 사실이다. 그러니까, 김
현은 이른바 '대중문화의 전성기'라고 할 수 있는 지금 이 시대의 민감
한 문화적 문제의식을 이미 십수년 전부터 예리하게 표출하고 있었던 것
이다.

『김현문학전집』을 정밀하게 검토해보면, 김현이 작성한 대중문화와
대중문학에 대한 평문, 혹은 대중문화와 문학의 연관관계를 탐구한 평문
들은 거의 십여 편에 이른다.[7] 주로 『김현예술기행』『반고비 나그네길
에』『두꺼운 삶과 얇은 삶』 등의 문화비평집이나 에세이집에 수록되어
있는 김현의 대중문화관계 평문들에는 한 명민한 문학비평가가 조망한
대중문화의 실상과 허상이 인상적으로 부조되어 있다.

이 글은 김현의 대중문화와 대중문학에 대한 문제의식을, 대체로 발표
된 평문의 순서대로 통시적으로 조망하면서, 김현의 대중문화비평의 특
성과 성과 및 그 한계를 냉철하게 짚어보고자 하는 의도에 의해 씌어진
다. 이러한 작업을 통해, 우리는 김현 비평의 성취와 한계를 좀더 다채로
운 관점에서 조망할 수 있을 것이며 아울러 지금 이 시대의 첨예한 관심

---

7) 그 주요한 평문들을 연대순으로 나열하면 다음과 같다.
  가) 「무협소설은 왜 읽히는가」, 『사회와 윤리』(1969년 10월 발표)
  나) 「재능과 성실성 : 최인호에 대하여」, 『문학과 유토피아』(1974년 2월 발표)
  다) 「만화도 예술인가」, 『김현예술기행』(1975년 5월 발표)
  라) 「만화는 문학이다」, 『반고비 나그네길에』(1977년 1월 발표)
  마) 「시사만화에 대한 단상」, 『반고비 나그네길에』(1977년 봄 발표)
  바) 「대중문화의 새로운 인식」, 『반고비 나그네길에』(1978년 4월 발표)
  사) 「대중문화 속의 문학」, 『반고비 나그네길에』(1978년 5월 발표)
  아) 「만화 기호학에 대하여」, 『두꺼운 삶과 얇은 삶』(1984년 겨울 발표)
  이 글에서는 주로 가) 다) 라) 바) 사) 등의 다섯 편의 대중문화 관계 평문들이 집중적인 연구
  대상이 될 것이다.

사라고 할 수 있는 대중문화비평에 대해 과연 김현이 어떠한 문제의식을 지니고 있었는가 하는 문제에 대한 구체적인 탐구를 진행시킬 수 있을 것이다.

2. 무협지에 대한 새로운 인식과 김현의 초기 대중문화비평

김현은 1969년 10월에 「무협소설은 왜 읽히는가 — 허무주의의 부정적 표출」이라는 평문을 『세대』지에 발표한 바 있다. 이 평문은 비평가 김현이 대중문화에 대한 입장을 최초로 체계적으로 피력한 글로서, 각별한 주목의 대상이 될 수 있을 것이다. 이 글은 당시 유행하던 무협지 문화의 한계를 날카롭게 짚어내면서, 무협지로 대변되는 대중문화의 맹점에 대해서 직시하고 있다. 또한 이 글은 당시 대부분의 고상한(?) 문학비평가들에게 전혀 관심을 끌지 못했던 무협지 문화(대중문화)에 대해서 냉철하게 탐구하고 있다는 점에서 그 선구적인 의미를 찾을 수 있을 것이다 (김현의 폭넓은 문화적 관심과 놀랄 만한 다독은 무협지의 계보를 작성하는 이 글에서도 유감 없이 발휘되고 있다). 김현은 이 평문을 통해 "무협소설은 '왜 예술이 아닌가?' 하는 측면"과 "무협소설은 '왜 비개성적 허무주의 발로인가'"라는 문제에 대해서 집중적으로 천착하고 있다. 다음과 같은 구절들을 보자.

1) 무협소설이 가지고 있는 특성에 대해서 곰곰이 생각한 뒤에 무협소설이 인간 본능의 한 왜곡된 표현일지도 모른다는 매우 괴상한 생각에 도달한 적도 있었다.[8]

---

8) 김현, 「무협소설은 왜 읽히는가」, 『김현문학전집 제2권』, 문학과지성사, 1991, 230쪽.

2) 예술이란 그런 의미에서 자각이며 고문이다. 그것은 인간의 여러 가능성을 하나하나 확인해주며, 그중의 어느 하나만을 택한 것에 대해 질타한다. 예술은 순간적인 쾌락이 아니라, 오히려 계속적인 자기 각성이다. 교양소설이 무협소설에 비해 인기가 없다는 것은 바로 이 점 때문이다. 무협소설의 주인공들이 우리에게 내보여주는 것은 개인의 가능성이 아니다. 그들이 내보여주는 것은 기존 윤리의 확대이며, 성공한 인간의 확인이다.[9]

3) 무협소설은 추상적 개념을 확대하여 인간을 없애고, 독자의 의식마저 마취시킨다. 나는 위에서 예술은 고문이며 자기 확인이라고 말한 바 있는데, 무협소설은 오히려 모든 것의 소멸이다. 무협소설 속에 남아 있는 것은 상투화된 구조이며, 독자는 미리 반성하는 것을 포기하고, 편안히 그 속에 몇 시간 들어갔다 나올 뿐이다. 그의 몸은 그 구조 속에 들어갈 때나 거기에서 나온 뒤나 아무런 흔적도 갖지 않는다. 무협소설은 고문하지 않기 때문이다. (……) 고문하지 않는다면 존재하지 않는 것과 마찬가지이다.[10]

4) 교양소설의 주인공은 그렇지 않다. 그들은 존재의 무의미함, 존재의 다면성을 깊이 알고 있다. 다만 어느 계기를 통해 그 한 면을 택하지만 그것이 절대적이라고는 생각하지 않는다. 그래서 그들은 항상 주저하고 더듬거리고 모색한다. 예술이 이런 모색 이외의 다른 아무것도 아니라면 무협소설은 분명히 예술이 아니다.[11] (강조 — 인용자)

우선 예문 1)을 통해서 우리는 당시 가장 유력한 대중문화의 일종인

---

9) 앞의 글, 235쪽.
10) 같은 글, 236쪽.
11) 같은 글, 236~237쪽.

무협지에 대해서도 진중한 성찰을 행하는 한 성실한 비평가의 초상을 감지할 수 있다. 그러니까, 김현은 이 글에서 대다수의 비평가들이 당시에 고급한 비평의 대상이 될 수 없다고 생각했던 유력한 대중문화인 무협지에 대한 성찰을 통해서, 문학이나 미술 같은 고급예술만 대상으로 삼았던 기존의 비평에 대한 통렬한 문제제기를 시도하고 있는 것이다. 김현에게 있어서 '비평'이란 추상적이며 관념적인 언어의 체조가 아니라, 인간의 관심사와 다채로운 문화적 조류를 구체적으로 해명하기 위한 문화적 노력인 것이다. 그러므로 당대의 대중이 집중적으로 탐닉하고 있는 대중문화는 당연히 비평의 주요한 대상으로 떠오를 수밖에 없는 것이다.

그러나 우리는 여기서, 김현이 대중문화를 비평의 진지한 대상으로 삼았다는 점에서는 선구적인 식견을 보여주고 있지만, '무협지'라는 대중문화를 단지 진정한 예술에 미달되는 저급한 형태의 문화로 이해하고 있었다는 점을 지적해두고자 한다. 예문 2)에서 우리는 김현이 생각했던 진정한 예술의 모습을 감지할 수 있다. 김현에 의하면, 진정한 예술은 "자각"이자 "고문"이며 또한 "계속적인 자기 각성"의 과정을 제공해준다. 이러한 예술의 전형은 '교양소설'이다. 그렇다면 무협소설은 어떠한가. 무협소설을 관통하는 기본적인 구조는 김현이 보기에 "기존 윤리의 확대"이며 "성공한 인간의 확인"이다. 물론 이러한 무협소설의 특성은 진정한 예술에 현격히 미달되는 것이다.

무협소설의 한계에 대한 통렬한 비판은 예문 3)에서 명확하게 드러난다. 무협소설은 "독자의 의식을 마취"시키므로 급기야는 "모든 것의 소멸"이라고 인식된다. '고문'이야말로 진정한 예술의 힘인데, 고문하지 않는 무협소설은 그 존재의미가 없다는 것이 김현의 입장이다. 결국 김현의 이러한 무협소설에 대한 평가는 예문 4)에서 "무협소설은 분명히 예술이 아니다"라는 선언적인 명제를 이끌어내게 되는 것이다.

무협소설에 대한 김현의 이러한 평가와 해석은 다음과 같은 사실을 함축하고 있다. 우선, 김현은 적어도 「무협소설은 왜 읽히는가」라는 평문을 쓰던 당시만 해도 '유희'와 '쾌락'으로서의 예술보다는 현저히 '교훈'과 '반성'으로서의 예술에 경도되어 있다는 사실이다. 그렇다는 것은 김현이 상정하고 있는 '예술' 혹은 '진정한 예술'의 개념이 선험적이고 관념적이며 부분적이라는 사실을 의미한다. 다소 계몽주의적인 엘리트주의의 혐의가 드러나는 이러한 관점은 초기 김현 비평이 대중문화에 대한 비판적 분석에 전념하고 있음을 명료하게 표출하고 있다고 하겠다. 김현의 언급대로 무협소설이 분명히 예술이 아니라는 관점이 보다 구체적이며 과학적인 설득력을 담보하기 위해서는, 우선 예술, 혹은 진정한 예술의 개념에 대한 세밀한 분석이 동반되어야 하고, 그에 따라 무협소설이 그 개념에 어떻게 미달되는지에 대한 과학적 평가가 따라야 할 것이다. 그러나 엄밀한 개념규정과 구체적 분석 없이 무협소설을 예술이 아니라고 주장하는 김현의 관점은 당시에 그가 지니고 있던 엄숙주의적 예술관을 무의식적으로 대중문화에 적용시킨 것에 불과한 것이다. 특히 "예술이 이런 모색 이외의 다른 아무것도 아니라면 무협소설은 분명히 예술이 아니다"와 같은 구절은 비과학적인 개념 규정의 대표적인 실례이다. 이 규정에는 논리적 절차가 실종되어 있다.

다만 우리는 김현이 「무협소설은 왜 읽히는가」에서 보여준 무협지에 대한 날카로운 분석과 무협지에 탐닉하는 대중들의 무의식적 심리학을 치밀히 파헤친 김현의 예리한 분석정신을 높이 평가하지 않을 수 없을 것이다. 바로 그러한 인식이, 바로 김현이 차후에 보여준 대중문화의 가능성에 대한 섬세한 인식의 단초가 되는 것이다.

3. 대중문화에 대한 계몽주의적 시선을 넘어서

비평가 김현의 초기 비평에 나타난 대중문화에 대한 다소 편협한 계몽주의적 시선은 1975년에 발표한 「만화도 예술인가」(『서울평론』 1975년 5월

발표, 『김현문학전집 제13권 : 김현예술기행 / 반고비 나그네길에』에 수록
됨)에서 점차 변모하고 있다. 이 글은 김현이 작성한, '만화'라는 대중문
화 장르에 대한 최초의 비평문으로서, 만화에 단순한 호기심 이상의 비
상한 관심을 가지기까지의 비평가 김현의 이론적 방황이 선명하게 아로
새겨져 있다. 『김현예술기행』에 수록된 이 글은 김현이 1974년 북프랑스
의 스트라스부르로 유학 가서 다채로운 프랑스의 문화적 체험을 접하고
작성한 글이다.

김현은 "실제로 한국 땅을 떠나자마자, 버스 속에서, 메트로 속에서,
공원에서 만화책을 읽고 있는 수많은 사람들과 부딪쳤다. 신문을 파는
노점에 수북하게 쌓여 있는, 저자들을 잘 기억할 수 없는 만화책들과 그
것을 뒤적거리는 청바지의 젊은이들, 아니 젊은이들이 도대체 할 일이
그렇게도 없어서 만화책을 보고 있다는 말인가"[12]라는 언급을 할 정도
로 프랑스의 만화문화를 접하기 전에는 만화 장르에 대한 단순한 시각,
즉 '만화는 어린아나 보는 유치한 장르이다' 식의 편협한 문화적 보수주
의의 입장을 견지하고 있었다. 그러나, 프랑스에서 다채롭고 깊이 있는
만화문화를 접한 김현은 "나는 점점 이 구라파의 한복판에서 만화가 주
는 압력을, 그것을 단순하게 유치한 것으로 생각하는 나의 사고 자체가
사실은 유치한 것이 아니냐는 압력을 받게 되었다"[13]고 고백하게 되는
것이다. 그러므로 실상 만화에 대한 이러한 편협한 사고는 "모든 것을 엄
숙하고 정직하게만 생각하려는 경향을 갖고 있는 한 동양인"의 무의식
적 편향에서 비롯된 것이다. 김현은 스트라스부르에서 만난 한 경제학도
의 만화에 대한 커다란 관심과 열정을 지켜보면서 "나는 만화를 어린애
들이 보는 유치한 수준의 그림이 아니라 구라파가 새로이 만들어내려 하
는 한 예술의 형태로 파악할 수 있게 되었다. 만화는 영화와 함께 어쩌면

---

12) 「만화도 예술인가」, 『김현문학전집 제13권 : 김현예술기행 / 반고비 나그네길에』, 문학과
지성사, 1993, 70쪽.
13) 앞의 글, 70쪽.

19세기에 소설이 맡아했던 역할을 20세기에 맡고 있는지 모른다"[14]는 한결 진전된 인식에 도달하게 된다. 이러한 인식의 진전에 힘입어 김현은 이 평문에서 만화의 간략한 역사를 서술하기도 하고 만화를 기호학적 입장에서 분석한 논문을 소개하기도 한다.

이러한 과정을 통해 김현이 만화에 대하여 궁극적으로 도달한 문제의식은 '과연 만화가 예술인가?' 하는 질문이다. 1969년에 발표한 「무협소설은 왜 읽히는가」라는 평문에서 김현은 단호한 어조로 "무협소설은 분명히 예술이 아니다"라고 언급했던 것이 아닌가. 그렇다면 6년 뒤에 발표한 「만화도 예술인가」의 결론은 무엇일까. 김현은 미켈 뒤프렌의 논문 「대중예술은 존재하는가」에 기대면서 다음과 같은 합리적인 해답을 도출해낸다.

그는 우선 대중예술과 엘리트 예술을 구분하려는 태도에 의해서는 그 문제의 해결이 나지 않는다고 말하고서, 중요한 것은 예술의 개념 자체를 재정립하는 것이라고 말하고 있다.[15]

요컨대, 예술에 대한 관념 그 자체를 재구성해야 한다는 것이 김현의 관점이자 미켈 뒤프렌의 견해인 것이다. 기존의 고답적인 예술관을 유지하는 입장에서 보자면 급격히 부상하는 대중문화는 예술의 범주에 귀속될 수 없을 것이다. 그러나 기존의 예술에 대한 관념을 재구성하면서 예술의 범주 자체에 대한 '전복적 사유'를 수행한다면 만화 역시 예술의 일종이 될 수 있을 것이다. 김현은 이 평문의 말미에서 "매스 미디어의 대중화 작업(massification)에 저항하여, 제도화되어 체제 속에 안주하지 않는 대중들의 예술은 가능하다. 그리고, 그중의 하나가 만화라고 나는 믿는다. 만화는 대중예술이 아니라, 대중들의 예술이다"(강조―인용자)라고

---

14) 같은 글, 71쪽.
15) 같은 글, 76쪽.

천명하고 있다.

그렇다면, 6년 사이에, 무협지는 명백히 예술이 아니었지만, 비슷한 대중문화의 일종인 만화가 당당히 '예술'의 한 장르로 귀속되는 것은 무슨 까닭일까. 여기에는 두 가지의 요소가 개입되어 있는 것으로 판단된다. 우선 '무협지'와 '만화'의 차이점에 대한 인식에 주목할 수 있다. 김현이 보기에 무협지는 명백히 지배 이데올로기와 기존 윤리의 울타리를 탈피하지 못하는, 그리하여 오히려 지배 이데올로기와 승리자의 헤게모니를 문화적으로 전파하는 역할을 수행하여 대중들의 비판적 사유를 희석시키는, 문화적 마취제에 다름아니다. 이에 비해 만화는 지배체제 속에 안주하지 않는 독특한 반성적 인식능력을 갖추고 있다고 평가된다. 그러나, 만화에 대한 이러한 인식은 당시 서구의 문화적 정황을 무리하게 일반화한 것은 아닌가 하는 의문을 불러일으킨다. 과연 당대 한국의 만화문화가 김현이 프랑스 만화문화에서 감지할 수 있었던 체제 이탈적인 상상력을 갖추고 있었는가 하는 물음에는 부정적인 답변이 내려질 수밖에 없을 것이다. 또한 이런 식으로 본다면 무협지에 나타난 현실 일탈적인 내용이나 황당한 상상력도 역시 기존체제 속에 안주하지 않으려는, 혹은 현실의 고통을 떠나 비현실적 출구를 갈망하는 대중들의 무의식이 아로새겨져 있다고 볼 수 있는 것이 아닐까. 이러한 점을 감안할 때, 김현의 만화／무협지에 대한 극단적인 이분법적 인식은 서구에서 유행하는 새로운 문화나 유행사조를 다소 사대주의적인 관점에서 높이 평가하는 제3세계 지식인의 뿌리 깊은 콤플렉스와 엘리트주의의 반영이 아닐까.

두번째로 우리는 「무협소설은 왜 읽히는가」(1969)와 「만화도 예술인가」(1975) 사이에 진행된 김현의 인식의 진전과 문화적 갱신을 염두에 두지 않을 수 없을 것이다. 본격적인 산업화가 진행되고 있었던 1975년의 문화적 역사적 정황은 김현이라는 명민한 비평가로 하여금 대중문화에 대해서 적극적으로 평가하는 지적 유연성을 키워주었던 것이다. 그리하여, 김현은 1970년대 중반부터는 대중문화가 단순히 천박하고 깊이

없는 문화적 마취제가 아니라, 대중들 자신이 호흡하는 창조적인 문화이
자 가능성 여하에 따라서는 기존 문화에 대한 예리한 전복적 상상력을
발휘할 수 있는 문화적 터전이라는 사실을 인식하기 시작했던 것이다.

　김현의 비평적 저술을 종합적으로 검토해보면, 1970년대 중반부터
1980년대 초반까지 대중문화에 대한 글들이 집중적으로 발표되고 있다
는 사실을 인식할 수 있는데, 이러한 점은 바로 그 시기가 한국사회가 본
격적인 근대화, 산업화, 경제개발이 진행되던 시기이며 이에 따라서 매
스 미디어의 급격한 발전, 대중사회의 형성, 도시의 확장과 같은 대중문
화의 토양이 될 수 있는 제반 사회적 여건이 성숙해가던 연대라는 사실
과 맞물려 있다. 아울러 김현의 최인호론(「재능과 성실성」, 1974)에서 볼
수 있다시피, 당시 문학계에서도 최인호와 같이 대중문학과 고급문학의
경계선에 있는 작가들이 탄생하기 시작했다는 사실도 역시 김현이 대중
문학, 더 나아가 대중문화에 대해서 진지하게 성찰할 수밖에 없는 문화
적 에피스테메를 형성시켰던 것이다.

　「만화도 예술인가」(1975. 5)가 씌어진 후, 2년 뒤에 발표된 「만화는 문
학이다」(『뿌리 깊은 나무』, 1977년 1월호)[16]라는 다소 도발적인 제목의
글은 바로 제목에서부터 만화에 대한 김현의 적극적인 자세를 명료하게
표출하고 있다. '만화도 예술인가' 라는 식의 의문형의 제목을 달고 만화
를 대중예술의 한 분야로 어렵게 인정하던 소극적인 자세에서, '만화는
문학이다' 라고 주장하면서 만화의 위상을 확고하게 명제식으로 규정하
는 적극적인 관점으로까지 발전한 김현의 태도에는 전체적인 문화적 지
형 속에서 대중문화의 역할을 명료하게 인식한 비평가의 자신감이 배어

---

16) 만화도 문학이라는 김현의 관점은 '문학' 에 대한 과학적인 개념규정 없이 만화를 문학에
　포섭시키고 있기 때문에 엄밀한 논리성이 부족하다. 만화를 예술로 보는 것은 현금의 입장에
　서 보면 너무나 당연하다. 그렇지만 만화를 문학이라고 주장한다면, 통념적인 의미에서의 문
　학에 대한 개념규정을 너무나도 쉽게 무시하는 것이 아닌가. 문학에 대한 새로운 개념규정
　없이 만화를 문학으로 규정하는 김현의 관점은 어떤 의미에서는 문학 중심주의의 부산물일
　수 있다. '만화가 문학이냐, 아니냐' 의 문제는 별도의 자세한 논의가 필요할 것이다.

있다. 이러한 자신감에 기반하여 김현은 다음과 같이 주장하고 있다.

> 만화를 즐기면서도 그것을 무의식적으로 문화적이지 못한 것으로 치부
> 하려는 생각은 건강한 생각이 못 된다. 나는 만화를 분명한 문화적인 사실
> 로 받아들여야 한다고 생각하고 있다. 만화를 문화적이 아닌 것으로 치부
> 하여 그것을 멀리하는 것은 실제의 문화현상의 중요한 한 부분을 떼어내
> 버리는 행위에 지나지 않는다. 만화도 역시 중요한 문화적인 장르이며, 그
> 것은 그것대로 이해되어야 한다. 그러기 위해서는 만화가 예술이라는 것
> 을 분명하게 깨닫지 않으면 안 된다. 만화도 또한 엄숙한 것이 될 수 있는
> 것이다.[17]

이러한 언급을 통해, 김현은 실제로는 대중문화를 적극적으로 향유하
면서도 명목상으로는 대중문화를 비판하는 이중적인 태도에 대해서 비
판하면서 동시에 만화가 엄연히 예술이라는 사실을 천명하고 있다. 사실
이러한 태도 자체는 적어도 당시의 문화적 풍토를 감안하면 대중문화에
대한 대단히 선구적이며 열린 자세라고 볼 수 있을 것이다. 그러나 김현
이 위의 예문 바로 아래 구절에서 지적하고 있다시피, "만화가 그 자체의
고유한 형식을 갖고 있는 예술이라는 것은 내가 알기로는, 이를테면 프
랑스의 경우에도, 극히 최근에 정립된 생각이다"라는 점을 감안한다면
김현의 만화에 대한 적극적 평가가 프랑스의 문화적 현실에 대한 한국판
버전이라는 사실을 분명히 직시해야 할 것이다.

김현도 「만화는 문학이다」에서 언급하고 있다시피, 프랑스의 경우에
는 알랭 레네, 크노와 같은 지식인과 예술가에 의해 1962년에 이미 '만
화 클럽'이 생겼으며, 또한 상대적으로 민주주의가 발전된 프랑스의 정
치적 환경은 만화가 사회적 풍자, 정치적 비판을 수행하거나 만화 자체

---

17) 「만화는 문학이다」, 『김현문학전집 제13권 : 김현예술기행 / 반고비 나그네길에』, 문학과
지성사, 1993, 300쪽.

가 독립적인 예술이 되기에 적합한 토양을 제공하고 있었다는 사실을 염두에 두어야 할 것이다.

그러므로 「만화는 문학이다」라는 이 평문의 제목은 '프랑스에서 만화는 문학이다' 라고 바뀌어야 하지 않을까. 이러한 의미에서, 김현의 만화에 대한 선구적 인식은, 그러한 인식의 바탕을 이루고 있는 개별 문화권의 특수성에 대한 배려가 부족하다는 점에서 현저히 서구편향적이라고 말할 수 있겠다. "만화가 새로운 형태의 문학이라는 것은 그것이 사회의 변모와 밀접하게 관련을 맺고 있음을 나타낸다" [18]는 김현 자신의 주장에 비추어보더라도, 김현은 만화문화의 한국적 양상에 대해서 구체적으로 언급할 필요를 느꼈을 것이다. 김현도 바로 이 점을 인식했는지 한국만화에 대한 구체적 언급으로 이 평문의 뒷부분을 채우고 있다.

만화에 대한 글이 적은 것은 만화가 한국에서는 아직까지 문화적인 사실로 인정되지 않고 있음을 반영한다. 그러나 만화는 이제 하나의 문화적인 사실이다. 현대문학을 전공하는 사람들에겐 그것은 그냥 지나칠 수 없는 사실인 것이다. (……) 그러기 위해서는 대학 국문과나 미학과에 만화 강좌가 설치되어야 하고, 좋은 만화 비평가와 만화 연구가가 나와야 한다. [19]

요컨대 김현은 대중문화에 대한 '발상의 전환'을 한국 문화계에 요구하고 있는 것이다. 이러한 주장에 입각하여 김현은 이 글의 뒷부분에서 「고바우 영감」이나 「두꺼비」 같은 한국의 신문만화를 재치 있게 분석하고 있다. 그리고 그후에도 지속적으로 한국만화에 주목하여, 「시사만화에 대한 단상」「우리 사회의 건강한 에로티시즘 : 박수동」 같은 뛰어난 만화비평을 남긴 바 있다.

---

18) 앞의 글, 305쪽.
19) 같은 글, 307쪽.

이러한 의미에서 볼 때, 적어도 「만화는 문학이다」라는 글은 2년 전에 발표된 「만화도 예술인가」에 비하면, 한국의 문화적 특수성에 대한 배려를 포함하고 있다는 점에서, 그리고 한국만화에 대한 구체적인 고찰을 담고 있다는 점에서 진일보한 문제의식을 담고 있다고 하겠다.

4. 대중문화의 한 장르로서의 '문학'

지금까지 이 글은 비평가 김현의 무협지와 만화를 중심으로 한 대중문화에 대한 비평적 시각의 변모과정을 탐구해왔다. 그렇다면 한 사람의 문학비평가인 김현은 이러한 대중문화에 대한 문제의식을 과연 자신의 주전공인 '문학'에는 어떠한 방식으로 접목시키고 있는가. 1978년에 발표된 「대중문화 속의 문학」(김현문학전집 제13권 : 김현예술기행 / 반고비 나그네길에』 수록)이라는 글은 바로 이러한 김현의 시각이 명료하게 표출되어 있다.

우선 김현은 이 글 전반을 통해 문학 역시 대중문화의 한 장르라는 사실을 역설하고 있다. 문학이라고 해서 대중사회의 거대한 물결과 이러한 현상에 착목한 사회적 문화적 조류의 변화로부터 결코 자유로울 수 없기 때문이다. 그래서, "대중사회 속에서 문학이 차지하고 있는 위치는 대중사회가 산출해놓은 다른 장르, 예컨대 만화 영화 쇼 디자인 등과의 관련 밑에서 탐구되어야 할 것"이라는 주장이 도출된다. 이러한 주장은, 지금 이 시대의 문화적 지평에서 보자면 너무나도 당연하고 소박한 차원의 지적에 해당된다. 그러나, 이 주장이 지금으로부터 이미 18년 전에 제기되었다는 사실은 김현이 역시 대중문화에 대한 선구적 관심을 기울인 문학비평가 김주연[20]과 더불어 문화적 조류의 변모에 얼마나 민감한 비평가

---

20) 김주연, 「대중문학 논의의 제문제」, 『현상과인식』 8호, 1978.

였는가, 하는 점을 충분히 입증해주고 있다. 다음의 예문을 보자.

　대중매체의 발달로 인쇄매체가 매체 중에서 제일 영향력이 많던 시대
에서와는 다르게, 문학이 문화의 중심적인 자리에서 점차 밀려나고 있는
듯한 인상을 받는 것은 사실이지만, 문학 역시 대량 생산의 길을 착실히
걸어가고 있다. 문학이 문화의 중심적인 위치에서 밀려나고 있음은 영화
를 비롯한 새로운 예술 장르들이 성장하고 있음에 반비례하는 것인데, 여
하튼 문학 역시 대중사회의 상품으로서 대중소비의 대상이 되어가고 있
다.[21]

　위의 주장은 그로부터 18년이 지난 최근에 문학비평가들이 자주 개진
하고 있는 바로 그 담론들이 아닌가. 마치 지금 이 시대의 문화비평을 읽
는 것처럼 위의 발언은 최근의 문화적 지형을 정확히 예시하고 있다. 이
러한 점은 우리에게 두 가지 사실을 일깨운다. 첫번째는 문학을 둘러싼
문화적 환경이 그 본질적인 측면에서 보면 18년 전이나 지금이나 커다란
차이가 없다는 점이다. 그러니까, '문학의 죽음' '문학의 위기' '영상의
시대' 같은 에피세트들은 이미 20여 년 전부터 언급되었다는 사실을 인
지할 필요가 있는 것이다. 다만 그러한 진단이 점차 현실화 구체화되는
과정이 바로 그 18년의 기간이라고 볼 수 있을 것이다.
　두번째로는, 그럼에도 불구하고 비평가 김현의 탁월한 안목을 지적하
지 않을 수 없다. 문화적 지형과 사회변화의 판세를 정확히 읽는 안목에
있어서 김현은 당대의 어떤 비평가보다도 뛰어났다는 사실을 우리는 대
중문화와 연관된 김현의 선구적 시각을 통해서 구체적으로 확인할 수가
있는 것이다.
　대중문화비평의 필요성을 역설하는 다음과 같은 구절 역시 김현의 남

---

21) 「대중문화 속의 문학」, 『김현문학전집 제13권 : 김현예술기행 / 반고비 나그네길에』, 문
학과지성사, 1993, 294쪽.

다른 안목을 여실히 보여주고 있는 대목일 것이다.

> 한국의 경우, 통속소설에 대해 월평이 언급하는 경우란 거의 없다. 그
> 렇다고 키치 비평이 있느냐 하면 그것도 없다. 방인근의 연애소설, 김내성
> 의 탐정소설, 박계주의 소설 등이 평론에서 다루어진 경우는 아주 드물다.
> 사강, 콜레트, 더 거슬러올라가면, 으젠 쉬, 소(小) 뒤마 등이 당당하게 평
> 론의 대상을 이루는 프랑스와는 아주 다른 현상이다.[22]

이러한 요청사항은 지금 이 시대의 문학비평에도 그대로 해당된다고
하겠다. 위의 예문에서 표명되고 있는 문제의식은 다소 왜곡된 형태로
최근 『상상』진영에 의해서 전술적으로 주창되고 있는데, 비록 그 진정
한 의도를 논외로 하더라도, 문제의식의 절실성과 적합성만큼은 우리 비
평계가 적극적으로 고려해야 할 것이다.

이토록 대중문화와 대중문학, 대중문화비평에 대해 진지하며 적극적
인 관심을 기울이면서 "대중사회에서는 문학의 개념 자체가 변해야 한
다"고까지 문학의 존재방식에 대한 근원적인 사유를 진행시키고 있는
김현도, 적어도 이 글이 발표될 당시까지는 '문학중심주의자'가 지닐 수
밖에 없는 편협한 시각을 지니고 있었다고 판단된다. 가령 "나는 영화나
만화가 문학 속에 편입되어 문학의 하위 장르를 이루어야 한다고 생각하
는 사람인데, 그렇게 되면 문학의 장르, 문학의 의미가 대폭 바뀌어지지
않을 수가 없다"[23]라는 구절이 바로 김현의 문학중심주의적 자세를 극
명하게 보여주고 있다.

영화와 만화는 당연히 문학과 대등한 독립적인 장르로 존재하고 있는
것이 아닐까. 영화와 만화가 문학 속에 포섭될 것이라는 전망은 문학비
평가 김현의 공상일 뿐이다. 그렇다면 이러한 김현의 한계는 어디에서

---

22) 앞의 글, 297쪽.
23) 같은 글, 295쪽.

연유하는가. 무엇보다도 김현이 「대중문화 속의 문학」을 발표할 당시의 문화적 지형은 문학이 여타 예술보다 중요한 위치를 점유하고 있었다는 사실을 감안해야 할 것이다. 그러니까, 문학이 가장 지성적이며 중요한 예술이라는 문학인으로서의 자부심이 김현으로 하여금 위와 같은 발언을 낳게 한 요인으로 보인다. 그러나 이러한 발언은 지금의 관점에서 보면 물론이거니와, 당대의 시각으로 보더라도 편협한 문학중심주의자의 이기적 사고의 소산으로 평가될 수밖에 없을 것이다. 당연한 말이지만, 김현은 너무나도 문학을 사랑하는 문학비평가였던 것이다.

5. 매혹과 비판 사이 : 대중문화에 대한 균형 잡힌 인식

　1978년 4월에 발표된 김현의 비평문 「대중문화의 새로운 인식」(『뿌리깊은 나무』, 1978년 4월호)은 대중문화에 대한 김현의 이론적 결산서라고나 할 중요한 비평문이다. 김현은 이 글을 통해 대중문화의 실상과 허상, 가능성과 한계, 매혹과 위험을 예리하게 짚어내고 있으며, 아울러 비슷한 시기에 발표된 「대중문학 속의 문학」과는 달리 편협한 문학중심주의를 확연히 탈피한 모습을 보여주고 있다.
　김현은 이 글의 서두에서 대중에 대한 정의를 내리고 이른바 '대중문화 시대의 개막'이 가능했던 문화사적 배경에 대한 지식사회학적 고찰을 수행하고 있다. 그리고 김현은 다음과 같이 대중문화의 한계에 대해서 언급하고 있다.

　대중이 대중문화의 능동적인 주체자가 아직 못 되고 있기 때문에 대중문화는 대중매체의 대중화 현상에 중독되어 있다. 대중매체는 취미와 심미안 같은 것을 포함한 생활 전반을 대중화시켜 대중을 완전히 익명화시켜버린다. 대중화 현상의 무시무시한 피해라 할 만한 것은 가짜 욕망의 개

발과 역승화 현상이다. [24]

이러한 비판은 대중문화를 단순히 엘리트주의적 입장에서 천박하게 바라보는 것이 아니라 사회심리학적 차원에서 그 한계를 적발하고 있다는 점에서, 김현의 이전 논의에 비해서 진일보한 양상을 띠고 있다. 아울러 김현은 대중매체를 대하는 문학인들의 두 가지 방식에 대해 설명하고 있다. "하나는 순결주의의 태도로서 대중매체는 소리만 요란한 빈 수레 같은 것이고 그 대중매체가 조작하는 인기인들이란 하루살이 같다고 생각하는 태도이다. 또하나는 실용주의의 태도로서, 대중매체의 존재를 솔직히 인정하고, 그것을 이용하여 문학독자의 수효를 늘리고, 그래서 원고료나 인세 수입을 올리겠다는 태도이다. 앞의 태도는 자기는 결코 '딴따라'가 되지 않겠다는 것이고, 뒤의 태도는 자기도 인기인이 되겠다는 태도이다." 물론 김현은 두 가지 입장의 어느 쪽도 선택하지 않는다. 그가 보기에 이 두 가지 태도는 대중문화를 둘러싼 두 가지 잘못된 편향에 해당하는 것이다. 앞의 태도는 보수적 엘리트주의의 혐의가 있으며 뒤의 태도는 상품미학에 기반한 대중추수주의의 혐의가 존재하는 것이다.

이러한 김현의 태도는 그가 대중문화에 대한 절묘한 균형감각을 획득하고 있음을 의미한다. 그는 이제 대중문화에 대한 무반성적 매혹과 거친 비판을 성숙하게 극복하고, 대중문화의 허와 실에 대한 온전한 이해에 다다른 것이다. 따라서 김현이 대중문화를 조망하는 시각은 지배 이데올로기를 비동일화의 관점으로 적절하게 비판했던 미셸 페쇠의 담론의 구조 [25]와 유사하다고 말할 수 있을 것이다. 그러니까, 김현은 단지 방관자의 입장에서 대중문화를 무책임하게 비판하고 조망한 것이 아니라,

---

24) 「대중문화의 새로운 인식」(김현문학전집 제13권 : 『김현예술기행 / 반고비 나그네길에』, 문학과지성사, 1993, 325쪽.

25) 지배문화에 대한 원칙적이며 계몽주의적 비판을 위주로 한 반동일화(反同一化)의 방법이 아니라, 지배문화에 한편으로는 '편승'하면서 또다른 한편으로는 그 지배문화의 내부로부터 '저항'의 전술을 체득하는 담론을 의미한다.

최대한 대중문화의 '매혹'을 직접적으로 향유하면서 그 내부의 시점에서 대중문화를 바라본 것이다.

그가 이 글에서 대중문화의 위상에 대한 정확한 이해에 도달했다고 판단할 수 있는 또하나의 근거는 바로 '문학중심주의로부터의 탈출'이라는 문제의식과 연관된다. 김현은 "대중매체를 깔보는 문학인들의 의식 속에는 문학에는 문학에만 고유한 어떤 것이 있으며, 대중매체는 그것을 훼손시킨다는 생각이 숨어 있다. 그러나 솔직히 고백해서 문학에 문학에만 고유한 어떤 것이 있을까? 그렇다면 그것은 무엇일까? 그것은 말할 필요도 없는 자명한 어떤 것일까?"라는 질문을 던지고 있다. 이러한 언급은 말할 필요도 없이 완고한 문학중심주의에 대한 비판이다. 그토록 매혹적인, 동시에 그토록 불길한 대중문화의 바다를 거치고서야 김현은 문학에 대한 지나친 환상과 문학중심주의를 떨쳐버릴 수 있었던 것이다. 요컨대, 타자(대중문화)에 대한 구체적 이해가 동일자(문학)의 위상을 정확히 이해하는 첩경을 제공했던 것이다. 바로 이러한 과정을 통해 김현은 "뛰어난 수준의 쇼는 엉터리 발레보다 예술적이며, 뛰어난 수준의 만화는 사이비 그림보다 더 큰 즐거움을 준다"면서 대중문화와 고급문화를 동일한 선상에 놓고 사유하는 문화적 민주주의의 경지에 진입하게 되는 것이다.

김현의 대중문화에 대한 인식의 변화 도정은 매혹된 자만이 그 자신을 매혹시킨 대상의 실체를 가장 구체적이며 세밀하게 파악할 수 있다는 사실을 환기시켜주고 있다. 그러니, 우리는 한국 대중문화의 실상과 허상은 그 대중문화를 가장 예리하게 관찰하면서 그 세계의 매혹과 한계 사이에서 치열한 방황을 했던 문학비평가 김현에 의해 선구적으로 규명되었다고 기꺼이 말할 수 있겠다.

6. 글을 맺으며

우리는 이 글을 통해, 작고한 비평가 김현이 지니고 있었던 대중문화에 대한 문제의식의 통시적 변모과정을 검토해보았다. 비평가 김현은 문학비평가이면서도 만화 무협지 영화와 같은 대중문화에 대해서 전문가적 관심을 표출하면서 바람직한 대중문화의 진로에 대한 진지한 탐색을 거듭했다고 하겠다. 그러나, 때로 그의 대중문화에 대한 인식은 현저히 서구 편향적인 시각을 지니고 있었다는 점에서 그 엄연한 한계를 지적할 수 있을 것이다. 그럼에도 불구하고 우리는 그가 대중문화에 대한 '매혹'과 '비판' 사이에서 보여준 그 절묘한 균형감각이 지금 이 시대의 관점에서 보더라도 대단히 선구적이며 의미심장한 진실을 담보하고 있다는 사실을 기꺼이 인정할 수 있었다.

대중문화의 거대한 마력이 문화적 지형에서 막강한 영향력을 발휘하고 있는 이 시점에서 볼 때, 김현의 대중문화에 대한 정밀한 탐구정신을 지금 이 시대를 지배하고 있는 대중문화의 실상과 허상을 냉철하게 인식하는 소중한 기회로 되돌려놓는 것은 바로 우리들의 몫일 것이다. 동시에 그토록 우리를 매혹시켰던 김현의 비평을 극복하는 것도 바로 우리들의 몫일 것이다.

(『한국 현대비평가 연구』, 도서출판 강, 1996)

문화의 희망, 희망의 문화
—김병익의 '문화비평'에 대하여

> 문화야말로 우리에게 남은 유일한,
> 그러나 가장 근본적이고 장기 효과적인 희망의
> 선택이다.[1]

1. '문화비평'의 시대

지금은 가히 '문화의 시대'라고 불림직하다. 대기업은 영화를 비롯한 고부가가치를 지닌 '문화산업'에 대한 투자를 비약적으로 확대시키고 있으며, 대중문화에 대한 분석과 성찰을 중심으로 하는 새로운 문화잡지들이 속속 창간되고 있다.[2] 그런가 하면, 1980년대에는 사회과학 도서를 중심으로 독서했던 대학생들이 이즈음에는 문화이론 강좌와 문화이론 스터디에 몰두하고 있다는 풍문도 들려오며 신문들은 연일 멀티미디어와 뉴미디어, PC 통신에 대한 기획특집 기사를 내보내고 있다. 이와 연관하여, 최근 대중문화를 비롯한 문화에 대한 담론이 폭증하면서, 문화비평, 혹은 대중문화비평에 대한 수요 역시 폭발적으로 증가하고 있는

---

1) 김병익, 「광복 40년의 문화」, 『부드러움의 힘』, 청하, 209쪽.
2) 『문화과학』『상상』『리뷰』『오늘예감』 등의 계간지들이 이에 해당된다.

추세도 주목되어야 할 것이다. '문화이론의 상한가' 나 '문화에 대한 과잉 담론'이라는 용어가 회자되는 것도 바로 이러한 맥락과 연계되어 있을 것이다. 이러한 현상은 전통적으로 문화의 중심을 고수했던 문학에 대한 비평적 담론이 오랫동안 향유해왔던 '문화적 헤게모니'를 상실하고 있는 최근의 문화적 추세와 긴밀히 맞물려 있는 것으로 보인다. 그리하여, 안토니 이스트호프가 『문학에서 문화연구로』라는 저작에서 열정적으로 주장하고 있는 바와 같이, 과거에 문학 연구를 주로 수행하던 사람들이 이제 연구의 지평을 '문화'로 확장시키고 있다는 사실은 우리의 현단계 비평문화에서도 현저하게 나타나고 있는 추세라고 하겠다.[3] 이러한 현상은 최근 몇 년간, 영화비평, TV비평, 만화비평, 대중음악비평 등등의 대중문화비평에 대한 관심이 폭증하고 있다는 사실과 아울러 대중문화비평을 지망하는 비평가 지망생들이 급격하게 늘어나고 있다는 사실로 확인될 수 있다.

1970년대나 1980년대였다면 자연스럽게 '문학비평'을 지망했음직한 수많은 비평가 지망생은 이제 문학비평보다 좀더 대중의 시선을 끌 수 있고 한결 매혹적이며(?) 동시에 부가가치도 높은 '영화비평' 'TV비평' '대중문화비평'에 우선적인 관심을 두고 있는 형국이 아닌가. 이 점은 문화의 전체적인 지형도 속에서 '문학'이 차지하고 있는 위상의 변화와 밀접한 연관성이 존재한다고 말할 수 있을 것이다. 가령, 문학 고유의 힘에 대한 신뢰를 꾸준히 간직하고 있다 하더라도, 전체적인 문화 지형도에서 '문학'의 비중이 지난 연대에 비해서 상대적으로 축소되고 있다는 점은 누구나 보편적으로 인정하지 않을 수 없는 현실일 것이다. 바로 이

---

3) 예를 들어, 프레드릭 제임슨이 원래 문학비평으로 출발했다가 1980년대부터 문화이론 (cultural theory) 분야로 그 영역을 확장한 것처럼, 1980년대까지 문학비평가로 맹활약하던 이재현은 1990년대 들어와서 문화비평과 문화이론 연구에 더욱 커다란 관심을 보여주고 있다. 최근의 문화연구의 동향과 그 전망에 대해서는 반년간지 『한국사회와 언론』(한울, 1995) 제5호의 특집 '한국의 문화연구, 그 좌표와 전망'에 수록된 글들과 김성기 심광현 김창남 원용진 조항제 등이 참여한 좌담 「문화연구의 좌표와 전망」이 커다란 도움이 된다.

러한 현실 인식을 통해 '문화'에 대한 포괄적인 담론의 급격한 등장이 적절하게 설명될 수 있는 것이다.

지금까지 우리가 설명한 논리에 기대어볼 때, 문학비평가 김병익은 누구보다도 '문화비평'에 선구적인 관심을 기울여온, 선견지명을 지닌 비평가라고 아니 할 수 없을 것이다. 지금도 정열적으로 수행하고 있는 지속적인 문학비평 활동과 더불어, 김병익은 정치와 종교·출판·대중문화를 포괄적으로 아우르는 문화비평의 영역을 진작부터 개척해온 중요한 비평가이다.[4] 이런 의미에서 김병익의 문화비평은 프레드릭 제임슨이나 이재현의 그것과는 뚜렷하게 구별된다. 김병익에게는 애초부터 문화와 문학이 한 몸으로 존재했던 것이다. 그러니까, 주목되어야 할 것은, 김병익의 문화비평이, 후기산업사회에서 문화산업이 어떤 산업보다도 고부가가치를 띠게 됨에 따라서 문화에 대한 관심이 폭증하기 시작한 정황에 기회주의적으로 편승하면서 시작된 것이 결코 아니라는 사실이다. 이에 따라서, 김병익의 문화비평은 영화비평이나 대중음악비평과 같이 최근에 급격하게 부상하고 있는 대중문화비평 쪽이 아니라, 그 특유의 반성적이고 비판적이며 세련된 시선으로 '문화' 자체에 대한 근원적인 성찰과 드넓은 조망을 폭넓게 보여주는 말의 진정한 의미에서의 문화비평에 가까운 쪽이라고 할 수 있다. 김병익에게 있어서 '문화'는 "우리로서는 그 경제주의의 극복을 문화주의라고 불러도 좋을 것이다. 그 문화

---

4) 김병익의 문화비평은 그의 저작 곳곳에 산재되어 있다. 특히, 『문화와 반문화』(1979), 『지성과 문학』(1982), 『들린 시대의 문학』(1985), 『전망을 위한 성찰』(1987), 『부드러움의 힘』(1988), 『열림과 일굼』(1991), 『우공(愚公)의 호수를 보며』(1991), 『숨은 진실과 문학』(1994) 등의 저작에는 문화비평이라고 분류될 수 있는 글들이 다수 수록되어 있다. 여기서 주목할 사실은 김병익이 상재한 대부분의 문화비평집의 1부에는 '문화비평' 및 '사회비평'에 해당되는 글들이 집중적으로 수록되어 있다는 점이다. 아울러, 『부드러움의 힘』이 '김병익 문화비평'이라는 형식을 지니고 있다는 사실도 인상적이다. 또한 그의 비평문에서는 어떤 비평가보다도 '문화'라는 용어가 자주 사용되고 있다는 사실도 주목되어야 할 것이다. 이렇게 본다면 김병익은 문화비평이라는 장르에 대해서 지속적인 자의식을 지녀왔으며 '문학비평'과 그 문학비평을 감싸안은 '문화비평'을 동시에 추구해나갔다고 할 수 있다.

주의는 돈으로 우리의 품성과 노력이 계산되는 것을 거부하고 자아의 성취와 삶의 높은 결을 지향하는 가치체계를 말한다"[5]는 지적에서 볼 수 있다시피 "인간을 사물화시키는 경제주의"와 뚜렷하게 변별되는 의미에서의 '문화'를 의미한다. 그러므로 김병익의 '문화'란 믿음의 대상이나 이념형에 가깝다.[6] 아울러, 김병익이 '문화'를 강조해 마지않는 또 한 가지의 중요한 이유는 후기산업사회에 접어든 우리 사회가 봉착할 수 있는 문화적 야만에 대한 경고의 의미를 내장하고 있다는 사실도 주목되어야 할 것이다. 김병익은 이에 대해서 다음과 같이 언급하고 있다.

> 제가 문화주의를 강조하는 것은 우리나라의 문화적 기반이 취약하다는 말이 아니라, 후기산업사회라는 다가올, 어쩌면 이미 도래했을지도 모를 풍요한 사회에서 어떻게 인간의 정신이 물질에 짓눌려 부패하지 않고 살아남을 수 있을까 하는 모색의 일단이라고 할 수 있을 것입니다.[7]

위의 지적에서 우리는 고전적 휴머니즘의 지적 전통을 이어받은 전형적인 인문주의자로서의 김병익의 체취를 감지할 수 있다. 문화에 대한 김병익의 이러한 도저한 관심은 비평가로서의 그의 독특한 이력과 커다란 연관성을 맺고 있는 것으로 보인다. 우선 그의 청소년기를 지배했던 기독교 문화는 그에게 바람직한 삶과 문화에 대한 끊임없는 성찰의 원동력과 이웃과 사회에 대한 따뜻한 애정을 제공한 것으로 보이며, 그의 전공이 정치학이라는 사실은 문화와 끊임없이 치열한 길항관계를 맺어왔던 정치와 문화가 맺는 복합적인 연관성[8]에 대한 다각적인 조망을 가능

---

5) 김병익, 「개혁의 성격과 미래를 위한 모색」, 『숨은 진실과 문학』, 문학과지성사, 1994, 31쪽.
6) 이광호, 「비평의 이타성과 초월적 전망」, 『현대 비평과 이론』 제8호(1994. 10), 159~160쪽.
7) 김병익, 「대담 : 되돌아봄, 둘러봄, 들여다봄」, 『우공(愚公)의 호수를 보며』, 세계사, 1991, 291쪽.
8) 김병익은 정치학을 전공했지만, "나는 정치가 문화 안에 포용된다고 본 반면에 그는 문화가 정치 안에 들어 있다고 설명한 것이 그것이다"(「현실의 문화학」, 『들린 시대의 문학』, 문

케 하였다고 볼 수 있다. 그리고 그가 지적 성장기를 보낸 1950년대 후반과 1960년대의 남한의 특수한 지성적 정황은 그에게 전통적인 인문주의와 고전적 휴머니즘의 강력한 세례를 제공한 것으로 여겨진다.[9] 한편, 문화적 정보 유통의 한가운데 위치해 있는 신문사 문화부 기자 생활(동아일보)은 그에게 문화의 거대한 힘과 동시에 문화의 초라한 한계에 대한 진지한 성찰 및 문화가 유통되고 관리되는 정보의 논리에 대한 세밀한 조망을 가능하게 했으며, 또한 날카로운 비판적 사유로 채워진 문화와 지배 이데올로기에 기계적으로 복무하는 문화를 섬세하게 구별할 수 있는 시선을 길러준 것으로 보인다. 또한 그가 대표로 있는 '문학과지성사'의 모범적인 출판활동을 통하여, 김병익은 문화의 꽃이라고 할 수 있는 출판의 가능성과 중요한 역할에 대한 풍요로운 성찰을 전개할 수 있었던 것으로 보인다(그러므로, 김병익에게 '문화'라는 거대한 동심원은 정치와 종교 출판 문학이라는 작은 원들의 집합으로 이루어져 있는 것이 아닐까). 이러한 김병익의 다채로운 이력은 그의 글쓰기를 일찍이 '문화' 자체와 그 문화를 가능케 한 '제도'에 대한 다채로운 관심으로 유도한 것으로 여겨진다. 이 평문은 이러한 문제의식에 근거하여, 김병익의 문화비평에 대한 몇 가지 생각을 피력하는 비평적 에세이가 될 것이다. 그렇다면 김병익의 문화비평은 어떠한 논리와 표정을 담고 있을까.

학과지성사, 1985, 97쪽)라는 구절에서 잘 드러나듯이 문화와 정치 중에서 '문화'를 더욱 근원적인 요소로 평가하고 있다.

9) 김병익은 자신의 지적 세대론적 배경과 그 문화적 기원에 대해서, "산업화를 경험하기 이전에 성장하고 교육받은 70년대 이전의 세대는 거의 전적으로 서구 자본주의와 인문주의의 전통 속에서 지적 세례를 받았으며 그래서 좌파 진보주의에 대해서는 기초부터 무지했고 이른바 사회과학적인 상상력에는 거의 익숙하지 못한 상태였다"(「인식론적 단절과 대화 문화의 가능성」, 『열림과 일굼』, 문학과지성사, 1991, 39쪽)고 고백하고 있다.

2. 열린 사유, 전복적 상상력

김병익의 일련의 문화비평은 그의 문학비평의 방법을 구성하고 있는 밑자리라고 할 수 있다. 문화비평이나 시론에서 그가 표출한 견해들은 문학작품에 섬세한 분석을 통해 개성적이며 구체적인 견해로 정립되는 것이다. 그리하여, 우리는 김병익의 문화비평을 통해서, 비평가 김병익의 사유구조와 무의식적 편향, 이념적 입지 등이 탄생한 '사유의 뿌리'를 구체적으로 확인할 수 있다.

비평가에게 자신의 입장에 대한 근원적인 반성과 해체는 그 자신의 지적 성장과 이론적 갱신에 가장 중요한 요소로 작용한다고 할 수 있을 것이다. 자신의 편협한 자기 동일성과 주관적인 이데올로기에서 탈피하여, 자신의 입지에 대한 가열한 반성적 사유를 보여주는 것, 그리고 상투적인 편견과 지배적인 관념에 끊임없이 저항하면서 새로운 인식 지평의 경계면에서 곡예적인 방식으로 사유하는 것은 뛰어난 비평가라면 필수적으로 갖추어야 할 태도일 것이다. 이러한 측면에서, 김병익의 다음과 같은 초기의 발언은 한 사람의 비평가로서 김병익의 태도를 효과적으로 보여주는 상징적인 대목이라고 하겠다.

1968년[10]의 미국 청년들에게 일어났던 우드스톡 페스티벌이란 최대의 집회와 워싱턴 뉴욕에서의 반전 시위를 동시에 관찰한 사람이라면 요즘 청년들의 장발과 고고, 혹은 무책임성과 이탈을 그렇게 단적으로, 그리고 고지식하게, '퇴폐'로 몰아붙일 수는 없을 것이다. 다시 말하면, 필자로서는 기성세대가 퇴폐, 혹은 무책임이라고 비난하는 젊은이들의 생태를 긍정, 적어도 이해해준다는 것은 젊은이들의 액티비즘을 긍정, 적어도 이해해주는 결과가 되리라는 것이다.[11]

---

10) 1968년은 1969년의 오식으로 보인다. 실제로 우드스톡 페스티벌은 1969년에 일어났다.
11) 김병익, 「청년 문화와 매스컴」, 『문화와 반문화』, 문장사, 1979, 214쪽.

1970년대 초반에 급격히 유행하던 '담론'인 청년문화에 대한 냉철한 이해와 성찰을 촉구하는 의도로 씌어진 「청년문화와 매스컴」이라는 글에서 인용된 이 구절은, 신세대와 X세대에 대한 융단폭격과 상품미학에 연루된 전략적인 옹호가 동시에 난무하는 지금 이 시점에서 보아도 탁견이 아닐 수 없다. 위의 글에는 '퇴폐'라는 감각적인 표현을 빌려 청년문화를 안이하게 비판하는 문화적 관행에 대한 '전복적 사유'가 번득이고 있다. 기존의 문화적 관행에 대한 이러한 김병익의 반성적 성찰은 '퇴폐'에 대한 다음과 같은 근원적인 질문으로 나아간다.

비근한 예로 최근 자주 문제되고 있는 '퇴폐풍조'를 보자. 젊은이들의 장발과 대마초 흡연으로부터 인기 있는 가요, 문제성 있는 연극 영화 혹은 소설에 이르기까지 광범하게 규제되고 있는 이른바 '퇴폐풍조'에 대해서 우리는 몇 가지 질문을 던질 수 있다. 과연 규제되고 있는 여러 '풍조'가 나쁜 점만을 갖고 있는가, 나쁘다면 그것은 반드시 행정적인 조처로만 시정될 수 있을 것인가, 그런 풍조는 어떻게 해서 발생하고 어떤 연유로 유행하게 되는가, 아니 그 풍조는 '퇴폐'란 이름만으로 규정되어야 하는가, 아니 한번 더 '퇴폐'란 무엇이며 그것은 얼마큼 나쁜 것인가.[12]

비평가의 임무가 관습적 사유구조의 각질을 파괴하는, 날카로운 질문을 던지는 데 있다면 위의 예문은 김병익이 뛰어난 비평가라는 사실을 환기시키고 있다. 그는 당시의 상당수 보수적 문화인들이 상식적으로 수용하고 있었던 청년문화=퇴폐풍조의 도식을 날카롭게 가로지르면서 '퇴폐' 자체에 대한 근원적이며 진지한 질문으로 이행하고 있는 것이다. 그렇다는 것은 비평가가 퇴폐=나쁜 것, 청년문화=퇴폐 풍조식의 단순

---

12) 앞의 책, 242쪽.

한 사고가 무의식적으로 표상하고 있는 것을 정확하게 추출했다는 사실을 의미할 것이다. 말하자면, 청년문화가 지닌 전복적이며 비판적 요소를 청년문화의 주류로부터 '분리'시키겠다는 정치적 무의식이 그러한 발상법에 스며들어 있다는 것을 김병익은 인식했던 것이다. 새로운 문화적 흐름을 보수적 입장에서 질타하는 견해에서 발견할 수 있는 편견과 선입견을 날카롭게 지적하고 있는 김병익의 생산적인 질문들은 지금 이 시대에도 절실하게 요구되는 덕목이라고 하겠다(지금, 신세대문화와 신세대문학에 대한 얼마나 완고한 편견의 벽이 형성되어 있는가! 그 편견은 신세대문학을 균형감각을 가지고 정밀하게 이해하는 작업에 결정적인 인식론적 장애물로 작용하고 있다).

김병익은 또한 '민족'의 이름으로 비호되는 문화적 흐름에 대해서 냉철하게 비판하고 있다. 그는 "민족문화란 구호의 구차스런 반복"은 "시대착오적 허위의식의 산물"이라며 그 이유를 몇 가지 열거하고 있다. 가령, "그것(민족문화를 일컫는다 ─ 인용자)은 민족적 열등을 호도하며 나아가 열등을 우월로 착각하는 콤플렉스의 표현이다. 이러는 한 '민족적' 정황은 진실하게 파악되지 않을뿐더러 일종의 종족우월주의로 타락한다" "그것이 극우적인 정치적 민족주의와 결합하면 독일과 일본의 경험에서 본 것과 같은, 복고주의가 곁들인 국수주의로 발전하며 안과 밖으로 벌거벗은 힘의 과시를 도모한다"는 지적들이 그 이유들이다. 이러한 인식은 1980년대 내내 우리 사회를 지배했던 다소 편협한 민족주의적 열풍이나 어느 나라보다도 외국인들에게 배타적인 우리 사회의 문제적 징후에 비추어 선구적인 함의를 지닌 것으로 판단된다. 김병익은 배타적인 민족문화 개념에 대한 대안으로 "카테고리컬한 용어로서의 민족이란 구호를 회피하고, 우리 문화의 개별성이 어떻게 인류 공유의 문화로 확산될 수 있는가라는 방법론을 고찰해보는 것"을 제시하고 있다. 이러한 대안은 최근의 다분히 정치적인 목적을 깔고 있는 '세계화 논의'와는 별도로 우리 문화의 보편성과 특수성에 대한 중대한 문제의식을 깔고 있다고 생각되는데, 이는 김병익 비평이 함유하고 있는 근원에 대한 성찰력과 비판적 사유의 날카로움을 예시하는 중요한 증거라고 하겠다. 이러한 김병익 문화비평의 날카로운 전복적 사유는, "수백만의 유태인을 학살한 나치의 고문인들이 집에서는 얼마나 자상한 아버지이며 모차르트 음악을 즐기는 문화인이었던가"[13]라는 반문에서 빛나는 '인식의 개화'를 보여준다. 위의 예문은 문화의 근원적인 기능과 역할에 대한 통렬한 되돌아봄으로 작용하고 있는 것이 아닌가. 이와 연관하여, 김병익이 1980년대에 민족문학이 거역할 수 없는 주도적인 흐름으로 부상하였을 때, 그 의미만큼이나 한계에 대해서도 냉철하게 직시하였다는 사실, 아울러 1990년대부터 진보적인 문화의 흐름이 위기에 봉착하고 탈이데올로기적 문화가 횡행하였을 때는 오히려 진보적 사유의 소중함을 환기시켰다는 사실이 주목되어야 할 것이다.[14] 김병익은 항상, 주도적 문화체계에 대한 비판적 사유의 칼날을 들이댔던 것이다.

지금까지 살펴왔듯이, 김병익의 문화비평은 무엇보다도 '반성적 인식'과 '비판적 사유'라는 비평 자체의 고유한 기능을 십분 발휘하고 있다고 생각된다. 이러한 의미에서, "반성과 비판은 돌려 말해서 도식주의와 권위주의를 극복하려는 진지한 의지이기도 하다. 문화적 도식주의는 앞에서 말한 것처럼 어떤 명제에 대한 획일적인 순응으로 그것은 발랄하고 창조적이어야 할 문화를 화석화할 운명을 안고 있다"는 김병익의 언급은 문화비평가로서의 그의 자세를 상징적으로 보여주는 구절이라고 할 수 있을 것이다.

---

13) 김병익, 「실의를 이기기 위하여」, 『부드러움의 힘』, 청하, 1988, 79쪽.
14) 이 점에 대해서는 『열림과 일굼』의 제1부에 수록된 글을 통해서 확인할 수 있다.

3. 대화적 지성의 성실성

김병익은 그 기본적인 세계관의 측면에서 보자면, 온건한 합리주의와 문화적 다원주의를 신봉하는 입장에 속한다. 그런데, 이러한 김병익의 세계관적 입지와 그의 타고난 지적 성실성은 그를 어떤 비평가보다도 '타자'의 입장에 대한 성실한 이해로 이끈 요인일 것이다. 이러한 의미에서, 김병익은 자신의 문화적 입장이나 정치적 입장과 상반되는 타자의 논리를 최대한으로 그 내부의 시점에서 이해하고자 노력한 대표적인 비평가라고 볼 수 있을 것이다. 예를 들어, 다음과 같은 구절을 보자.

항상 새롭고 학구적인 반체제적 젊은 지식인 집단들이 없었더라면, 우리가 80년대의 가장 소중한 업적으로 평가하는 인식의 전환이란 성과는 감히 기대할 수 없었거나 그만큼 늦어졌을 것이다.[15]

아마도, 80년대의 문화현상 중 우리에게 가장 중요하고 의미 깊은 성취는 마르크시즘을 중심으로 한 진보 이념의 문학적 수용일 것이다. 그것은 우리 정신사에 이중적인 기여를 한다. 그 하나는 우리의 이데올로기적 폐쇄성의 역사 속에서 처음으로, 현실 권력이 강제 부여한 금기를 깨뜨렸다는 결정적인 기여이다. 이 기여는 아무리 강조해도 지나치지 않을 것이다.[16]

저 자신이 『창비』의 맞은편에서 다른 가치체계와 지향을 가진 이른바 『문지』에 참여하여 『창비』와는 상반된 대안의 탐색에 노력해왔다고 할 수

---

15) 김병익, 「80년대 : 인식 변화의 가능성을 향하여」, 『열림과 일굼』, 문학과지성사, 1991, 23쪽.
16) 김병익, 「우리 문화 : 가능성으로부터 실재화로」, 『열림과 일굼』, 문학과지성사, 1991, 61쪽.

가 있겠지만, 저와 저의 동인들의 이러한 노력들은 『창비』의 선도적이고 문제제기적인 작업이 있었기에 가능했고 또 필요했던 것일 것입니다. 아마도, 『창비』 없이는 『문지』가 결코 그 의미를 만들어낼 수 없을 것이지만, 『창비』는 『문지』의 존재에 관계없이 그 자체의 역사적 자리를 얼마든지 충분히 건져낼 수 있었을 것입니다.[17] (강조 — 인용자)

위의 예문들은 김병익이 자신의 세계관이나 문학적 입지와 대척적이거나 뚜렷이 구별되는 자리에 놓인 '타자'의 논리와 의미에 대해서 얼마나 성실하게 접근하고 있는가를 여실히 보여준다. 특히 『창작과비평』의 지성사적 의미를 적극적으로 인정한 세번째 예문은 김병익이 은연중에 한 동일자의 자기 동일성의 정립은 타자의 존재에 의해서 비로소 가능하다는 미하일 바흐친이나 후기 구조주의의 철학적 논리인 '타자성'의 의미를 무의식적으로 체득하고 있음을 인상 깊게 보여주고 있다. 이렇게 본다면, 김병익이야말로, 자신의 입지와 구별되는 '타자'의 섬세한 논리와 편향, 의미, 한계, 지성사적 성과 등등에 대해서 어떤 비평가보다도 따뜻하게 동시에 정확하게 이해했던 '대화적 지성'에 기반한 대표적인 비평가라고 할 수 있을 것이다. 그리하여, "절박한 싸움을 하고 있을수록 타자를 끌어안고 포용하고 인정할 수 있을 때, 타자의 타자성을 최대한 참아낼 수 있을 때 그 싸움의 승패가 결정된다"[18]는 김병익의 전언은 그의 비평세계를 관류하여 흐르고 있는 가장 기본적인 태도라고 생각된다. 박노해에 대한 에세이인 「'겨울 나무'의 뿌리 키우기」는 이러한 김병익의 비평태도가 아름답게 꽃핀 대표적인 비평문일 것이다. 김병익은 이 글에서, 1980년대의 남한사회에서 가장 진보적인 사유의 시적 담지자였

---

17) 김병익, 「『창비』와 한국 4반세기의 역사」, 『우공(愚公)의 호수를 보며』, 세계사, 1991, 153쪽.

18) 김병익 박철화 류철균 대담, 「반지성의 폭력을 허무는 지성의 열림 : 김병익」, 『문학정신』 1991년 4월호, 25쪽.

던 박노해가 감옥에서 절절하게 느낀 고뇌와 절망에 대해서 따뜻한 시선을 보내면서 박노해의 절망을 다음과 같은 그 자신의 다짐으로 옮겨놓고 있다.

나는 그가 신념하고 있는 이념과 실천의 체계들이 지금 처해 있는 정황에 대한 나의 이해에 내적 반전을 얻어내는 귀중한 계기를 체험하게 되었다. 그러고는, 그렇다면, 하고 혼자서 말했다 : 이제 참된 시작이 시작되어야 할 때다.[19]

박노해라는 이 땅의 지성사의 빈터를 종횡무진으로 메웠던 한 탁월한 실천가와의 만남으로 인해, 김병익의 세련된 인문적 지성은 중요한 '내적 반전'을 이룩하게 되는 것이다. 그 방향성은 틀리지만, 실천적 지성과 대화적 지성이 서로 스며들면서 자신의 입지를 되돌아보는 풍경은 아름답고 든든하다. 박노해의 진보적 지성을 자신의 지적 갱신의 계기로 적극적으로 활용하고 있는 김병익의 모습은 우리들에게 열린 지성의 바람직한 모델을 제공하고 있다. 바로 이러한 점으로 인하여, 김병익은 진보적 문화와 진보적 출판·문학의 논리에 대해 그 세대의 누구보다도 따뜻하고 정확한 지식을 소유하게 되는 것이다.

그러나, 김병익의 이러한 대화적 지성이 혹자에게는 '안타까운' 모습으로도 보이거나 세련된 절충주의의 포즈로도 받아들여질 수 있으리라. 예컨대, 어떤 논자는 1980년대의 문화사적 의미를 천착하는 김병익의 글에 대해서 "그의 균형잡기 노력이 다소 안쓰러운 면도 없지 않지만, 적어도 자기 객관화를 실천하고 있는 것으로 보이고, 글의 성실성이나 솔직함에 놀라게 된다"[20]고 지적하고 있다. 아울러, 진보적 진영에 속한 한 비평가는 "상호 존중에 기반한 김병익의 유기적 다원주의는 현실성이

---

19) 김병익, 「'겨울 나무'의 뿌리 키우기」, 『숨은 진실과 문학』, 문학과지성사, 1994, 44쪽.
20) 현삼미, 「편집자에게 보내는 글」, 『문학과사회』 1990년 여름호, 483쪽.

결여된 유토피아적 발상"[21]이라고 그 의미를 평가절하하고 있다. 이러한 반응을 의식했는지, 김병익은 다음과 같이 자신의 입장에 대해서 진솔하게 피력하고 있다.

어느 하나를 일방적으로 옹립하고 그 반대편에 대해서는 철저하게 배제적인 태도를 취하기에는, 나는 너무 복잡하고 비관적이며 소심한지도 모르겠다. 나의 이 나약한 자질들이 나를 이른바 '균형감각'으로 자리하도록 만든 것이겠지만, 나로서는 일부러 균형점을 잡기 위해서가 아니라 속아넘어가지 않기 위해서, 속여넘기지 않기 위해서 질문하고 회의하고 반성하고 검증하는 과정에서 다다른 태도일 뿐이다.[22]

아울러, 김병익은 다른 지면에서, "나는 중도적인 절충주의자를 권고하는 것이 아니다. 오히려 각자의 신념에 따라 주장하고 추구하며 행동하기를 나는 바란다"[23]고 쓰고 있다. 이렇게 본다면, 김병익이 하나의 단일한 관점을 강력하게 고집하지 않는 것은, 회의의 시선과 전복적 사유를 항상적으로 내장하기 위한 방법론의 일환이었다고 볼 수 있겠다. 아울러 그 태도의 진정성이 그로 하여금 단순한 절충주의자와 거리를 두게 만드는 것이다. 그렇다면, 수많은 타자의 목소리를 통해 지식의 성장을 꾀한 김병익의 문화비평에는 정녕 다른 아쉬움의 여지가 없는 것일까.

4. 글을 맺으며 : 지속적인 지적 갱신의 여정

김병익의 저작들을 종합적으로 검토해보면, 그가 그 또래의 어떤 비평

---

21) 하정일, 「자유주의 문학론의 이념과 방법」, 『실천문학』 1991년 여름호, 22쪽.
22) 김병익, 「세대에서 세대로의 빛과 짐」, 『우공(愚公)의 호수를 보며』, 세계사, 1991, 51쪽.
23) 김병익, 「인식의 균형을 위하여」, 『열림과 일굼』, 문학과지성사, 1991, 135쪽.

가보다도 다양한 지적 문화적 정보를 지속적으로 검토하고 창조적으로 수용하면서 끊임없는 지적 갱신의 편력을 밟아왔다는 사실을 명료하게 인지할 수 있을 것이다. 우선, 그의 문화비평에는 정치 출판 종교 문학 문화제도 대중문화를 모두 아우르는 다양한 정보가 수시로 등장하고 있다. 그리고 김병익은 마르크스주의를 비롯한 진보주의 사상이나 신세대 문화, 민중문화, 포스트모더니즘의 논리 등등의 당대에 첨예한 관심사로 등장했던 현안들에 대해서 끊임없는 의사 표명을 하면서 그 새로운 사상이나 문화를 자신의 주체적 관점으로 성실하게 이해 비판 수용하고 있다. 또한 김병익은 그 또래 비평가로서는 이례적이게도 장정일 이순원 등의 이른바 신세대작가들의 글쓰기에 대한 깊은 관심과 애정을 지니고 있다는 사실도 인상적이다.[24] 이러한 점은 끊임없는 지적 성실성이 동반 되어야 비로소 가능한 차원의 미덕일 것이다. 말하자면, 김병익은 당대의 주요한 문화적 관심사와 온몸으로 대결하면서, 자신의 비평적 입지를 한층 풍부하고 균형감 있게 정비했던 것이다. 이와 연관하여, 김병익은 김윤식과 더불어 동세대의 비평가들 중에서 현재까지 현장비평 활동에 가장 열성적이며 지속적으로 참여해온 비평가라는 사실 역시 주목되어야 할 것이다. 이러한 의미에서, 그는 비평을 '사는' 비평가이다. 그의 삶 자체가 이 사회와 문화에 대한 비평이 아닐까.

그런데, 김병익의 지칠 줄 모르는 다양한 지적 문화적 관심사는 그를 '수직적 깊이' 보다는 '수평적 확산'의 세계에 가까운 비평가로 만든 중요한 요인으로 보인다. 그는 어떤 한 가지 테마를 정밀하게 파고들어서 새로운 지적 성과를 산출하거나 참신하고 기발한 해석을 내리기보다는 기왕의 문화적 문학적 현실에 대한 구체적이면서도 상세한 정보를 자상 하게 정리하고 제공하면서 자신의 주관적인 관점을 덧붙이는 방식으로 글을 써나간다. 이러한 면에서 김병익은 문화적 지형도의 작성이나, 프

---

24) 김병익, 「고통에의 기억과 창조에의 고통 : 이순원과 장정일의 성장소설」, 『숨은 진실과 문학』, 문학과지성사, 1994, 참조.

레드릭 제임슨의 용어를 빌리자면 '인식론적 지도 그리기'에 누구보다도 능통한 비평가이다.[25] 이는 대단한 장점이라고 할 수 있겠지만, 동시에 김병익의 글쓰기에 일정한 한계를 낳은 중요한 원인이라고 생각된다 (항상 그렇지만, 성취와 한계는 동전의 양면의 관계를 구성한다).

이를테면, 그의 문화비평은 때때로 문화적 현실에 대한 치밀하고도 독창적인 분석과 해석보다는 상식적인 정리의 차원에 머물고 있는 것으로 보인다. 때로, 진정한 넓이는 깊게, 깊게 내려가야 획득될 수 있는 경지일 터인데, 그 깊이에 전폭적인 시간을 투자하기에는 그가 관심을 둘 영역이 너무나도 많았던 것이 아니었을까. 한국 현대비평사의 거친 호흡은 그에게 우선적으로 비평의 넓이를 요구한 것이 아니었을까. 한국의 문화비평 문학비평은 적어도 지금까지는 다채로운 관심사와 다양한 정보를 지니고 문화의 민주화를 위해서 분투하는 넓은 의미의 계몽주의적 비평가가 절실하게 요구되었던 것이다. 김병익은 이러한 과제를 누구보다도 모범적으로 성실하게 수행하였다. 그러나, 앞으로는 인문적 교양이나 다채로운 정보와 더불어 특정한 문학적 사안에 대한 정밀한 지식 및 진정한 '전문성'에서 우러나오는 '이론적 깊이'가 더욱 절실하게 요청될 것이다.

아울러, 우리는 김병익의 글들을 읽어내려가면서, 그가 자신의 지적 기반이라고 할 수 있는 인문학적 지성이나 고전적 휴머니즘, 가치의 상대주의 등의 항목들이 내장하고 있는 이데올로기를 철저하게 해체한 연후에, 다시 근원적으로 재구성했을 때 그의 글쓰기가 좀더 투명해질 수 있을 것이라는 생각을 하게 되었다. 이러한 지적은 때때로 그가 마치 기독교적 초월주의를 내세우는 것처럼 문화와 문학에 대한 다소 과도한 인본주의적 신뢰와 주관적인 애정을 보여준다는 사실과 연관된다. "문화야말로 우리에게 남은 유일한, 그러나 가장 근본적이고 장기 효과적인

---

25) 특히나, 『열림과 일굼』『전망을 위한 성찰』『들린 시대의 문학』『숨은 진실과 문학』에 수록된 문화비평이나 사회비평에서 이러한 김병익 비평의 특징을 여실히 엿볼 수 있다.

희망의 선택이다"라는 그의 전언이 보편적인 설득력을 띠기 위해서는 '문화'라는 개념이 함축하고 있는 이데올로기적 성격에 대한 세심한 파악과 더불어 문화와 다른 영역 간의 관계에 대한 합리적인 해명의 과정을 필수적으로 거쳐야 할 것이다. 그럴 때만이 그의 문화에 대한 도저한 애정에 기반한 문화비평은, 문화주의자의 형이상학적인 성(城)의 구축이 아니라, 문화의 기능에 대한 합리적이며 온당한 분석의 대표적인 실례로 자리매김될 수 있을 것이다.

그러나, 김병익의 성실한 지적 갱신력은 이미 이러한 지적들을 오래 전에 인식하고 창조적으로 수용하여, 이미 새로운 비약을 준비하고 있을 것이다. 그와 동갑내기인 어느 진보적 비평가의 소망이 1960년대 비평가인 동시에 1990년대 비평가로 기억되는 것이었다면, 나로서는 그러한 소망에 진정으로 합당한 비평가는 다름아닌 김병익이라고 생각된다. 그래서, 그의 남다른 지적 갱신력은 그의 화려한 비평적 생존을 끊임없이 연장하고 축복하는 '영생의 샘물'에 다름아닐 것이다. 그의 지속적인 건필을 간절히 염원하며 글을 맺는다.

(『오늘의 문예비평』 1995년 봄호)

4·19세대 비평이 마주한 어떤 풍경
—비평적 인정투쟁의 논리를 중심으로

1. 4·19세대와 세대론적 지평

문학을 세대론적 지평에서 이해하는 것[1]은 그 명백한 한계에도 불구하고, 전혀 무의미한 작업은 아니다. 그것은 특정한 연대나 세대의 상징적인 사건이나 체험의 지평이 그 역사적 공간을 둘러싼 '세대'의 실존적인 조건 및 글쓰기의 태도에 거의 무의식적 차원에까지 중대한 영향을 미치기 때문이다. 이를테면, 문학비평의 경우 다음과 같은 김현의 발언이 이에 해당된다.

내 육체적 나이는 늙었지만, 내 정신의 나이는 언제나 1960년의 18세에

---

1) 세대론의 지평에서 문학사를 이해하는 시도의 유의미성에 대해서는 이광호의 「세대론의 지평 — 시쓰기의 발생적 조건」, 『위반의 시학』(문학과지성사, 1993), 221~222쪽을 참조할 수 있다.

멈춰 있었다. 나는 거의 언제나 사일구 세대로서 사유하고 분석하고 해석한다. 내 나이는 1960년 이후 한 살도 더 먹지 않았다. 그것은 씁쓸한 인식이지만 즐거운 인식이기도 하다.[2]

이러한 김현의 언급은 이른바 4·19세대 비평가들의 정신적 원형을 인상적으로 보여준다. 4·19혁명을 실존적으로 체험하면서, 평단에 자기 목소리를 본격적으로 알리기 시작한 4·19세대의 비평가들은, 유신세대 비평가나 광주세대 비평가, 386세대 비평가 등의 용어가 거의 사용되지 않는다는 사실을 감안해보면, 한국현대비평사에서 자신들 세대의 비평적 정체성과 자기 동일성을 가장 뚜렷하게 보여준 세대였다고 할 수 있다. 그렇다면 왜 그들은 그럴 수 있었을까. 혹은 어떻게 그들은 그럴 수 있었을까. 이 글은 바로 이러한 소박한 문제제기와 의문으로부터 시작된다. 이 평문은 이러한 문제의식에 따라, 4·19세대 비평가들이 자신들의 문학적 정체성과 고유한 문학적 입장을 확립하게 되는 과정과 그 한계에 대해서 탐색해보고자 한다.

2. 4·19세대 비평의 자리 : 문학적 자기 동일성의 확보

백낙청 김병익 김주연 김치수 김현 염무웅 등의 4·19세대 비평가들이 한국현대비평사에서 가장 풍요롭고 독창적인 비평적 성과를 이루었다는 평가에 대해서는 이견이 있을 수 있겠다. 그러나 그들이 그 이전 연대에 활동한 비평가들과의 뚜렷한 미학적 문학적 차별성을 보여주려는 성실한 노력을 통해 새로운 비평적 목소리를 의욕적으로 제출하였다는 사실에 대해서는 누구도 쉽게 부인하지 못할 것이다. 이에 덧붙여, 비평

---

2) 김현, 「책머리에」, 『분석과 해석』, 문학과지성사, 1988.

문학의 활성화에 1960년대 초중반에서 현재에까지 이어지는 이들의 지속적이며 열정적인 비평작업이 커다란 영향을 미쳤다는 점,[3] 그들의 비평이 후배 비평가들에게도 중대한 파장을 미쳐 비평문학의 성장과 융성에 커다란 기여를 하였다는 사실[4] 등도 지적되어야 할 것이다. 이러한 점과 연관하여 나는 이들의 비평에 이르러, 한국현대비평사에서 '문학비평'이 하나의 독자적인 문학 장르로 본격적으로 진입하게 되었다고 생각한다.

그렇다면, 4·19세대 비평가들이 공유하고 있는 문화사적 미학적 특성은 무엇일까. 이미 수차례 지적된 대로, 근대적 개인의 발견과 4·19혁명의 체험으로 인해 자연스럽게 생성된 비합리적 이데올로기에 대한 비판적 전복적 관점의 형성, 삶의 주체성에 대한 열망, 그리고 문학적으로는 자율성의 원리 등을 들 수 있을 것이다. 그리고 그들은 무엇보다도 "실질적으로 '한글로 사유하고 글을 쓰고 행동'한 최초의 세대"였다.[5] 이러한 의미에서 역사적 행운과 세대적 축복의 수혜자인 4·19세대 비평가들의 문학적 미학적 정체성이 당대 문학비평의 장에서 유력하게 전파되면서, 이들의 비평이 일종의 문화적 헤게모니를 획득하게 되는 과정에 대한 고찰은 4·19세대 비평가들의 성취와 한계를 논하는 작업에 있어서 하나의 중요한 연결고리가 될 수 있다. 이를 위해서는 무엇보다도 4·19세대의 비평가들이 1960년대 문학에 의미를 부여하는 방식과 새로운 문학의 필연성을 주창하는 방식에 대한 성찰과 분석이 필요하다.

4·19세대 비평가들은 김승옥 최인훈 이청준 황동규 정현종 등의 동세대의 탁월한 문인들이 개척한 새로운 문학적 성과와 미학적 의미에 적극적인 가치평가를 하면서, 그 이전 세대의 소설가나 시인, 비평가에 대

---

3) 이러한 의미에서 『창작과비평』과 『문학과지성』의 비평가들의 에콜이 문학비평의 활성화에 미친 영향이 구체적으로 분석되어야 할 것이다.

4) 정과리, 「한국 비평의 현상학」, 『문학과사회』 1994년 봄호 참조.

5) 정과리, 「못다 쓴 해설」(김현의 『전체에 대한 통찰』 해설, 나남, 1990), 477쪽.

한 비판에 커다란 비평적 노력을 기울여왔다.

　이러한 점은 김치수가 최인훈, 서정인, 이청준 등 1960년대에 활발하게 글쓰기를 시작한 소설가들에 대해 언급하면서 "60년대에 문학적 출발을 한 작가들은 개인의 능력의 한계와 문학의 역할에 대해서 투철한 의식을 갖고 있다. 그것은 개성의 보존과 존재의 흔적을 남기기 위한 것으로서 그들이 진정으로 아프게 생각하고 있는 현실의 조그마한 부분에 천착하고 있는 것으로서 나타난다"[6]라고 언급한 대목이나, 김병익의 "전대는 파탄의 과정에 구속되어 그 자신 파탄의 길로 밀려나가고 있는 사람들이지만 60년대의 주인공들은 이미 파탄된 현실을 자기의 출발점으로 전제함으로써 상황 내에서의 자기 존재상을 확인하고 있다"[7]는 표현, 그리고 김주연이 서정인을 언급하면서 보여준 다음과 같은 태도 등에서 명백하게 드러난다.

　서정인의 개인은 보다 사회학적인 파악에 의해 쉽게 이해되는데, 그것은 요컨대 사회 속에서의 좌절을 통한 개인의 부각이다. 그러나 이러한 좌절이 50년대 작가의 그것과 전연 질을 달리하는 것은 그 인간을 둘러싸고 있는 사회에 대한 근원적인 탐구가 그에게서는 이루어지고 있기 때문이다. 말하자면 빈곤과 모순을 그것만으로 피상적으로 관찰하는 것이 아니라 보다 근원 현상, 가령 문화와 무지, 꿈과 현실 같은 것의 현상적인 노출의 일부로 받아들이기 때문에 상대적으로 인간의 좌절은 한 개인의 성립을 가져온다.[8]

위의 예문은 4·19세대 비평가들의 글쓰기가 근대적인 의미의 개인적

6) 김치수, 「한국소설의 과제」, 『현대한국문학의 이론』, 민음사, 1982, 157쪽.
7) 김병익, 「60년대 문학의 가능성」, 앞의 책, 266쪽.
8) 김주연, 「새 시대 문학의 성립」, 『김주연 평론문학선』, 문학사상사, 1992(원래는 1969년 2월에 발간된 『아세아』에 수록됨), 36쪽.

주체를 정립하는 문제에 커다란 관심과 노력을 기울이고 있다는 사실을 뚜렷하게 보여주고 있다. 아울러, 4·19세대 비평가들이 이전 세대 문인이나 비평가들, 즉 1950년대에 주로 활동한 문인들에 대한 비판 및 자신들 세대 문인과의 대조를 통해서 문학적 독자성과 차별성을 논리화했다는 점을 확인할 수 있다. 이러한 그들의 비평적 전략은 기존의 문학적 관행에 대한 비판과 전복을 통해 새로운 문학적 입장과 세대론적 입지를 다지는 평문에서 한층 구체적으로 드러난다. 김현의 「한국비평의 가능성」과 백낙청의 「새로운 창작과 비평의 자세」, 김주연의 「새 시대 문학의 성립」 등의 글들이 그러한 문제의식을 내장하고 있는 대표적인 평문들이다.

3. 기성세대 비판을 통한 인정투쟁의 논리

김현은 「한국비평의 가능성」[9]이라는 평문에서 이어령 유종호 이철범 등의 50년대 비평가의 한계를 지적하면서, 이른바 65년대 비평가들인 염무웅 백낙청 김주연 김치수 등의 성과와 가능성을 높이 평가하고 있다. 김현은 염무웅의 전후세대 비평가 비판을 인용한 후에, 그 비판을 "'증언' '행동' 등의 어휘들로 자신들의 평문을 장식했던 55년대 비평가들이 자신의 문제해결의 과정에서 제기된 숱한 난관들을 파헤치고 극복하려는 노력을 방기한 데 대한 비난"으로 이해하면서, "바로 그러했기 때문에 65년대 비평가들이 짊어지지 않을 수 없었던 과제란 문제해결의 과정에서 만나게 되는 숱한 난관들을 포기해버리는 '그 악순환을 저지하려는 진지한 노력'이다"고 언급하고 있다. 그리고 그 노력의 구체적인 실례로 염무웅 백낙청 김주연 김치수 조동일 등의 평문을 든다. 이러한

---

9) 김현, 「한국비평의 가능성」, 『현대한국문학의 이론』, 민음사, 1982. 원래 이 글은 1968년에 발간된 동인지 『68문학』에 수록된 바 있다.

대목은 "그의 참여는 사실상 현실에 대한 신경질적인 포즈 외에 아무것도 아니다. 그의 『저항의 문학』이 몇 개의 선동적인 어휘로 점철되어 있을 뿐, 아무런 사고의 진전도 보여주지 않는 것은 바로 이것 때문이다"라는 이어령에 대한 냉혹한 비판과 선명히 대비된다. 말하자면, 50년대 비평가에 대한 비판을 통해, 60년대 비평가들, 즉 4·19세대 비평가들의 새로운 입지를 효과적으로 강조하는 것이 김현이 「한국비평의 가능성」에서 구사한 비평적 전략이다. 김현의 이와 같은 동세대 비평가들에 대한 옹호는 자신들이 속한 4·19세대를 "이 세대는 우리가 아는 한 역사상 가장 진보적인 세대이다"라고 파악하는 자부심과 맞닿아 있다.

김주연은 「새 시대 문학의 성립」에서 무엇보다도 1960년대 문학의 새로운 가능성과 문학적 성과를 적극적으로 옹호하고 있다. 그는 소설, 시, 비평의 각 분야에서 김승옥 박태순 서정인 이청준 마종기 정현종 황동규 김현 염무웅 등의 문학적 가능성을 높이 평가하면서, 그 이전 세대의 문학을 비판적으로 조망하고 있다(이러한 방식은 김현의 비평담론 구사 방식과 정확히 일치한다). 가령 김승옥의 「무진기행」에 대한 다음과 같은 언급을 보자.

이것은 자연의 인습적으로 맹종해온 샤머니즘의 작가들과는 전연 질의 차이를 가진다. 김동리나 오영수, 오유권의 '안개'와 김승옥의 '안개'의 차이는 기후로서의 안개와 사물로서의 안개의 차이다. 기후로서의 자연은 다만 작품의 소도구에 지나지 않지만 사물로서의 자연은 그 작품의 프로타고니스트와 정당한 대립을 보인다.[10]

위의 예문과 더불어 "허위의 타파를 외치다가 자기에 대한 정당한 인식을 못하고 허세에 빠져버린 50년대의 문학"[11]이라는 표현 등은 자신

---

10) 김주연, 앞의 글, 19쪽.
11) 김주연, 「60년대 소설가 별견」, 『현대한국문학의 이론』, 271쪽.

과 동세대의 문인들의 작품세계에 대한 적극적인 평가와 1950년대 문학에 대한 냉혹한 비판을 통해, 새로운 세대의 문학적 필연성과 정당성을 옹호하려는 김주연의 의지를 명료하게 보여준다.

한편 백낙청은 『창작과비평』 창간호에 수록된 「새로운 창작과 비평의 자세」(1966)라는 의욕적인 평문을 통해 기성문단과 순수문학의 이데올로기에 대한 맹공을 가하고 있다. 우선 이 평문의 제목 자체가 지난 연대의 담론을 '과거'라는 창고로 밀어넣으면서, 자신의 관점이 지닌 정당성을 개진하려는 의도를 명확하게 담고 있다. 이는 비평적 현대성이 인정투쟁의 욕망과 접합되는 부분일 것이다.[12] 『창작과비평』의 창간은 이러한 백낙청의 새로운 문학적 욕망을 제도적으로 구현하기 위한 대단히 효과적인 매체였다. 백낙청은 위의 평문에서 당시 지배적인 문학 이데올로기로 기능하고 있던 순수문학을 비판하는 한편, 그를 포함한 '새 세대' 문인들의 전통과 현대에 대한 인식을 다음과 같이 지적하고 있다.

> 무엇보다 앞서야 할 인식은 우리가 부모의 피와 살을 받았듯이 이어받은 문학전통이란 태무하다는 것이다. 우리의 동양적 한국적 전통은 그 명맥이 끊어졌고 이를 뜻있게 되살릴 길은 열리지 않았으며 고대 그리스나 근대 서구의 고전문학을 모체로 삼기에도 우리의 언어와 풍습과 제반사정이 동떨어진 것이다. 1960년대의 한국에서, 문학의 기능은 건전한 오락을 제공하는 것이다라고 담담히 말해 넘길 수 없는 이유가 여기에 있다.[13]

물론 백낙청은 이러한 발언을 몇 년 후에 「시민문학론」(1969)에서 스스로 자기 비판하고 있다.[14] 그러나 이 대목은 백낙청의 새로운 문학과 비평에 대한 의욕적인 문제제기가 전통에 대한 주관적인 인식을 통해서

---

12) 권성우, 「1960년대 비평에 나타난 '현대성' 연구」, 『한국학보』 1999년 가을호, 10쪽.
13) 백낙청, 「새로운 창작과 비평의 자세」, 『민족문학과 세계문학』, 창작과비평사, 1982, 332쪽.
14) 백낙청의 자기 비판에 대해서는 권성우, 앞의 글, 12~13쪽 참조.

이루어지고 있다는 사실을 여실히 보여주고 있다.

이상의 논의를 통하여, 4·19세대 비평가들의 상당수가 4·19세대 문학의 정당성과 가능성을 적극적으로 옹호하기 위해서, 세대론적 인정투쟁의 전략을 의식적으로, 혹은 무의식적으로 구사하고 있다는 사실을 확인할 수 있다. 그들의 전략은 결과적으로 커다란 성공을 거두었다. 어떤 의미에서 보자면, 그 이후의 비평사와 문학사는 그들의 문학적 전략이 유력한 문학적 논리로 현실화되는 과정이기도 했다. 이러한 점은 그들이 높이 평가한 새로운 세대의 작가와 시인들의 상당수가 한국문단의 중추적인 존재로 부각되었다는 사실에서 비롯된다. 그리고 김현이 주장했던 바, "사실상 우리는 몇몇 젊은 평론가들의 힘든 노력의 결실을 곧 보게 될 것이다" [15]라는 예상이 궁극적으로 현실화되어, 김현을 포함한 4·19세대의 비평가들이 한국비평계에서 핵심적인 역할을 수행하게 되었던 것이다.

물론 이러한 세대론적인 인정투쟁의 욕망이라는 차원으로 4·19세대 비평가들의 문학적 성취와 비평적 경지의 모든 것을 포착할 수는 없을 것이다.[16] 아울러 4·19세대 비평가들이 세대론적 인정투쟁을 통해 동세대 문인들을 옹호했다고 해서, 4·19세대 문학의 남다른 성취가 전면적으로 부정될 수 있는 것은 결코 아닐 것이다. 실상, 그 인정투쟁의 욕망은, 모든 세대의 문인들이 무의식적으로 간직하게 마련인 '마음의 굴레'이다. 근원적으로 보면, 문학적 글쓰기를 추동하는 가장 중요한 유혹 중의 하나로 인정투쟁의 욕망을 거론할 수 있을 터이다. 그리고 무엇보다도 4·19세대 비평가들의 비평적 전략은 그들의 성실한 후속작업과

---

15) 김현, 「한국비평의 가능성」, 198쪽.
16) 그러나 '세대론적 인정투쟁'의 개념은 4·19세대 비평가들의 성실한 비평작업의 이면에 놓여 있던 어떤 문학적 욕망을 해명하는 '탐침'과 '고리'의 역할을 수행한다는 점에서, 분명히 의미 있는 개념이다. 어떠한 제한된 개념이 그 세대 문인의 모든 것을 설명해줄 수는 없을 것이다. 그 개념이 한 집단의 특정한 행태나 문학적 무의식을 부분적이나마 설명해줄 수 있다면, 우리는 그러한 개념의 유효성을 부정할 수 없으리라.

탁월한 비평적 역량에 의해 성공적으로 구현되었다는 점을 지적해야 할 것 같다. 이러한 의미에서, 김현을 포함한 4·19세대 비평가들은 자신들의 의욕적인 비평적 선언을 이후 전개된 비평사에서 구체적으로 현실화시킬 수 있었던 행운아였다. 김현을 비롯한 4·19세대 비평가들의 성과와 탁월함이 있다면, 그것은 그들이 효과적인 인정투쟁의 전략을 성공적으로 구사했다는 점에서가 아니라, 그 문학적 인정투쟁의 기획을 지속적이며 성실한 비평작업에 의해 현실화시켰다는 사실에 있을 것이다. 이러한 점은 자신들의 비평이론을 뒷받침해줄 수 있는 유능한 시인과 작가들을 행복하게 만난 4·19세대 비평가들의 '문학적 행운'에서도 연유하는 것이다.

새로운 문화적 감수성을 접하며 체계적인 인문적 교양을 쌓은 4·19세대 비평가들에게, 기존의 문학적 관행과 지배적인 문학 이데올로기는 그들의 패기만만한 역량을 통해, 충분히 극복 가능한 벽이었다. 결국 그 벽은 허물어졌고, 4·19세대 비평가들은 비평사적 헤게모니를 획득하게 되었다. 그런데 그 헤게모니는 이론적 치열성과 문학적 성실성, 자기 성찰을 담보했다는 점에서 오로지 권력의 논리에 따라 획득되는 정치적인 의미의 헤게모니와는 분명한 차별성을 지닌다.

지금까지 설명한 4·19세대 비평가들의 인정투쟁의 논리는 그렇다면 보편적으로 승인될 수 있는 것인가.

4. 4·19세대 비평의 한계

비록, 4·19세대 비평가들의 비평적 전략이 성공적으로 실현되었다 해도, 그들의 비평논리가 지닌 문제점을 파악하는 것은 이른바 '생산적 대화'를 위해서 긴요한 과정이다. 이러한 의미에서 우리는 그들이 구사한 비평적 인정투쟁의 욕망에 드리워진 검은 그늘에 대해서도 살펴보아야 한다.

우선, 김현의 평문에서 전형적으로 드러났던바, 이른바 50년대 작가와 비평가에 대한 4·19세대 비평가들의 평가가 공정한가라는 질문이 제기되어야 하겠다. 이를테면 최근의 몇몇 연구에서도 확인되고 있듯이, 1950년대 문학과 비평가에 대한 4·19세대 비평가의 평가가 지나치게 부정적으로 진행되어온 것은 아닌가 하는 질문을 던져보아야 한다. 예컨대, 이동하는 이어령에 대한 기존의 평가와 비판이 이어령을 의식적으로 배척한 집단에 의해서 지나치게 부정적으로 이루어졌으므로 이어령에 대한 재평가가 요청된다고 주장한 바 있으며,[17] 한수영은 1950년대 활동한 최일수와 정태용이 민족문학 비평 분야에서 중요한 역할을 수행했다는 사실을 실증적으로 검토하면서, "50년대 비평이 지닌 다양성과 역동성"을 발견하는 과정을 통해, 1950년대 비평에 대한 부정적 평가가 시정되어야 함을 역설하고 있다.[18] 이에 덧붙여, 그는 "50년대 비평에 대한 나의(혹은 우리의) 오랜 선입관은 4·19 이후의 문학세대들에 의해, 의도적이든 그렇지 않든, 이 시기의 비평이 사실 이상으로 폄하되고 평가절하되었던 결과에 기인한다는 사실을 알게 되었다"[19]고 고백하고 있다. 이러한 한수영의 언급은 4·19세대 비평가들의 논리를 중심으로 재편된 비평사적 관점이 근원적인 재검토나 질문 없이, 유력한 문학적 학술적 헤게모니를 획득해왔다는 점을 입증하고 있다.

아울러 김현과 김주연 등이 의욕적으로 전개한 인정투쟁의 논리에 대해서도 비판적으로 접근할 수 있겠다. 김현을 포함한 4·19세대 비평가들이 마주할 수밖에 없었던 "악순환을 저지하려는 진지한 노력"은 논리

---

17) 이동하, 「이어령론 : 영광의 길, 고독의 길」, 『한국 현대 비평가 연구』, 도서출판 강, 1996, 283~284쪽 참조.

18) 한수영, 「1950년대 한국 문예비평론 연구」, 연세대 박사논문, 1995 및, 「최일수 연구」, 『민족문학사 연구』 10호, 1997 참조.

19) 한수영, 「최일수 연구」, 137쪽.

적으로 보자면 유독 4·19세대 비평가들에만 해당되는 과제라고 보기에는 무리가 많다. 그러한 과제는 오히려 "진지한 비평가라면 누구나 마주칠 수밖에 없는 보편적인 과제"가 아닐까.[20] 세대를 초월한 보편적인 과제를 자신들 세대만의 특수한 과제로 한정시키는 것은 조급한 욕망의 드러냄이자 일종의 이데올로기로 볼 수도 있다. 아울러 4·19세대의 진보성을 설명하는 논리 역시 구체적인 검증이나 분석에 기대기보다는 수사학적 표현에 머물고 있다.[21] 때문에, "당시 김현의 비평적 실천은 4·19세대의 상대적인 중요성을 절대적인 중요성으로 과장한 측면이 없지 않다"[22] "65년대 비평가들의 특성으로 그가 간주한 리버럴리즘의 실체가 뚜렷하지 않으며 이전세대와의 대비를 단순히 55년, 65년식으로 설정해 도식적인 경향이 짙다"[23] 등의 비판이 가능한 것이다. 또한 김치수의 「한국 소설의 과제」에 대해서도 "60년대 세대의 문학사적 의미를 너무 부가시키려 한 나머지 그 전대의 한국문학사 전체를 평가절하하는 오류를 범하고 있다"[24]는 지적이 있다. 한편, 김주연이 주창한 1960년대 문인들의 개인의 새로운 발견 역시, 그 개인의 발견이 유독 1960년대 작가에서 뚜렷하게 드러나고 있는가 하는 점에 대한 한층 논리적인 해명이 필요한 것이 아니었을까 싶다. 손창섭의 그 막막한 개인성은 과연 김승옥의 그것과 어떻게 논리적으로 변별될 수 있을 것인가. 오히려 김치수는 손창섭의 소설에서도 '자아에 대한 관심'을 발견하고 있다.

지금까지 서술한 의미에서 역시 4·19세대 비평가인 백낙청의 다음과

20) 권성우, 앞의 글, 18~19쪽.

21) 권성우, 「60년대 비평문학의 세대론적 전략과 새로운 목소리」, 『1960년대 문학연구』, 예하, 1993, 16쪽.

22) 이명원, 「김현 문학비평 연구」, 서울시립대 석사논문, 1999, 157쪽. 이명원의 논문은 『문학과지성』 동인의 세대론적 인정투쟁이 지닌 한계 전반에 대해서 상세하고도 정교하게 다루고 있다. 이 논문의 125~165쪽.

23) 한강희, 「1960년대 한국문학비평 연구」, 성균관대 박사논문, 1997, 92쪽.

24) 이명원, 앞의 글, 131쪽.

같은 지적은 자신이 속한 문학적 세대에 대해 지나친 주관적 애정을 부여하는 인정투쟁의 전략에 대한 비판적 언급을 담고 있다는 점에서 문제적이다.

　　필자는, '60년대 문학'(혹은 '65년대 문학')의 대변자들과 '50년대 문학' 내지 '전후문학' 옹호자 간의 최근의 논쟁은 우리 문학을 위해 별로 보탬이 된 바 없다고 본다. 아니 진정한 문학적 쟁점이 없는 곳에 무엇이 있는 듯한 인상을 주어 문단의 빈곤을 감추는 결과가 되었고 10년도 채 안 되는 시기적 차이에 집착하여 동시대 작가 간의 보다 중대한 질적 차이를 소홀히 했다는 점에서 적지 않은 해독마저 끼쳤다 하겠다.[25]

　　이러한 백낙청의 관점을 그대로 수용하지 않는다고 하더라도, 세대론적 논쟁과 인정투쟁의 욕망이, 동시대의 작가들이 지닌 섬세한 미학적 차이에 둔감할 수 있다는 점에 대한 지적은 중요한 비판이라 할 수 있다. 그러나, 이렇게 세대론적 논쟁을 비판한 백낙청의 기성문단과 순수문학에 대한 냉철한 비판을 통한 새로운 문학과 비평에 대한 강조가 전통에 대한 참으로 소박한 이해에 맞닿아 있다는 점은 그 자체로 아이러니라고 하겠다.

　　물론 인정투쟁의 전략 그 자체를 부정적으로 볼 수는 없다. 중요한 것은 타자에 대한 비판과 배제를 통한 자기 동일성의 전략을 구사하는 인정투쟁의 욕망이 얼마나 성실한 검증과 객관적인 설득력, 자기 성찰을 동반하고 있느냐의 문제일 터이다. 그러한 점들이 수반된다면 "새로운 세대는 언제나 혁명적이며, 불온하고, 앞세대와의 변별성을 성취하기 위해 투쟁한다. (……) 세대론은 전위에 선 사람들의 기록이다"[26]라는 언급을 자연스럽게 수용할 수도 있을 터이다. 그러니, 중요한 것은, 인정투

<hr />

25) 백낙청, 「시민문학론」, 『민족문학과 세계문학』, 60쪽.
26) 이광호, 앞의 글, 222쪽.

쟁 자체가 아니라, 어떤 인정투쟁인가, 문학적 전략 자체가 아니라, 어떤 문학적 전략인가, 의 문제일 것이다. 4·19세대 비평가의 다양한 업적과 성과에도 불구하고, 그들의 문학적 자기 동일성의 확립을 위한 인정투쟁의 논리에 대한 열린 대화와 비판적 개입이 필요한 까닭이 바로 여기에 있다 하겠다.

5. 맺는 말

4·19세대 비평가들의 비평적 전략은 우리에게 한 시대 혹은 세대의 비평가들이 당대의 작가나 시인들과 어떠한 연관을 맺어야 하는가, 근본적으로 비평가가 비평적 인정투쟁의 욕망으로부터 완전히 자유로울 수 없다면 그 욕망을 어떻게 생산적인 대화의 장으로 전환시킬 수 있을 것인가 등의 질문을 던지게 만든다. 4·19세대 비평가들의 인정투쟁의 논리는, 한국현대비평사에 있어서 세대론적 문제의식이 담보하고 있는 저 찬연한 매혹과 치명적인 유혹을 동시에 보여준다. 그 누가 이러한 매혹과 유혹으로부터 완전히 자유로울 수 있겠는가? 이러한 의미에서 4·19세대 비평가들의 인정투쟁의 논리는 모든 비평가들에게 자기를 비추어보는 하나의 거울일 수밖에 없다. 당신은 그 거울에서 과연 무엇을 발견하는가.

(『문학과사회』 2000년 여름호)

1960년대 비평에 나타난 '현대성' 연구

— 백낙청, 김현, 유종호를 중심으로

1. 문제제기 및 연구방법

1-1. 다시 모더니티란 무엇인가

최근 모더니티(현대성)[1] 에 대한 탐색은 이제 한국학 및 인문학의 가장 중요한 화두로 대두하고 있다. 그리하여, 바야흐로 한국의 인문사회과학계는 '현대성(Modernity)' 문제의 해명에 집중적인 학술적 노력을 경주하고 있다고 말해도 과언은 아닐 것이다. 이러한 측면은 한국현대문

---

1) 모더니티(Modernity)를 '근대성'으로 번역하느냐 혹은 '현대성'으로 번역하느냐의 문제는 한국의 학계에서 아직 보편적인 합의를 얻고 있지 못한 상태이다. 대체로 사회과학이나 외국의 문화이론에서는 '현대성'이라는 용어를 사용하고 있으며, 국문학 연구의 영역에서는 상대적으로 '근대성'이라는 용어가 보편적으로 쓰이고 있는 것으로 판단된다. 그리고 모더니티를 역사적이며 통시적인 맥락에서 사용할 때는 '근대성', 사물이나 문학을 바라보는 일정한 입장이나 가치관이라는 의미에서 사용할 때는 '현대성'이라는 번역어를 주로 사용하고

학 연구에도 동일하게 나타나고 있다. 한국현대문학의 정체성을 근원적으로 탐문하다보면, 자연스럽게 '한국문학의 모더니티란 무엇인가' 하는 질문과 조우할 수밖에 없는 것이다. 이렇게 본다면 1980년대 중반부터 시작된 포스트모더니즘 이론의 수입이 역설적으로 우리 학계로 하여금 모더니티와 모던에 대한 근원적인 탐구를 진행시킨 면도 있다는 사실을 인식하게 된다. 모더니티와 모던에 대한 탐색이 제대로 이루어지지 않은 상태에서는, 당연히 포스트모더니티와 포스트모던을 적확하게 언급할 수 없을 터이다. 그렇다면, 이러한 모더니티에 대한 이론적 탐색은 단순한 지적 유행에 불과한 것인가. 결코 그렇지는 않을 것이다. 현대사회에 대한 비판과 근대를 어떻게 극복할 것인가 하는 주제와 연관된 문제들은 궁극적으로 한국사회의 '현대성'에 대한 정밀한 탐문을 통해서 달성된다는 점을 염두에 둔다면, 요컨대 '현대성'은 한국 인문사회과학의 숙명적인 화두라고 하지 않을 수 없는 것이다. 그러니까, '모더니티'에 대한 문제의식은 한국현대문학 연구의 자기 정체성을 확립하기 위해서라도 근원적으로 탐구되어야 하는 것이다. '현대성'에 대한 정교한 문제의식이 결여된 현대문학 연구는 말의 엄밀한 의미에서 '현대' 문학 연구라고 칭할 수 없을 것이다.

지금까지 언급한 문제의식에 비추어볼 때, '민족문학사연구소'에서 편집하여 발간한 학술서 『민족문학과 근대성』(문학과지성사, 1995)은 시의적절한 논점을 담고 있다고 하겠다. 특히 최원식의 논문 「한국문학의 근대성을 다시 생각한다」는 한국현대문학 연구에 있어서 근대성, 혹은 현대성의 문제틀이 왜 중요하게 대두될 수밖에 없는가 하는 점과 모더니즘 문학에 대한 생산적인 연구의 가능성 등에 대해 다음과 같이 요령 있

있다. 이 글에서는 모더니티라는 용어를 통시적인 맥락이나 역사적인 맥락보다는 문학을 대하는 특정한 자세나 태도, 가치관을 중시하는 입장에서 사용하게 될 것이다. 아울러 이 논문은 비평적 입장을 비평하는, 즉 메타비평에 가까운 연구이기 때문에 현대성이라는 용어를 주로 사용하되, 다른 논자가 선택한 용어는 그것대로 존중하기로 하였다. Modernity라는 용어의 엄밀한 번역과 층위의 구분에 한층 더 세심한 주의를 기울여야 하겠다.

게 기술하고 있다.

　　우리의 경우 근대와 근대 이후는 두 마리의 토끼, 아니 잡기 힘든 한 마리 토끼의 양면일 것이다. 맹목적인 근대 추종과 낭만적 근대 부정 사이에서 끊임없이 흔들려온 우리 사회에서 예정 설정된 역사의 최종 목표로서의 근대 이후가 아니라 '근대적 근대 이후'의 상(像)을 어떻게 모색하는가? 이것이 지금 우리에게 던져진 일대 공안(公案)이다. 이 문제를 올바로 해결할 때 한국문학의 근대성을 다시 묻는 우리의 작업은 문학연구의 고고학을 넘어서 대안을 추구하는 민족문학운동과 창조적인 황금의 고리로 맺어질 것이다.[2]

　　이러한 의미에서, 한국현대문학 연구에 있어서 '현대성'의 문제의식에 근거한 연구현황의 문제점을 짚고 넘어가야 할 것이다. '현대성'이나 '근대성'의 문제의식에 근거한 현대시와 현대소설에 대한 연구업적은 충분치는 않지만 최근 몇 년 동안 지속적으로 증가하고 있다. 특히 '미학적 현대성'[3]이라는 개념을 활용하여, 사회적 현대성과 구별되는 모더니티의 미학적 국면에 대한 연구가 최근에 등장하고 있으며, 전통적인 문예사조인 '모더니즘'의 의미망에 따라서 현대문학을 연구하는 관행이나 리얼리즘-모더니즘의 대비구도에 의해 현대문학사를 조망하는 시각은 이제 대단히 일반화되어 있어, 오히려 이 틀을 극복할 필요가 있다고 하

---

2) 최원식, 「한국의 근대문학을 다시 생각한다」, 『민족문학과 근대성』, 문학과지성사, 1995, 40쪽.

3) '미학적 현대성'은 문예사조로서의 모더니즘과는 일정하게 구분된다. 문예사조로서의 모더니즘은 주로 20세기 초반에 서구문학을 중심으로 해서 나타난 다양한 현대적 사조들, 이를 테면 상징주의 초현실주의 다다이즘 등과 같이 내용과 방법론적인 측면에서 미학적 혁신을 이룩한 문예운동을 통칭하는 용어이다. 그러나 우리가 '미학적 현대성'이라고 할 때는 하버마스의 계몽적 기획으로서의 '현대성'과 짝을 이루는, 즉 사회적 현대성과 대응하고 있는 어떤 문화적 문학적 현상으로서의 '미학적 현대성'을 의미하는 것이다.

겠다. 그러나 가장 이론적인 영역인 '비평연구'에 있어서는 아직 '현대성(근대성)'의 개념에 착목한 연구들이 본격적으로 진척되지 못한 실정이다.[4] 이러한 사실은 현대문학비평 분야에서, '현대성'의 담론에 대한 연구가 대단히 전문적인 이론적 기반을 필요하다는 사실과 연관된다. 그러나, '현대성'에 대한 주제 자체가 이론적이며 추상적인 내용을 함축하고 있다는 사실과 현대성이라는 개념 자체가 '자기 비판'과 연계된다는 점을 고려하면, 오히려 '비평' 분야가 '현대성'에 대한 담론이 가장 적극적으로 표출될 가능성이 많은 영역이라는 사실을 인식할 수 있을 것이다.[5]

그러므로 한국현대비평에 나타난 '현대성'의 흔적을 탐문하는 작업은 한국현대문학에 표출되어 있는 현대성의 실체를 이론적으로 확인하는 작업에 연결된다. 구체적인 문학작품이 '현대성'의 미학적 징후를, 작품 자체의 형상으로서 감각적으로 선취하여 보여준다고 한다면, 문학비평은 '현대성'의 다양한 담론 형태를 이론적인 차원으로 보여준다고 할 수 있는 것이다.

1-2. 1960년대 한국문학과 모더니티

지금까지 서술한 문제의식에 기반하여, 이 글은 한국현대비평사에서 새로운 분기점으로 작용하고 있는 1960년대 비평문학에 현상되어 있는 '현대성'의 국면에 대한 구체적인 탐색을 진행하고자 하는 목적에 의해 씌어진다. 그렇다면, '1960년대' 문학비평을 이 글의 연구대상으로 선택한 이유는 무엇인가?

---

4) 이러한 문제의식으로 씌어진 최근의 논문으로는 이광호의 「한국근대시론의 '미적 근대성' 연구」(고려대 박사논문, 1998)를 들 수 있다.

5) 이러한 의미에서 김윤식의 논문 「어째서 비평이 근대비평일 수밖에 없는가」(『내일을 여는 작가』 1999년 봄호)는 주목된다.

우선 첫번째로는 이제 1990년대 후반부터는 1960년대 문학이 본격적으로 연구되어야 한다는 문제의식이다. 연구대상과 연구주체 사이에 학술적인 연구를 위한 '객관적인 거리'를 확보하기 위해서는 최소한 30년 이상의 시차가 요구된다는 논지에 의하면, 이제 1960년대 문학에 대한 연구도 충분히 가능한 시기가 되었다고 생각된다. 1970년대에 이미 식민지 말인 1940년대 초반의 문학에 대한 연구가 부분적으로 진행되었고, 1980년대 말부터 1950년대 문학에 대한 연구가 시작되었다는 사실을 감안하면 이제 1960년대 문학에 대한 연구는 지금 바로 시작되어야한다.[6] 그런데, 1960년대의 비평문학을 이 글의 연구대상으로 선택한 더욱 결정적인 이유는 다름아닌 '현대성'의 문제의식과 연관되어 있다. 이 글의 문제의식에 의하면, 1960년대는 사회적으로나 미학적으로나 '현대성'의 양상들이 한국지식사회에 본격적으로 내면화된 문제적 시기라고 할 수 있다. 예컨대, 4·19혁명이 순 한글세대를 탄생시켰다는 점, 그에 따라 단일 언어에 기반한 민족국가 단위의 사고가 본격적으로 지식인사회에서 내면화되기 시작했다는 점, 1960년대부터 이른바 거대한 '근대성의 기획'이라고 할 수 있는 자본주의적인 경제개발 정책이 집중적으로 진행되었다는 점, 특히 문학비평 분야에서는 '현대성'의 중요한 특성인 지난 시대의 사유구조에 대한 '비판'과 '전복적 성찰'이 다른 어떤 시기보다도 바로 1960년대부터 활발하게 진행되었다는 사실, 한국사회에 대도시화가 상당 부분 진척되어 모더니즘 이념이 구현될 수 있는 공간적 배경이 탄생함에 따라 김승옥의 문학으로 대변되는 도시문학의 모더니즘적인 징후, 즉 '현대적 일상성'이 구체적으로 나타나기 시작한 것이 바로 1960년대라는 점 등등이 1960년대를 한국사회와 한국문학에 '현대

---

6) 이러한 의미에서 한강희의 논문 「1960년대 한국문학비평 연구」(성균관대 박사논문, 1997)는 이 1960년대 비평문학 연구의 선편에 해당되는 중요한 연구성과라 하겠다. 아울러 최근에 출간된 임영봉의 『한국현대문학 비평사론』(역락, 2000) 역시 1960년대 비평문학에 대한 포괄적 연구성과로 주목된다.

성'이 본격적으로 내면화되는 시기로 보는 중대한 요인들이다.

　이러한 문제의식에 따라, 이 글은 1960년대 비평문학이 자기 반성과 자기 인식을 체계적으로 시도한 최초의 비평사적 시기라는 점과 미학적 현대성과 사회적 현대성의 긴장된 길항관계가 형성되었다는 점, 기존의 전근대적인 비평적 담론에 대한 날카로운 비판을 수행하면서 문학비평이 '미학적 현대성'의 중요한 역할을 선취했다는 점 등등의 사실과 그럼에도 불구하고 1960년대 비평문학은 '새로움'을 표방하는 비평적 담론이 항용 그러하듯이 다소 성급한 인정투쟁의 논리를 주창했다는 사실을 당대의 비평 텍스트에 대한 구체적인 분석을 통해 규명하고자 한다. 이러한 연구를 통해, 한국현대비평사는 1960년대의 비평문학에 대한 새로운 의미부여를 수행하고 '현대성'과 연관된 주제를 심화시킬 수 있을 것이다.

1-3. 연구대상 및 연구방법

　1960년대 비평문학에 나타난 '현대성'을 연구한다고 했을 때, 1960년대에 전개된 모든 형태의 비평담론을 연구할 수는 없을 것이다. 결국 이 논문이 유의미한 성과를 산출하기 위해서는 연구대상과 내용을 효과적으로 한정하는 것이 필요하다. 또한 한 비평가의 텍스트를 대상으로 한다고 하더라도, 그 텍스트를 개별적으로만 이해할 것이 아니라, 구조주의적인 문제틀에 근거하여 그러한 비평을 낳게 한 '비평적 해석공동체'를 유념하여 연구하는 작업이 요구된다 하겠다. 왜냐하면 특히 1960년대는 계간지를 중심으로 유사한 문학적 입장을 지닌 편집동인과 문학적 해석공동체가 자신들의 주장을 집단적으로 주장하기 시작한 최초의 시기이기 때문이다. 이러한 문제의식에 따라 이 글은, 연구 대상을 백낙청 김현 유종호 등이 1960년대에 발표한 주요한 비평 텍스트로 한정하고자 한다. 그들의 비평적 입장은 각기 다양한 문제의식을 지니고 있지만, 비교적 비평적 모더니티를 선명하게 보여준다는 면에서, 1960년대에 새롭게 전개된 문학의 주요한 대변자로서의 역할을 인상적으로 보여주었다는 점에서, 그리고 비평에 대한 자의식 및 자기 비판의 풍경을 인상적으로 보여준다는 점에서 이 글의 연구목적에 부합된다고 판단된다. 이에 따라 이 글은 그들이 1960년대에 발표한 주요 비평문들을 대상으로 하여, 그 비평 텍스트에 구현된 현대성의 실체에 대해서 탐색하고자 한다.

이러한 연구대상을 통해 이루어질 1960년대 비평문학의 현대성에 대한 탐색은, 현대성의 문제의식이 한국의 비평적 현실에 적용되면서 수용 굴절되는 과정에 대한 면밀한 파악이 요구된다. 아울러 이 글이 문학비평을 연구대상으로 채택한 연유로 인해, 현대성의 다양한 국면에 대한 주제는 문학비평에 적합한 형태로 예각적으로 한정되어야 할 것이다. 그러므로 모더니티의 모든 이론적 측면을 이 논문에서 다룰 수는 없을 것이다. 이러한 측면들을 충분히 고려하여, 이 글은 다채롭고 범주가 넓은 현대성에 관한 주제를 1960년대 문학비평의 해석에 적용시키면서 다음과 같은 테마에 특히 주안점을 둘 것이다.

1) 전근대적이며 비합리적인 주류 문학관(지배 이데올로기)을 1960년대 문학비평이 어떠한 방식으로 비판하는가, 그리고 비판하는 과정에서 합리성과 이성, 주체에 대한 담론은 어떻게 구사되는가.

2) 미학적 모더니티 이론의 중요한 자질이라고 할 수 있는 새로움을 향한 미학적 갈망과 새로운 시대에 대한 인식이 1960년대 비평에서 어떠한 방식으로 표출되고 있는가.

3) 모더니티 이론의 중요한 주제 중의 하나인 자기 비판[7] 및 자기 성

---

7) 모더니티에 대한 내부로부터의 비판에 대해서는 알랭 투렌의 『현대성 비판』(정수복 외역, 문예출판사)의 39~44쪽을 참조할 수 있다. 유사한 맥락에서, 모더니티에서 자기 부정과 자기 비판이 지니는 의미에 대한 지적은 「다시 현대성이 문제다」(『현대시』 1997년 3월호)라는 제목의 좌담에서 효과적으로 이루어지고 있다. 예컨대 남진우는 "현대성 속에는 이미 탈

찰은 어떠한 방식으로 이루어지는가.

　4) 사회적 현대성과 미학적 현대성의 관계는 어떠한 관계로 설정되어
있는가.

　이 글은 백낙청 김현 유종호 등이 1960년대에 발표한 주요 비평 텍스
트를 대상으로 하여, 위의 테마들이 어떠한 방식으로 구현되어 있는가
하는 점을 구명하고자 한다. 특히 이 글은 세번째 테마에 대한 탐색에 상
대적으로 커다란 비중을 두게 될 것이다. 이러한 점은 최근에 '성찰적 근
대화'나, '성찰적 근대성'이 주요한 테마로 떠오르면서,[8] 근대성에서 자
기 성찰이나 내부로부터의 비판이 지니는 의미가 대단히 중요하다고 판
단되었기 때문이다. 특히 비판을 중요한 인식론적 방법으로 사용하는 비
평은, 그 성격상 자기 성찰과 자기 비판의 여부가 그 비평의 진정성과 설
득력에 커다란 영향력을 미친다고 볼 수 있을 터이다.

2. 1960년대 비평과 현대성

2-1. 백낙청 비평에 나타난 현대성 : 지배 이데올로기 비판과 자기 반성의 구조

　1966년 창간된 『창작과비평』의 존재는, 『현대문학』을 위시한 보수적
인 문예월간지와 순수문학이라는 통념화된 문학적 장이 지배하던 당시
의 정황에서 보면, 그 자체로 일종의 문화사적 충격으로 작용했다고 여
겨진다. 이러한 의미에서 『창작과비평』 창간의 실제적인 동력으로 작용

현대성의 씨앗이 잠복해 있다고 여겨집니다. 앞에서도 언급했지만 현대는 부친살해의 역사
이자 자기 살해의 역사이기도 하니까요. 이미 있는 자기에 대한 부정, 끝없는 새로움의 추구,
이것이 바로 현대의 동력입니다"라고 언급하고 있다.
8) 앤소니 기든스 · 울리히 벡 · 스콧 래쉬, 임현진 · 정일준 역, 『성찰적 근대화』, 한울, 1998
참조.

한, 당시 미국 유학에서 돌아온 백낙청의 역량과 패기는 주목에 값한다. 백낙청은 기존의 보수 일변도의 문학판도에 생산적인 자극과 충격을 줄 수 있는 새로운 매체로『창작과비평』을 창간했던 것이다. 때문에 1960년대 비평에 나타난 '현대성'의 인상적인 장면과 발언이 백낙청의 비평을 통해 표출되고 있다는 점은 대체로 자연스럽다. 그리하여, 1966년에 의욕적으로 창간된『창작과비평』과 백낙청의 비평활동은 1960년대 비평문학에 나타난 '현대성'을 해명하는 작업에 있어서 대단히 유의미한 텍스트라고 말할 수 있는 것이다. 그렇기에, 백낙청의 초기 비평문을 통해서, 비평적 현대성의 문제틀을 탐색하는 작업은 1960년대 진보적 비평이 현대성에 대한 어떤 표정과 입장을 보여주고 있는가를 구체적으로 해명하는 작업에 연결될 수 있다. 물론 장기적으로는『창작과비평』이 창간되기 전에 활약했던 민족문학 계열의 비평가들이 '현대성'에 관한 어떠한 문제의식을 지니고 있는지에 대해서도 탐색하는 것이 필요하다. 그렇지만 역시 '현대성'의 문제의식을 효과적으로 표출하고 있는 비평적 흐름은 『창작과비평』의 창간으로 본격화된다고 말할 수 있을 것이다.[9] 그 과정에서 백낙청은 결정적인 역할을 수행했던 것이다.

『창작과비평』 창간호(1966)에 수록된 백낙청의 야심찬 비평문「새로운 창작과 비평의 자세」는 '현대성'과 연관된 풍부한 함의를 담고 있는 동시에 근대 이전의 민족문학에 대한 백낙청의 철저한 무지를 극명하게 보여주고 있는 문제적인 텍스트이다. 일단 백낙청이 제목에 '새로운'이라는 관형사를 사용하고 있다는 사실은, 이 비평문을 통해서 기존의 문학적 입장을 해체 비판하면서 새로운 권력적 담론을 구사하고자 하는 백낙청의 욕망을 상징적으로 보여주고 있다. 지난 연대의 담론을 '과거'라

---

9)『창작과비평』 창간호에 사르트르가 주관한『현대』지의 창간사가 번역되어, 민중에 대한 지식인의 책무를 강조하고 있다는 사실은『창작과비평』과『현대』지의 연관성을 여실히 보여주고 있는 대목이다.『창작과비평』과 백낙청은『현대』지를 통해서 비판적 현대성의 가능성을 보았던 것이 아니었을까 싶다.

는 창고로 밀어넣으면서, 새로움을 강조하는 자세야말로 비평적 현대성이 인정투쟁의 욕망과 접합되는 부분일 것이다. 이러한 의미에서 「새로운 창작과 비평의 자세」라는 제목 자체가 새로운 잡지 창간호의 권두논문의 성격과 부합된다고 여겨진다. 그렇다면 백낙청은 이 의욕적인 논문을 통해서 무엇을 주장하고 있는가.

백낙청은 이 글을 통해 무엇보다도 순수문학의 이데올로기에 대한 예리한 비판을 가하고 있다. 예를 들어 다음과 같은 예문을 보자.

문학이 역사적 현실과 이데올로기를 초월한 그 자신만의 영역을 지켜야 한다는 주장은, 문학이 질적으로 우수해야 하고 그런 의미에서 순수해야겠다는 말과는 매우 다르다. 후자가 이데올로기와 상관없이 통용될 수 있는 상식인데 반해 앞의 것이야말로 어떤 특정한 이데올로기의 산물이며 삶에 대한 특정한 태도를 나타낸 것이다.[10]

위의 표현은 백낙청이 겨냥하고 있었던 비평적 타자가 '순수문학 이데올로기'라는 사실을 명료하게 보여준다. 순수문학의 개념이 누구나 동의할 수 있는 보편타당한 개념이 아니라, 문학에 대한 특정한 태도에 불과하다는 것이 백낙청의 관점이다. 여기서, 백낙청은 순수문학 이데올로기의 비합리성을 날카롭게 갈파하고 있다. 그리하여, "예술가의 초연성 내지 현실부정의 태도가 얼마나 철저히 그 시대 지배계급에 물들어 있으며 결국 지배계급의 오락과 실리에 이바지한 태도인가를 이제 와서 누누이 말할 필요도 없을 것이다"라는 주장이 제기되는 것이다. 백낙청의 이러한 비판은 당시 별다른 문제의식 없이 문단의 주류 권력으로 작용하던 순수문학 진영에 대한 예리한 문제제기에 해당된다. 이러한 순수문학 비판을 통해 백낙청은 문학비평의 현대성의 새로운 불꽃을 지펴올

---

10) 백낙청, 「새로운 창작과 비평의 자세」, 『민족문학과 세계문학』, 창작과비평사, 1978, 319쪽.

렸던 것이다.

그런데 그 현대성은 전통에 대한 정확한 이해가 결여되었다는 점에서 치명적인 한계를 지니고 있었다. 백낙청은 동일한 평문에서 다음과 같이 주장하고 있다.

무엇보다 앞서야 할 인식은 우리가 부모의 피와 살을 받았듯이 이어받은 문학전통이 태무하다는 것이다. 우리의 동양적 한국적 전통은 그 명맥이 끊어졌고 이를 뜻있게 되살릴 길은 아직 열리지 않았으며 고대 그리스나 근대 서구의 고전문학을 모체로 삼기에도 우리의 언어와 풍습과 제반 사정이 너무나 동떨어진 것이다. 1960년대의 한국에서, 문학의 기능은 건전한 오락을 제공하는 것이다라고 담담히 말해 넘길 수 없는 이유가 여기에 있다.[11]

이러한 백낙청의 인식은, 지금의 시점에서는 말할 것도 없겠지만, 글이 발표되던 당대의 시점에서 보더라도, 전통과 주체성에 대한 대단히 피상적이며 박약한 이해에 불과하다. 오랜 기간 동안의 외국유학에서 갓 돌아온 만 28세의 청년 백낙청이 전통에 대해서 이토록 무지하다는 사실이 일면 자연스럽기도 하지만, 여기서 세심하게 주목되어야 할 점은, 이러한 백낙청의 무지가 순수문학(타자)에 대한 비판을 통해, 백낙청이 상정했던 비평적 현대성을 조급하게 내세우는 과정에서 돌출되었다는 사실이다. 그는 무엇보다도 새로운 비평적 자세를 언급하는 과정을 통해서, 비평계에서의 자신의 정체성을 확립코자 하였던 것이다. 그러나 백낙청의 비평적 현대성과 새로움에 대한 남다른 열망은 문학적 전통에 관한 부정확한 전략적 인식과 나란히 간다는 사실을 주목해야 하는 것이다.

백낙청은 이러한 관점을 3년 후에 씌어진 「시민문학론」(1969)이라는

---

11) 앞의 책, 332쪽.

평문을 통해 본격적으로 자기 비판하고 있다. 백낙청은 위에서 인용된 각주 11)번의 예문에 대해서 다음과 같이 언급하고 있다.

도대체 문학전통을 '부모의 피와 살을 이어받았듯이' 이어받는다는 것은 무슨 말이며 아무리 쇠잔한 전통이라도 그 존재 자체를 부인하는 것이 아니라면 '명맥이 끊어졌다'고 말하는 것은 위험한 레토릭이 아닌가? 그리고 설혹 그것이 과거의 훌륭한 업적은 업적대로 평가하면서 그 업적의 순조로운 계승을 불가능케 한 외세의 작용을 개탄한 말이라 할지라도 그 경우 지식인은 그러한 업적이 왜곡되고 변모된 과정을 구체적으로 밝힐 일이요 외세로 인해 만사휴의(萬事休矣)라는 듯한 탄식은 삼가야 할 것이 아닌가? 이렇듯 많은 과오를 범하고 있는 위의 글이 그래도 선량한 의도에서 나온 것이라고 굳이 말하는 것은 그것이 몇 해 전 필자 자신이 쓴 것이기 때문이며(『創批』창간호, 16쪽), 별로 자랑스럽지도 못한 이 발언을 구태여 들추는 것은 우리 주위에서 흔히 논의되는 전통의 '단절'이라는 것이 사실이라기보다 논자 자신의 무지와 무심함에서 유래한 하나의 환각(幻覺)일 수 있음을 강조하기 위해서이다.[12]

이러한 자기 비판의 장면은 한국현대비평사에서 유례가 드문 치열한 자기 성찰의 풍경을 보여준다. 자기 비판과 자기 성찰, 자기 부정이 모더니티의 중요한 특질이라는 점을 감안하면,[13] 백낙청이 이러한 자기 비판의 풍경은 1960년대 비평적 모더니티의 인상적인 모습 중의 하나일 것이다. 아울러, 백낙청이 「시민문학론」을 발표한 지 30년이 지난 지금까지

---

12) 같은 책, 37쪽.
13) 앤소니 기든스에 따르면, '성찰'이라는 개념은 근대성의 가장 대표적인 특징이라고 한다. 그리하여 '성찰'이란 계몽적 작업과 근대적 경험에 대한 지속적인 자기 비판적 요소를 의미하는 것이다. 또한 자문(自問)과 성찰이 원래 근대성에 내재해 있다고 보기도 한다. 조흡, 「21세기 사회학의 비전을 제시한 앤소니 기든스」(『인물과사상』 제10호, 개마고원, 1999), 321~342쪽 참조.

도 한국현대비평의 맹장으로 여전히 건재하고 있는 이유 중의 하나로 바로 이러한 근원적인 자기 비판의 태도를 꼽을 수 있을 것이다. 다만 「시민문학론」의 자기 비판 이후에는 진지한 성찰에 값하는 자기 비판이나 자기 반성이 그다지 적극적으로 나타나지 않는다는 점도 지적해야 될 것 같다.

그렇다면 백낙청의 비평에서 미학적 현대성과 사회적 현대성의 관계는 어떠한 양상으로 드러나고 있는가. 백낙청의 1960년대 비평에서 나타나고 있는 비평적 현대성의 표정은 미학적 현대성과 사회적 현대성의 팽팽한 길항관계에 있다고 파악된다. 이는 비판적 지식인으로서의 백낙청과 문학비평가로서의 백낙청이 서로 맞서는 대목이다. 백낙청은 「새로운 창작과 비평의 자세」라는 평문에서 "한국에 관한 한, 민중의 저항을 가로맡고 근대화를 위한 가장 보편적인 이상을 제시하며 또 실천하는 역사의 주동적 역할을 작가와 지식인이 맡아야 한다는 데에 딴 말이 있기 어렵다"고 지적하고 있다. 이러한 주장은 백낙청의 비평이 '사회적 현대성의 구현'에 커다란 비중을 두고 있다는 사실을 명료하게 보여주고 있다. 그렇지만 백낙청은 다음과 같은 견해는 그가 미학적 특수성과 미학적 현대성의 문제에 대해서 그 나름대로 충분히 고려하고 있다는 사실을 보여주고 있다.

역사주의적 문학비평이 흔히 범하는 잘못, 즉 작품의 예술적 가치를 그 사회적·사상적 배경에 의해서 정해버리는 잘못을 정작 역사의식이 투철한 비평에서 찾아보기 힘들다. (……) 문학의 역사적 성격을 말할 때, 미국의 소설가 훼럴(James T. Farrell)이 문학의 '이월가치(carry-over value)'라고 일컫는 요소를 충분히 감안해야겠다. 즉, 한 시대가 전혀 다른 경제구조와 이념을 가진 다음 시대에 의해 초극되었을 때 낡은 질서가 낳은 문학은 그대로 다음 시대까지 '이월'될 가치를 지니는가? 인류역사의 경험에 비추어 위대한 문학의 이월가치는 의심할 여지가 없는 것 같

다.[14]

이러한 대목은 백낙청이 한 사람의 지식인으로서 추구하는 사회적 현대성이 기계적으로 추구되지 않고 있음을 입증한다. 백낙청은 사회적 현대성의 문제의식을 문학비평에 그대로 대입하지 않는다. 그는 미적 현대성, 미적 자율성을 감안하면서, 진보적 비평의 진로를 모색하고 있는 것이다. 이러한 의미에서, 백낙청은 이른바 진보적 계열의 비평가 중에서, 미학적 자율성의 원리를 제대로 인식하면서 비평을 수행했던 드문 존재였다. 바로 이러한 측면이 백낙청 비평의 현대성을 설명해주고 있는 것이다.

이 글은 백낙청의 1960년대 비평에 대한 탐색을 통해, 1960년대 비평문학에 표출된 '현대성'의 중요한 요소가 긍정적인 의미의 이성과 합리성이 결여된 전대 문학에 대한 철저한 비판 위에 놓여 있다는 점을 확인할 수 있었다. 그러니, 전근대적이며 비합리적인 지배 이데올로기에 대한 비판이 바로 비평적 현대성의 운명이라면, 그 운명은 백낙청에 의해서 본격적으로 개척되었다고 할 수 있을 것이다. 그러나 그 개척은 현대성의 기원을 이루는 자국의 전근대문학에 대한 철저한 무지와 과소평가를 동반한 것이었다. 바로 이러한 점이 백낙청 비평이 성취한 비평적 현대성의 의미와 한계일 것이다.

2-2. 김현 비평에 나타난 현대성 : 미학적 자율성의 논리와 세대론적 인정투쟁

1960년대 비평문학에 나타난 '현대성'의 실체에 대해서 탐문하는 과정에서 우리가 필연적으로 마주칠 수밖에 없는 비평가는 김현이다. 1970년에 창간된 『문학과지성』의 모체가 된 김현의 1960년대 비평활동은 자

---

14) 백낙청, 앞의 책, 324쪽.

신의 선배세대와 자신의 세대(4·19세대)를 명료하게 구분하면서, 그들 세대의 비평적 정체성과 현대성의 흔적을 뚜렷하게 드러내고자 하는 열정과 기획으로 채워져 있다. 김현 김주연 김병익 김치수 등의『문학과지성』계열의 비평가들은 1960년대부터 이미 패기만만한 비평적 현대성의 모습을 인상적으로 보여주었다. 정작『문학과지성』은 1970년에 창간되었지만, 문지 계열 비평가들의 활동은 1960년대에도 활발하게 진행되었던 것이다. 특히 그중에서도 김현의 비평은, 그들의 용어에 의하면 '4·19세대 비평'의 신선한 전복적 열정과 비평적 현대성의 징후, 새로운 문학에 대한 열망을 명징하게 보여주었다.[15]

여기서 주목할 사실은『창작과비평』계열 비평가들이 보여준 현대성이 '사회적 현대성'과의 밀접한 연관 속에서 진행되었다면『문학과지성』계열의 비평가들은 상대적으로 미학적 자율성에 대한 강조를 통해 '미학적 현대성'에 근접하는 비평적 경향을 보여주었다는 점이다. 그 '미학적 현대성'은 '사회적 현대성'을 전복시키고 '사회적 현대성'은 '미학적 현대성'의 이데올로기를 비판한다. 창비 계열 비평가들과 문지 계열 비평가들의 논전은 바로 미학적 현대성에 중점을 두었던 비평적 에콜과 사회적 현대성을 강조했던 비평적 에콜의 충돌이었던바, 김현은 미학적 현대성의 흐름을 대표하면서, 비평의 자율성과 비평의 독자성을 강조하는 입장에서 한국현대비평의 뼈대를 구축한 중요한 비평가이다. 그렇다면 김현의 비평적 현대성은 어떠한 표정을 짓고 있는가?

김현의 데뷔작인「나르시스 시론 — 시와 악의 문제」(1962)는 김현 비평의 현대성을 인상적으로 보여주는 문제적인 평론이다. 김현은 이 글에서, 시 즉 아름다움이 진리 및 선함과 서로 일치했던 전근대적인 예술관에서 탈피하여, 아름다움과 선함이 서로 일치하지 않을 수 있다는 논리를 나르시스 신화에 기대어 개진하고 있다. 김현에 의하면, "나르시스의

---

15) 김현,「한국비평의 가능성」,『68문학』, 1968 ; 김치수,「새 시대 문학의 성립」,『68문학』, 1968 ; 김윤식,「앓는 세대의 문학」,『현대문학』1969년 10월호 참조.

가슴속 깊숙이 감추어져 있었던 욕구의 본질은 자기의 형상화(현실의 얼굴을 자각하는) — 세계 속에서의 자기의 발견을 촉구하는 '악'의 욕구이었다"고 한다. 그러므로 "시인은 악이 자기 존재의 초석이라는 것을 의식하는 것이다" "시인이란 결국 천국 대신에 지옥을, 하늘 대신에 땅을, 안락 대신에 고통을 택한 광인이다"라는 표현이 가능해지는 것이다. 김현이 이 평문의 앞머리에 "시란 무엇인가? 그 목적하는 바는 무엇인가? 선한 것과 악한 것의 판연한 구별 — 악 속에서의 미가 아닌가?"[16]라는 보들레르의 표현을 인용하는 대목은, 도덕이나 철학과 구별되는 시(예술)의 자율성에 대한 인식을 통해 '미학적 현대성'의 불꽃을 지폈던 보들레르의 문학과 김현 비평의 친연성을 설명해주는 중요한 표지라고 하겠다.

김현의 비평적인 현대성과 문학적 새로움에 대한 강조가 당시의 문단에서 설득력을 획득할 수 있었던 이유는 그가 내세우는 비평적 이념에 부합되는 작품이 뒷받침되어 있었기 때문일 것이다. 소설가 김승옥의 존재가 바로 그러했다. 「무진기행」「서울 1964년 겨울」의 작가 김승옥의 존재는 김현 비평이 저만의 현대성을, 발랄한 비평적 감수성으로, 성공적으로 포착하는 것을 가능케 했던 중요한 대상이었다. 김현은 김승옥에 대해서 다음과 같이 언급한 바 있다.

> 김승옥이 65년에 동인문학상을 수상함으로써 새로운 평론가들의 웅성거림과 함께 55년대 작가들에 속하지 않는 새로운 연대의 작가들이 있다는 것이 밝혀진 것은 재론의 여지가 없을 것이다.[17]

1966년에 씌어진 위의 인용대목은, 김현 비평의 현대성이, 당대에 새

---

16) 김현, 「나르시스 시론」, 『김현문학전집 제12권 : 존재와 언어 / 현대 프랑스 문학을 찾아서』, 문학과지성사, 1992, 11쪽.
17) 김현, 「미지인의 초상 1」, 『김현문학전집 제2권』, 문학과지성사, 1991, 259쪽.

로운 작가로 부상하던 김승옥의 신선한 감수성과 김현의 비평적 인정투쟁의 욕망이 성공적으로 접합되는 과정을 통해 구체화되었음을 인상적으로 보여주고 있다. 그러니, 김현은 소설가 김승옥을 통해, 이전세대와 구별되는 자신이 속한 새로운 세대의 문학적 입지를 선명하게 부각시키고 있는 것이다. 김승옥은 이른바 4·19세대의 새로운 문학적 입장을 대변하는 존재였다. 그러므로 김현의 비평적 현대성은 김승옥의 실제 작품에 의해서 한층 구체적으로 구현될 수 있었던 것이다. 실제로 김현은 자신의 비평을 통해, "사일구세대의 독특한 정황"[18]과 새로운 세대의 고유한 문학사적 위치를 정립하기 위해서 다양한 노력을 기울였다. 그 노력 중에서 가장 대표적인 비평문은 1968년에 씌어진 「한국비평의 가능성」일 것이다. 이 글은 자신이 속한 세대의 문학적 정체성을 부각시키는 김현의 비평적 전략이 선명하게 드러나 있는 문제적인 평문이다.

김현은 이 글의 모두에서 다음과 같이 주장하고 있다.

　　어느 시대에나, 명석한 사람들은 자기의 시대를 위기의 시대라고 주장하고, 그 위기의 양태와 치유책을 강구한다. (……) 좀더 미학적인 표현을 빌면 한 시대의 상상체계가 이미 자기 세대의 상상체계를 파악하는 데 낡아버린 것이라는 자각이 바로 위기를 느끼는 정신이다. 그렇다면 오늘날의 비평가들은 과연 그런 위기를 느끼고 있는가, 아니 그런 위기를 극복하려는 힘들고 고통스러운 과정을 감내하고 있는가, 아니 보다 더 정직한 말로 그런 평론가들이 있느냐라는 것을 밝히려는 것이 이 소고의 목적이다.[19]

자신이 속한 시대를 위기의 시대로 파악하면서, 그 시대에 대한 성찰과 자기 비판을 시도하는 위의 태도야말로 비평적 현대성의 전형적인 표

---

18) 김현, 「60년대 문학의 배경과 성과」, 『김현문학전집 제7권』, 문학과지성사, 1992, 243쪽.
19) 김현, 「한국 비평의 가능성」, 『김현문학전집 제2권』, 문학과지성사, 1991, 95쪽.

현일 것이다. 아울러 위의 예문은 김현의 비평적 현대성이 구세대의 낡은 문학에 대한 응시와 대결의 과정을 통해서 탄생되었다는 사실을 잘 보여주고 있다. 김현은 이러한 비판을 통해, 오늘날의 위기를 고통스럽게 응시하는 새로운 비평가들의 출현을 자연스럽게 정당화시키고 있다. 위의 예문에는 자신이 속한 새로운 세대의 비평가들이야말로 지금 이 시대의 위기를 제대로 꿰뚫어보면서, 새로운 미학적 상상체계를 보여주고 있다는 김현의 입장이 명료하게 드러나 있다.

그가 자신을 비롯한 4·19세대(김현의 용어로는 65년대 작가와 비평가)의 문학적 정체성을 부각시키는 비평적 전략을 달성하기 위해서 우선적으로 골몰한 작업은 이른바 1955년대 작가와 비평가에 대한 냉철한 비판 작업이었다. 김현은 「한국비평의 가능성」에서 이어령 유종호 이철범 등의 선배 비평가들을 예리하게 비판하면서, 새로운 세대 비평가들의 문학적 필연성을 설파하고 있다. 김현은 이어령에 대해서 다음과 같이 비판하고 있다.

그는 도처에서 우리 세대의 현실을 말하고 있지만 그 현실은 지극히 개괄적이고 아무런 내포도 가지고 있지 못하다는 점에서 상당히 추상적이다. 그의 참여가 추상적인 결론으로 끝나버린 것은 이런 상황 때문이다. 인간을 위해서, 현실을 위해서 ─ 좋은 말이다. 그러나 그는 그 인간이 우리에게는 한국인을 의미하며, 그 현실이 우리에게는 한국의 현실을 의미한다는 것을 잊고 있다. 그는 서구의 불안과 한국의 불안을 동일시한다. 그의 참여는 사실상 현실에 대한 신경질적인 포즈 외에 아무것도 아니다. 그의 「저항의 문학」이 몇 개의 선동적인 어휘로 점철되어 있을 뿐, 아무런 사고의 진전도 보여주지 않는 것도 바로 이것 때문이다.[20]

20) 앞의 글, 99쪽.

이러한 비판의 담론은, 텍스트의 내부로 들어가 그 텍스트의 의미를 증폭시키는 이른바 공감의 비평, 살림의 비평의 대가인 김현의 비평문치고는, 대단히 신랄한 문체로 씌어져 있다. 이러한 점은 김현이 이전세대 비평가들을 비판하는 작업에 얼마나 열정과 관심을 기울였는가, 하는 점을 여실히 보여준다. 요컨대, 김현 비평의 새로움과 현대성은 이전세대를 문학사의 창고 속으로 밀어넣으면서, 그들의 한계를 다소 신랄하게 짚어내는 방식을 통해 전개되었던 것이다.

김현은 「한국비평의 가능성」에서 자신이 속한 4·19세대 비평가와 문인들에게 남다른 주관적 애정을 보여준다. 이를테면, "이 변모와 거의 동시에 소위 '4·19세대'의 등장이 이루어진다. 이 세대는 우리가 아는 한 역사상 가장 진보적인 세대이다" "65년대 비평가들이 짊어지지 않을 수 없었던 과제란 문제해결의 과정에서 제기된 숱한 난관들을 포기해버리는 '그 악순환을 저지하려는 진지한 노력'이다"라는 표현들이 그러한 예에 해당된다. 전자의 예문은 그 선언적 명제를 정당화해줄 수 있는 충분한 논리적 검증이 이루어지지 않고 있다는 점에서,[21] 그리고 후자의 예문은 그 '진지한 노력'은 유독 4·19세대 비평가(1965년대 비평가)들에만 해당되는 과제가 아니라, 진지한 비평가라면 누구나 마주칠 수밖에 없는 보편적인 과제라는 점에서, 객관적이며 공정한 문제제기라고 볼 수 없을 것이다. 오히려, 이러한 대목은 김현이 구사한 비평적 현대성의 전략이 무리한 인정투쟁의 욕망에 의해서 추동되고 있다는 점을 보여주고 있다고 하겠다. 이러한 의미에서 당시 김현에게 필요한 것은 자기 비판과 자기 성찰이 동반되는 '성찰적 현대성(Reflexive Modernity)'[22]이었다고 판단되는데, 김현이 자기 성찰을 시도한 중요한 글로는 「한 외국문

---

21) 권성우, 「60년대 비평문학의 세대론적 전략과 새로운 목소리」, 『1960년대 문학 연구』, 예하, 1993, 16쪽.

22) 성찰적 현대성(근대성)은 앤소니 기든스와 울리히 벡 등이 사용한 '성찰적 근대화(Reflexive Modernization)'를 모더니티의 문제의식에 부합되는 형태로 변용시킨 개념이다.

학도의 고백」(1967)을 주목할 수 있을 것이다.

자기 성찰과 자기 반성을 문학과 비평의 고유한 덕목으로 줄기차게 강조한 김현이지만,[23] 적어도 1960년대에 발표된 김현 비평에는 자기 성찰과 자기 비판의 풍경이 그다지 발견되지 않는다. 당시 김현의 젊음은 그에게 성찰과 반성보다는 문학적 열정과 인정투쟁에의 욕망을 앞세우게 만들었던 것이다. 다만, 「한 외국문학도의 고백」이라는 평문은 외국문학을 선험적인 진실로 수용하고 있던 김현 자신에 대한 근원적인 자기 성찰의 풍경을 엿볼 수 있다는 점에서 주목할 만한 텍스트이다. 여기서 김현은 "가령 '절망'이라는 말을 생각해보자. 나는 그 말에 거의 맹목적인 감동을 느꼈던 것인데, 그 말의 정확한 의미를 나는 그때 전혀 모르고 있었다. 막연히 어떤 위대한 것이 몰락해가는 그런 것을 생각하고 거의 아름다움마저 느끼곤 했었다"[24]며 자신이 외국문학 속의 매혹적인 어휘인 '절망'에 어떻게 심취해 있었는가 하는 점을 고백하고 있다. 이러한 정신상태는 김현 자신에 의하면, "유럽 문학, 특히 내가 도취되어 있었던 프랑스 문학을 나는 나의 정신의 선험적 상태로 받아들였고, 그 상태 속에서 모든 것은 피어나야 한다고 믿고 있었"[25]던 심리에 기인하는 것이었다고 한다. 이러한 대목은 자신의 문학이 생성되었던 원초적 공간에 대한 진지한 성찰을 보여준다. 김현은 이제 자신의 문학적 편향을 인식하면서, 자신을 객관화하고 있는 것이다. 이어서 김현은 "이제는 다시 나의 경험으로 되돌아오자. 이 착란된 문학풍토 속에서 나의 정신이 불구

---

23) 김현은 타계하기 한 달 전인 1990년 5월 27일, 제1회 팔봉비평상을 수상하면서 "문학이 인간의 모든 문제를 다 해결해줄 수 있는 것은 아닙니다만, 문학은 그 어떤 예술보다도 더 뜨겁게 인간의 모든 문제를 되돌아보게 합니다. 그 되돌아봄을 다시 되돌아보는 것이 제가 생각하는 비평입니다. 비평은 그런 의미에서 하나의 반성적 행위입니다"라는 요지의 수상소감을 발표한 바 있다. 김현은 한국현대비평사에서 반성적 사유의 치열함을 가장 성실하게 보여준 비평가일 것이다.

24) 김현, 「한 외국문학도의 고백」, 『김현문학전집 제3권 : 상상력과 인간 / 시인을 찾아서』, 문학과지성사, 1991, 15쪽.

25) 앞의 글, 16쪽.

화되리라는 것은 쉽게 이해할 수 있으리라. 나는 새로운 것, 외국의 것을 우리 문학의 속성인 것처럼 파악하고 있었던 것이다. 이것은 몇 번 강조하여도 지나치지 않다"[26]면서, 자신의 문학적 불구성을 투명하게 인정하고 있다. 이러한 자기 비판의 풍경은 김현 비평이 자기 성찰이라는 현대성의 특징을 원초적으로 내장하고 있었다는 사실을 보여준다. 다만, 김현의 자기 성찰이, 자신이 속한 세대의 문학적 정체성을 부각시키는 과정에서는, 그 의욕적인 인정투쟁의 욕망에 부합하는 자기 성찰을 보여주지 못했다는 점을 기억해야 할 것이다.

김현의 1960년대 비평에 나타난 현대성과 연관하여, 흥미로운 사실은 김현이 이미 그 당시부터 '허무주의'에 대한 깊은 관심을 보여주고 있다는 점이다. 김현은 「허무주의와 그 극복」(1968)라는 평문에서 허무주의를 주로 부정적인 의미에서 사용하고 있지만, 어떤 의미에서는 허무주의 비판도 허무주의에 대한 깊은 관심의 또다른 측면이라고 볼 수 있을 것이다. 김현은 몇몇 한국 작가들의 작품경향을 '비개성적 허무주의'라고 논하면서, 다음과 같이 언급하고 있다.

나는 위에서 비개성적 허무주의라는 말을 썼는데, 그것은 이쪽의 허무주의가 서구의 허무주의와는 근본적으로 다르다는 것을 나타내기 위한 것이다. 나로서는 허무주의란 개인과 손잡지 않는 한, 존재에 대한 강한 의식과 거기에 대한 명료한 통찰을 전제로 하지 않는 한, 실의와 체념의 동의어에 지나지 않기 때문이다.[27]

김현의 이러한 언급은 허무주의 자체를 부정하는 것이 아니라, 특정한 시대의 특정한 문화권의 허무주의를 부정하는 것으로 보아야 할 것이다.

---

26) 같은 글, 21쪽.

27) 김현, 「허무주의와 그 극복」, 『김현문학전집 제2권 : 현대 한국문학의 이론 / 사회와 윤리』, 문학과지성사, 1991, 210쪽.

그러니, 위의 예문에서 보듯, 서구적 의미의 허무주의는 김현에게 대단히 중요한 문화적 현상으로 수용되고 있는 것이다. "허무주의가 모더니티 속에 깊숙이 내재하고 있다는 것은 의심할 필요가 없다"[28]는 앙리 르페브르의 지적에 따르자면, 김현의 허무주의에 대한 깊은 관심은 비평적 현대성의 중요한 징후로 해석될 수 있을 것이다.

김현은 세련된 모더니즘적인 미학적 방법을 통한 사회현실에 대한 간접적인 비판이 직접적인 정치편향의 문학적 발언보다 지배이데올로기를 한층 효과적으로 비판할 수 있다고 생각했다. 왜냐하면 지난 연대에 목도한 사회주의 국가의 위기에서 인식할 수 있다시피, 사회적 현대성은 어느 순간 전체주의 이데올로기로 변질될 수도 있기 때문이다. 그러한 사회적 현대성을 견제해주는 것이 바로 미학적 현대성의 임무일 텐데, 이러한 역할은 바로 김현에 의해서 효과적으로 이루어졌던 것이다. 김현의 1960년대 비평은 이러한 김현 비평의 단초, 즉 미학적 현대성의 징후를 선취해서 보여주었다. 『창작과비평』으로 상징되는 사회적 현대성과 『문학과지성』으로 상징되는 미학적 현대성의 충돌은 1970년대 들어와서 본격적인 형태로 진행되었다.

마지막으로 김현 비평의 현대성이 지닌 한계를 정리해서 지적하도록 하자. 김현은 지금까지 살펴왔듯이 전세대 문학에 대한 인정투쟁의 논리를 과도하게 수행하면서 자기 세대 중심주의에서 탈피하지 못했으며, 자신들의 비평적 입지를 성공적으로 마련하기 위해서 그들이 그토록 비판해 마지않았던 '권력적인 담론'의 형식을 그 자신이 구사하기도 했다고 정리할 수 있을 것이다. 그러니까 타자를 비판했던 칼날이 바로 자신들에게 돌아오는 비평적 운명을 김현은 마주해야 했던 것이다. 아울러 김현은 서구적 현대성의 거대한 그림자에서 탈피하지 못한 채, 현대성의 자생적인 모습을 구성하지 못했다고 볼 수 있다. 물론 이러한 지적이 김

---

28) 앙리 르페브르, 『모더니티 입문』, 이종민 역, 동문선, 1999, 320쪽.

현 비평의 근본적인 의의를 훼손시키는 것은 아닐 것이다. 다만 이러한 대목은 김현 비평의 현대성이 내장하고 있었던 묘한 아이러니라고 볼 수 있을 것이다.

2-3. 유종호 비평에 나타난 현대성 : 전통 단절론과 모더니티 지향성

1950년대 말부터 1960년대에 이르는 한국현대비평사에서, 우뚝 솟은 중요한 존재로 우리는 유종호를 주목하지 않을 수 없다. 유종호는 김현이나 백낙청과 같이 자신의 문학적 에콜이나 문학잡지를 보유하지는 않았지만, 비평적 현대성의 면에서 볼 때 대단히 중요한 문제의식을 보유한 비평가로 평가될 수 있을 것이다. 특히나 유종호는 모더니티와 상반되는 '전통'과 현대성과의 연관관계, 즉 전통의 현대적 계승 및 전통 단절론이라는 문제에 남다른 관심을 지속적으로 보여준 비평가이다. 이러한 이유 때문에, 1960년대 문학비평에 나타난 현대성에 대해서 검토할 경우, 유종호는 결코 빼놓을 수 없는 중요한 존재라고 할 것이다. 우리가 유종호를 주목하는 또 한 가지 이유는 기존 저널리즘의 비평사 이해가 지나치게『창작과비평』과『문학과지성』계열의 비평가들을 중심으로 이루어져왔다는 점에서 연유한다. 이러한 의미에서 중요한 계간지를 기반으로 활약하지 않은 일군의 독자적인 비평가들이 보여준 비평적 현대성에 대한 탐색이 중요하다고 판단되는데, 유종호는 이러한 측면에서 필수적인 고찰의 대상이라 할 수 있을 것이다.

유종호는 현재까지 40여 년에 이르는 장구한 세월 동안 비평활동을 전개해오면서, 한국문학의 세련화와 다양화에 크게 기여하면서, 문학언어에 대한 각별한 관심을 기울여온 바 있다. 김현이나 백낙청 김우창 김윤식과는 달리, 유종호는 이미 1950년대 말부터 비평활동을 영위하면서, 1960년대 비평문학에 나타난 현대성과 새로운 징후에 대한 흥미로운 탐색을 보여준 바 있다. 아울러 유종호는 김현이 「한국비평의 가능성」에서 극복의 대상으로 손꼽은 비평가라는 점에서 김현과 대비되는 홍미로운 존재라 하지 않을 수 없다.

유종호가 1958년에 발표한 「비평의 반성」이라는 제목의 평문은, 그후에 전개된 유종호 비평의 특색과 현대성의 표정을 징후적으로 보여주는 중요한 글이다. 이 글에서 유종호는 비평정신에 대해서 다음과 같이 언급한 바 있다.

비평정신이란 무엇이냐? 한마디로 말하면 그것은 문학에 대한, 혹은 자신의 문학행위에 대한 자의식이다. 지적 반성이며 성찰이다.[29]

이러한 유종호의 비평에 대한 자의식은 자신의 근거에 대한 질문을 던지는 현대성의 흔적을 담고 있다. 말하자면 유종호는 비평을 처음 시작하는 시기부터, 비평가로서의 자의식과 현대성을 의식적으로, 혹은 무의식적으로 체득하고 있었던 것이다. 「비평의 반성」이라는 제목 자체가, 비평가 유종호가 자신의 지적 행위에 대한 내부로부터의 성찰을 진행하고 있다는 사실을 잘 보여주고 있다. 아울러 그의 데뷔 평론인 「언어의 유곡」(1957)이 "언어의 본질에 대한 미시적인 탐구"에 깊은 관심을 기울이고 있다는 사실은, 문학으로부터 사상이나 내용을 제거하고, 문학을 언어적 기술의 결정체로 보는 미시적 사유, 분화된 사유의 표정을 보여준다고 하겠다. 분화, 혹은 분업화의 원리야말로 근대적 사유의 본질이 아니던가. 문학을 단일하고 보편적인 '선험적 원리'로부터 조망하는 것이 아니라, 문학을 구성하는 개별적 영역들이 담보하고 있는 고유한 가치와 역할을 미시적으로 탐구하는 작업은, 주체성의 원리에 따라 보편적 규범의 구속성으로부터 해방된 과학(학문), 도덕, 예술(문학) 등의 하위영역들이 자립적인 가치체계를 지니게 되는 이른바 근대화의 원리와 연

---

29) 유종호, 「비평의 반성」, 『유종호전집 1권 : 비순수의 선언』, 민음사, 1995, 191쪽.

계된다고 하겠다.[30] 당시의 비평가 중에서 언어의 문제에 대해서 유종호만큼 깊은 관심을 기울인 비평가가 거의 없다는 사실은 유종호 비평의 선구적 현대성을 보여준다고 하겠다.

1950년대 후반부터 전개된 유종호의 비평은 1960년대에 들어와서 왕성하게 수행되는데, 유종호가 한 사람의 비평가로 커다란 두각을 나타낼 수 있었던 문화사적 배경에 대해서는 다음과 같은 지적을 참고할 수 있을 것이다.

> 문학사의 굴절로 파생되는 새 세대와 이전 세대의 입론은 언제나 당대의 신세대론으로 집약되게 마련이다. 특히 그 대표적인 비평가인 이어령, 유종호는 새로운 서구식 문학교육을 배경으로 한 지적 토양 위에서 자신들의 문학적 인식이나 방법적 틀을 가지고 이전 세대의 문학(비평)적 입장과 변별성을 찾기에 부심한 것으로 보인다.[31]

일본을 경유해 지식을 쌓았던 식민지 시대의 대부분의 외국문학도와는 달리, 6·25의 와중에서 흘러들어온 원서를 직접 읽으면서 외국문학을 직접 공부했던 유종호 세대의 자부심이야말로 새로운 비평적 열정과 비평적 현대성을 탄생시킨 중요한 원천이었던 것이다. 유종호는 「비순수의 선언」(1960)에서 송욱의 「하여지향」에 나타난 난해성과 모던한 경향을 새로운 문학의 필연성으로 옹호하면서 다음과 같이 언급하고 있다.

> 주위를 한번 돌아보세요. 재래적인 천편일률의 풍월이나 저능한 산문은 팽창일로에 있습니다. 이러한 경향이 횡행하면 할수록 씨의 작업은 더욱 돋보이게 될 것입니다. 그리고 우리 문학의 현단계는 크게 보아 실험단계에 있어요. 많은 실험을 자꾸 할 때예요. 넓은 눈으로 관망합시다.[32]

---

30) J. Habermas, *The Philosophical Discourse of Modernity*, Polity Press, 1987, pp. 18~20
31) 한강희, 「1960년대 문학비평 연구」, 성균관대 박사논문, 39쪽.

물론 유종호는 나중에 모더니즘에 대해 비판적인 시선을 보내기도 하지만, 그가 새로운 문학적 경향의 필연성과 신선한 감수성을 열렬히 옹호했으며, 서구 문학의 새로운 지식으로부터 끊임없는 영향을 받았다는 사실은 명백하다고 하겠다.

유종호의 비평에 나타난 현대성의 풍경이 뚜렷하고 독창적인 모습을 띠게 되는 것은 「전통의 확립을 위하여」(1960)와 「현대시의 50년」(1962)에 이르러서이다. 이 두 편의 평문은 현대성과 대별되는 전통에 대한 유종호의 독창적인 사유가 번득이고 있다는 점에서, 유종호 비평의 현대성을 탐색할 경우에 필수적으로 검토해야 할 문건이라고 하겠다. 우선 유종호는 「전통의 확립을 위하여」에서 '전통에 대한 비개방적 폐쇄적 태도'를 비판하면서 다음과 같이 주장하고 있다.

우리는 토속적인 것, 민속적인 것만을 한국적이라고 우길 필요는 없다. 그야 물론 거기에 우리 겨레의 서민감정의 혈맥이 흐르고 있음은 부인치 않는다. 민족의 체온이 서려 있음은 구태여 부정하지 않는다. 그러나 이것만이 전통적이라고 우긴다면 참으로 눈물겨운 자기 수치가 아닐 수 없다. (……) 단도직입적으로 얘기해서 필자는 신라 향가나 고려시대의 별곡을 읽고서 영감을 받고 시를 쓴다는 사람을 들은 일이 없다. 또 「춘향전」이나 「심청전」을 소설습작생이 모범으로 사용한다는 얘기도 과문한 탓인지 들어본 적이 없다.[33]

민족주의적 감정이 지배하는 우리의 문화적 풍토에서, 유종호가 1960년에 이미 이러한 주장을 했다는 것은, 당시의 외국문화에 대한 경도 분위기를 감안하더라도, 유종호의 소신과 혜안을 짐작케 한다. 말하자면,

32) 유종호, 「비순수의 선언」, 『비순수의 선언』, 민음사, 1995, 73쪽.
33) 앞의 책, 244쪽.

유종호는 그 당시에 이미 문화적 면에서 볼 때, 전통과 현대 사이에는 분명한 갭이 있다는 '전통 단절론'을 과감하게 주장하고 있는 것이다. 이러한 전통 단절론의 입장은 자연스럽게 새로운 문학에 대한 기대, 즉 문학적 모더니티에 대한 기대로 비약한다. 유종호는 같은 글에서, "우리는 1960년대의 문학의 과제가 소박한 전통개념의 수정과 이에 따른 시야의 확장에 있어야 한다고 믿고 싶다. 이러한 새 기운은 이미 태동하고 있지만 그것이 작품상으로 화려한 개화기를 맞기를 우리는 희구한다"[34]고 언급하고 있는데, 이러한 대목은 화석화된 전통에 대한 비판을 통해 새로운 모더니티의 탄생을 열망하는 유종호의 태도를 선명하게 보여주고 있다. 또한 유종호는 「현대시의 50년」이라는 평문에서도 유사한 문제의식을 표출하고 있는데, 예컨대 다음과 같은 대목을 보자.

누구보다도 현대적이라고 자타가 공인하고 있는 20세기의 엘리엇은 17세기의 형이상학파 시인들에게서 시작상의 많은 것을 배웠다. 이것이 살아 있는 전통의 위력이다. 적어도 과거의 한국문학에 관한 한, 한국의 현대시인, 작가들이 과거의 유산에 대해서 엘리엇이 말한 '역사의식'을 전혀 갖지 않고 창작을 해올 수 있었다는 평범한 사실에 한국현대문학의 한 특수성이 있다. 좀더 구체적으로 얘기하면 현대시인의 시작의 실제에 있어 향가나 조선 가사가 그 시인의 '역사의식'의 구체적인 대상은 되지 않고 있다는 말이다.[35]

이러한 진술을 통해, 한국 현대시가 전통과 단절되어 있다는 것을 천명한 유종호는 위의 예문에 이어지는 언급을 통해, 한국 현대시의 기원을 정지용에 놓음으로써, 정지용 시문학의 현대성을 상징적으로 강조하고 있다. 유종호에 의하면, "시가 언어의 예술이라는 것을 실증한 이 시

---

34) 같은 책, 245쪽.
35) 유종호, 「현대시의 50년」, 『비순수의 선언』, 민음사, 1995, 20~21쪽.

인(정지용을 의미함 — 인용자)이 등장함으로써 현대시는 획기적인 전기를 만날 수 있었던 것이다"[36] 언어에 대한 미시적인 관심을 기울인 시인 정지용에게, 시적 모더니티의 기원을 부여한 유종호는 최근의 한 대담에서 "이러한 모더니스트적인 입장은 제가 선택한 입장이라기보다는 당시의 지배적인 비평담론에 대한 일종의 거리감을 유지하다보니 그렇게 된 셈이죠"[37]라고 고백하고 있다. 이러한 사실은 유종호가 당시 모더니티를 내세웠던 것이, 당대의 지배적인 조류에 대한 비판적인 대응을 의미했다는 사실을 보여준다. 또한, 유종호가 전통이라는 주제에 대해서 깊은 관심을 기울인 것은 "결국 모더니티를 논의하기 위해 전통을 의식할 수밖에 없었고 그에 대해 이론적으로 정리하지 않으면 안 되는 연유가 게재되어 있다. 보다 엄밀하게 말하자면 전통론은 현대문학의 모더니티를 이루는 일과 맞짝을 이루고 있"[38]었기 때문일 것이다. 요컨대 유종호는 기성 비평가들과 전통주의자들이 득세하던 당시의 지배적인 문단조류에 맞서는 방법으로 비평적 모더니티를 도입했던 것이며, 그 모더니티의 필연성을 내세우는 과정에서, 모더니티와 단절된 전통에 대한 탐색이 필요했던 것이다. 물론 유종호는 나중에 토착어에 대한 관심을 기울이면서, 전통의 창조적인 계승에 깊은 관심을 기울인다. 그렇지만, 적어도 1960년대에 전개된 유종호 비평의 핵심은 세련된 서구문학을 기반으로 한 문학적 모더니티와 새로움에 대한 기획에 있다고 볼 수 있을 것이다.

유종호의 비평적 모더니티는 김승옥의 문학적 의미를 결정적으로 증폭시킨 기념비적인 평문인 「감수성의 혁명 — 김승옥」(1966)에서 그 정점에 이른다. 유종호는 김승옥의 「무진기행」이 "언어의 가능성에 대한 이례적인 신임을 안겨준다"[39]고 평가하면서, "그는 우리의 모국어에 새

---

36) 앞의 글, 22쪽.

37) 유종호, 「1950년대와 한국문학 : 대담」, 『작가연구』 창간호, 새미, 1996, 236~238쪽.

38) 한수영, 「1950년대 한국문예비평론 연구」, 연세대 박사논문, 1996, 86쪽.

로운 활기와 가능성에의 신뢰를 불어넣었다"고 상찬하고 있다. 또한 이효석의 「메밀꽃 필 무렵」과 비교하면서, 김승옥의 「무진기행」이 획득한 진정한 새로움을 논하는 다음 대목은, 김승옥의 소설이야말로 유종호 비평의 세련된 현대성을 충족시키는 보기 드문 텍스트였음을 선명하게 보여주고 있다.

"장 선 이런 날 밤이었네"로 시작되는 허생원의 목가적인 유장조와 '나'의 자재로운 전환·변화·속도 있는 서술은 가장 대조적이다. 30년의 시간적 거리를 분명히 보여주는 감수성의 낙차에서 가장 두드러진 것은 도시와 시골 사이의 낙차다. 김승옥이 거둔 압도적인 공감—특히 도시 청년 사이에서의—이면에는 모더니스트들이 이루지 못한 도회의 서정과 우수와 신경의 시를 조성하는 데 그가 성공했다는 사실도 크게 작용했을 것이다.[40]

위의 언급은 김승옥의 「무진기행」이 경박한 모더니즘 작품이 아니라, 도회의 서정과 우수를 가장 정확하게 묘사한 진정한 모더니즘 작품이라는 사실을 강조하고 있다. 유종호식의 견해에 따르면, 김승옥의 작품이야말로 진정한 미학적 현대성의 기원인 것이다. 그러니, 우리는 유종호의 비평적 현대성은, 김승옥의 소설과의 만남에 이르러서야 그 진면목을 성공적으로 드러낼 수 있었다고 평가할 수 있을 것이다.

유종호의 비평적 현대성은 비평에 대한 자의식을 선명히 드러내고 있다는 점, 그리고 김승옥의 소설이라는 당대 작품에 의해서 논의의 구체성을 담보하고 있다는 점에서, 1960년대 비평의 현대성의 중요한 풍경으로 인정될 수 있을 터이다. 바로 이러한 유종호의 성찰적 현대성이 그의 비평을 40년이 넘는 세월 동안, 시종일관 한국비평의 빛나는 성좌로

---

39) 유종호, 「감수성의 혁명」, 『비순수의 선언』, 민음사, 1995, 427쪽.
40) 앞의 글, 429쪽.

존재하게 만든 동인일 것이다.

3. 마무리 : 남는 문제들

지금까지 이 글은 백낙청 김현 유종호의 1960년대의 주요 비평에 나타난 현대성에 대한 탐색을 통해서, 그들이 인상적으로 보여준 비평적 현대성의 다양한 표정에 대해서 살펴보았다. 이러한 연구를 통해서, '비평적 현대성'이 1960년대 비평뿐만 아니라, 현대비평사를 연구하는 작업에 있어서, 참으로 중요한 테마이자 핵심적인 방법론적 개념이라는 사실을 구체적으로 확인할 수 있었다. 이제, 앞으로 전개될 현대성과 연관된 연구의 전망과 이 글의 한계를 지적하는 것으로 마무리를 짓도록 하겠다.

이 글은 1960년대 비평에 나타난 현대성을 연구하면서, 김현 백낙청 유종호 등의 세 명의 비평가에 한정하여, 비평적 현대성이라는 테마를 탐색하였다는 점에서 근본적인 한계를 지니고 있다. 이 글의 방법론이 다른 1960년대 비평가에게 다양하게 적용되었을 때, 1960년대 비평과 현대성의 연관관계에 대한 연구가 심화될 수 있을 것으로 판단된다. 아울러 이 글이 좀더 심화된 방향으로 나아가기 위해서는, 모더니티 이론과 연관된 다양한 탐색을 좀더 복합적이며 융통성 있게 한국현대비평의 텍스트에 적용시킬 필요가 있다는 사실을 인식하게 되었다.

앞으로도 모더니티, 혹은 '미학적 현대성'과 연관된 테마는 당분간 한국현대문학의 가장 중요한 연구경향으로 자리잡을 것으로 여겨진다. 무엇보다도 그토록 다양한 모더니티 이론의 성실한 장악을 통해, 한국적 모더니티의 자생적인 면모를 구체적으로 그려보는 것이 모더니티 연구의 가장 중요한 과제이자 장기적인 테마일 것이다. 이를 위해서는 서구의 모더니티 이론에 대한 깊은 관심만큼이나 전통사상에 대한 세심한 연

구가 동시에 요청된다고 하겠다. 바로 이러한 과정이 한국적 모더니티의
특수성을 논리적으로 구명하는 작업과 연결될 것이다.

(『한국학보』 1999년 가을호)

끊임없는 자기 갱신과 생산적인 대화
─최원식 평론집,『생산적인 대화를 위하여』

1

　1982년에 출간된 최원식의 첫 비평집『민족문학의 논리』는 비평가를 지망하고 있던 십수년 전의 평자에게, 신선한 충격과 비평에의 진지한 열정을 가져다준 소중한 보물 같은 존재였다. 특히 4부에 수록되었던 「우리 비평의 현단계」「민족문학론의 반성과 전망」 등의 명쾌하며 설득력 있는 메타비평들을 읽으면서 비평집 앞날개에 커다랗게 자리하고 있던 최원식의 앳된(?) 사진을 몇 번씩이나 쳐다보던 그 시절이 그립다. 아주 사소한 사진 한 장이 그 사람에 대한 형용할 수 없는 호기심을 가져다줄 수도 있다는 것이 이해될 수 있다면, 평자에게는 최원식의 경우가 바로 그러했다. 지금 회고해보면, 그 사진이 전달해준 묘한 분위기를 통해, 평자는 어떤 의미에서는 그가 앞으로 밟아나갈 미래의 어떤 모습을 이미 예감하고 있었던 것이 아닌가 생각되기도 한다. 진지하고 열정적이며 예리한, 더구나 매력적인 용모의 소유자이기도 한 소장비평가의 초상, 나는 그 사진을 통해 바로 그러한 비평가의 표정을 읽었던 것이다. 고백건대 그 사진은 당시에 비평가 지망생이었던 내 욕망을 자극하는 상징적인 표지였다. 그리고 그후의 많은 세월 동안 최원식이라는 비평가는 내가 기꺼이 배우고 모방하고픈 대상으로 존재해왔다. 비평가가 된 후에도 이러한 사정은 크게 변하지 않았다. 나는 몇 년 전에 그의 「생산적인 대화를 위하여」라는 평문에 촉발되어 「다시 생산적인 대화를 위하여」라는 평문을 쓴 적도 있지 않은가. 이제 『민족문학의 논리』를 발간하던 그 무렵의 최원식 선생과 비슷한 연배가 되어, 그의 두번째 비평집에 대한 서평을 쓰기 위해 책상 위에 앉아 있는 평자는, 새삼 '만남'의 지극한 의미에 대해서 생각해본다.

2

『생산적인 대화를 위하여』의 앞날개에도 역시 비평가의 사진이 박혀 있다. 이제 문단의 중견비평가로서 사십대 후반에 이른 최원식의 초상에는 무수한 세월과 가파른 역사를 거쳐서 형성된 '예지'에서 배어나오는 형형한 눈빛이 자리하고 있다. 이제 청년기의 열정적인 시선은 차분히 내면화되어 예리한 '혜안'으로 거듭난 것일까.

『생산적인 대화를 위하여』는 『민족문학의 논리』에 이어 무려 15년 만에 발간된 최원식의 두번째 비평집이다. 그 사이에 『한국근대소설사론』(1986)이라는 학술서가 한 권 발간되었다는 것을 감안해도, 최원식의 이번 비평집은 참으로 오랜 세월의 흔적을 지니고 있다. 『생산적인 대화를 위하여』에는 모두 4부 27편의 평문이 수록되어 있는데, 이 평문들의 시간적 편차는 1983년에 발표된 「시와 민중」에서부터 1996년에 발표된 「민족문학작가회의가 보는 통일운동의 방향」까지 무려 13년에 이른다.

이렇게 보면 이번 비평집에는 『민족문학의 논리』 이후에 씌어진 대부분의 문학평론들과 시사적인 논문들이 포함되어 있다고 할 수 있을 터이다.

최원식이 1970년대 후반부터 백낙청 염무웅의 뒤를 이어 민족문학의 가장 첨예한 이론적 논의를 줄곧 주도해왔다는 사실을 인식해볼 때, 지금까지 최원식이 단지 두 권의 비평집만을 발간했다는 사실은 의외이다. 이러한 사실은 최원식이 과작의 비평가임에도 불구하고, 발표한 글마다 항상 날카로운 문제의식을 담아, 줄곧 중요한 비평적 사안을 이끌어왔다는 점을 의미한다. 이러한 측면에서 최원식은 비평적 논의의 맥점과 핵심을 정확하게 짚어내, 그 문제의식을 진지하게 제출하는 유형의 비평가라고 할 수 있는 것이다. 「한국문학의 근대성을 다시 생각한다」「80년대 문학운동의 비판적 점검」「민족문학작가회의가 보는 통일운동의 방향」 등의 글들은 최원식이 얼마나 진중한 문제의식을 지닌 비평가인가 하는 점을 보여주는 실례라고 생각된다.

최원식 비평의 핵심은 비평가 특유의 '역동적인 변증법적 자세'에서 배태된 '합리적인 비판정신'에 놓여 있는 것으로 보인다. 그는 "비평의 직무가 무엇인가? 아무리 위대한 문학이 출현해도 그 의의는 물론 그 한계까지 짚어내는 고통스러운 작업까지 해낼 때 비평은 그 일차적 임무를 겨우 감당하는 것" [1]이라는 표현에서 보다시피 비평의 본질을 '냉철한 비판'에 두고 있다. 이러한 문제의식에 의거하여 최원식은 『생산적인 대화를 위하여』의 전반을 통하여 '낭만적인 근대 부정의 편향' '맹목적인 근대 추종의 편향' '위장된 공리적 문학관' '맹목적인 순수주의' '모더니즘에 대한 저열한 이해' '무반성적인 민족주의' '선후배 비평가의 비평세계' '공식적이며 편협한 민족문학론' '천박한 반지성주의' '성급한 흡수통일론' 등등을 소신껏 비판하고 있다. 또한 그는 작품론이나 작가론을 전개하면서도 성취나 의미에 덧붙여 반드시 한계와 결여사항을 지

---

1) 최원식, 『생산적인 대화를 위하여』, 창작과비평사, 1997, 102쪽.

적하고 있는데, 이는 최원식이 비판적 태도를 자신의 비평적 글쓰기에 거의 무의식적으로 내면화하고 있다는 점을 입증한다.

최원식의 비판적 사유는 백낙청 평론집 『민족문학의 새 단계』를 대상으로 한 평문인 「'강압의 시대'에서 '지혜의 시대'로」와 최근 우리 문학계의 가장 첨예한 쟁점이라고 할 수 있는 '근대성(Modernity)'에 관한 논의를 담고 있는 「한국문학의 근대성을 다시 생각한다」라는 글에서 가장 찬연한 빛을 발한다. 우선 전자의 평문은 백낙청에 관한 다른 어떤 글보다도 백낙청 비평의 한계를 정확하게 짚어내고 있다는 점에서 그 의의가 특별히 주목된다.[2] 최원식은 이 평문에서 "그의 입론(立論)은 더욱 대담하고 논증은 더욱 섬세하고 그것을 받치고 있는 학구(學究)의 힘은 넓고도 깊어, 마치 십면매복(十面埋伏)을 방불케 하는 철옹성의 이론적 진지를 구축하고 있는 것이다"[3]라며 백낙청의 『민족문학의 새 단계』가 보여준 획기적인 진전을 십분 인정하는 한편, 그 문제점을 조목조목 논리적으로 짚어내고 있다. 최원식에 의하면 백낙청의 비평은 계급모순에 대한 정면돌파가 부족하다는 점, 분단모순을 민족모순의 현실태라는 근본적 관점에서 파악하는 시야가 결여되어 있다는 점, 전통 농민 지방 등의 주제에 대해 상대적으로 무관심하다는 점, 실제비평이 빈약하다는 점 등등에서 간과할 수 없는 취약점을 지닌 것으로 지적되고 있다. 아울러 최원식은 백낙청이 지배문화를 지나치게 과소평가하고 있다는 점과 전위당의 개념을 오용하여 전문성의 논리로 대체하고 있음을 적절하게 입증

---

2) 최원식이 자신의 비평적 스승이자 동지이기도 한 백낙청의 비평을 소신껏 비판하는 태도는 스승이나 동료의 비평세계에 대한 비판을 수행하지 않는 것이 일종의 관행이 되어버린 문학과지성사 진영 비평가들의 태도와 선명히 비교되며, 백낙청의 비평을 비평적 전범으로 격상시켜 무비판적으로 답습하는 윤지관, 김명환, 김영희 등의 태도와도 명백히 구별된다 하겠다. 진정으로 생산적인 대화가 서로에 대한 애정 어린 비판에서 가능해진다는 사실에 착목해 보면, 지나친 상찬 일변도의 비평 행위는 '대화적 지성'보다는 '편협한 당파적 지성'에 가까운 것이 아닐까.

3) 최원식, 「'강압의 시대'에서 '지혜의 시대'로」, 앞의 책, 73쪽.

하고 있다. 필자는 최원식의 비판에 의하여 한국비평계의 거목인 백낙청의 비평이 지닌 몇 가지 문제점들이 비로소 적확하게 드러났다고 생각한다. 이러한 최원식의 입지는 백낙청의 비평을 지나치게 신성시하며 백낙청을 무반성적으로 인용하던 일군의 비평가나 백낙청 비평이 지닌 변증법적 미덕을 정확히 읽지 못하고 그의 비평을 '소시민적 민족문학론'이라고 손쉽게 매도하던 관념적 공식주의자들과는 명확히 구별되는 것이다.

「한국문학의 근대성을 다시 생각한다」라는 평문을 통해 최원식은 '근대성'을 둘러싼 한국근대문학 연구의 몇 가지 편향에 대해서 명료하게 비판하고 있다. 또한 그는 이 글을 통해 문학비평가 이전에, 한국근대문학을 연구하는 학자로서의 정체성을 선명하게 부각시키고 있다. 우선 최원식은 사회주의에 입각한 낭만적 근대 극복이 지닌 문제점에 대해서 지적하면서 진보진영의 단순한 현실인식을 비판하고 있다. 두번째로는 단선적인 내재적 발전론에 근거하여 '근대문학의 기점을 끌어올리려는 부질없는 시도들'에 대해서 일침을 가하고 있으며, 세번째로는 친일파에 대한 성숙한 균형감각을 촉구하는 동시에 프로문학과 모더니즘이라는 기계적인 이분법의 철폐를 통한 '프로문학의 주류성' 해소와 '모더니즘의 재인식'을 촉구하고 있다. 이러한 주제들은 모두 한국근현대문학연구에 있어서 가장 핵심적이며 민감한 쟁점이라고 할 수 있다. 이처럼 예민한 사안에 대한 적확한 비판과 조언 해석이 다름아닌 최원식에게 가능했던 것은, 그가 한국문학의 근대성을 둘러싼 의미망에 대한 성실한 탐색을 누구보다도 지속적으로 수행해왔기 때문일 것이다. 또한 그가 일찍부터 근대와 전근대의 경계선에 놓여 있는 개화기 소설이나 애국계몽기 문학에 대한 선구적인 업적을 쌓았다는 사실은, 그가 오랜 세월 전부터 한국문학의 '근대성'에 대한 대단히 민감한 자의식을 지니고 있었음을 입증한다고 하겠다.

여기서 최원식이 구사하는 '비판'과 연관하여 한 가지 주목할 점이 있다. 그것은 그의 비판적 담론이 지닌 열린 변증법적 태도이다. 그러니까 무엇보다도 최원식의 비판적 담론들은 '대화적 지성'에 의해서 뒷받침되어 있다는 점에서 '비판을 위한 비판'이나 편협한 자기 동일성에 함몰된 교조주의적 비판과는 그 격을 달리하고 있다고 판단된다. 가령, 다음과 같은 예문들을 보자.

혁명적 가계에서는 혁명가만, 반혁명적 가계에서는 반동만 출현한다고 생각하는 것 자체가 대립과 운동을 부정하는 비변증법적인 사고가 아닌가?[4]

물론 우리는 '근대의 초극'론이 선한 의도에도 불구하고 결국에는 아시아에 대한 일본 제국주의의 지배를 내용적으로 미화함으로써 '성전(聖戰)'의 이데올로기로 떨어질 수밖에 없었음을 엄밀히 비판해야 하지만, 서구의 근대를 넘어설 새로운 세계형성의 원리를 모색하고자 한 문제의식을 일정하게 평가해야 한다.(강조―인용자)[5]

첫번째 예문은 최원식이 기계적인 인과론이나 속류 사회학주의에 근거한 비변증법적 인식을 거부하고 있음을 여실히 보여준다. 이러한 태도는 최원식이 진보적 진영의 비평가 중에서도 '예술의 자율성'이나 '미학적인 특수성'을 가장 섬세하게 고려하면서 고도의 '탄력적인 사유'를 전개하는 비평가라는 사실에서 연유하는 것이다. 두번째 예문은 최원식이 구사하는 담론의 전형적인 구성원리를 보여준다. 즉 '불구하고' '하지만' 등의 접속사들은 비평가가 구사하는 담론이, 단순하고 편향된 명제적 진술에 함몰되는 것을 제어하면서, 복합적이며 합리적인 관점의 획득을 가능케 하는 중요한 서술전략을 구성하고 있다. 필자는 『생산적인 대

4) 같은 책, 370쪽.
5) 같은 책, 414쪽.

화를 위하여』를 꼼꼼히 읽어내려가면서, 최원식이 구사하는 상당수의 문장들이 바로 이러한 서술원리를 동반하고 있다는 사실을 인식할 수 있었다. 또한 "돌이켜보건대 한국근대문학사는 바로 맹목적 근대 추종과 낭만적 근대 부정 사이에서 끊임없이 흔들려왔다"[6]는 표현에서 전형적으로 나타나듯이 잘못된 두 가지 편향을 거론하면서 자연스럽게 합리적인 입장을 상정하는 '변증법적 원리에 근거한 서술전략'[7]도 최원식이 자주 구사하는 담론의 전략이라고 여겨진다.

여기서 지적되어야 할 것은 최원식의 변증법적 태도는 '부정성의 계기' 및 '창조적 사유'를 근원적으로 제거하거나 억압하는 경화된 변증법과는 거리가 멀다는 사실이다. 이러한 의미에서 "인간이란 얼마나 깊은 존재인가? 최근 다시 프로이트와 융의 바람이 부는 것을 보노라면, 80년대의 인간론이 너무 표피적이었다는 점을 새삼 깨닫게 된다"[8]는 표현은 최원식의 비평에서 개진되는 변증법적 태도가 인간과 문학에 대한 다면적 이해에 기반한 '열린 변증법'이라는 사실을 환기시키고 있다.

3

지금까지 우리는 최원식의 비평이 지닌 특성 중에서 냉철한 비판적 태도와 변증법적인 서술전략에 대해서 살펴보았다. 『생산적인 대화를 위하여』를 통해 엿볼 수 있는 최원식 비평의 그 밖의 중요한 특성은 다음과

---

6) 같은 책, 419쪽.
7) 이는 임화가 '내성소설'과 '세태소설'이라는 두 가지의 잘못된 소설적 편향을 지적하면서 본격소설을 구상하는 부분이나, 파행적 리얼리즘과 주관주의에 대한 단호한 비판을 통해 '고차의 리얼리즘'을 역설하는 논리를 연상시킨다. 몇 가지 한계에도 불구하고, 임화야말로 당대의 인식론적 조건 속에서 누구보다도 변증법적인 태도로 비평활동을 수행했던 비평가였다고 판단된다.
8) 같은 책, 55쪽.

같다.

우선 최원식은 한국근대사, 동아시아근대사, 세계사 및 한국고전문학, 일본근대문학 등의 한국근대문학을 이해하는 데 필요한 제반 인문학에 대한 대단히 해박한 지식을 소유하고 있다는 점이 주목되어야 하겠다. 특히 4부에 수록된 동아시아론에 연관된 평문들과 「민족문학과 반미문학」 「한국소설에 나타난 베트남전쟁」 등의 평문들을 통해 최원식은 예리한 역사적 감각을 유감없이 과시하고 있다. 최원식의 비평을 통해, 우리는 문학비평에서 역사적 감각이 얼마나 중요한 비중을 차지하고 있는가 하는 점을 구체적으로 확인할 수 있을 것이다.

두번째로 줄곧 『창작과비평』 편집위원으로 활동하면서 비평계의 확고한 중심에 자리해온 그가 지역문제나 농민문학과 같은 탈중심적 문제의식과 주변부적 문제의식에 근거한 입론을 지속적으로 제출해왔다는 사실 역시 주목되어 마땅한 것으로 보인다. 이는 그가 자신의 입지에 대한 끊임없는 반성을 시도하는 '반성적 지식인' 이라는 사실을 의미한다(내가 보기에 최원식은 김병익과 더불어 타자의 입장과의 끊임없는 대화를 통해 지속적인 자기 갱신을 시도하는 대표적인 비평가이다). 「지방을 보는 눈」 「농민문학론을 위하여」 「노동자와 농민 : 박노해와 김용택」 등의 평문이 이러한 문제의식을 담고 있다.

세번째로 최원식 특유의 정확하고 유려하면서도 튼실한 문체를 주목하지 않을 수 없다. 그의 문체는 지난 연대의 진보적 비평가들의 글에서 흔히 발견되던 진리에 대한 강렬한 독점욕, 현학적인 포즈, 관념적 급진성에서 비롯되는 과장된 수사학이나 근거 없는 낙관주의 등의 세계와 거리가 멀다. 한편으로는 열린 사유의 비평정신을 지니고 있으면서도 문제의 핵심에 육박해가는 그의 문체는 기본적으로 실사구시 정신에 입각해 있는 것으로 보인다. 그리고 무엇보다도 잘 읽힌다는 점도 최원식 문체의 중요한 장점일 것이다.

4

평자는 앞에서 어떤 위대한 문학작품의 경우에도 그 한계와 단점을 예리하게 짚어내는 최원식의 비판적 지성에 대해서 언급한 바 있다. 그렇다면 『생산적인 대화를 위하여』에서 노정된 한계를 냉철하게 제시하는 작업이야말로 최원식이 보여준 비평정신을 제대로 이해하는 길 중의 하나이리라.

우선 첫번째로 최원식은 백낙청 비평의 한계를 지적하면서 실제비평이 빈약하다는 견해를 제시하고 있는데, 이러한 비판은 최원식에게도 예외가 될 수 없을 것이다. 그는 작가론이나 작품론에 해당하는 실제비평을 평균적으로 일 년에 한 편 정도만을 발표한 것으로 파악되고 있다. 그나마 그러한 실제비평의 상당수가 작품집 뒤의 해설 형식으로 작성된 것이다. 이러한 사실은 그가, 상대적으로 메타비평과 학술논문에 가까운 글에 더욱 커다란 관심을 가지고 있기에 발생하는 자연스러운 태도일 수도 있다. 한 사람의 비평가가 그 모든 것을 한꺼번에 수행할 수는 없는 것이기에. 그러나 우리는 그의 예리한 비평정신이 작품과 만나서 형성되는 의미 있는 '파열'과 '매혹적인 불꽃'을 좀더 보고 싶다.

이러한 아쉬움은 최원식이 다루는 작품들과 작가가 대단히 한정되어 있다는 두번째 한계와 밀접하게 연관된다. 『생산적인 대화를 위하여』에서 최원식이 개별적인 작가론이나 작품론의 대상으로 취급한 대상은, 시인으로는 고은 김지하 이시영 이동순 박노해 김용택, 그리고 소설가로는 천승세 박태순 황석영 송기원 이순 현기영 등이다. 이 명단에는 1980년대 후반부터 우리 문단의 실질적인 주역으로 등장한 삼십대 시인이나 소설가가 완전히 배제되어 있다. 또한, 최근 저널리즘을 통해 '신세대문학'으로 불리는 김영하 조경란을 위시한 서른 살 전후의 가장 젊은 작가와 시인들에 대한 언급도 보이지 않는다. 아울러 이 비평집에 그나마 다루어진 시인과 작가도, 이순을 제외하면, 이른바 민족문학 진영 일색이라는 사실도 최원식이 표방하는 '생산적인 대화'가 적어도 비평대상의 선택이라는 측면에서는 유명무실하다는 점을 보여준다. 이러한 점은 백낙청이 신경숙이나 유하에 관심을 기울이고, 염무웅이 최근에 계간평을 통해 신세대작가에 대한 비판적 대응에 열정적으로 참여한 사실과 비교되는데, 그들보다 젊은 연배인 최원식의 문학비평이 지니고 있는 모종의 닫힌 태도를 드러내는 중요한 징후가 아닐까. 진정한 '생산적인 대화'란 자신과 다른 문학적 입장과의 치열한 대화와 논쟁 속에서 이루어지는 것 아니겠는가. 바로 이러한 문제의식이 실제비평 속에서 내면화될 때, 최원식의 화두인 '생산적인 대화'는 그 명칭에 부합되는 내실을 획득할 것으로 여겨진다.

　세번째로 지적되어야 할 사실은 최원식의 비평에는 대중문화, 컴퓨터, 영상문화, 현대적 일상성 등의 지금 이 시대의 문학을 해명하기 위해서는 필수적으로 고찰되어야 할 중요한 문화적 사안이나 주제에 대한 성찰이 거의 보이지 않는다는 점이다. 이제 문학은 그 자체로 존재하지 않는다. 다른 문화적 형식과의 밀접한 교류 속에서, 문학은 자신의 속성과 본질을 계속 변모시켜나가고 있다. 때문에 우리는 단순한 호사벽으로 대중문화나 컴퓨터, 영상문화 등에 대해서 언급하는 것이 아닌 것이다. 이 시대 문학의 본질을 탐구하기 위해서는 바로 문학과 대중문화, 문학과 컴퓨터, 문학과 영상, 문학과 현대적 일상성 등이 맺고 있는 연관관계에 대한 치밀한 탐구가 필수적으로 필요한 것이 아닐까. 진정한 진보적 관점은 바로 이러한 당대적인 문제의식이나 현대적 관심사와 결합되어 비로소 형성될 수 있다고 가정한다면, 최원식의 비평에는 바로 이러한 면에서 결격사항이 존재한다(이러한 문제의식에서 보면 도정일과 이성욱의 비평은 돋보이는 미덕을 지니고 있다. 들의 비평은 진보적인 관점과 다채로운 현대적인 관심사를 성공적으로 결합시키고 있다).

　혹시 그는, 지난 연대의 진보적 논자들이 대체적으로 그러했듯이 대중문화와 현대적인 첨단문화에 대한 편협한 계몽주의적 시선을 지닌 것은 아닐까. 아울러 적어도 아직까지는 그가 문학을 문학적 지평 안에서만 조망하는 문학주의의 미망에서 시원스럽게 탈피하지 못한 것이 아닐까. 그가 아무리 '생산적인 대화'와 '열린 태도'를 강조한다 하더라도, 적어도 지금까지 현상적으로 드러난 최원식의 비평은 다소 답답한 문학적 지평에 갇혀 있다는 것이 평자의 견해이다.

그 밖에 그가 제기한 가설, 즉 우리 문학의 근대성의 지표를 애국계몽기로 설정할 수 있다는 견해는 좀더 구체적인 실증적 자료와 치밀한 논지에 의해서 보완되어야 한다는 점, 그가 때때로 사용하는 '견결히' '섭수하다' '장미 향기 맡듯 사유하는' 등의 몇몇 용어와 표현이 다소 부자연스럽다는 점 등등을 아울러 지적하고자 한다. 왜 하필이면 장미 향기인가? 그는 "우리들 삶의 살아 있는 육체성의 표징인 공간을 장미 향기 맡듯 사유하는 대지의 상상력을 회복하는 것이 민민운동마저 빠져든 메마른 추상의 중앙중심을 진정으로 극복할 수 있는 그 쇄신의 길 가운데 하나가 아닐까?" [9]라고 언급하고 있는데, 이 땅의 지방문제를 다루는 글에서 전형적인 서구적 메타포를 사용하는 이유는 또 무엇인가. 아마도 보편적인 경우라면, '들국화 향기 맡듯'이라는 표현을 쓰지 않았을까 싶다. 이러한 표현은 최원식의 잠재된 무의식을 드러낸 것은 아닐까.

우리 문학의 근대성에 대한 진지하고도 본격적인 성찰을 보여준 비평가가 모든 영역에 관심을 보여주기에는 한계가 있을 것이다. 최원식은 현장비평에 대한 날카로운 감각을 보여주기보다는 진중한 학술적 태도로 근대문학사를 둘러싼 핵심적인 사안에 대해서 성실한 탐색을 수행해왔다고 할 수 있다. 지금까지 지적한 몇몇 한계들은 바로 이러한 그의 글쓰기 태도와 삶의 전략에서 연유하는 것으로 보이기도 한다. 그러나 이러한 한계에 대한 지적은 역설적으로 그의 재능과 열정에 대한 신뢰에서

---

9) 같은 책, 67쪽.

비롯되었다는 것을 언급하고 싶다. 최원식은 내가 보기에 근대문학에 대한 성실한 연구와 예리한 현장비평을 모두 성공적으로 수행할 수 있는 드문 역량을 지닌 비평가인 것이다.

그의 지속적인 건필을 기대한다.

(『창작과비평』 1997년 겨울호)

비평적 열정과 새로운 문학적 전성기
─염무웅 평론집, 『혼돈의 시대에 구상하는 문학의 논리』

1

한국현대문학사에서 비평가가, 그 노력에 걸맞은 사회적인 대우를 받던 시기가 있었다고는 도저히 말할 수는 없을 테지만, 특히나 최근에 우리 문단에서 한 사람의 비평가로 자신을 세운다는 것은 다른 문인들에 비해서 이중 삼중의 어려움을 짊어지게 됨을 의미한다. 비평가의 대다수가 강단비평가로 활동했던 지난 연대와 달리, 비평을 전업으로 하는 대부분의 젊은 비평가들은 기본적인 생계문제와 보수적인 대학제도 때문에 현장비평에 자신의 열정과 시간을 한껏 투자할 수 없는 구조적인 딜레마에 처해 있다. 설사, 그가 모든 열정과 재능을 비평에 전적으로 투자하여 탁월한 비평적 성과를 남긴다고 하더라도, 그 자체로는 생계문제를 비롯한 일상적인 생활의 해결에 획기적인 개선을 가져다주기가 거의 무망한 상황이라고 보는 것이, 현금의 비평계에 대한 정확한 진단일 것이다. 그뿐인가. 최근의 몇몇 예외를 제외한 대부분의 출판자본은 고급한 비평, 혹은 제대로 씌어진 진지한 비평이 담보할 수 있는 문화적 영향력이 보잘것없다는 사실(?)을 그들의 뛰어난 후각을 통해 본능적으로 인식하고, 비평가의 역할을 용도 폐기하거나 '얼굴마담' 격으로 한정시키면서 장사가 될 만한 작가를 그때그때 순발력 있게 확보할 수 있는 편집인의 스카우트에 혈안이 되어 있다.

그리하여, 작품에 대한 정확한 분석과 해석을 보여주는 비평, 날카로운 비판의 아름다움을 수행하는 비평, 섬세한 글쓰기의 매혹을 펼쳐주는 비평 등에 대한 적극적인 의미부여보다는 작품을 장식하는 비평, 작품에 기생하는 비평, 작품이 잘 팔릴 수 있도록 일조하는 주례사비평 등에 대한 노골적인 유도가 어떤 시기보다도 집중적으로 수행되고 있는 것이 이즈음 비평계의 현실이 아닌가 생각된다. 게다가, 제대로 된 비평활동을 수행하기 위해서 읽어야 될 책들의 양은 거의 기하급수적으로 늘어나고 있다. 예컨대 소설비평으로 한정한다 하더라도, 불과 10년 전에는 월간지 서너 권과 계간지 서너 권을 지속적으로 챙겨보면서 가끔씩 출간되는 장편소설과 창작집을 검토하면 충분했던 문학비평가는, 이제 급격하게 증가한 월간지와 계간지는 제쳐놓더라도, 거의 하루에 한 권씩 출간되는 무수한 장편소설과 창작집의 홍수 속에서 외마디 비명을 지를 법하다. 상황이 이러하니, 시비평과 소설비평을 포괄하여 문학 전반에 대한 총체적인 조감도를 작성하겠다는 욕망은, 십중팔구는 좌절될 수밖에 없는 것이다. (이제 소설비평만 하더라도 대중소설 추리소설 SF소설 등의 영역에 따라서 비평도 전문화되는 추세로 접어들 것이다.)

문학의 어떤 장르보다도 조로현상이 쉽게 발견되는 분야가 다름아닌 '비평'이라는 사실, 그리고 중견비평가 중에서 전업비평가가 거의 존재하지 않는다는 사실은 지속적으로 비평작업을 수행한다는 것의 지난함을 역설적으로 입증하고 있다고 하겠다. 그리하여 이 시대에 비평가가 된다는 것은 이 모든 난관을 통과하면서, 비평에 결코 우호적이지 않은 문화적 현실과 정면으로 대면하는 것을 의미한다. 그 과정을 이겨냈을 때 비로소 한 사람의 비평가가 탄생한다. 그렇다면 왜 하필이면 이 시대에 비평가가 되는 것일까. 과연 무엇 때문인가. 별다른 재능이 없는 창작에 대한 열망을 간접적으로 충족시키기 위해서? 그 어떤 세속적인 차원의 접근으로도 포괄할 수 없는 소중한 정신적 가치 때문에? 아니면, 살아 있는 자기 자신을 확인하기 위한 하나의 방편으로써? 다른 안정된 직업을 확보하기 위한 중간과정으로써? 비평 그 자체의 한없는 매혹 때문에? 과연 당신들은 왜 이 시대에 비평을 하는가? 왜 하필이면 비평인가? 대답해달라, 당신들이여!

2

482쪽에 달하는 염무웅(廉武雄)의 『혼돈의 시대에 구상하는 문학의 논리』(창작과비평사, 1995)를 읽으면서 이렇게 비평문단의 우울한 현실을 얘기한 것은, 역설적인 의미에서 오십대 중반에 이르러서 다시금 '비평'에 몰두하는 중견비평가의 '남다른 열정'이 새삼 돋보였기 때문이다. 첫 비평집 『한국문학의 반성』(1976)과 두번째 비평집 『민중시대의 문학』(1979)에 이어서 어언 16년 만에 비평집을 펴낸 염무웅에게 비평이란 무엇일까. 과연 어떠한 열정이 그로 하여금 1990년대 중반에 들어와서 다시금 월평을 비롯한 활발한 현장비평에 적극적으로 참여하도록 만든 것일까. 실상, 『민중시대의 문학』이라는 기념비적 저서 이후에 염무웅은 활발한 현장비평과 일정한 거리를 두고, 자신이 그때까지 온축한 민중문학 비평가로서 저력과 연륜으로 근근이 버텨오고 있었다고 보아도 과언은 아닐 것이다. 물론, 염무웅은 간간히 날카로운 평필을 휘두르면서 자신의 건재를 알리기는 했지만, 적어도 1980년대에 수행된 그의 글쓰기가 그 시대의 전위적 흐름에 서 있었거나, 아니면 활발한 현장비평을 통해 자신의 비평적 생명을 한층 풍요롭게 만든 것은 아니었다고 판단된다. 염무웅은 1990년대에 들어와서, 비로소 소설 읽기를 통해 한 시대의 가능성과 좌절, 진보적 지식인의 내면과 명암을 꼼꼼하게 조망하면서 자신이 남한의 문학비평계에 보탤 수 있는 부분을 명확하게 인지한 것은 아니었을까. 자신의 글쓰기가 바로 당대의 문학현상에 대한 중요한 문제 제기를 담을 수 있다고 확신했을 때, 당연히 비평가는 자신의 모든 열정을 투자해서 문학비평 행위에 참여하게 될 것이다. 이즈음의 염무웅이 바로 그러하다.

3

『혼돈의 시대에 구상하는 문학의 논리』는 모두 3부로 구성되어 있다. 제1부는 윤동주 고은 신경림 민영 등의 시인론으로 이루어져 있고, 2부는 채만식 이호철 현기영 김향숙 등의 작가론으로 꾸며져 있다. 그리고 마지막 3부는 주로 1990년대 들어와서 발표된 문화관계 평문과 학술논문 성격의 글들로 채워져 있다. 『혼돈의 시대에 구상하는 문학의 논리』에 수록된 글들이 발표된 연도를 확인해보면 주목할 만한 사실을 발견할 수 있다. 그 하나는 비평집에 수록된 평문들의 발표 연대가 지니고 있는 엄청난 편차이다. 1975년 발표된 고은론, 1977년에 발표된 김춘복의 『쌈짓골』에 대한 평문들과, 「혼돈의 세계를 바라보며」 등 1995년에 발표된 세 편의 글 사이에는 무려 20여 년의 세월이 존재한다. 한 권의 비평집에 20년의 격차를 두고 씌어진 평문들이 함께 배열되었던 전례는 거의 없었던 것이 아닌가. 이러한 사실은 염무웅이, 비평가로서의 오랜 활동 경력에 비하면, 대단한 과작의 비평가라는 사실을 새삼스럽게 확인시켜주는 증거라고 하겠다.

또 한 가지 흥미로운 점은 염무웅의 비평활동이 1990년대에 들어오면서 아연 활발해지기 시작했다는 사실이다. 이번 비평집에 수록된 글들 중에서 1980년대에 발표된 글은 모두 11편이다. 그러니까, 염무웅은『민중시대의 문학』이후에 전개된 1980년대에는 평균 일 년에 한 편의 비평을 발표하면서, 최소한도의 비평적 생명력을 유지한 셈이었다. 이러한 점은 1970년대 후반에 3년의 격차를 두고서 두 권의 의욕적인 비평집을 발행하던 '염무웅 비평의 화려한 전성기'에 비하면 열정적인 비평정신의 감퇴로 해석될 수도 있을 것이다. 그런데 염무웅은 1992년에 3편, 93년에 5편, 94년에 4편, 95년에 3편 등 1992년부터 아연 활발한 비평활동을 전개하고 있다. 게다가 전체적인 문학지형의 판도와 그 미세한 변화과정을 추적할 수 있는 월평류의 글을 거의 쓰지 않던 그가—염무웅 비평의 상당수의 글들은 창작집 뒤에 붙어 있는 해설 형식의 글이다—1994년에 들어와서『한국문학』에 세밀한 월평을 연재하였으며(평론집에 수록된「고립과 단절을 넘어」라는 제목의 긴 평문이 바로『한국문학』에 연재된 소설월평을 묶은 글이다), 1995년부터는 지면을『창작과비평』으로 옮겨서 '계간소설평'을 연재하기 시작했다는 사실은 그의 비평방법의 변모와 연관지어 눈여겨보아야 할 대목이다. 그는 이제 소설문단의 밑바닥을 성실하게 탐사해가면서 1990년대의 새로운 문학적 현실과 대결하여, 염무웅 비평의 새로운 전성기를 열기 위해서 분투하고 있는 것이다.

대부분의 계간지에 수록된 소설들을 거의 총망라하여 읽은 뒤에, 그 중에서 자신이 선택한 문제작에 대한 리뷰를 시도하고 있는 염무웅의 계간평은 이른바 신세대문학에 대한 그의 준열한 질타로 화제를 끌기도 했는데, 중요한 것은 1990년대 들어와서 활발한 비평활동을 재개한 그가 칠팔십년대의 비평과는 달리 창작현장의 조감도를 가장 미세하게 지켜볼 수 있는 월평이나 계간비평에 적극적으로 참여하여 자신의 날카로운 비평적 관점을 지속적으로 제출하고 있다는 사실이다. 그렇다면, 염무웅은 과연 어떠한 연유로 새로운 열정을 불살라서 현장비평에 활발하게 참여하고 있는 것인가. 다음과 같은 시대사적 변모가 그 점을 설명해주지 않을까 싶다. 가령 1990년대는, 진보적 문학비평과 계몽주의적 열정이 시대의 의미와 행복하게 만났던 1980년대와는 달리, 한편에서는 비판과 전복의 정신조차도 지배 이데올로기의 블랙홀 속에 용해되어버리는 시대이며, 또다른 한편으로는 그럼에도 불구하고 보수적인 지배 이데올로기와 상품미학에 기반한 노골적인 대중영합주의에 대한 냉철한 비판이 절실하게 필요한 시기라고도 할 수 있다. 염무웅은 후자의 가능성, 즉 비판을 통한 진정으로 건강하고 진보적인 문학의 복원을 기도했던 것이 아닐까. 이전에 씌어진 비평의 논조에 비할 때, 1990년대에 씌어진 현장비평이나 월평에서 작품의 한계에 대한 날카로운 지적과 비판이 커다란 비중을 차지하고 있다는 점이 바로 그러한 염무웅의 의도를 자연스럽게 해명해주는 대목일 것이다.

4

『혼돈의 시대에 구상하는 문학의 논리』를 검토하면서 염무웅 비평의 특장으로 여러 가지를 추출할 수 있었다. 그중에서도 다음과 같은 사항들은 염무웅 비평을 언급하면서 반드시 지적되어야 할 중요한 점이 아닌가 생각된다.

우선 첫번째로 염무웅의 비평세계에는 그가 전공한 외국문학(독문학)의 흔적이나 영향이 그다지 발견되지 않는다는 사실이 주목되어야 할 것이다(이번에 발간된 비평집에 외국문학에 관한 글은 「리얼리즘의 눈으로 읽은 카프카의 소설」 단 한 편이 수록되어 있다). 최근의 문학비평계에는 지난 연대에 비할 때, 외국문학을 전공한 비평가가 급격히 감소하여, 오히려 중요한 외국의 문학이론이나 최근의 문학적 사조를 정확하게 이해하면서 그 정확한 정보를 우리 문학의 조망에 창조적으로 활용하는, 외국문학을 전공한 비평가의 존재가 절실하게 필요한 것이 아닌가. 불과 몇 년 전만 하더라도 외국문학을 전공한 비평가들이 최신 유행이론을 소개하고 번역하면서, 그 최신이론에 한국문학을 기계적으로 대입시키거나, 좀더 세심한 경우 창조적으로 적용시키는 것이 일반적이었다. 그러나 염무웅의 비평은 그러한 흐름과는 별 상관이 없다. 그는 어떤 특정한 문학이론을 자신의 비평적 잣대로 삼으면서 문학비평을 전개하기보다는 일반적인 리얼리즘 이론에 입각하여 진보적인 문학비평을 일구어왔다.

그리고 염무웅은 『민중시대의 문학』에서도 그러했지만, 이번 평론집에도 「식민지 민족현실과의 대결 : 채만식에 대한 두 개의 글」 「5,60년대 남한문학의 민족문학적 위치」 「서사시의 가능성과 문제점」 「'시와 리얼리즘'에 대하여」 등의 국문학 연구논문에 해당하는 성과도 다수 포함시키고 있다. 특히 그중에서도 「서사시의 가능성과 문제점」 「'시와 리얼리즘'에 대하여」 이 두 편의 연구논문은 한국현대문학 연구의 주요한 연구사적 딜레마에 해당하는 쟁점에 대한 날카로운 문제제기와 정확한 이해를 포함하고 있어서, 그의 국문학적 지식이 단지 여기(餘技)의 차원이 아님을 명쾌하게 입증하고 있다.

염무웅 비평의 두번째 특장으로는 작품의 한계에 대한 냉철한 '비판'이 돋보이는 경우가 많다는 점을 들 수 있을 것이다. 앞에서 잠깐 언급했던, 이른바 잘나가는 신세대작가들의 최근작에 대한 비판(「변화된 현실과 객관세계의 준엄성」, 『창작과비평』 1995년 봄호)으로 이루어진 글과 이번 비평집에 수록된 「고립과 단절을 넘어」 같은 평문들은 냉철한 비판이 제대로 구사된 비평문의 전형을 보여준다고 생각된다. 특히 「고립과 단절을 넘어」의 일부분인 1994년 신춘문예 당선자들에 대한 염무웅의 효과적인 비판은 이 시대 비평이 감당해야 할 중요한 책무를 모범적으로 보여주고 있다. '비판'이야말로 비평의 핵심이 되는 서술의 방법론이라 할 때, 염무웅에게는 1990년대의 새로운 정황에서 전개된 일련의 젊은 문학이 그 비판의 욕망을 극대화시킨 대상인 것이다.

마지막으로 염무웅이 자신이 과거에 보여주었던 잘못된 입장과 연관하여, 그 오류를 진솔하게 지적하는 자기 비판 및 자기 갱신의 모습을 인상적으로 보여주고 있다는 점도 주목되어야 할 것이다. 염무웅은 "그러나 위대하지 않은 삶이 위대한 문학을 낳을 수는 없다. 요컨대 본질적인 것은 어떤 삶을 사느냐 하는 것이며, 이 삶의 무게가 작품 속에 올바르게 운반될 때 그것은 작품 자체의 무게로 전환되는 것이다"라는 자신의 윤동주 문학에 대한 유명한 발언을 되돌아보면서, 다음과 같이 자기 비판하고 있다.

돌이켜보면 어딘가 기계주의적이고 ─ 이런 말이 성립될지 모르겠습니다만 ─ 일종의 실천주의적 오류가 있었던 것이 아닌가 하는 생각이 듭니다. 다시 말하면 혼신의 실천, 민중적 현실 속으로 뛰어드는 온몸의 실천이 결정적으로 중요하다는 데는 의문의 여지가 없지만, 그것이 문학적으로 운반된다는 생각, 그것이 기계적으로 문학에 전화된다는 생각은 분명히 오류였다고 자인하지 않을 수 없습니다. 아마도 그랬기 때문에 윤동주 시의 내면적 구조를 하나의 통일된 전체로서 분석하는 데까지 나아가지 못했던 것이 아닌가 하는 반성을 하게 된 것입니다.

자신의 입장에 대한 반성과 갱신이 부족한 우리 비평문단의 풍토에서, 이러한 자기 돌아봄은 소중하게 다가온다.

염무웅이 「머리말」에서 털어놓고 있는 다음과 같은 고백은 바로 이러한 자기 갱신과 자기 반성의 과정을 통해서 도달한 인상적인 다짐일 것이다.

문학을 문학으로서 즐기는 일에 나는 왜 그처럼 인색했던가. 꽃이 피고 잎새가 푸르러지는 생명의 잔칫상 앞에서도 나는 무슨 억하심정으로 못난이처럼 고개를 외로 틀고 가난한 고집에 매달려 있었던가. 무슨 헛된 잡념이 내 발길을 그 자갈밭으로 이끌었던가. 앞으로 쓰게 될 글에서는 "눈이 부시게 푸르른 날은 그리운 사람을 그리워하자"는 시 구절처럼 좋은 것을 스스럼없이 좋다고 말함으로써 그 동안의 야박함에 대한 빚을 좀 갚았으면 좋겠다.

　이러한 인식은 염무웅으로 하여금, 과거의 다소 원칙적이고 기계적인 평문이 충분히 담보할 수 없었던 '진보'에 대한 복합적인 시선의 확보를 가능케 한 것으로 보인다. 가령, "냉전체제가 붕괴되고 인류 생존의 근본적인 위기가 조성되는 오늘의 상황에서 '진보성'의 내용 자체가 새롭게 검토될 필요도 있다. 적어도 종래의 고정관념을 고수하기가 어려워진 것만은 분명하다고 하겠다"라는 표현이 특히 그렇다. 또한 고은의 시편들을 읽으면서 "역사에 대해서 조급해하는 마음으로 읽는다면 이 시야말로 너무 한가하지 않느냐는 투정을 들을 만하다. 그러나 나는 이 한가함이 없이 진정한 문학이 이루어질 수 있을까 의심한다"고 언급한 대목은 그 치열했던 진보주의 회랑을 고뇌하면서 통과한 사람만이 비로소 지닐 수 있는 삶과 예술에 대한 근원적인 여유와 품격이 느껴지기도 한다.

5

　염무웅의 비평집을 펼쳐보면서 과연 비평이란 무엇이며 비평은 무엇을 할 수 있는가에 대해서 고민했던 까마득한 후배 비평가의 입장에서, 『혼돈의 시대에 구상하는 문학의 논리』에 대한 다음과 같은 문제들을 제기해보는 것은 소중한 의무이자 권리일 것이다.

　우선, 비평집 전반을 통해서 나타나는 염무웅 비평의 다소 단선적인 경직성을 지적하지 않을 수 없다. 예를 들어 서정주의 「동천」과 이시영의 「기러기떼」를 비교하면서 "서정주의 새가 철저히 개인주의와 신비주의에 기초하고 있음에 반하여 이시영의 기러기떼는 바로 이 땅의 역사적 현실 한가운데에서 고통과 억압을 당하는 오늘의 민중들의 모습으로, 민중적 전사의 형상으로 떠오르고 있다"고 지적하는 대목은 비평가의 취지를 이해하지 못하는 바는 아니지만, 그 미학적 의도와 방법이 판이하게 이질적인 경향의 시들을 '민중에 대한 치열한 형상화'라는 단선적인 기준으로 평가하는 것이 아닌가 하는 의문이 들게 만든다. 아울러, 용어 사용에 있어서도, "반동분자들이 좋아하는 낱말들 즉 영원이라든가 보편이라든가 인간의 내면이라든가" 같은 표현은 좀더 객관적이고 설득력 있는 방식으로 바뀌어야 하지 않을까(그렇다면, 인간의 내면이라는 용어를 자주 사용하면 과연 '반동분자'가 되는 것일까). 바로 이러한 염무웅 비평의 경직성은 1990년대에 전개된 새로운 문학적 현상에 대해서, 그러한 문학이 탄생할 수밖에 없었던 문화사적 정황과 사회적 변모에 대한 세심한 고려 없이, '반동일화의 논리'에 근거한 원칙적인 비판만을 수행하게 만든다. 이를테면, 1990년대 젊은 작가들에 대한 염무웅의 비판은, 그 비판의 대상이 되었던 당사자들에게는 버스 지나간 다음에 손 흔드는 식의, 다소 시효가 지난 비판으로 받아들여질 가능성이 농후한 것이다. 지금 진정으로 필요한 것은 '왜 이렇게 너희들은 무책임하게 가벼운가?'라고 질타하는 비평이 아니라, 그 가벼움의 원인과 양상들을 정밀하게 추적해보는 비평이 아닐까.

앞에서 우리는 염무웅의 비평에서 그가 전공한 외국문학(독문학)의 흔적이 그다지 발견되지 않는다는 점을 지적한 바 있다. 그런데, 독자의 입장에서는 이러한 아쉬움도 가져볼 수 있을 것이다. 즉, 「리얼리즘의 눈으로 읽는 카프카의 소설」을 통해서 확인할 수 있는, 그의 전공에 대한 날카로운 지식과 폭넓은 혜안을 더욱 가다듬어서 그의 비평적 자산으로 지속적으로 활용했다면, 한국문학을 조망하는 그의 비평적 관점도 적어도 지금보다 한결 이론적 깊이를 확보할 수 있지 않겠느냐는 것이다.

지금까지 제기한 염무웅 비평에 대한 몇 가지 아쉬움은 그가 진정 1990년대의 비평가로 기억되기를 소망하는 염원에서 비롯되었다. 적어

도, 그가 이 복합적인 1990년대 문학과 문화에 정면으로 부딪쳐 1990년
대의 비평가로 불리길 원한다면, 1990년대에 전개되는 새로운 문학적
맥락에 대해 그 당사자인 신세대 못지않은 치밀하고 폭넓은 탐사가 필요
할 것이다.

6

   나이 서른 살이 넘어서까지 시를 쓰는 사람이 진짜 시인이라고 말한
사람이 있었던가. 그렇다면 나이 쉰 살이 넘어서까지 성실하게 비평을
쓰는 사람은 과연 어떠한 사람일까. 바로 그들을 '진정한 비평가'라고
부르는 것은 어떨까.
   바로 이러한 의미에서 염무웅은 진정한 비평가이다.

                              (『창작과비평』 1995년 가을호)

진보적 비평의 자기 갱신과 타자와의 만남
—두 권의 비평집을 위한 메모

1. 김명인 : 한 비평가의 새로운 출사표

김명인의 글을 처음 접한 것은 지금으로부터 17년 전인 대학 2학년 시절이었다. 어느 날 친구와 함께 들렀던 단과대 편집실에서 우연히 발견한 『지양(止揚)』(서울대 인문대 교지, 1980) 창간호에는 「미몽의 시대」라는 그의 글이 실려 있었다. 김명인의 글은 당시 국문과에 편입하여 4학년에 재학중이던 이동하의 글 「역사적 지평과 초역사의 지평」과 나란히 수록되어 있었는데, 그 두 편의 글이 만들어내던 묘한 부조화가 무척 인상적이었다. 초역사적 지평의 중요성에 대해 역설하는 열린 상상력과 식민지 시대 문학의 역사성을 비장하게 강조하는 정언적 명제 사이의 극심한 편차가 내게는 1980년의 그 엄청난 역사적 부침만큼이나 측량할 수 없는 심연으로 다가왔다.

그후 역사적인 의미의 망명을 떠나 있던 그는 세상에 다시 돌아와

1985년경부터 본격적으로 글을 발표하기 시작했다. 이어 그는 그에게 '민중적 민족문학론자'라는 칭호를 달아준 「지식인문학의 위기와 새로운 민족문학의 구상」(1987)을 거쳐 첫번째 비평집 『희망의 문학』(1990)을 발간하였다. 그가 「미몽의 시대」를 발표한 지 10년 만이었다. 다시 10년 후, 그러니까 「미몽의 시대」로부터 정확히 20년의 세월이 흐른 후에 그는 두번째 비평집 『불을 찾아서』를 발간한 것이다. 이번 비평집은 마치 비평가 김명인의 새로운 출사표처럼 보인다.

『불을 찾아서』는 한 비평가의 자기 성찰과 변화의 모색, 새로운 비판적 사유를 향한 올곧은 탐색 등을 인상적으로 엿볼 수 있는 비평집이다. 모두 5부로 이루어진 이 비평집에는 김명인이 첫 비평집 이후 발표한 문제적인 평문들이 대부분 수록되어 있다. 특히 그중에서도 「다시 비평을 시작하며」와 「불을 찾아서」「세 개의 답변」 등의 글들은 지난 10년 사이에 비평가 김명인이 온몸으로 탐색해온 민족문학론과 비판적 사유에 대한 진솔한 성찰을 담고 있다는 점에서 흥미로운 비평 텍스트라고 할 만하다.

김명인은 1992년 「불을 찾아서」라는 평문을 통해, 당시 동구사회주의의 몰락과 진보적 이념의 해체로 요약되는 정황 속에서 고뇌하는 진보적 비평가의 생생한 표정을 실감 있게 보여준 바 있다. '동요는 현실이다' '잘못 끼워진 단추를 찾아서' 등의 소제목들은 이러한 비평가의 방황과 모색을 상징적으로 보여준다. 그후 그는 「세 개의 답변」(1995)에서 "나는 이제 우리의 '민족문학'에 감히 작별을 고하고자 한다. 이제 민족문학은 끝이다. 깃발을 내림은 물론 문도 닫아야 한다"고 '민중적 민족문학론'의 대표적 이론가로서는 이례적으로 강렬한 민족문학 포기선언을 한 바 있다. 그 선언 이후 그는 몇 년 동안 비평을 쓰지 않았다. 그가 첨예한 현장비평의 세계에서 한 발 후퇴하여, 학적인 인식의 세계로 나아간 것은 바로 이러한 파격적인 선언에 대한 성찰의 시간이 필요했기 때문이 아니었을까. 그를 근원적으로 버티게 해주던 형이상학적 지붕이 붕괴되어버리자, 그가 취할 수 있는 자세는 침잠과 고독, 그리고 성찰과 내성이었을 터이다. 그 은둔의 시간 동안, 그는 김수영, 임화, 조연현, 미적 근대성 등과 대화를 나누었다(이 책의 3부와 5부는 바로 그 기록들로 채워져 있다). 특히 그에게 임화의 절망과 김수영의 고독은 자신을 비추어보는 거울이었을 터이다. 실제로 김명인은 "임화를 통해 이념과 연대와 조직에서 비켜난 인간이 역사의 전 하중을 개별자로서 감당할 수 있을까를 알고 싶었으며, 김수영을 통해 고독을 돌파하며 전체를 들어올리는 강렬한 주체의 의지를 내면화하고자 했다"고 고백하고 있다. 그러니 비평가는 그들을 통해 바로 자신의 운명을 엿보았던 것이 아니었을까.

새로운 비평의 칼날을 벼리며 지내온 몇 년의 시간이 흐른 후에, 그는 1999년부터 본격적으로 비평을 쓰기 시작했다.『불을 찾아서』의 첫머리에 수록된「다시 비평을 시작하며」에는 새로운 길을 떠나는 그의 고백과 다짐이 인상적으로 드러나 있다. 그는 이 글을 통해, "계몽비평의 복권"을 주장하면서, 1990년대 비평의 쇄말주의에 맞서 당대의 정치적 지평과 연계된 '비판의 새로운 가능성'을 진지하게 탐색하고 있다.

나는 이번 비평집을 관류하는 그의 열린 성찰과 근원적인 모색으로부터 깊은 인상을 받았다. 그럼에도 불구하고「지식인문학의 위기와 새로운 민족문학의 구상」의 명료한 선언과「불을 찾아서」및 "이제 민족문학은 끝이다"로 요약되는 절망 사이, 그리고 또한 그 절망과「다시 비평을 시작하며」에서 표출되는 새로운 비판적 의지 사이에는, 아직도 한층 정밀하고 성실하게 해명되어야 할 커다란 간극이 있다는 점을 지적하고 싶다. 물론 1980년대에 그토록 당당하고 급진적인 주장을 하다가, 어느 순간 비평을 그만두거나 충분한 해명도 없이 다소 급작스럽게 자신의 입장을 변모시킨 비평가들에 비하면, 김명인의 성찰과 모색은 참으로 소중하다. 그러나 그 성찰과 모색은 한발만 잘못 디디면 자기 합리화의 나락으로 떨어지게 될 것이다.

이제 그는 20년에 걸친 비평적 변화도정이, 치열한 자기 성찰과 주체적인 갱신의 밑거름으로 작용한다는 사실을 앞으로 전개될 글쓰기를 통해서 보여주어야 한다. 무엇보다도 그의 입장을 이해하고 신뢰하는 독자들을 위해서. 지난 연대에 그의 글쓰기는 그 자체로 그 자신만의 것이 아니었다. 그는 무수한 사람들의 문학관에 영향을 미친 1980년대의 대표적인 민중문학비평가가 아니었던가.

다시금 불을 찾아가는 그의 여정이 기억될만한 비판적 사유의 형성으로 이어지기를 기대한다.(동아일보 2000년 4월 15일)

2. 우찬제, 혹은 타자와의 만남

계몽의 불빛이 희미해진, 그렇지만 무수한 문제들이 복합적으로 혼융되어 있는 이 세기말의 불길한 시대에 문학비평은 과연 어떠한 방식으로 존재해야 하는 것일까. 이 시대의 문학비평은 한층 세련된 이념적 진지전을 수행하는 아방가르드로 존재하기도 할 것이며, 작가의 숨결 속으로 미세하게 스며드는 정교한 연금술사가 될 수도 있을 것이다. 그 밖에도 지난 연대에 비할 때, 무수하게 다채로운 문학비평의 길들이 존재한다. 분명한 것은 형이상학적인 푯대와 중심적인 이념이 사라진 이 시대에 '문학비평'이라는 행위에 참여하는 이들은 비평에 대한 예리한 자의식을 내장하지 않을 수 없다는 사실이다. 반성적인 자의식이 결여된 인문적 지성이 그 주체의 의도에 관계없이 상품미학의 선봉대로 전락하거나 출판자본의 얼굴마담으로 변모하는 참담한 장면들을 바로 우리 비평가들은 뼈아프게 목격하였던 것이다. 그렇다면, 상품미학의 유혹으로부터 탈주하면서도 비평에 대한 진지한 자의식을 보여주고 있는 비평가들은 누구인가.

비평의 근원적인 존재방식을 탐문하면서 우리 시대의 문학적 현상들을 정밀하게 이해하고자 하는 열정적인 노력들을 보여주고 있는 대표적인 젊은 비평가 중의 한 사람으로 우리는 우찬제를 주목할 수 있을 것이다. 그가 『욕망의 시학』(1993), 『상처와 상징』(1994)에 이어서 세번째 비평집으로 발간한 『타자의 목소리』는 이 시대의 비평의 운명과 연관하여 중요한 시사점들을 제공하고 있다고 여겨진다.

우선 주목할 것은 제1부 '세기말의 시간의식과 90년대 소설의 문제성'에서 본격적으로 구사되고 있는 테마비평의 방법론이다. 우찬제는 이른바 '문학비평계의 서강학파'의 일원이라고 불릴 수 있을 것이다. 서강대 국문학과에 재직하고 있는 이재선 선생의 휘하에서 테마비평의 방법론을 중심으로 우리 비평계에 색다른 풍요로움을 보탠 서강학파는 날카로운 이데올로기적 비평방법이나 형식주의적인 비평방법보다는 섬세한 주제비평의 길을 선택한다. 우찬제가 욕망이나 일상, 권력, 길, 돈, 타자 등등의 중요한 화두에 일찍이 주목하여 그러한 테마들을 소설분석과 연관시킨 것은 바로 그가 주제비평의 방법론을 그 누구보다도 능숙하게 내면화할 수 있었다는 점에서 연유하는 것으로 판단된다.

항용 그러하듯이 방법론에 대한 구체적인 이해가 결여된 비평은 '방법론의 물신화' 현상에 매몰되는 경우가 비일비재하다. 특히 기호학이나 형식주의 비평, 주제비평을 주된 방법론으로 구사하는 문학비평의 경우에는 '분석을 위한 분석'이나 '방법론을 위한 방법론'의 형국에 이르러, '그래서 어쨌단 말이냐? 그러한 분석이 과연 어떠한 의미가 있다는 것인가?' 등의 근원적인 질문에 무력한 모습을 보이기 십상일 것이다. 그러나 우찬제는 이러한 방법론의 물신화를 예리하게 비켜가면서 그의 주제비평을 당대의 우리문학에 대한 풍요로운 탐색으로 상승시킨다.

두번째로 우리는 그가 「오늘의 문학과 비평, 그 상황과 성찰」 「'비평의 위기'론을 넘어서는 비평을 위하여」 등의 평문에서 개진하고 있는 이 시대 비평의 운명과 존재방식에 대한 근원적인 탐색을 주목하지 않을 수 없을 것이다. 그는 위의 글들을 통해, 이 시대의 '비평의 위기'라는 현상에 자신의 비평가로서의 운명을 포개어놓으면서 최근 비평문학의 문제점들에 대해서 구체적으로 살펴보고 '진정한 비평의 시대'를 갈망하고 있다. 바로 이러한 비평가됨의 민감한 자의식은 우리의 비평문학이 문화산업의 홍보요원으로 전락하는 것을 제어하면서 반성적 비평의 새로운 길을 개간하는 것을 가능케 할 것이다.

마지막으로 우찬제의 비평은 무엇보다도 대화적 상상력에 기반한 비평이라고 정의할 수 있을 것이다. 그가 '타자의 목소리'에 그토록 민감하게 반응하는 것, 아울러 타자와의 소통을 통하여 진정한 동일자(자기 정체성)에 대한 열망을 피력하는 것 등이 바로 이러한 '대화적 상상력'에서 비롯되는 중요한 비평적 자질일 것이다.

『타자의 목소리』에 대한 지금까지의 언급은 다음과 같은 주문들에 의해서 비로소 완성될 수 있을 것이다. 무엇보다도 이론과 방법론에 대한 한층 정밀한 장악이 필요하다는 것, 그리고 자신만의 비평세계를 개성적으로 만들어가기 위한 더욱 과감한 논리와 극한까지 가보는 선의의 고집이 요구된다는 것, 타자의 논리에 대한 따뜻한 이해 못지 않게 타자에 대한 날카로운 비판이 절실히 필요하다는 것(왜냐하면, 진정한 대화는 역설적으로 냉철한 비판에 의해 생성될 수도 있기 때문에) 등이 바로 그 주문들이다. 그러한 이러한 아쉬움은 우찬제 개인에만 한정되는 문제가 아닐 것이다. 그와 동세대의 비평가 모두가 그 짐을 함께 지고 가야 한다. 바로 우리 모두가. (문화일보 1997년 1월 22일)

3부 우리 시대의 비평

비평과 논문 사이
—새로운 글쓰기를 위하여

1. 비평과 논문에 대한 전복적 시선

세기말과 새로운 밀레니엄이라는 인류사의 기념비적 전환기를 통과하면서 엿볼 수 있는 이 시대의 지적 풍토를 간단하게 정리할 수는 없을 것이다. 다만 확실한 것은 최근 일이 년 사이에 그 어떤 시기보다도 기존의 상식과 통념에 대한 전복적 사유가 문화와 학술 각 분야마다 활발하게 전개되고 있다는 사실이다. 이러한 점은 인문학계와 글쓰기 풍토에도 뚜렷하게 나타나고 있다. 그리하여, 전통적인 논문중심주의와 기존의 학문적 문화적 권력에 대해서 성찰적으로 사유하는 지적 흐름이 이 시대의 주요한 문화적 풍경으로 부각되고 있는 것이다. 최근 신철하나 한기 김정란 등의 비평가와 『비평과 전망』 『애지』 등의 새로운 잡지들을 중심으로 활동하는 젊은 비평가들이 펼치고 있는 '독백적 담론의 특권화된 해석학' 에 대한 비판적 검토,[1] 『아웃사이더』라는 비판적 잡지를 중심으로 활동하고 있는 김정란 진중권 김규항 홍세화 등의 비판적 글쓰기,[2] 김영민이나 김정근 강준만 등을 중심으로 수행되고 있는 '논문중심주의'에 대한 비판적 성찰들,[3] 지식인의 역할과 그 책임을 둘러싼 허심탄회한 논의들[4]은 각기 개성적인 방식으로 우리의 인문학계와 문화계가 근원적인 혁신과 변화를 요구받고 있다는 사실을 여실히 증거하고 있다. 이러한 의미에서, 1999년에서 2000년에 이르는 인류사적 과도기는 우리 지식인 사회에서도 관행적으로 묵인되어왔던 다양한 불합리한 문제에 대해서 본격적인 비판과 전복적 사유가 진행되었던 지성사적 전환기라고 규정될 수 있을 것이다. 여기서 우리는 그 발본색원(拔本塞源)적 사유와 전복적 상상력, 비판적 글쓰기가 내실과 구체성을 담보할 수 있도록 그러한 글쓰기에 대해서 한층 정밀한 탐색과 메타적 사유를 수행할 필요성을 느끼게 되는 것이다.

지금까지 살펴온 지성사적 문제의식은 문학비평이라는 글쓰기 장르에서도 유사한 형태로 드러나고 있다. 비평이라는 글쓰기 양식의 주요한 특징은 무엇보다도 비평이 글쓰기에 대한 자의식을 내장한 메타적인 글쓰기라는 점에 있다. 메타적인 글쓰기는 기본적으로 타자의 글쓰기에 대한 적극적인 '개입'을 의미한다. 때문에 메타적 글쓰기는 기본적으로 타

---

1) 한기 「지식인 아비투스의 비평에 대하여」, 『문예중앙』 1999년 봄호 및 『비평과 전망』 창간호, 새움, 1999 참조.

2) 이들의 비판적 글쓰기와 논쟁적 글쓰기는 열린 논쟁과 비판문화가 억제되어 있는 우리의 학계와 문화계 풍토에서 볼 때, 참으로 소중한 자극이자 커다란 가능성으로 작용하고 있다.

3) 김영민, 「논문중심주의와 우리 인문학의 글쓰기」, 『탈식민성과 우리 인문학의 글쓰기』, 민음사, 1996와 김정근 외 『학술연구에서 글쓰기의 혁명은 가능한가』, 한울아카데미, 1996 ; 강준만, 「'기지촌 지식인'을 질타하는 김영민의 글쓰기 혁명」, 『인물과사상』 3권, 개마고원, 1997. 8 참조. 약 3~4년 전에 발표된 이들의 글은, 인문학의 역할과 갱신에 대한 절박한 물음이 제기되는 현재, 그 선구적인 문제의식을 내장하고 있다고 판단된다.

4) 「지식인 리포트」, 『현대사상』 특별증간호, 민음사, 1988에 수록된 고종석 김영민 복거일 김성기 등이 참석한 좌담 「한국 지식인, 무엇을 생각하는가」 참조. 이 좌담에서 고종석은 "지식인이란 글로 먹고사는 사람들인데, 글에 대한 자의식이 없어요"라고 지식인 사회의 글쓰기 풍토에 대해서 말하고 있다.

자의 글쓰기를 통해서 자신의 글쓰기를 되돌아보는 성찰과 자기 반성을 수행하게 된다. 그러므로, 비판을 그 중요한 인식론적 수단으로 삼는 비평은 그 인식론적 속성상 기본적으로 지배권력과 상투적 사유에 대한 전복과 성찰을 진행하게 되는 것이다. 이러한 문제의식에 따라, 우리는 지금 이 시점에서 다시 비평이란 무엇인가 하는 질문을 던져볼 필요가 있을 것이다.

이러한 문제의식에 따라 이 글은 비평 장르의 가능성과 역할에 대한 검토를 '논문'이라는 글쓰기 형식과 비교하여 진행하고자 한다. 사실 비평은 학문과 예술, 논문과 창작, 인식과 표현, 논리와 감성의 접경지대에 놓인 독특한 글쓰기의 양식이다. 때문에 비평의 존재근거나 비평의 성격에 대해서는 비평가들의 숫자만큼이나 다양한 입장이 존재한다. 무엇보다도 중요한 것은 비평 자체의 존재론적 특성에 대한 정밀한 해명이 요구된다는 사실이다. 이러한 비평 자체의 정체성에 대한 탐색을 통해서 비평의 가능성과 한계가 합리적으로 해명될 수 있을 것이다.

이 글은 위의 문제의식에 근거하여, 비평과 학술논문을 비교 분석하여 비평 장르의 잠재적 가능성과 그 의미를 규명함과 동시에 논문이라는 글쓰기 양식의 혁신을 촉구하려는 의도에 의해서 씌어진다. 이 글에서 관심을 두고 있는 주제는 첫번째 '논문과 비평은 과연 어떠한 차이를 지니고 있는가', 두번째 '비평은 학술논문의 한계를 어떻게 돌파할 수 있을 것인가', 마지막으로 '비평의 다양성과 창조성은 어떻게 확보될 수 있는가' 등의 세 가지가 될 것이다. 그러니까, 이 글은 학술논문과 비평을 비교함으로써, 비평 장르의 특성과 의미를 좀더 치밀하게 해명하고자 하는 목적을 지니고 있다고 할 수 있을 것이다. 굳이 학술논문을 비평의 비교 대상으로 삼은 이유는 대부분의 강단비평가들이 논문과 비평 사이에서 일종의 묘한 분열증을 체험하고 있다는 점, 최근에 들어와서 비평과 논문 사이의 인식론적 경계가 현격하게 흐려지고 있다는 점, 논문중심주의와 원전중심주의가 내장하고 있는 관행적 이데올로기에 대한 비판과 문제제기가 활발하게 제기됨에 따라서 논문이라는 전통적인 글쓰기 양식이 충분히 담보할 수 없는 다양한 글쓰기 양식의 가능성에 대한 논의가 최근에 활발하게 전개되고 있다는 점 등등에 연유한다.

그리고 특히 문학분야의 경우, 문학비평과 문학논문은 서로의 존재를 통해, 서로를 비추어보는 매우 특수한 관계를 구성하고 있다는 점도 주목되어야 한다. 당대의 민감한 비평적 문제의식이 학술적 문제제기로 이월되는 경우도 있고, 그 반대의 경우도 다수 존재한다. 이렇게 본다면, 논문과 대비되는 비평 자체의 정체성에 대한 탐색을 통해 비평의 가능성과 한계가 한층 합리적으로 해명될 수 있을 것이다. 이러한 과정은 동시에 기존의 논문형식의 글쓰기에 대한 근본적인 문제제기와 연결될 것이다.

아울러, 이 글은 지금까지 서술한 문제의식에 근거하여, 비평과 논문이 서로의 형식과 글쓰기 방식에 대한 생산적인 교류와 상호 수용이 절실하다는 점을 환기시키고자 씌어진다는 사실을 밝혀둔다.

2. 비평과 논문 사이 : 그 생산적 갱신을 위하여

대부분의 강단비평가들은 학술논문에 대한 묘한 부담감과 복합적인 느낌을 지니고 있다. 그러니까 그들은 학술논문의 권위와 논문중심주의에 대한 '수동적 인정'과 더불어 '냉소적 경멸'이라는 복합적인 느낌을 지니고 있는 경우가 많다. 그러니까 그들은 대학이라는 제도가 그들에게 부여하는 논문 집필이라는 제도적 관행과, 비평가라는 상대적으로 예술가에 가까운 입장에서 형성되는 자유로운 비평 쓰기 사이에서 일종의 '존재론적인 분열'을 겪고 있는 것이다.

일단 논문이라는 제도를 통해, 학자로서 자신을 정립하는 입장에서 보면 그 제도에서 벗어난 글쓰기의 양식은 '잡문'에 불과하다고 볼 수도 있다. 그리하여 "논문만이 가장 이상적인 형태의 글쓰기이며, 오직 논문을 통해서만 학문성이 보장된다는 지적 허위의식"[5]을 시원스럽게 탈피하기란 사실 말처럼 쉬운 일이 아닐 것이다. 때문에 대부분의 강단비평가들은 논문과 비평 사이에서 묘한 학문적 분열증을 앓고 있는 실정에 있다. 평소에는 현장비평 행위에 매진하다가, 대학제도가 요청하는 학술적 조건을 채우기 위해서 가끔씩 학술지에 논문을 발표하는 것이 상당수 강단비평가들의 유력한 글쓰기 방식이라고 볼 수 있다. 이러한 자세에는 자신의 글쓰기에 대한 투철한 자부심과 독립심보다는, 대학제도에 수동적으로 적응하는 과정을 통해 한편으로는 직업적 안정성을 도모하고, 또 다른 한편으로는 비평가로서의 활동도 원만하게 수행해보려는 비평가의 이중적 심리가 배어들어 있는 것이 아닐까 싶다. 그렇다면 무엇 때문에 이러한 사태가 발생하는 것일까.

문제는 많은 비평가들이, 기존의 논문중심주의─즉 논문만이 학술적 업적으로 독점적으로 평가되고 있는 제도적 관행─에 대한 심각한 문제의식을 느끼고 있으면서도, 그에 대한 본격적이며 합리적인 문제제기를 시도한 적이 거의 없다는 사실이다. 아울러, 좀더 근본적으로 얘기되어야할 사항은, 글쓰기 제도에 대한 근원적인 문제제기를 통해서, 논문중심주의를 둘러싼 불합리한 관행을 탈피하고 논문을 제외한 다양한 글쓰기를 이른바 '잡된 글쓰기'로 평가절하하는 풍토를 근원적으로 개선하는 과제일 터이다. 이와 연관하여 지금까지 논문형식이 지닌 보수성과 논문중심주의에 기반한 문학 연구의 풍토에 대해서 성실하게 문제 제기한 비평가가 거의 없었다는 사실은 비평가들의 심각한 직무유기를 입증한다고 볼 수 있다. 왜 이러한 사태가 발생했을까. 혹시 이러한 현상은 비평가로 활동하는 자신의 논문형식에 대한 문제제기가, 일종의 밥그릇 쟁취 차원의 이기주의적 발상으로 오도될 수도 있다는 사실에 대한 자각에서 연유하는 것이 아닐까. 그러니까, 이러한 자각에는 이제 비평도 논

---

5) 김영민, 앞의 책, 39쪽.

문과 동등하게 학술적 업적으로 인정받고 싶다는 권리확보 차원의 단순한 욕망에 대한 성찰이 스며들어 있다고 판단된다. 그러므로 이제 문제는 좀더 근원적으로 제기되어야 한다. 단순히 비평이 '논문중심주의'에 의해서 폄하되는 것은 옳지 못하다는 식의 문제제기보다는, 학술논문을 둘러싼 제도 전반, 그리고 논문과 비평을 비롯한 다양한 글쓰기를 아우르는 글쓰기 전반에 대한 문제제기가 그 뿌리에서부터 이루어졌을 때, 한층 생산적인 논의가 될 수 있을 것이다. 그러니, 진정으로 중요한 것은 논문과 비평의 장점을 그것대로 살리면서, 기존의 논문/비평의 이분법이 지니는 글쓰기의 장벽을 돌파하여 좀더 생산적인 글쓰기 풍토를 조성하는 실제적인 작업일 터이다.

무엇보다도 여기서 탐문해야 할 주제들은 도대체 논문과 비평이 어떻게 구분될 수 있는가, 혹은 논문과 비평이 과연 뚜렷하게 구분될 수 있기나 한 것인가, 그렇다면 비평의 고유한 성격이 어떻게 확보될 수 있는가 등의 문제의식이다.[6] 이러한 작업이 체계적으로 이루어졌을 때, 비로소 비평의 가능성과 의미에 대해서 제대로 언급할 수 있을 것이다. 실상 문학교육의 견지에서 보더라도 비평은 논문보다 상대적으로 중요한 역할을 수행하고 있는 것으로 판단된다.[7]

보편적으로 말해서 논문이 각주와 참고문헌, 연구사 비판, 연구방법,

---

6) 이와 연관하여 지적되어야 할 사항은 실상 논문과 비평을 구분하여, 논문만 학술적 업적으로 인정하는 관행이 보편적인 합리성을 담고 있다고 볼 수 없다는 사실이다. 이와 연관하여 정과리는 "전통적으로 한국 대학의 문학과(科)는 문학비평을 별외 활동으로 간주하였다. 비평적 활동을 연구의 한 항목으로 인정하지 않았다는 것이다. 그래서 세계에 유례가 없게, 논문과 비평을 가르고 비평 쪽 성과를 인정치 않는 게 관행으로 굳었다"(「한국 비평의 현상학, 두 번째」, 『문예중앙』 1999년 가을호, 131쪽)고 말하고 있다. 최근에 들어와서 상당수의 대학은 '비평'도 교수업적평가제의 연구실적 항목에 포함시키고 있다. 불과 3~4년 전만 해도, 비평과 학술논문을 엄격히 구분하여, 단지 학술논문만을 연구실적에 포함시키는 대학이 대다수였다. 그러나 이러한 변화마저도 단지 국문학계 정도에 한정된다는 사실이 더욱 커다란 문제일 것이다. 대다수의 전공은 일종의 '비평적 에세이'를 연구성과로 인정하지 않고 있다.
7) 신문의 저널리즘 비평, 수많은 창작집 뒤에 붙어 있는 해설비평, 저널리즘 특유의 짤막한

'서론, 본론, 결론의 구도' 등의 엄격한 전통적 형식의 통제 아래 대상에 대한 과학적 실증적 해석을 시도하고 있는 글쓰기의 방식이라면 비평은 특별한 형식의 통제 없이 대상에 대해서 자유롭게 분석하고 비판하는 메타적 글쓰기라는 점,[8] 그리고 논문이 최소한 발표된 지 30년 이상의 세월이 흐른 연후에 연구를 위한 '객관적 거리'가 형성된 대상에 대해서 접근하고 있다면 비평은 주로 그 당대의 작품을 대상으로 한다는 점, 논문이 대개 글쓰는 주체를 명시적으로 드러내지 않으면서 '학문적 전통'이라는 보편적인 권위에 기대어 글쓰기를 전개하는 경우가 많다면 비평은 글쓰는 실존적 주체를 선명하게 드러내면서 그 주체의 개성을 자유롭게 표출하는 경우가 일반적이라는 점 등등이 논문과 비평을 가르는 중요한 기준이라고 할 수 있다. 물론 이러한 구분은 절대적일 수 없다(탁월한 개성적 논문은 상투적인 비평보다 월등히 자유로운 주체의 무늬를 보여주기도 한다. 그러나 대체적으로 보았을 때, 위에서 언급된 논문/비평의 구분이 글쓰기 현실을 비교적 객관적으로 반영하고 있다고 할 수 있을 터이다).

실상 논문과 비평을 구분하는 가장 영향력 있는 권력은 근대적 학문체계라는 제도의 울타리에서 나온다. 그러니까, 학술단체와 학술지, 학술행사에 참여하는 경우, 학자, 학술논문, 학문적 입장 등의 칭호를 부여받게 되는 것이다. 유력한 문예계간지에 수록된 탁월한 논문형식의 글이, 대학제도의 공식적 평가를 통해서는, 논문으로 인정받지 못하는 경우가 비일비재하다는 사실, 문학비평을 전공한 비평학자가 정작 문학비평을 발표하는 경우에는 학문적 실적으로 인정받지 못하는 경우가 존재한다

촌평들, PC통신 게시판을 뒤덮는 다양한 문화비평들이 문학공부에 미치는 폭넓은 영향력을 무시한 채, 우리는 진정한 문학교육을 얘기할 수 없을 것이다. 대중들이 거의 접할 수 없는 학술논문보다는 비평이 대중들의 문학적 사유에 월등 커다란 영향을 미칠 수 있다는 점은 분명하다.

8) 물론 비평이 아무런 형식을 갖추지 않은 전적으로 자유로운 글쓰기라고 할 수는 없을 것이다. 다만 논문에 비해서 그 형식요건이 까다롭지 않으며, 내면화되어 있다는 점이 비평의 특징일 것이다.

는 사실 등은 이러한 문제점들을 희극적으로 보여주고 있다.[9] 요컨대, 논문과 비평 사이의 구분이 대단히 자의식이며, 형식적이라는 사실이 문제가 되는 것이다. 단순히 각주를 붙이지 않았다고 해서, 혹은 학술제도에서 인정하는 학술지에 수록되지 않았다고 해서 논문이 아니라고 할 수는 없을 것이다. 역으로, 단지 각주와 참고문헌이 존재하고 작고한 작가의 작품을 다루었다고 해서, 모두 다 의미있는 학술적 업적이 될 수 있는 것은 아닐 터이다.

"우리 인문학의 논문 쓰기에서 사용되고 있는 인용과 각주는 자신을 숨기는 글쓰기 형태를 집단적 공식적으로 정당화해주고 있는 패턴의 일부로 전락한 느낌"[10]이라는 다소 극단적인 지적을 들지 않더라도, 현재 논문이라는 형식이 그 글의 의미와 문제제기의 중요성을 자동적으로 보장하고 있다고는 결코 말할 수 없을 것이다. 또한 더욱 근원적으로는 논문형식으로 씌어진 글쓰기만 유독 보편 타당한 진실과 학문적 객관성을 담보하고 있다고는 말할 수 없을 것이다. 문제는 지금 논문이라는 전통적인 형식의 글쓰기로는 충분히 소화할 수 없고 효과적으로 접근할 수 없는 다양한 글쓰기의 영역과 방식이 공식적인 학문의 테두리에서 제도적으로, 조직적으로 배제되고 있다는 사실이다. 다른 분야에 비해서, 인간의 구체성과 복잡성 다양성 등의 덕목들을 중시하는 인문학계에서 이러한 문제점은 더욱 절실하게 부각된다고 할 수 있을 것이며, 그런 만큼 그 문제점이 한층 심각하다고 할 수 있다.

경우에 따라서는 다양한 문예지에 수록된 비평이나 인문학적 에세이에 해당되는 양식의 글쓰기가, 제도적 질곡으로 인하여 대단히 형식주의적인 글쓰기로 전락한 논문이라는 방식보다, 현실에 대해서 월등 순발력

---

9) 다른 어떤 분야보다도 현대문학 분야는 제도적인 학술지와 민감한 비평적 사안 사이에 현격한 괴리가 존재하는 분야이다. 그 두 분야 사이에 생산적인 의사소통을 통한 상호 자극이 이루어질 수 있을 때, 논문과 비평 사이의 거리도 해소될 수 있지 않을까 싶다.
10) 김영민, 앞의 책, 185쪽.

있게 반응하고 있으며 예리한 문제제기를 수행하고 있다고 말할 수 있지 않을까. 이러한 의미에서 현실의 복잡성과 현장성을 제대로 살리는 글쓰기라는 측면에서 보자면, 고루한 형식에 매몰된 학문적 글쓰기보다는 오히려 비평적 글쓰기나 인문학적 에세이가 그러한 전제에 한결 부합될 수 있을 것이다. 물론 현실과 치열하게 대응하는 학문적 글쓰기와 논문도 충분히 가능하며, '비평/논문'의 이분법적 구도로 비평적 글쓰기의 장점만을 내세우는 것은 적절한 태도가 아닐 것이다. 다만, 논문이라는 기존의 형식을 고집하지 말고, 다양한 글쓰기의 장점을 적극적으로 수용하는 열린 태도가 현금의 인문학계와 문학 연구에 절실하게 필요한 부분이 아닌가 생각되는 것이다.

어찌되었든 필자의 생각으로는 논문/비평의 앙상한 이분법적 구분과, 논문/비평에 대한 고정관념으로는 최근의 다양한 학문적 문학적 글쓰기를 적절히 포괄할 수 없다고 여겨진다. 이제, 글쓰기에 대한 새로운 분류가 필요한 시대가 온 것이 아닐까. 이러한 의미에서, 현실에 대한 절박하고 예리한 문제의식이 담긴 글, 글쓰는 주체의 선명한 자의식이 내장되어 있는 글, 아울러 현실의 복합성과 다원성, 현장성을 최대한 제대로 담아내는 글쓰기의 실험과 자기 혁신이 절실하게 요청되고 있는 것이다.

아울러 이러한 문제의식에 따라서 학문과 논문이라는 개념에 대한 근원적인 재검토가 필요한 것으로 판단된다. 학문이 인간과 사회에 대한 다양한 형식의 통찰과 글쓰기를 적절하게 수용하지 못하고, 고루한 형식주의적 울타리에 머물 때, 그 학문은 도대체 누구를 위한 학문이 되는 것일까. 때로 비평이 문학적 권력과 에콜의 논리에 종속되는 경우가 있다면, 논문은 논문기고와 논문평가라는 제도를 통해서 학자라는 기득권을 유지하는 집단을 위해서 존재하는 것일까. 그래서 "논문이라는 글쓰기의 형식이야말로 줏대 없이 학문을 이 땅의 지식인들을 묶어두는 가장 원형적인 차꼬"[11]라는 다소 근원적이며 극단적인 표현이 등장하는 것이 아닐까. 그러므로 새로운 글쓰기 양식의 개발과 실험이 절실하게 요구되는 현재, 비평 혹은 비평적 에세이라는 장르가 논문형식이 지니지 못한 여러 가지 가능성을 활발하게 개진하고 논문형식이 지닌 한계를 돌파할 수 있는 중요한 글쓰기 양식으로 평가되어야 한다고 생각된다. 그러나 과연 현재의 비평이나 에세이 장르가 그러한 잠재적인 가능성을 최대한 살려내고 있는가 하는 점에 대해서는 또다른 차원의 문제제기가 필요할 것이다.

3. 논문은 비평보다 더욱 과학적이며 객관적인가

우리는 학술논문이 비평보다 월등 과학적인 글쓰기의 양식이라는 묘한 선입견을 지니고 있다. 여기서 중요한 것은 도대체 과학적이라는 것, 혹은 논리적이라는 것에 대한 발본색원(拔本塞源)적 자세에 근거한 물음이다. 다음과 같은 예문을 보자.

논문이란 형식성의 체계다. 따라서 이 글에서 비판하고 있는 소위 논문 중심주의란 형식 숭배주의의 일종이라고 볼 수 있겠다. 정형과 질서를 바라고 이를 숭배하는 습성은 사실 본능적일 만큼 집요하고, 익히 아는 대로 사실 서구 학문정신의 원형적인 모습은 '질서 있는 세계 KOSMOS'를 규칙적으로 이해하려는 발상 속에서 찾을 수 있기도 하다. 논문이라는 글쓰기는 서구적 합리성이 근대를 거치면서 스스로의 형식적 체계를 갖춘 것인데, 이러한 글쓰기 방식은 그들의 고유한 세계이해를 그 형이상학적 근거로 두고 있으며, 또한 이는 그들의 인성론과 공조관계에 있다고 보인다. 그러므로 논문은 나름대로 자신의 형이상학과 인성이론을 갖추고 있는 셈이다. 존재와 인식, 나아가서는 언어의 기본단위를 동사보다는 명사적

11) 김영민, 같은 책, 17쪽.

인 것으로 보는 태도를 '명사주의'라고 불러본다면, 논문의 형식 숭배주의도 일종의 명사주의로 볼 수 있을 것이다.[12]

이러한 김영민의 지적은 논문형식이 지닐 수 있는 보편성에 대한 고려가 부족하지만, 논문형식의 이데올로기적 근거와 발생사적 배경을 예리하게 추적하고 있다고 생각된다(여기서 착각하지 말아야 할 사실은 김영민이 비판한 것은 논문양식 그 자체가 아니라, 논문만을 학술적 성과로 인정하는 '논문중심주의의 폐해'라는 점이다). 이러한 논지의 연장선상에서 보자면, 논문형식이 지니고 있는 과학성과 보편성 자체가 '서구적인 의미의 근대적 합리주의'라는 특정한 세계인식의 이데올로기와 밀접하게 연루되어 있다고 할 수 있는 것이다. 그러니, 현실의 복잡함, 현상의 풍부함을 최대한으로 단순화하여 추상화하는 서구적 합리주의의 지배적 성향이 공적인 학술제도로 현상된 것이 바로 논문이라는 양식이라는 것이다. 이렇게 본다면, 논문이 다른 글쓰기의 양식보다 논리적이며 과학적이라는 주장은 전면적인 진실에 해당된다고는 볼 수 없을 것이다.

만약 진정한 논리라는 것이 현실의 풍부함과 생생함까지도 포괄하는 어떤 경지라면, 서구적인 논리의 한계를 분명히 지적할 수 있는 것이다. 다소 형식숭배에 치중하는 서구적 논리의 한계는 분명하다. 그러므로 객관성 과학성 논리성이라는 서구의 근대적 이념의 척도를 가지고 지금 이 시대의 다채로운 학문적 비평적 글쓰기의 가능성과 성취 한계 등을 평가하는 것은 합리적 진실을 담보하는 작업과는 거리가 있다고 하겠다. 물론 논문이라는 형식이 지닌 장점과 체계성이 분명 존재할 것이다. 그리고 학문과 논리적 글쓰기의 기본적 단계에서 요청되는 추상화와 법칙성 객관성을 배척하기만 하는 것도 현명한 태도는 아닐 것이다. 문제는 논문=객관적인 글쓰기 / 비평=주관적인 글쓰기, 논문=가치 있는 학문적

---

12) 같은 책, 19~20쪽.

글쓰기/비평=아무런 학문적 의미가 없는 잡된 글쓰기, 혹은 논문=공허하고 형식적인 글쓰기/비평=지적 순발력에 기반한 예리한 문제 제기적 글쓰기 등등의 완고한 이분법이 학계와 비평계 양쪽 모두에서 아직도 강력하게 자리잡고 있다는 점이다. 이제 논문중심주의에 대한 근원적 비판이 제기되고 있는 이 시점에서는 그러한 이분법은 시급히 재검토되어야 한다. 그리하여 무엇보다도 김영민의 주장대로 "과학주의에 물든 근대성의 논리에 의해서 글쓰기의 형태나 담론의 가치를 평가하는 형태에서 벗어나야 할 것이다." [13]

논문이라는 형식이 상대적으로 다른 형식의 글쓰기보다 과학성과 엄밀성을 더욱 확보하고 있다고 하더라도, 그러한 사실이 논문이 다른 형식의 글쓰기보다 더욱 가치 있다는 점을 입증하는 논리로 기계적으로 연계될 수는 없을 터이다. 논문의 한계를 지적하는 입장에서 보자면, 논리와 형식적 완결성에 치중하는 그리하여 지금 이 시대의 현실과 팽팽한 지적 대화를 진행시키지 못하는 화석화된 일부 논문적인 글쓰기는 우리를 둘러싸고 있는 삶과 사회의 구체성, 역동성, 풍부한 실존의 표정을 온전하게 담아내지 못한다고도 볼 수 있다. 물론 구체적이며 순발력 있는, 그리하여 현실의 구체성과 정면으로 대결하는 훌륭한 논문도 많을 것이다. 그러나 이러한 논문이 보편적으로 씌어지는 것은 아니다. 중요한 것은 논문이라는 형식 자체가, 글쓰기에 있어서 건조한 형식주의와 추상적인 공식주의를 제도적으로 조장할 가능성이 크다는 사실이다. 이 문제를 소급해 들어가다보면, 우리는 인문학계에서 아직도 논문만을 가치 있는 학술적 업적으로 인정하는 관행을 고수하고 있다는 딜레마와 마주치게 되는 것이다. 정말 자유로운 글쓰기를 통해, 연구대상을 섬세하고 개성 있게 파악하려는 시도가 정작 논문형식이 지닌 고답적인 형식과 결합됨으로써, 그 취지가 제대로 구현되지 못하는 경우가 많은 것이다.

---

13) 같은 책, 29쪽.

논문이 지닌 또다른 중요한 한계와 연관하여, 아래의 지적은 논문의 이데올로기에 대한 중요한 시사점을 던지고 있다.

'나'의 사용을 거부함으로써 논문은 그 주체가 '학문적이고 과학적이고 객관적인 주체'라는 당위를 폭력적으로 내세우면서, 실제로 그렇지 않은 면도 있다는 사실을 은폐한다. 논문의 주체는 항상 특정한 입장에 서 있는 주체이다. 이 특정한 입장은 학문적 이론적 이념적으로 규정될 뿐 아니라 사회적 정치적 경제적으로도 규정된다. '학문적이고 과학적이고 객관적인 주체'로만 보더라도 논문의 주체는 국지적인 입장에 서 있을 뿐인데, 논문의 양식은 이 국지성을 드러내지 않고 숨겨버린다.[14]

위의 지적은 논문이라는 형식이 글쓰는 주체를 은폐함으로서, 보편적 권위를 획득하는 전략에 대해서 정확하게 지적하고 있다. 글쓰는 주체가 숨겨진 채, 혹은 글쓰는 주체의 고유한 자기 정체성이 거의 드러나지 않은 채 원전을 인용하고, 연구사의 빽빽한 권위에 기대어 학적인 전통에 연계되어 있다는 자신의 학자적 입지를 확인하면서 논문을 서술하는 방식은 일견 그 논문의 권위와 논리성을 보장하는 듯이 보인다. 그러나 상당수의 경우 그러한 논문들은 주체의 정교한 실존적 문제의식, 즉 자의식이 거세된 위장된 형식주의적 글쓰기에 불과하다. 바로 이러한 논문의 한계에서 비평적 에세이라는 글쓰기의 가능성과 잠재력이 얘기될 수 있을 것이다. 논문형식이 요구하고 있는 여러 가지 제약들에서 탈주하여, 스스로 자기를 드러내는 열린 글쓰기를 실천할 수 있는 유력한 분야가 바로 비평 혹은 비평적 에세이라고 할 수 있을 터이다. 그리하여 장기적으로 이 땅의 학자들과 비평가들은 논문에 대한 콤플렉스를 극복하고, 논문중심주의의 한계를 돌파할 수 있는, 더욱 근본적으로는 기존의 비평

---

14) 신광현, 「대학의 담론으로서의 논문 : 형식의 합리성에 대한 비판」, 『사회비평』 제14호, 나남, 1996, 177~200쪽 참조.

적 글쓰기의 한계로부터도 탈피할 수 있는 새로운 글쓰기의 모델을 창출해야 할 것이다.

4. 비평은 과연 다양성과 창조성을 어떠한 방식으로 확보하는가

이 글은 지금까지 논문/비평의 편의적 이분법이 지닌 문제점에 대해서 살펴보면서 논문이라는 글쓰기 양식이 지닌 한계에 대해서 고찰하고, 비평적 글쓰기의 새로운 가능성과 잠재력에 대해서 언급해보았다. 비평 분야는 현재 다른 어떤 글쓰기보다도, 상대적으로 활발한 논쟁과 다채로운 형식이 수행되고 있는 분야이다.[15] 그렇다면 비평은 과연 어떠한 방식으로 그 개방성과 창조성 다양성 등을 확보할 수 있는가. 우선 비평의 경우, 글쓰는 주체가 논문에 비해서 선명하게 드러남으로써, 비교적 개성적인 글쓰기가 가능해진다는 점을 주목해야 할 것이다. 논문과 비교할 때, 상대적으로 비평문을 작성하는 주체는 자신의 삶에 자신의 글을 일치시킴으로써, 삶과 앎의 괴리를 막고 주체의 삶의 결이 글에 스며드는 경지를 지향한다. 또한 개성적인 비평가라면 타자와 구별되는 자신만의 문체나 독특한 형식을 개발함으로써 비평적 주체성을 확보할 것이다. 그러니, 적어도 필자의 주체성이라는 면에서 본다면, 논문보다는 비평이 그 주체성이 선명하게 발현될 수 있다는 사실은 분명하다. 어떤 비평문에서 비평가의 이름을 지우고도 그 필자를 알아볼 수 있을 정도의 개성적인 문체가 확보되었을 때, 우리는 그 비평가의 고유한 세계를 적극적으로 인정해줄 수 있는 것 아닐까. 글쓰는 주체의 내면과 사유의 흔적을

---

15) 김영민은 "인문학의 글쓰기에서 동료들의 성과에 민감하게 반응하고 또 체계적으로 대응함으로써 학맥의 전통과 자율성을 유지하려는 집단은 드물다. 그나마 평론이라는, 좀 특이한 글쓰기를 계속하고 있는 문학계가 매우 긍정적인 예외가 될 것이다"고 말하고 있다.(「복잡성과 잡된 글쓰기」, 『탈식민성과 우리 인문학의 글쓰기』, 185쪽)

자유분방하게 드러냄으로써, 자신만의 고유한 문체를 지녔던 고 김현의 글쓰기가 이러한 비평의 대표적인 실례가 될 수 있을 것이다. 요컨대 비평은 무엇보다도 글쓰는 주체의 고유한 문체와 사유의 표정이 민감하게 감지될 가능성을 제공하는 글쓰기라고 할 수 있는 것이다.

두번째로 비평은 논리나 과학성이 글의 형식주의적 완성도나 원전의 인용, 권위적인 업적의 인용 등을 통해서 이룩되는 것이 아니라, 대상과의 집요하고도 섬세한 대결이나 글쓰는 주체의 정교한 독자적 사유를 통해서 성취된다는 입장에 기반하여 씌어지는 글쓰기이다. 물론 상당수의 비평문들은, 사회과학 원전이나 서구의 문학이론의 권위에 기대어 그 비평문의 권위와 객관성을 확보하려고 시도하고 있다. 그러나 이러한 방식은 논문중심주의와 원전중심주의의 폐해가 비평 장르에까지 부정적인 영향을 미친 경우에 해당된다고 할 수 있다. 진정한 논리란 작품이나 대상과의 치열한 대결과정에 다름아니며, 밀도 깊은 주체적 사유의 고투에 다름아니라는 사실이 인식되어야 할 것이다.

세번째로 비평은 논문에 비해서 다양한 글쓰기 형식을 실험할 수 있는 글쓰기 방식에 해당된다. 최근에 '에세이 비평'이라는 비평양식이 유행하면서, 논문과 비슷한 딱딱하고 타성적인 비평을 탈피하여, 자유로운 에세이 스타일의 비평이 젊은 비평가들에 의해서 자주 씌어지고 있는 것도 이러한 비평의 열린 글쓰기 가능성을 보여준다고 하겠다.

필자의 경우에도 몇 년 전에 에세이 비평이라는 용어를 사용하면서, 특정한 비평형식에 구애됨이 없이, 편지투나 에세이 대화체 에피그램 등의 다양한 비평문체의 실험을 시도해본 적이 있다[16] 만약에 학술적인 논문을 쓰는 자리였다면 이러한 다양한 형식은 결코 수용될 수 없었을 것이다. 물론 이러한 필자의 시도가 항상 성공적이었다고는 생각되지 않지만, 중요한 것은 비평의 경우, 단일한 공식적인 문체나 형식이 존재할 수

---

16) 권성우, 『비평의 매혹』, 문학과지성사, 1993 참조.

없다는 사실에 대한 자각이 필요하다는 사실이다. 글쓰기의 다양한 전략에 따라, 혹은 글쓰기 대상의 다양한 내용에 따라, 그 전략과 내용에 최대한 부합될 수 있는 다채로운 형식을 개발하는 것은 비평가의 소중한 권리이자 의무일 것이다. 최근에 김윤식이나 남송우가 자주 시도하는 주객의 대화에 의한 새로운 비평 형식,[17] 그리고 필자가 시도한 입장이 판이하게 이질적인 두 비평가의 치열한 논쟁적 대화로 비평문을 구성하는 형식[18]은 자기 동일성에 근거한 일방적 글쓰기가 지닌 모종의 한계를 돌파하는 전략에서 발생하는 비평방법이 아닐까 여겨진다.

마지막으로 비평은 글쓰기의 방법에 있어서 구체성과 개별성을 지향한다. 현실의 복잡성과 인간의 복합성을 제대로 드러내고 묘사하기 위해서는 추상적인 글쓰기나 공식적인 글쓰기에서 탈피하여, 삶의 구체성에 깊이 뿌리내린 글쓰기와 다양한 개별적 대상을 섬세하게 어루만져줄 수 있는 글쓰기가 절실하게 필요하다고 판단된다. "해석자가 철학 텍스트를 문학 텍스트로 다룰 때 비로소 그는 그 텍스트 인식의 구성적 역할을 하는 여러 한계들에 도달할 수 있다"는 데리다의 발언은 추상적인 논문보다는 문학적 글쓰기가 사물의 진실과 한계와 한결 투명하게 조우하게 만든다는 사실을 여실히 보여주고 있다. 이러한 의미에서 대체로 건조한 학술논문과는 달리 비평이나 비평적 에세이는 그 구체성과 개별성, 즉 글쓰는 주체의 섬세한 자의식을 상대적으로 풍요롭게 표출할 수 있는 유력한 문학적 글쓰기 방식이라 할 수 있다. 이와 연관하여 글쓰는 주체의 사소한 에피소드나 주변적인 얘기는 공식적이며 제도적인 관점으로는 포착할 수 없는 빛나는 인식의 단면을 묘사할 수도 있을 것이다. 그러니, 공식주의적 글쓰기가 놓치고 지나간 삶의 다양한 국면들에 대한 독창적인 해석이야말로 비평이라는 글쓰기의 독특한 매력일 수 있는 것이다.

---

17) 남송우, 『대화적 비평론의 모색』, 세종출판사, 2000, 김윤식 ; 『한국근대문학연구방법 입문』, 서울대학교 출판부, 1999 참조.
18) 권성우, 「신세대문학에 대한 비평가의 대화」, 『문학과사회』 1997년 겨울호 참조.

이러한 의미에서 비평은 결과적으로 아웃사이더의 시선을 요구받는다.

지금까지 필자가 언급한 비평의 특성과 의미들을 지금 이 시대에 씌어지고 있는 비평들이 만족시켜주고 있다고는 결코 말할 수 없을 것이다. 다만 이 자리에서 필자가 지적하고 싶은 것은, 비평(비평적 에세이)이라는 장르의 다양한 가능성과 잠재적 능력을 최대한 활용하는 것이 문예학에도 절실히 필요하며, 그러했을 때 비평이나 비평적 에세이에 해당되는 글쓰기는, 다소간 고루한 형식주의에 침윤된 논문이라는 제도에 생산적인 균열과 신선한 충격을 제공할 수 있는 가장 유력한 글쓰기 방식이 될 수 있을 것이라는 사실이다. 굳이 비평이라는 용어를 사용할 필요가 없을지도 모른다. 넓은 의미에서의 '비평적 에세이'라고 부를 수 있는 글쓰기 양식이 그 진정한 의미와 소중한 가치에 비해서 적극적인 평가를 받지 못하고 있는 현실,[19] 이 답답한 현실은 지나친 논문중심주의와 논문형식에 대한 과대평가에서 연유한다는 것이 필자의 생각이다. 최근 사회과학계에서 활발한 글쓰기를 통해 공식주의 이데올로기를 매섭게 비판하고 있는 강준만의 정치 에세이, 대중문화와 연관된 열린 글쓰기를 보여주는 김성기의 에세이, 그리고 철학계에서 개성적인 문체와 주체적인 문제의식을 통해 새로운 글쓰기의 장을 개간하고 있는 김영민 김진석 김상환 이정우 등등의 철학적 에세이, 아울러 제도권 학계에 소속되지 않은 채 예리한 문제의식으로 무장하여, 우리 사회에 미만한 다양한 편견과 관습에 대해서 전복적으로 성찰하는 복거일과 고종석의 전복적 에세이는 그 어떤 논문에도 뒤지지 않는 근원적이면서도 중요한 문제의식을 내장하고 있다는 것이 필자의 판단이다. 이들은 논문중심주의로부터 탈피하여, 그들만의 고유한 문체와 개성적인 문제의식으로 무장된 글쓰기를 수행하고 있다는 점에서 공통적이다. 이러한 의미에서 만약, 그들이 공식적인 논문의 자리에서라면, 그러한 예리한 문제의식과 자유로운

---

19) 이에 대해서는 권성우, 「동경과 분석, 그리고 유토피아」(『비평의 매혹』, 문학과지성사, 1993)라는 평문을 참조할 수 있다.

문체가 자연스럽게 표출될 수 있었을까 하는 의문을 가지지 않을 수 없는 것이다.

이 글은 물론 과격한 논문 무용론을 주장하기 위해서 씌어진 것은 아니다. 세상이 존재하는 한, 그리고 대학이라는 제도가 존재하는 한, 논문이라는 고색 창연한 학술적 전통 역시 굳건하게 존속할 것이다. 그리고 항상 그래왔듯이 기존의 타성적인 논문을 전복시키는 탁월한 논문들 역시 지속적으로 씌어지고 발표될 것이다. 그러나 이러한 사실과 별도로 문제적인 것은, '논문중심주의'로 칭할 수 있는 보수적인 이데올로기와 글쓰기에 대한 위계 서열적 질서가 진정으로 학문에 필요한 창조적 사유와 주체적인 논리를 제한하고 있다는 엄연한 사실이다. 논문이라는 글쓰기 양식 역시 사회의 변화와 문화적 정황의 변모에 따라, 창조적으로 몸을 바꿔야 하며, 지속적으로 자기 갱신을 거듭해야 한다. 또한 논문을 쓰는 경우에는 그러한 논문양식이 피치 못하게 지닐 수 있는 한계에 대한 민감한 자의식을 지니고 있어야 한다. 그 민감한 자의식이 논문이 고루한 형식주의로 떨어지는 것을 막아줄 것이며 새로운 글쓰기 양식에 대한 탐구를 시도하게 만들 것이다. 그러나 지금 이 땅의 학계와 지성계가 그러한 창조력과 자기 갱신력, 민감한 자의식을 지니고 있는가, 하는 물음에 대해서 필자는 일단 몇몇 예외를 제외한다면, 부정적인 답변을 내릴 수밖에 없을 것이다. 이 글의 의미는 바로 그러한 현실에서 찾아져야 할 것이다.

바로 지금이 논문을 비롯한 글쓰기 전반에 대한 근원적인 문제제기가 전개되면서, 새로운 글쓰기에 대한 창조적인 모색이 시작되어야 할 시기이다.

(『한민족문화 연구』 2000년 6월)

대중문화시대의 문학비평

1. 영화의 시대와 문학비평

　1996년 여름, 여기 한 사람의 비평가 지망생이 있다. 예리한 감식안과 풍부한 독서, 예술 전반에 대한 다채로운 이해, 광범한 인문적 교양, 문화와 예술에 대한 순수한 열정, 글쟁이로서의 생래적인 끼 등등을 갖춘 그가 '비평'이라는 글쓰기의 양식을 선택한다면, 아마도 그 비평의 형태는 십중팔구는 대중문화비평, 그중에서도 '영화비평'이 될 가능성이 높을 것이다. '비평' 하면 당연히 문학비평과 문학비평가를 먼저 떠올릴 수밖에 없었던 지난 연대와 달리 이제 문학비평 분야가 비평가 지망생에게 가장 매력적이며 일반적인 선택으로 간주되던 시대는 분명히 지나갔다. 대중문화에 대한 남다른 열정과 현란한 첨단 문화이론으로 무장한 일련의 대중문화비평가들이 이제 우리 문화의 새로운 주역으로 부상하고 있는 것이다(예컨대 정성일 강한섭 유지나 강헌 강영희 등의 몇몇 평론가와 문화평론가는 이제 문화적 '스타'라고 불림직한 명성과 자신들의 고유한 문화적 헤게모니 및 비평적 권력을 획득해나가고 있다. 또한 최근에 영화비평가를 꿈꾸는 젊은이들은 얼마나 많으며 대중문화와 연관된 문예강좌는 얼마나 흔한가). 또한 몇몇 문학비평가들은 영화비평을 비롯한 대중문화비평 분야로 눈길을 돌림으로써 이 시대의 문화적 지형에 순발력 있게 자신을 적응시켜가고 있다.

그들은 이제 본능적으로 영화비평을 위시한 대중문화비평 분야가 이 시대 비평문화의 가장 매혹적인 '꽃'이며 '찬란한 선택'이라는 사실을 깨닫고 있는 것이다. 아울러 그들은 그 선택이야말로 비평가로서의 존재이유를 가장 효과적인 형태로 제공할 것이라는 사실도 너무나 명석하게 인식하고 있는 것이다. 또한 대중문화야말로 이 시대 대중에게 가장 커다란 영향력을 행사하는 문화적 형태라는 사실에 대한 자각이 그들로 하여금 기꺼이 '대중문화비평'으로 달려나가게 만든 요인이기도 할 것이다(몇 년 전에 한 문학비평가가 유수한 문예 계간지에 영화평을 기고했다가 당시 잘나가는 영화비평가로부터 집중적인 사격을 받으면서 격추된 사건은, 물론 그 문학비평가와 영화비평가의 관점 차이에서 연유하는 점도 있겠지만, 다른 한편으로 영화를 둘러싼 밥그릇 싸움, 기득권 다툼이 얼마나 치열한가를 상징적으로 보여주었다). 실상 대부분의 주간지와 월간지들은 고정적으로 문화비평 코너를 제공하고 있으며 현재 우리 사회에는 다소 부정적인 의미에서의 '영화 신드롬' 현상까지 나타나고 있는 추세이다.

이러한 일련의 징후들은 다음과 같은 의미심장한 물음과 맞닿아 있다. 우선 『씨네 21』을 비롯한 영화 주간지들이 낙양의 지가를 올리는 데 반해서 왜, 문학분야에는 지적 품위를 유지하면서도 다채로운 정보를 전달하는 본격적인 주간지가 발간되지 못하는 것인가? 문학은 그토록 더디고 고상한 장르이기 때문에? 대중문화 계간지 『리뷰』의 득의의 영역인 비평가들의 '리뷰' 순서에는 왜 문학이 끝에서 두번째쯤에야 등장하는 것인가? 또한 왜 일간지의 문화면에는 최근 문학에 대한 기사보다 영화나 대중문화에 대한 기사가 점차 커다란 비중을 차지하고 있는가? 영화평론가 정성일이나 대중음악평론가 강헌에 비견될 만큼 해당 장르에 강력한 문화적 영향력을 행사하는 문학비평가는 과연 존재하는가? 영화월간지 『KINO』만큼 성실하고 꼼꼼한 기획과 편집에 의해 제작되어 항상 민감한 화젯거리를 생성해내는 문학 월간지가 존재하는가? 왜 최근의 젊은 소설가들은 그들의 소설 제목에 영화 제목이나 팝송 제목을 자주 사용하며 —『택시 드라이버』『자전거 도둑』『호텔 캘리포니아』『검은 상처의 블루스』『바그다드 카페에는 커피가 없다』『노란 잠수함』 등등 — 소설의 내용에도 영화나 음악 얘기를 그토록 빈번하게 등장시키는 것일까? 지금까지 언급한 일련의 질문과 현상에 대해서 둔감한 문학평론가라면 그는 자폐적인 문학순결주의자이거나 최근의 문화적 추세에 어울리지 않는 안테나를 지닌 문학비평가일 것이다.

단순하게 보자면, 우리의 문화적 지형에서 문학비평이 차지하고 있는 문화적 비중은 궁극적으로, 전체 문화에서 '문학'이 차지하고 있는 역할과 비례관계를 맺고 있다. 그러므로, 최근에 문화적 지형에서 '문학'이 차지하고 있었던 비중의 상대적인 하락[1]은 궁극적으로 문학 비평의 위상에도 결정적인 영향을 미치고 있다고 생각된다. 문학이 예술의 중심이며 문학은 시대정신의 지표이며, 동시에 문학이야말로 인간의 삶을 가장 구체적으로 반영하고 있으며 문학이 다른 예술보다도 현실에 치열하고 민감하게 대응하고 있다는 논리를 여전히 견지하는 문학지상주의자의 입장에 선다면, 최근의 이러한 문화적 지형의 변모는 우울한 비가에 가까울 것이다. 그러나 최근의 문화적 지형에서 문학의 위상 변모를 문학의 위축이나 죽음이 아니라, 진정으로 문학적인 것에 대한 근원적인 탐문을 통한 문학의 새로운 혁신기로 인식한다면, 어떤 의미에서는 이 시대야말로 과연 문학비평이 무엇인지에 대한 심원한 탐구를 수행할 수 있

---

1) 이에 대해서는 1부에 수록된 졸고 「다시 문학이란 무엇인가」, 참조.

는 문제적인 시기가 될 것이다. 그리하여, 1980년 이른바 '서울의 봄'에 고(故) 김현이 문학비평에 대해 던졌던 "나는 이제야말로 문학비평가가 정말 해야 하는 것은 무엇인가를 명확하게 생각해야 할 시기라고 생각한다"(「비평의 방법」)는 테제를 바로 지금 이 시기에 던져볼 수 있는 것이 아닐까.

이 글은 바로 지금까지 지적한 문제의식에 근거하여 이 시대에 문학비평을 수행한다는 것의 의미, 문학비평가들이 지닌 대중문화비평에 대한 편견, 대중문화비평과 문학비평의 연관성 등의 몇 가지 민감한 테마에 대한 문학적 에세이를 작성하기 위하여 쓰어진다.

편집자는 나에게 '문학비평과 문화비평의 접점'이라는 제목의 주제가 인쇄된 청탁서를 우송해왔다. 문학비평과 문화비평은 공히 '비평'이라는 양식의 글쓰기라는 점, 그리고 최근의 문학비평이 문화비평과 깊은 연관성을 맺고 있다는 사실 등에서 이러한 발상이 제출되었으리라. 그러나 이 글의 민감한 관심사는 오히려 문학비평과 문화비평이 갈라지는 지점에 있다. 그러므로, 이 글의 포커스는 문학비평과 대중문화비평이 서로 파열하고 만나는 미묘한 공간에 두어질 것이다.

2. 문학비평가의 편견을 넘어

근대에 접어들면서, 마치 봉건영주들이 자신들이 화려한 주역이었던 시대를 그리워하듯이 보수적인 문학비평가들이나 문학지상주의자들은 최근의 대중문화 신드롬을 부정적으로 조망하면서 문인이 바로 시대의 사표가 될 수 있었던 저 고답적인 '문학의 전성시대'를 추억의 눈길로 동경하고 있다. 그러한 문학에 대한 애정과 집착을 그 자체로 부정적으로 볼 수는 없을 것이다. 그런데 여기서 문제가 되는 것은, 그들 중의 다수가 대중문화비평에 대한 편견과 선입견을 지니고 있다는 사실이다. 그리하여 가령, '이토록 풍부하고 정교한 문학비평에 비해볼 때, 영화비평을 위시한 대중문화비평은 아직 걸음마 단계에 불과하다. 문장력, 이론의 정치한 적용, 작품에 대한 적확한 해석, 등등의 모든 면에서 대중문화비평은 문학비평에 비해 한참 뒤떨어진다' 는 식의 사고를 지닌 문학비평가들이 아직 다수 존재하고 있다. (몇 주 전에 사석에서 만났던 상당수의 문학비평가들도 이러한 견해를 표명하지 않았던가!) 이러한 입장은 적어도 1980년대까지는 그다지 무리한 논리라고 할 수 없겠지만, 1990년대 중반을 넘어선 현재 이러한 견해는 명백히 시대착오적인 것으로 보인다.

이러한 예들을 들어볼 수 있지 않을까. 가령, 1990년대 영화비평이라는 성좌에서 가장 뚜렷하게 빛나는 별 중의 하나인 정성일의 화려하고 재기 발랄한 영화비평은 곰곰이 살펴보면 서구의 현대이론에 대한 풍부한 장악과 적절한 해석, 그리고 웬만한 문학비평가보다도 월등 개성적인 정성일식 문체에 결정적으로 힘입고 있으며, 사회학자 이진경이 『필로시네마 혹은 탈주의 철학에 대한 7편의 영화』에서 보여준 영화와 현대철학이론의 현란한 융화는 그 현학적인 발상을 뒷받침하는 예리한 철학적 식견에서 비롯되고 있다(나는 최근에 씌어지는 문학비평들에서 이러한 발랄하고 지적인 평문을 보지 못했다). 그런가 하면, 또다른 사회학자 김종엽의 화려한 외도의 결과물인 일련의 영화비평(『웃음의 해석학, 행복의 정치학』에 수록됨) 역시 이 시대의 탁월한 문학비평가들에게 결코 뒤지지 않는, 아니 더 정확하게 말하자면 상당수의 문학비평가들보다 한층 정교하고 세련된 인문학적 지성과 현란한 사회학적 상상력을 구사하고 있다(70년대 학번인 송호근 정수복 등의 사회학자들이 상대적으로 문학이라는 장르에 관심을 보이면서 '문학과 사회학의 만남' 에 대한 인문학적 탐구에 치중했다면, 80년대 학번인 이진경 김종엽 정준영 주은우 등의 젊은 사회학자들은 '영화와 사회학의 만남', 혹은 '대중문화와 사회적 상상력의 관계' 에 대한 전 방위적 탐구에 힘을 기울이고 있다는 사실은 대단히 시사적이다. 당대의 사회를 가장 효과적으로 반영하는 예술 장르의 차이가 바로 이러한 대상선택과 시각의 편차를 낳은 것이 아닐까. 어쨌든 1996년 남한사회는 여러 가지 면에서 '영화의 시대'라고 불림직하다). 또한 대중음악비평가 강헌이 보여주고 있는 현란한 수사와 촌철살인(寸鐵殺人)적인 표현들, 풍부한 예술적 감성, 다채로운 인문학적 지식은 탁발한 개성과 남다른 지적 열정을 지닌 젊은 비평가들이 뚜렷하게 부상하지 않은 채, 비슷비슷한 수준의 수많은 젊은 비평가들이 군웅할거하고 있는 1990년대 문학비평계에 신선한 충격을 제공하고 있다.

그렇다면, 이 시대의 뛰어난 문학비평가들은 다 어디에 있는가. 우리들을 기꺼이 문학비평가로 이끌었던 대가들은 이제 문학비평의 현장으로부터 멀어져 있거나(백낙청 김우창 유종호), 이미 이 세상을 떠났고(김현), 김윤식과 김병익 등이 현장비평의 세계에서 지속적인 비평적 갱신의 모습을 성실하게 보여주고 있을 뿐이다. 또한 1980년대 비평문학을 이끌어왔던 삼십대 후반과 사십대의 비평가들은 어떠한가. 민족문학론의 새로운 깃발을 치켜들었던 김명인은 이제 현장비평에 거리를 두면서 '학적 탐구'의 세계로 나아갔으며, 노동해방문학론의 주창자 조정환은 소식조차 감감한 실정이다. 권오룡 성민엽 이남호 이동하 임우기 진형준 홍정선 등의 1980년대 문학비평에서 확고한 자기 개성을 보여주었던 비평가들도, 개인적인 차이가 있겠지만, 획기적인 비평적 갱신이나 괄목할 만한 새로운 비평적 성취를 명료하게 보여주지 못한 채 이제 소극적인 의미에서 '비평가로서의 자기 관리' 정도의 역할만을 수행하고 있는 것이 아닐까. 비평적 활력의 면에서 보자면, 정교한 독법과 화려한 수사학, 전체적인 통찰로 무장한 김현의 직계 후예 정과리 정도가 그 나름대로 창조적인 비평적 갱신을 수행하면서 문학비평의 새로운 가능성을 꾸준히 탐문하고 있는 것으로 보인다.[2]

오히려 1990년대 들어 참으로 인상적인 비평적 활동을 보여주었던 비

---

2) 정과리, 「특이한 생존, 한국비평의 현상학」, 『문학과사회』 1994년 봄호 참조.

평가는 사십대 후반이라는 나이에 뒤늦게 비평활동을 시작했던 도정일이 아닐까 싶다. 포스트모더니즘에 대한 명료한 비판과 영상문화와 문학이 서로 겹치고 엇갈리는 자리에 대한 정밀한 사고를 바탕으로 한 도정일의 비평[3]은, 때로 엿보이는 단선적인 계몽주의적 태도에도 불구하고, 대중문화시대의 문학비평의 위상에 대한 서늘한 통찰을 던지고 있다는 점에서 주목된다. 특히 「문화의 몰락과 비평의 위기 ─ 이 시대의 문학비평은 무엇인가」 「90년대 소설의 영화적 관심과 형식문제」 「시뮬레이션 미학, 또는 조립문학의 문제와 전망」 등의 글들은 바로 문학이나 문학비평만이 가장 적극적으로 감당할 수 있는 영역에 대한 명쾌한 의미부여와 대중문화시대의 문학비평이 담당해야 할 고요한 역할에 대한 빛나는 탐색으로 채워져 있다.

그리고 김진석 김상환 김영민 등의 소장철학자들이 최근에 발표하고 있는 문학비평이나 문화에 대한 에세이 역시 문학을 전공한 문학비평가들이 쉽게 보여주지 못했던 인식론적인 깊이와 독특한 철학적 빛깔을 보여주고 있다고 하겠다. 양적인 면에서 보면 영화비평이나 대중문화비평가의 숫자는 문학비평가들의 반의반도 안 될 것이다. 아울러 이제 질적인 면에서 보더라도, 문학비평가들이 이 시대 비평문학의 가장 전위적이며 풍요로운 비평정신을 보여주고 있다고는 결코 쉽게 말할 수 없을 것이다. 그렇다면, 다른 분야에 비해서 문학비평가들이 숫자가 너무나 많은 것이 아닌가? 과연 무엇 때문에? 문학비평을 수록하는 문학잡지가 너무나도 많기 때문에? 문학이 이 시대의 가장 중요한 예술이기 때문에?

이와 연관하여 이러한 질문도 던져볼 수 있을 것이다. 1990년대에 들어와서 새롭게 문학비평가로 등단하여 이제 막 문학비평에 본격적으로 입문하고 있는 신예비평가들이 과연 비슷한 시기에 영화비평이나 대중문화비평에 참여하기 시작한 비평가들보다 상대적으로 예리한 감수성과

---

3) 도정일, 『시인은 숲으로 가지 못한다』, 민음사, 1994 참조.

풍부한 인문적 교양을 담보하고 있다고 말할 수 있을까. 아울러 『오늘예감』이나 『학회평론』과 같은 대중문화평론지와 학술잡지를 중심으로 씌어지는 젊은 대중문화평론가들의 의욕적인 비평이, 유서 깊은 문예지에 수록되는 젊은 문학비평가들의 비평과 비교하여 그 수준에서 뒤진다고 볼 수 있을까. 아마도 이러한 물음에 대해서는 흔쾌히 긍정적인 답변을 내릴 수 없을 것이다(물론 문학비평과 대중문화비평의 수준을 비교하기 위해 이러한 얘기를 하는 것은 아니다. 무엇보다도 문학인들의 뇌리에 깊숙이 박혀 있는, 완고한 문학 중심주의로부터 자유로울 때, 진정 의미 있는 문학의 새로운 역할에 대해서 숙고해볼 수 있는 것이 아닐까).

그렇다면 과연 무엇 때문에 지금까지 언급한 일련의 현상들이 발생했을까. 여기서 필자를 포함한 문학비평가들은 무엇보다 진솔해져야 할 것 같다. 이제야말로 한국의 문학비평가들은 문학비평의 고유한 위상에 대하여, 군이 문학비평을 선택한 이유에 대하여 명료한 답변을 준비해야 한다. 말하자면 문학비평에 대한 치열한 자의식을 지녀야 한다는 의미이다.

일단 영화를 비롯하여, 상대적으로 현란하고 자극적인 대중문화가 발흥함에 따라서, 일반 대중은 물론이거니와 상당수의 문인과 문학비평가들에게도, 과거에는 가장 지성적이며 매력적인 예술로 간주되었던 문학에 대한 관심이 차차 반감되고 있다는 사실을 지적하지 않을 수 없다. 적지 않은 수의 문인과 문학비평가들은 애초에 그들이 다른 장르가 아닌 문학을 선택했기 때문에 타성적으로 문학 행위에 참여하고 있는 것은 아닐까. 이러한 의미에서 영화비평이나 대중문화비평이 아니라 유독 문학비평에 참여하는 것에 대한 뚜렷한 명분을 지니지 못한 문학비평가, 즉 문학비평에 대한 자의식이 없는 문학비평가들은 말의 엄밀한 의미에서 문학비평가라고 할 수 없을 것이다. 궁극적으로 그들은 자신의 소중한 시간과 열정을 군이 문학비평에 투자할 의욕을 못 느끼게 될 것이다.

아울러 여기서 또 한 가지 주목되어야 할 점은 문학비평가들의 신원을 전공의 면에서 보았을 때, 거의 대부분 '문학' 전공이라는 사실, 그것도 최근에는 90퍼센트 이상이 한국현대문학이라는 사실이다. 가령, 국어국문학과에서 한국현대문학을 전공한 박사과정의 학생이, 그가 문학에 대한 열정적인 관심과 순수한 욕망을 지니고 있느냐의 여부와 커다란 상관없이, 문학비평가로 등단하는 것은 이제 문학비평가의 가장 보편적인 등단유형이 되어버렸다. 이러한 경우, 문학비평가로 등단한다는 것은, 물론 경우에 따라 그 자신의 문학적 열정의 결실로 해석될 수도 있겠지만, 현대문학을 전공한 젊은 학자가 진로를 위해서 한번쯤 획득해야 할 자격증을 따는 것과 본질적으로 무엇이 다른지 의문이다. 그러니, 그들에게는 무수한 비평 중에서 딱히 문학비평이어야 하는 '자의식'이 스며들 틈이 없는 것이다. 상당수의 그들은 단순히 학부 때부터 문학을 전공했기 때문에 너무나 당연하게도 문학비평가가 될 수밖에 없었던 것이다. 마치 법학을 전공하면 고시에 응시해서 법관이 되는 것처럼. 자의식이 결여된 영혼이 보여줄 수 있는 예술비평은 과연 얼마나 의미 있는 것일까.

이에 비할 때, 최근에 활동하고 있는 영화비평가나 대중문화비평가의 전공과 약력은 대단히 다양한 편이다. 최근에 각광받는 영화비평가들 중에는 연극영화를 학부 때부터 전공한 비평가가 드물 정도이다. 대중문화비평의 경우에는 그 속성상, 비평가들의 전공이 한층 다양하다. 이러한 현상과 연관하여 다음과 같이 말해보는 것은 어떨까. 즉, 상당수의 영화비평가들은 무수한 장르를 제쳐두고 영화를 선택한 것에 대한, 아울러 이 시대에 영화비평을 수행한다는 것에 대한 상대적으로 '치열한 자의식'을 가지고 있다고. 그리하여 그들은 애초의 전공을, 직업을, 기득권을 포기하면서까지 저 매력적인(?) 영화비평을 선택했던 것이다.

그러니까, 적어도 우리 시대에 한정한다면, 가령 실존적 기투(企投)의 치열성과 동기부여의 절실성 면에서 대부분의 문학비평가들이 영화비평가나 대중문화비평가보다 뒤떨어진다고 말하는 것이 진실이 아닐까(물론 세상의 모든 일이 그러하듯이 여기에도 상당수의 예외적 존재가 있을 것이다. 그토록 문학비평을 소망했기 때문에 문학비평가가 될 수밖에 없었던 민감하고 치열한 영혼들은 물론 이러한 지적에서 제외하도록 하자. 문학비평에 대한 그들의 도저한 자존심이 바로 문학비평의 새로운 탄생의 계기로 작용할 테니. 다만, 전국의 거의 모든 대학에 산재하는 국문과 대학원이라는 실체가 문학비평가들을 양산하는 제도적인 배경이라는 점은 짚고넘어가자). 혹은 육칠십년대의 문학비평가들이 그러했듯이, 가장 주도적이며 핵심적인 문화적 현상과 정면 대결하겠다는 그들의 욕망과 자신의 영혼을 가장 매력적으로 홀린 대상에 대한 비평을 시도하겠다는 바람이, 무수한 비평가 지망생을 바로 '영화비평' 이나 대중문화비평' 으로 이끈 심리적 기원이리라. 이러한 이유들 때문에 출세와 권력의 유혹을 물리치면서 문학에 자신의 청춘을 바쳤던 무수한 4·19세대나 유신세대처럼 최근의 신세대는 바로 영화에, 대중문화에 그들의 청춘을 기꺼이 탕진하고 있는 것이다. 그 탕진은 그들에게는 그야말로 자발적인 욕망에서 우러나는 '매혹적인 탕진' 일 것이다.

지금까지 살펴본 이러한 문화적 현실은 문학비평가의 입장에서 보았을 때, 특별히 슬퍼할 일도 아니고 안타까워할 사건도 아니다. 모든 것은 변하는 것이 아닌가. 지금 이 시대의 문학비평가에게 절실하게 필요한 것은 문학비평이 이 시대의 가장 찬란한 선택이 아닐 수도 있다는 사실에 대한 조바심과 좌절감이 아니라, 바로 이 시대에 문학비평이 무엇이어야 하는가에 대한 냉철한 질문이다. 그리고 그 질문을 문학비평의 새로운 갱신의 계기로 되돌리는 작업이 요구된다. 이러한 의미에서 문학비평의 새로운 갱신을 위해 정말로 중요한 것은 현금의 문학비평계의 양상에 대한 철저한 반성과 비판적 인식일 것이다. 그 비판과 반성이 치열하게 전개되면 될수록, 그리고 현금의 문학비평에 대한 진정한 절망이 깊어지면 깊어질수록, 이 땅의 문학비평은 다시금 민감한 시대정신의 풍향계로 거듭날 수 있을 것이다.

3. 문학비평에 대한 자의식

지금까지 우리는 이 시대에 '비평'이라는 장르를 통해서 자신을 세우고자 하는 비평가 지망생이 영화비평이나 대중문화비평이 아닌 '문학비평'을 선택하고자 한다면, 무엇 때문에 다름아닌 '문학' 비평을 선택했는가에 대한 민감한 자의식이 필수적으로 요청된다는 점을 거듭 강조해온 셈이다. 그 자의식, 말하자면 자신이 선택한 비평장르에 대한 근원적인 성찰이 결여된 비평행위는, 문화제도에 대한 비판적 안목이 결여된 자동적이며 습관적인 글쓰기로 전락할 수 있다. 그렇게 되면, 그 비평행위는 얄팍하게 전해주는 문화적 권력의 달콤함과 부가적인 이득에 편승하는 전략적인 글쓰기로 변모할 것이다. 이러한 의미에서, 이 시대의 무수한 문학비평가들은 다름아닌 '문학비평'이라는 장르를 선택한 내적 필연성에 대해서 스스로 질문해야 될 것이다. 더 나아가, 이 시대의 문학비평가들은 자신의 대학원 전공이 문학이었기에 단순히 그 길을 따라오다보니, 자의반 타의반으로 문학비평에 참여하게 된 것이 아니라는 사실을 그들의 전복적이며 창조적인 글쓰기로 입증해내야 한다.

이제 과연 왜 영화비평이 아닌, 대중문화비평이 아닌, 만화비평이 아닌 문학비평이어야 하는지에 대한 투철한 자각 없이 씌어지는 문학비평은 문화적 추세에 민감하게 반응하지 못했던 게으른 영혼의 지극히 안이한 선택의 결과로 치부될지도 모른다. 그러므로 문학비평이 가장 효과적으로 수행할 수 있는 고유한 세계에 대한 자의식과 성찰이 누락된 문학비평, 가령 이 시대의 '문학'의 운명과 역할에 대한 민감한 자의식이 실종된 비평정신은 한마디로 무의미하다. 때문에 이 시대의 문학비평가들에게 절실하게 필요한 미덕은, 무엇보다도 문학과 대중문화, 문학과 영화, 문학과 만화 등등이 어떻게 다른 방식으로 이 세계를 반영하고 묘사하고 있는가에 대한 정밀한 자각이다. 그 자각을 민감하게 의식하면서 과연 문학비평이란 무엇일 수 있는가에 대한 구체적인 탐구를 통하여 문학비평의 독특한 쓰임새를 구명했을 때, 우리 시대의 문학비평가들은 자신들의 존재근거에 대한 논리적인 자부심을 가지게 될 것이다(이를테면 일종의 메타언어라고 할 수 있는 문학비평이 내장하고 있는 고유한 특성, 인간의 섬세한 심리와 이념을 가장 본격적으로 묘사하는 문학에 대한 비평이 지닐 수 있는 무한한 가능성 등에 대한 면밀한 탐색과 의미부여가 앞으로 절실하게 필요할 것이다).

한계는 뒤집으면 가능성이 될 수 있다. 결코 이 시대의 화려한 '선택'이라고 할 수 없는 문학비평의 길은, 바로 그렇기 때문에 새로운 가능성이 주어지는 것은 아닐까. 그러므로 이렇게 말할 수 있으리라. 역설적인 의미에서, 우리 시대에 문학비평을 자발적으로 선택한 영혼들은, 지난 시기의 문학비평가들보다도, 문학비평에 대한 순수한 열정을 지니고 있을 가능성이 높다고. "모두들 문학이 막다른 골목에 처해 있노라고, 현대인의 끝이 보이지 않는 욕망의 열도와 심도에 문학이 충족시켜줄 것이 적다고 얘기하는 시대에 소설쓰기를 시작하는 것을 저는 하나의 행운으로 간주하고 있습니다"[4]라고 당차게 언급했던 소설가 최윤의 경우처럼, 이 시대의 젊은 문학비평가들은, 문학비평과 문학에 대한 매력이 점차 감소하는 이 시대에 문학비평을 선택한 것이다. 그리고 그들은 상대적으로 문학비평이 다른 장르에 대한 비평보다 자본의 이해관계와 상대적으로 희박한 연관성을 맺고 있는 이 시대에, 또한 문학비평이 비평가의 스타시스템과 가장 연관성 없는 이 시대에 다름아닌 '문학비평'을 선택했다는 점에서, 상대적으로 자유로운 비평가들이 될 가능성이 높지 않을까. 다양한 이해관계로부터의 '자유'야말로 공정성과 독립성을 생명과 같이 여기는 비평가가 갖추어야 할 가장 소중한 미덕이 아닌가.

김현은 앞에서 인용한 문학비평의 존재이유에 대한 질문을 던진 뒤에 다음과 같이 말했다.

---

4) 최윤, 「금기를 깨는 기쁨」, 『회색눈사람』(제23회 동인문학상 수상작품집), 조선일보사, 1992, 411쪽.

반체제가 상당수의 지식인들의 목표이었을 때, 문학비평이 무엇이냐는 질문은 사치스럽기 짝이 없는 질문처럼 생각되었다. (……) 문학비평은 문학비평이 문학비평으로 남을 수 있게 싸워야 한다. 그 싸움과 동시에 문학비평은 문학비평이 할 수 있는 것은 무엇인가, 문학비평이란 무엇인가 라는 자신에 대한 질문과도 싸워야 한다. 80년대 문학비평은 무엇일 수 있을까. 80년대의 앞자리에서 나는 그 질문을 나에게 되풀이하여 던진다.[5]

　　위의 발언은 16년이 지난 지금의 이 시점에서 재음미할 필요가 있을 것이다. 이른바 민주화의 불길이 타오르던 1980년 봄의 김현에게 절박하게 다가왔던 것은 문학비평을 정치편향의 논리로부터 구출하여 문학비평의 자율성을 확보하는 문제였다. 당시의 김현에게 문학비평은 '비평 일반'의 다른 표현이었다. 1980년의 문화적 지형도에서 영화비평, 미술비평, 대중문화비평은 그 다채롭고 열정적이며 현란했던 문학비평에 비하면 상대적으로 미미한 존재였던 것이다. 그러므로 당시 '비평'이란 용어는 곧바로 문학비평을 의미한다고 간주해도 결코 무리한 논리가 아니었던 것이다. 그러나 1996년의 이 시점에서 김현이 비평에 대한 발언을 했다면 그는 무엇보다도 '왜' 문학비평이냐고 묻지 않았을까. 그러므로 김현이 1980년 봄에 제기했던 문학비평의 존재이유에 대한 근원적인 질문은 지금 이 시대에 다음과 같은 방식으로 새롭게 던져져야 한다.

　　우리는 이제야말로 문학비평이 과연 무엇인지에 대한 근원적인 질문을 던져야 한다. 우리는 과연 어떠한 이유 때문에 영화비평, 대중문화비평, 대중음악비평이 아닌 '문학비평'을 선택한 것인가. 문학비평이 80년대 내내 사회개혁의 전위로 기능했을 때, 왜 문학비평을 하느냐에 대한 질문은

---

5) 김현, 「비평의 방법」, 『문학과지성』 1980년 봄호, 171쪽.

불필요한 질문이었다. 왜냐하면 '비평'은 곧 문학비평이었으므로. 그러나 이제 우리는 문학비평이 과연 무엇인지, 아울러 다른 형태의 비평과 구별되는 문학비평의 특이한 존재이유는 무엇인지에 대해서 정밀한 논의를 시작해야 한다. 당신은 과연 왜 문학비평을 선택했는가.

이러한 의미에서 보자면, 문학비평가로서의 자의식을 끊임없이 환기시켰던 김윤식의 무수한 비평론도 지금의 이 시점에서는 문학비평의 특수성에 대한 탐색이 필요없었던 시대의 '비평 일반론'이었다고 할 수 있을 것이다. 지금까지 개진된 상당수의 문학비평론도 바로 이러한 한계에서 자유롭지 않다고 할 수 있다. 그렇다면 이제야말로 다름아닌 '문학'비평에 대한 탐색과 성찰이 본격적으로 시작되어야 하는 시기가 아니겠는가.

과연 이 글을 읽는 당신은 어떠한가? 당신은 왜 문학비평을 선택했는가?

4. 글을 맺으며 : 문학비평의 새로운 갱신을 위해

1990년대 들어와서 대중문화의 중요성이 급격하게 부각되고, 대중문화가 문화적 지형에서 대단히 중요한 의미소로 기능함에 따라서 '대중문화비평'의 비중과 역할, 수요가 엄청나게 증가했다는 점, 그리고 안토니 이스트호프의 지적대로 과거에는 문학연구를 주로 수행하던 사람들이 이제 연구의 지평을 '문화'로 확장시키고 있다는 사실은 이제 누구나 보편적으로 볼 수 있는 문화적 풍경이 되었다. 바로 이러한 시대에 '문학비평'의 존재방식에 대해서 다시금 탐구한다는 것은, 문학비평의 위기와 변화가 운위되는 현금의 문화적 조건을 문학비평의 혁신과 재탄생을 위한 심도 깊은 성찰의 기회로 활용하려는 의지로 해석되어야 한다. 그것은 단순한 복고주의적 욕망에서 비롯되는 것이 아니다. '문학의 위기'가 항상적으로 운위되는 지금 이 시대에 문학비평의 험난한 길을 기꺼이 선택한 젊은 문학비평가들이 바로 이러한 과제를 감당해야 되지 않을까.

지금까지 우리가 논의한 문제의식은 다음과 같은 문화적 추세에 대한 고려를 동반해야 할 것으로 보인다. 가령, '꾸준히 한 우물을 파는 것'을 성실한 장인의 태도로 중시했던 전통적인 직업관과 예술관이 이제 본격적으로 해체되고 있다는 사실을 주목해야 하는 것이다. 그리하여 '평생을 문학에 바친', 혹은 '수십년간 시인으로서의 외길을 걸어온' 등등의 고색창연한 수사법들은 여전히 서늘한 감동을 안겨주기도 하지만, 동시에 경우에 따라서 그러한 장인적 태도는 다양한 재능을 숭상하는 현대문화의 추세와 자연스럽게 어울리지 못하는 고전적인 덕목으로 수용되기도 할 것이다. 최근의 젊은 예술가들의 예를 들어보자면 시 소설 시나리오 등에서 각기 특출한 문학적 개성을 과시하고 있는 장정일, 시 소설 영화평 퍼포먼스 등등의 다채로운 재능을 보여주고 있는 하재봉, 역시 시 영화 대중문화비평 산문 등등의 장르에서 자신의 문학적 재능을 한껏 발휘하고 있는 유하 등의 존재는 새로운 시대의 예술가의 어떤 전형을 보여준다.

비평 쪽에서 보자면, 문학비평과 영화비평, 혹은 문학비평과 대중문화비평을 겸하는 사람들의 숫자는 점차 증가하고 있다. 김성곤 교수와 김화영 교수는 그러한 실례를 보여주는 대표적인 문학비평가이다.『'김성곤' 교수의 영화 에세이』와 김화영 교수의 영화 에세이『어두운 방 안에서 내다본 밝은 세상』은 문학에 대한 섬세한 지식과 인문학 전반에 대한 드넓은 교양이, 현대문화의 가능성을 종합한 영화의 이해를 얼마나 풍요롭게 만드는가 하는 점을 유감없이 보여준다. 앞으로도 이러한 추세는 지속될 것이다. 문학비평가가 만화비평이나 TV비평에 참여하는 것이 전혀 어색하지 않은, 그리고 영화비평가가 소설평에 가담하는 것이 너무나도 자연스러운 시기가 앞으로 도래할 것이다. 그러나 동시에 문화산업의 비약적인 발전에 따라서 비평과 상품미학의 연계성이 강조되면서 각 장르 비평 간의 밥그릇 다툼이 치열해지리라는 것, 이에 따라 각 해당 장르 비평 간의 엄격한 구획선이 상존하리라는 가능성도 역시 배제할 수 없을 것이다. 이와 연관하여, 한국의 문화적 관행은 당분간 자신의 고유한 영역에서 오랫동안 공을 들인 장인에게 영광의 꽃다발을 선사하는 전통을 급격하게 탈피하지 않을 것으로 예견된다.

바로 이러한 두 가지 입장 사이에서 많은 문학비평가들은 자신의 정체성에 연관된 문제로 방황하고 고뇌할 것이다. 그 방황과 고뇌 속에서 그들은 문학비평의 운명과 역할에 대한 성찰을 전개시켜나갈 것이다. 그 과정에서, 문학비평의 특수한 역할에 대한 인식을 통해, 문학비평에 대한 자의식을 강조하는 입장은 하나의 우물을 지속적으로 파야 한다는 고전적인 장인적 예술관과 접맥될 것이다. 이러한 고전적인 관점이 앞으로 어떠한 방식으로 변모될지 나는 정확히 예측하지 못한다. 다만 장르간의 결합이 자연스럽게 진행되고 다양한 장르에 동시에 참여하는 것이 당연한 시기가 도래한다면, 특정한 장르 비평에 대한 자의식이 스며들 틈이 없을 것이라는 예측 정도는 할 수 있겠다. 그때는 다시 '비평' 행위 일반에 대한 자의식이 형성되지 않을까. 하지만, 그것은 측량할 수 없는 미래의 일이다.

그러나, 문학의 위기에 어울리지 않는 엄청난 분량의 문학비평이 분기마다 관행적으로 발표되는 이 시점에서는 문학비평에 대한 정밀한 자의식이 참으로 절실하게 요구되는 소중한 미덕이 아닐까.

한국 현대문학비평사는 곧바로 한국 현대지성사의 역사였다고 언급해도 과언이 아닐 만큼 무수한 인문적 지성과 석학이 자신의 열정과 인생을 바쳐온 비판적 지성의 고투의 역사 그 자체였다. 한국 현대비평사의 커다란 은하수를 이루어온 성좌를 열거하는 것만으로도 우리의 호흡은 숨가쁘다. 4·19세대까지만 열거하더라도, 임화 김남천 김환태 최재서 이원조 김동석 고석규 조연현 이어령 유종호 최일수 김윤식 백낙청 김우

창 김병익 염무웅 임헌영 김현 김주연 김치수 김화영 등등의 이름이 떠오른다. 이러한 빛나는 전통의 다른 한편에서, 이제 한국 현대문학비평사는 본격적인 '문학의 위기'를 맞이하여, 그 어떤 시기보다도 근원적인 재편과 주체적인 갱신의 시기를 맞이하고 있는 듯하다. 새로운 전통은 무엇보다도 문학비평이라는 행위 자체에 대한 선명한 자의식과 성찰을 지닌 젊은 비평가들에 의해서 형성될 것이다. 그들이, 문학의 위상의 하락이라는 악조건에도 불구하고, 자율적으로 문학비평의 고유한 역할에 대해서 탐문한다면, 한국 현대문학비평의 온전한 '현대성의 불꽃'이 비로소 그들에 의해서 지펴질지도 모를 일이다. 그러한 여정과 기대 속에서 이 땅의 문학비평은 이제 진정한 혁신과 새로운 출발을 통해, 비로소 '비평의 희망'을 얘기할 수 있을 것이다.

그 비평적 혁신과 새로운 출발의 주역들에게 나는 다시 묻는다. 당신은 왜 비평을 선택했는가? 당신은 왜 '문학' 비평을 선택했는가?

(『문학동네』 1996년 여름호)

PC통신과 비평의 역할

1. 비평의 위기를 넘어

최근 문학비평은, 그 정당한 권위와 비판적 열정이 실종된 상태로, 그 어느 시기보다도 구차하게(?) 존재를 연명하고 있는 것으로 보인다. 늘 상 제기되어왔던 창작자들의 비평가들에 대한 불만은, 비평의 선도적이 며 이념적인 기능이 약화되면서 이제 '비평무용론'이라고 부를 수 있는 지경으로까지 치닫고 있으며,[1] 웬만한 독자들은 상품미학에 굴복한 일 부 비평가들의 '90년대의 가장 주목할 작가' 식의 사탕발린 속임수에 결 코 넘어가지 않는다. 문학적 입장들 사이의 치열한 지적 대화를 의미하

---

1) 최근 격월간지 『작가』를 통해 진행된 비평가 윤지관과 소설가 최인석의 논쟁이 이러한 흐 름을 전형적으로 보여준다. 그런데 여기서 분명히 지적되어야할 것은 비평과 창작은 근원적 으로 다른 체계와 특성을 지니고 있다는 사실이다. 이에 대해서는 도정일의 「작가와 평론가」 (『작가』 1997년 1 · 2월호)를 참조할 수 있다.

는 생산적인 논쟁은 사라졌으며 그 자리를 대신한 것은 영악한 자기 관리와 경박한 인정투쟁의 욕망이다. 그리고 유수한 문학계간지와 연계된 각 비평적 서클들은 자신들의 입지에 대한 근원적인 반성에 근거한 치열한 비판적 담론과 활발한 논쟁을 전개하기보다는 출판자본의 유혹에 굴복하거나 자신들 동네의 작품만을 옹호하는 나팔수 역할에 만족하고 있다. 때문에 한때 비판적 지성을 선도했던 비평가들의 예리한 담론은 가뭄에 콩 나듯이 존재하며, 안이한 해설비평과 상품미학의 들러리 역할을 하는 주례사비평, 제도적인 차원에서 발표되는 타성적인 서평이 넘쳐나고 있는 것이 최근 비평계의 솔직한 실상일 것이다.

이러한 측면에서 이른바 우리 평단에서 커다란 비평적 권력을 획득하고 있는 주류 비평의 문제점을 지적하면서 비평적 중심에 대한 '전복적 상상력'과 선배 비평가들에 대한 적극적인 비판을 주창하는 이동하 반경환 임우기 등의·일군의 비평적 아웃사이더들의 의욕적인 문제의식을 주목할 수 있을 것이다.[2] 그러나 주류 비평 이데올로기에 대한 그들의 신선한 문제제기와 날카로운 성찰에도 불구하고 그들의 의욕적인 비평들은, 때로는 그들이 과녁으로 삼았던 대상에 대한 지나친 대타의식에 함몰된 나머지, 대상에 대한 합리적인 비판을 수행하기보다는 '비판을 위한 비판'에 매몰되고 있는 것으로 보인다. 비평문학의 실상이 이럴진대, 그 비평이 문학판에서 차지하고 있는 위상은 필연적으로 감소할 수밖에 없을 것이다.

특히나 문학비평의 경우에는 대중문화의 르네상스 시대에 진입하면서 그 위상이 더욱 초라해진 것으로 여겨진다. 그리하여, 한 비평가의 눈밝은 서평이 그 책의 운명에 결정적인 영향을 미치기도 했으며, 문학비평

---

2) 이동하가 최근 활발히 진행하고 있는 김현과 염무웅에 대한 일련의 예리한 비판들, 반경환의 김현을 비롯한 기성 평론가들에 대한 신랄한 야유조의 평문들, 그리고 '근대주의(Modernity)'에 매몰된 한국현대문학의 한계를 치밀하게 비판하고 있는 임우기의 의욕적인 비평집 『그늘에 대하여』가 이에 해당된다.

이 계몽주의의 가장 첨예한 아방가르드였고, 비평 자체가 지성의 매혹이었던 저 화려했던 '비평의 시대'는 단지 좋았던 옛 시절을 그리워하는 우울한 비평가의 회고담에나 등장할 수 있는 용어라고 말하는 것도 지나친 표현은 아닐 것이다. 그렇다면 이 시대의 비평은 정녕 희망이 없는 사멸하는 장르인가.

물론 이러한 지적이 결코 새삼스러운 것은 아닐 것이다. 그러므로 비평이 등장한 이후로 비평의 역사는 숙명적으로 '비평의 위기'와 함께할 수밖에 없었다고 표현하는 것이 진실에 가까울 것이다. 그리하여 언제나 그러했듯이 앞으로도 비평은 호사가들의 끊임없는 입방아의 대상이 될 것이며 그럼에도 불구하고, 비평은 줄기차게 씌어지고 살아남을 것이다. 몇몇 뛰어난 비평가들에 의해 씌어진 탁월한 비평문들이 간간이 발표되고 있으며 책읽기의 즐거움을 선사하는 비평과 날카로운 지성의 경지를 보여주는 비평들도 때때로 발견할 수 있을 것이다. 또한 방민호 신수정 김미현 백지연 양진오 등 1990년대 중반부터 맹활약하고 있는 새로운 세대의 비평가들은 신선한 비평적 열정을 통해 다시금 '비평의 르네상스'를 위해 전력투구하고 있다.

그러나 최근의 비평계를 검토해보면, 이러한 비평의 근원적인 속성 자체가 함축하고 있는 일반적인 차원의 위기의식으로 해명될 수 없는, 비평문학의 심각한 퇴행현상이 광범위하게 발생하고 있다는 것이 현시기의 비평적 흐름에 대한 냉철한 진단이라고 판단된다. 그리고 그러한 현상은 무엇보다도 제도적인 차원의 문제점에서 비롯된다고 할 수 있다. 그러니까, 문제는 현재 비평 전반을 지배하고 있는 침체현상과 비판적 상상력의 약화, 자기 반성의 부재 등이 어떤 구조적인 요인에 의해서 연유한다는 사실이다. 그것은 상당수 비평가의 비평행위가 거의 무의식적으로 출판자본의 영향력으로부터 자유롭지 않다는 점, 한국사회에 만연해 있는 일종의 패거리의식이 냉철한 반성과 비판을 방해하고 있다는 점, 1990년대에 들어와서 문화 전반을 통해 상품미학의 논리가 본격적으로 관철되기 시작하면서 '비판적 사유'가 현저히 약화되고 있다는 점 등등에서 비롯된다고 하겠다. 만약 기존의 비평계가 구조적인 측면에서 철저한 자기 반성과 비판적 상상력, 균형 잡힌 사유의 개화가 불가능하다면, 당연히 기존의 보수적인 비평공간과 문학적 제도를 탈주하여, 비평 본연의 역할이 제대로 발휘될 수 있는 대안적인 공간을 모색하는 것도 비평가의 중요한 책무이자 관심사일 것이다.

이러한 측면에서 필자는 PC통신공간을 통해서 진행되고 있는 '비평 행위'에 대해서 각별히 주목하고자 한다. '비평'의 역할 중에서 문화에 대한 비판적 인식과 반성적 사유를 소중하게 간주한다면, 이러한 비평의 기능을 구조적으로 내장하고 있는 문화적 공간이 바로 PC통신공간이라고 할 수 있을 것이다. 이러한 문제의식에 촉발되어, 이 평문은 PC통신이라는 문화적 공간에서 수행되고 있는 비평의 현황에 대한 고찰을 통해 PC통신공간이 비판적 사유가 만개하는 활발한 논쟁의 광장으로 자리잡을 수 있는 열린 가능성을 담보하고 있다는 점을 입증하고자 한다.

2. PC통신 비평문화의 발생론적 배경

PC통신공간은 근원적인 속성의 측면에서 '비평'과 '논쟁'이 범람하는 곳이다. 통신이용자들은 어떤 사안에 대해서 자신의 입장과 견해를 밝히면서 자신을 문화의 주체자로 정립시킨다. 이러한 점은 PC통신이 여타 대중매체와는 달리 쌍방향(interactive) 커뮤니케이션을 가능케 한다는 사실에서 결정적으로 연유한다. 바로 이 점이 통신공간에서 비판과 토론이 왕성하게 서식할 수 있는 중요한 인식론적 조건일 것이다. 그러니까, 어떤 정보를 수동적으로 받아들이는 것이 아니라 자신의 관점이 담긴 정보를 통신에 능동적으로 올릴 수 있는 PC통신의 게시판문화가 바로 통신공간에 있어서 '비평의 활성화'와 긴밀한 연관성을 맺고 있는 것이다.

이는 방송이나 신문 같은 일방향 광역통신에서는 제대로 발휘될 수 없는 소중한 기능일 것이다. 다양한 동호회 문화를 통해서, 그리고 여러 토론 게시판을 통해 분출되는 무수한 비평적 발언과 논쟁, 토론은 이제 PC통신이 문화비평, 특히 그중에서도 대중문화비평의 '텃밭'으로 자리잡고 있음을 명확히 보여주고 있다.

하나의 정보에 대한 무수한 관점의 반응과 시비, 논쟁이 통신공간을 부유한다. 그리고 통신공간에 적극적으로 참여하는 이용자들은 어떤 문화적 사안에 대해 자신의 입장을 발언코자 하는 근원적인 배설의 욕구를 지니고 있다. 그러므로 어떤 정치적 사안이나 문화적 쟁점이 발생하였을 때, 그 사안과 쟁점에 대한 가장 다채롭고 적나라하며 시시콜콜한 정보와 반응, 토론을 접할 수 있는 곳은 무엇보다도 통신공간일 것이다.[3] 예를 들어 하이텔의 GO PLAZA(광장)란이나 GO CONF(토론)란은 여러 가지 정치적 문화적 논의가 그야말로 백화제방(百花齊放)이라는 표현을 쓸 수 있을 정도로 활발히 이루어지고 있다.[4] 이러한 통신공간의 특성 때문에 PC통신은 여론의 풍향계로 작용하고 있는 것으로 보인다. 최근 많은 신문과 방송들이 PC통신의 여론동향을 민감하게 참조하고 있다는 점은 "PC통신이 여론의 운반자라는 것, 그것의 소재지라는 것을 부인할 수 없는 사실"[5]로 확인시켜주고 있다.

---

3) 물론 저질스러운 단견과 말장난에 가까운 논의들도 통신공간에서 폭넓게 발견된다. 그러나 이러한 요소들이 PC통신공간에서 진행되고 있는 토론과 비판의 의미를 결정적으로 훼손하는 것은 아닐 것이다. 또한 그 장난과 유희조차도 기존의 획일적이며 보수적인 관점을 조롱하는 하나의 태도로 바라볼 수도 있을 것이다. 이러한 부분들을 통신이 정착되는 과정에서 흔히 나타날 수 있는 과도기적 모습으로 바라보면서, 장기적인 의미에서 이용자들의 자율적인 변화를 모색해보는 것이 진정한 문화적 민주주의를 신봉하는 태도일 것이다.

4) 이와 연관하여 주목할 것은 작년 무장공비 침투시, 그 사건의 맥락과 연관하여 가장 풍부한 사유의 진폭을 보여준 것이 바로 하이텔의 플라자란이었다는 사실이다. TV가 공비들의 사체를 보여주면서 무언의 이데올로기적 결론을 시청자들에게 자연스럽게 강요했음에 비해, PC통신은 사건의 진위가 어떻든 간에 그 여러 가지 가능성에 대한 적나라한 토론이 이루어진 유일한 매체였다.

5) 김종엽, 「PC통신 혹은, 새로운 공공영역」, 『리뷰』 1994년 겨울호, 358쪽.

문학이나 문화 방면에서도 이러한 비평의 활성화, 다채로운 여론의 표출은 유사하게 현상된다. 하이텔이나 천리안을 비롯한 PC통신의 문학관계 동호회와 하이텔 문학관 GO LITER는 여러 가지 형태의 비평과 의견들이 활발하게 개진되고 있다. 그렇다면 이러한 통신공간상의 비평문들은 기존의 비평과 구별되는 어떠한 특성을 지니고 있을까. 이 글은 하이텔 문학관의 '문예비평' 및 '내가 읽은 이 책' 란, 그리고 몇몇 문학관계 동호회의 비평관계 게시판들, 아울러 천리안의 문학동호회 산책길 GO LITER의 '이론과 비평' 코너 등을 종합적으로 검토해보면서 PC통신에 개진된 비평과 단평의 특수성 의의 한계 및 전망 등등에 대해서 구체적으로 탐구해보기로 하겠다.

2-1. 탈제도적인 전복적 상상력

PC통신에서 수행되는 비평행위의 가장 중요한 특징은, 상당수의 비평들이 기존 문단의 권력과 제도에 대한 단호한 거부감을 내보이고 있다는 사실이다. 이미 통신비평계의 기린아로 떠오른 이용욱이 하이텔 문학관의 '문예비평' 란에서 개진하고 있는 다음과 같은 주장은 이러한 사실을 전형적으로 보여주고 있다.

더 나아가 기성문단의 진입을 꿈꾸는 모든 통신문학의 주체들에게 다음과 같이 요구한다!! 작가와 비평가로서 우리 함께 기존 문단에 전면으로 대항하자고 요구한다!! 우리에게 자신들의 고리타분한 상상력만을 강요하고 있는 구세대들의 안온한 도피와 함께 뒤흔들어놓자고 요구한다!! 그들에게 우리가 시작하려 함을 선언하자!! 통신공간 안에 도전적이고 진취적인 우리들의 문단을 건설하자!!
상상력의 혁명이야말로 통신문학이 나아가야 할 바로 그 지향점이며 이제 우리가 함께 시작해야 할 것은 상상력의 혁명 그 너머에 있는 새로운 리얼리즘의 시대의 구축이다.

　자 일어나라!! 일어나 컴퓨터 앞에 모여라!!(이용욱 icerain, 「통신문학, 이제 시작하자!!」)

　마치 운동권의 유인물과 흡사한 이 선언문의 주장은 몇몇 동조자들과 함께 PC통신 비평그룹 '버전업'으로 구체화된다. 그리고 통신공간의 '버전업'은 문학계간지 『버전업』의 출간과 함께 이원적인 체제를 갖추게 된다. 이들이 이렇게 자신만의 공간과 매체를 만든 것은 기존의 문단과 근원적으로 구별되는 통신문학, 즉 이용욱이 제안한 표현을 빌린다면 '사이버 문학'을 건설하기 위해서이다. 이러한 작업을 통해 그들은 기존의 문단에 저항할 수 있는 제도적 기반을 구축하게 되는 것이다.

　이 밖에도 하이텔 문학관의 '문예비평'란을 검토해보면 기존의 등단제도에 대한 근원적인 거부감을 표출하면서 문단의 제도적 권력을 부정하는 글들이 자주 발견된다(박경범 muma, 「기존 등단제도가 무의미한 이유」; 신모라 MORA1, 「새로운 '열린 문단'의 등장 필요성」 등등). 또한 기존의 유명한 작가들의 문학세계를 거침없이 비판함으로써 제도권 문단의 문학세계 일반을 부정적으로 평가하는 경우도 자주 발견된다(신모라, 「기존문단 대표주자 이문열 죽이기」). 물론 이들의 논의는 그 주장의 파격성을 뒷받침해줄 수 있는 논리 정연함과 보편성을 획득했다고 보기에는 여러 가지 한계가 존재한다. 그러나, 인터넷을 포함한 PC통신인구가 기하급수적으로 증가하고 있으며, PC통신이 새로운 매체로 주목받고 있는 현실을 감안해볼 때, 이들의 탈제도적인 상상력과 기존의 문학적 권력에 대한 거리낌없는 비판들은, 장기적으로 우리가 통상적으로 상정하고 있는 문단의 존재와 전통적인 문학의 범주에 대한 커다란 위협으로 작용할 것이다.

　사실 기존의 평단에서 진행되는 비판행위는 어떤 구조적인 한계를 지닌 경우가 대부분이다. 끈끈한 학연이나 에콜 관계로 이루어진 평론가들의 인간관계는 스승이나 선배에 대한 소신 있는 비판을 원천적으로 봉쇄하는 경우도 있으며, 유력한 문예계간지 편집위원들 사이의 상호 논쟁도 결코 활발한 편이 아니다. 오히려 서로 적당히 상대방의 존재를 인정하면서 공생하는 관계라고 말하는 것이 정확한 표현일 것이다. 그런가 하면 찬연한 전통의 양심적인 출판사가 가끔 내보이는 상업주의적 책략에 대해서도 기성의 비평가들은 근원적인 문제제기를 시도하지 못하고 있다. 설사 비판이 이루어지더라도, 그 비판이 이미 대긍정을 전제한 상태에서의 사소한 비판에 머무는 경우도 자주 발견된다. 학계, 출판계, 문학판이 교묘하게 어우러진 '서로의 약점을 묵인하면서 서로 봐주기' 식의 논리는 무엇보다도 '비판'과 '논쟁'이 제도적으로 담보되어야 할 비평 자체를 직무유기로 이끄는 중요한 주범인 것이다.

그러나 통신공간에서는 기존의 문단권력과 비평적 견해가 정말 무참할 정도로 적나라하게 비판된다. 가령, 기존의 비평에서는 적당히 모른 척 지나치게 마련인 출판사의 교묘한 전략의 문제나 돈벌이와 연관된 작가의 음험한 욕망에 대해서도 PC통신 비평은 그야말로 공공연하게 파헤치는 경우가 비일비재하다. 예컨대 천리안 문학동호회 산책길 '이론과 비평' 란에서 진행되고 있는 온라인 토론에서는 최근에 신진작가 김영하의 『나는 나를 파괴할 권리가 있다』를 둘러싼 출판사의 상업주의 전략 여부와 작가 김영하의 미묘한 소설적 의도가 거침없이 해부되고 있다(물론 이러한 측면이 이 소설의 미학적 성취를 전적으로 부정하는 얘기는 아니다). 그러니까 작가가 발표한 작품을 단순히 형식주의적 방법이나 예술사회학적 방법으로 분석하는 차원에 머무르지 않고, 작가의 욕망과 이와 맞물린 출판사의 전략까지도 비평의 대상으로 삼고 있다는 점에서 PC통신상에서 이루어지는 비평은 공공연하고 적나라한 것이다. 하이텔 문학관의 '내가 읽은 이 책' 란에 올려진, 이석범의 장편소설 『윈터 스쿨』(살림출판사)에 대한 조창완 chogaci의 서평은 다음의 예문에서 보다시피 더욱 신랄하다.

난 이유를 모른다. 왜 이런 소설이 무슨무슨 문학상 입네 하며 상을 받아야 하는지.『무궁화 꽃이 피었습니다』같은 소설이 베스트셀러가 되는 것은 이해할 수 있다. 하지만 그 소설이 문학상을 받을 자격을 부여받는 것은 우습지 않은가. 더더욱 우스운 것은 양귀자의 거창한 발문이다. 많은 사람이 양귀자의 남편이 살림출판사의 사장이라는 것을 알고 있는데 남편 회사 책에 거창한 평문을 쓴다는 것을 이해할 수 있는가. 소설가 양귀자가 돈맛을 안 것인가도 싶다.

아마도 기성 평론가라면 위와 같은 방식으로 직설적인 발언을 하기가 결코 쉽지 않았을 것이다. 어떤 작품의 경우 그 작품이 탄생하게 된 작품 외적인 복잡한 조건과 맥락을 이해하는 것이 그 작품의 이해와 평가에 더욱 효과적으로 작용할 수도 있을 것이다. 그러나 그 부분을 건드리는 것이 복잡한 인간관계와 출판사의 미묘한 전략에 영향을 미칠 때, 대부분의 비평가들은 바로 그 부분에 대해서만큼은 벙어리가 된다. 그러나 위의 예문은, 이석범의『윈터 스쿨』이 지닌 문학성 여부와는 별도로, 이 작품의 운명에 출판자본의 전략이 결정적으로 작동할 수도 있다는 가능성을 적나라하게 보여준다 하겠다.[6] 이와 유사한 사례로서, 제도권 비평에서는 쉽게 언급하기 곤란한 저자나 비평가의 학력 콤플렉스 문제나 사적인 문제까지도 통신상의 담론에서는 자주 등장한다는 점도 흥미롭다. 예를 들어 정학재 litlove는 평론가 방민호의 장정일론을 언급하면서, 그가 장정일의 무지를 문제삼은 부분을 장정일의 학벌, 그리고 비평가의 학벌을 문제삼으면서 신랄하게 비판하고 있다(물론 어떤 개인적인 콤플

---

6) 이와 연관하여 최영미의『서른 잔치는 끝났다』의 운명에 창작과비평사의 전략이 어떠한 영향을 미쳤는가를 탐문해보는 작업이 필요할 것으로 생각된다. 진정으로 예리한 비평이라면 텍스트 너머에 존재하는 문학적 권력의 실체 및 그 권력이 텍스트의 운명에 작용하는 양상에 대해서도 촉수를 뻗쳐야 할 것이다.

렉스나 신상의 문제로 작품을 전적으로 평가하는 것은 환원주의적 발상법에 불과할 것이다. 그러나, 작품의 성격이나 미학에 분명히 작용하고 있는 미묘한 요소를 관례적으로 언급하지 않고 지나치는 것도 비평의 정도는 아닐 것이다). 그런가 하면, 분명히 문학적인 면에서 떨어지는 대가의 창작집이나 시집도 단지 그 대가가 발표했다는 사실 때문에 상투적인 칭찬이 오가는 주례사비평은 얼마나 흔한가(PC통신에서 발견할 수 있는 날카로운 지적들에서 볼 수 있다시피, 눈밝은 독자들은 바로 그러한 모든 것들이 '짜고 치는 고스톱'이라는 것을 훤히 인식하고 있다). 그러나 통신상에서 활약하는 아마추어 비평가들은 아무런 눈치볼 것이 없다. 그들은 그들의 자유로운 지위와 익명성을 최대한 이용하면서 기성 문단을 융단폭격하고 있는 것이다. 백욱인은 이러한 PC통신의 특성을 다음과 같이 명쾌하게 정리하고 있다.

　　PC통신의 열린 마당은 폐쇄적인 연줄망에 입각해 있는 기존 제도권에 대한 도전이다. PC통신에서는 제도권의 구린내 나는 타협과 아부를 뛰어넘어 당당하게 대중적 영향력을 과시할 수 있다. 이러한 현상은 기득권에 기대어 권위와 지위를 누리던 소유자적 근성을 파괴한다.[7]

바로 이 점이 통신을 통해 활동하는 아마추어 비평가들의 상대적 특권이자 무한한 가능성일 것이다. 그리고 그들의 거리낌없는 비판과 신랄한 지적은 의례적인 평론보다 실상 작가에게는 한결 커다란 도움을 줄 수 있다. 그러니, 하이텔에 연재되었다가 일약 베스트셀러가 된 『퇴마록』으로 유명한 작가 이우혁은 "통신망 독자들은 거리낌없이 과감하게 평을 해대기 때문에 창작에 큰 자극이 된다"고 말하고 있는 것이다.
　　물론 그 통신에서 활동하고 있는 비제도권 비평가들이 궁극적으로 동

---

7) 백욱인, 「네트와 디지털 문화」, 『버전업』 창간호, 1996년 가을, 59쪽.

경하는 것은 제도권 문단으로의 진입일 수도 있다.[8] 또한 그들의 탈권력적인 주장들이 뒤집어놓으면 또다른 의미의 권력에 대한 욕망일 수도 있을 것이다. 그러나 그렇다고 해도 PC통신은 지속적으로 새로운 아마추어 비평가들을 탄생시킬 것이며, 그들은 기성 평론가들이 접근하기 곤란한 미묘한 문제에 대해서도 "삐딱하고 진솔한" 태도로 자신의 견해를 표명할 것이다. 그러니, 그들이 통신에서 활동하는 과정 자체가 기존의 제도권 문단에 대한 의미 있는 전복으로 작용할 것이다. 바로 이러한 과정을 통해서 김병익의 지적대로 "권위주의적 문단구조를 해체하는 새로운 '시민문단'이 형성될 수도 있을 것이다"[9]

2-2. 논쟁과 토론을 위한 새로운 광장

우리시대의 비평에서 치열한 논쟁과 상호 토론이 활발히 전개되지 않는다는 점은 자주 지적되어온 바 있다. 한 젊은 문화비평가는 이러한 현상을 두고 "논쟁을 중단한 우리 문학계"[10]라는 표현을 사용하고 있다. 이러한 측면에서 보면 PC통신에서 전개되는 토론문화는 PC통신의 중요한 특성의 하나로 규정될 수 있을 것이다. 기성 평단에 비해볼 때 PC통신에서 진행되는 비평들은 대단히 활발하게 논쟁과 토론을 진행시키고 있다는 점이 주목된다. 그 논쟁과 토론은 다음과 같은 측면에서 주목할 만한 특징을 지니고 있다.

우선 통신상에서 진행되는 논쟁은 사이버 문학에 대한 이용욱과 김홍년, 이용욱과 김재인의 논쟁에서 보다시피 서로 끝까지 가보는 지난한

---

8) 이러한 측면에서 통신이 탄생시킨 비평가 이용욱의 행보는 주목된다. 그는 기성의 제도권 평단에 진출하기보다는 통신공간에 남아서 통신문학 비평가로 활동하겠다는 의사를 표명한 적이 있는데, 과연 이러한 바람이 얼마나 가능할지 지켜볼 일이다.

9) 김병익, 「컴퓨터는 문학을 어떻게 변화시킬 것인가」, 『새로운 글쓰기와 문학적 진정성』, 문학과지성사, 1997, 61쪽.

10) 손동수, 「'문단'이라는 고인 물에 대하여」, 『버전업』 1996년 겨울호, 85쪽.

과정으로 이루어지는 경우가 많다. 그러므로 정치적 산술에 의해서 적당히 마무리되거나 유야무야되는 논쟁보다는 객관적으로 보았을 때, 승자와 패자, 혹은 설득력 있는 견해와 무리한 견해가 비교적 선명하게 드러나는 형태의 논쟁이 다수를 차지한다. 물론 주관적 아집과 호승심으로 뭉친 논자들은 때때로 객관성이 결여된 무리한 견해를 주장하는 경우가 있다. 그러나 PC통신 이용자들의 양식과 자정능력은 이러한 무리한 견해를 끊임없이 견제한다. 예컨대, 하이텔의 플라자란에서 지나치게 반공이데올로기를 주창하는 논자나 원시적인 지역감정을 자극하는 논자들, 허황한 민족주의자들이 집중적인 비판의 대상이 되곤 하는 것은 PC통신이 단순히 무질서한 배설의 공간만은 아니라는 사실을 입증한다.

통신상에서 진행되는 문학토론의 경우 기성 문단의 시야보다 훨씬 스펙트럼이 넓다고 할 수 있다. 예컨대 하이텔 문학관을 통해 표출된 이른바 장정일 사태에 대한 토론은 이러한 통신공간의 문화적 융통성을 여실히 보여준다. 기존 제도권의 비평가들은 이에 대한 적극적인 견해를 표출한 경우가 거의 없었으며, 표출한다고 하더라도, '장정일 소설의 문학성에 대해서는 동의하지 않지만, 그가 구속되는 것은 반대한다'는 식의 천편일률적인 관점을 주장하면서 장정일의 글쓰기가 지닌 지배문화에 대한 전복적 요소를 애써 인정한 경우가 대부분이었다. 그러나 통신게시판을 통해 활발하게 개진된 장정일에 관한 논의는 이용욱의 지적대로 한층 '다성적'이었다는 사실을 주목해야 될 것이다. 즉 "통신공간의 탈영역 탈중심 탈권위의 속성상 장정일에 대해 우호적일 것이라는 예상과는 달리 외설성에 대한 가차없는 비판이나 젊은 문인들의 장정일 옹호를 세대론적 인정주의라고 비판하는 등 다양한 목소리들이 게시판을 뒤덮었다"[11]던 것이다. 적어도 미묘한 문화적 사안에 대해 통신공간의 목소리가 단일하게 통일되는 경우는 거의 존재하지 않았다. 그들은 아무런 눈

11) 이용욱, 「익숙함과 새로움, 조화와 질서의 공간 ─ 하이텔 문학 게시판」, 『버전업』 1996년 겨울호, 26쪽.

치도 볼 필요가 없고 기성 평단의 어떠한 권위도 인정할 필요가 없었던 것이다.

이와는 달리, 대부분의 기성 평론가들은 혹시 사법당국에 의해서 구속될 위기에 놓인 장정일을 비판한다는 것은 자신의 문화적 보수성을 드러내는 것, 혹은 결과적으로 지배 이데올로기를 도와주는 것, 혹은 장정일의 교묘한 작전에 놀아나는 것이라고 생각했던 것이 아닐까. 만약 그렇다면 이러한 태도야말로 이중적이며 위선적이다. 바로 그러한 미묘한 부분까지 논리적으로 파헤치고, 장정일 문학의 문제점, 장정일의 글쓰기의 전략, 비평가의 세계관과 장정일의 세계관이 맞부딪치는 지점을 정밀하게 탐사하면서 존재의 파열구를 진솔하게 보여주는 것이 비평의 진정한 임무가 아닐까. 바로 그러한 비평이 장정일의 글쓰기에 더욱 커다란 도움을 줄 것이다.

이 밖에도, 정상을 달리던 인기가수를 하루아침에 추락하게 만들 수도 있는 가요계의 표절문제를 가장 본격적으로 문제삼고 감시하는 공간이 바로 PC통신이라는 사실, 천리안의 연극동호회나 영화동호회처럼 열정적인 매니아층에 의해 주도면밀하게 전개되고 있는 동호회문화가 대중문화비평의 중요한 유통경로로 부상하고 있다는 사실, 『창작과비평』 1997년 봄호에 수록된 서울대 이종숙 교수의 「번역, '번역바람', 번역지침서의 세계」라는 평문에 대한 가장 본격적인 반비판[12]이 잡지가 나온 직후에 하이텔 문학관의 '문예비평' 란에 등장했다는 사실 등등은 통신

---

12) 박관식 pkks, 「서울대 이종숙 교수의 창비 글에 대한 반박」 ; 홍영준 clinchem, 「한 서울대 여교수의 애처로운 잘난 척」. 이 반박문들은, 완벽하지는 않지만, 나름대로 의욕적으로 씌어진 수준급의 평문들이다. 이러한 사실은 의미심장하다. 만약에 이들이 지면을 통해 반박하려고 한다면, 이 글들을 실어줄 적당한 지면이 존재하느냐의 문제, 만약 『창작과비평』이 반론의 게재를 허락한다고 해도 3개월간의 시간적 거리가 원활한 토론을 방해할 수도 있다는 문제, 이들의 반론을 『창작과비평』이 수락할 것인가의 문제 등등이 발생한다. 그러나 통신을 통한 반론은 이러한 모든 문제를 해결한다. 게다가 통신에서는 『창작과비평』의 편집방침도 신랄하게 비판할 수도 있지 않겠는가.

이 토론과 논쟁의 새로운 광장으로 기능하고 있음을 구체적으로 보여주고 있다.

3. PC통신 비평문화의 한계와 전망

필자는 지금까지 PC통신공간에서 수행되고 있는 비평문화의 특성에 대해서 주로 긍정적으로 언급해온 셈이다. 이러한 대목에서 물론 많은 비평가들이 새로운 주장을 하는 과정에서 나타나게 마련인 전략적인 의도가 전혀 개입되지 않았다고는 말할 수 없을 것이다. 이는 새로운 주장을 담은 담론의 필연적인 운명일지도 모른다. 그러니, 필자의 논의가 단순한 낙관주의적인 선언에 머물지 않고 구체적인 징후와 현실로 수용되기 위해서는 PC통신비평이 함유하고 있는 몇 가지 한계와 난점, 아울러 앞으로의 전망에 대한 논의를 덧붙여야 할 것으로 생각된다.

우선 가장 근원적인 문제로, 아직까지 우리 문화에서 PC통신, 혹은 인터넷이 충분히 보편적인 미디어로 기능하지 못하고 있다는 냉엄한 사실이 지적되어야 하겠다. 일부 저널리즘의 장밋빛 선전에도 불구하고, 아직까지도 사이버 스페이스는 소수인의 전유물이라는 지적을 충분히 탈피하지 못한 것으로 보인다. 정보 마인드가 결여되어 있는 사람, 혹은 경제적인 문제 때문에 첨단 미디어에 접근하지 못하는 사람에게는 PC통신의 아무리 혁신적인 기능도 실제적인 도움이 되지 못할 것이다. 그러나, 통신인구가 앞으로 급속도로 증가할 것이라는 사실, 여러 가지 문제에도 불구하고 앞으로 사이버 스페이스가 우리의 일상사에서 차지하는 비중이 점차 증가할 것이라는 사실은 일종의 필연적인 대세인 것으로 판단된다. 이는 회피한다고 해결될 수 있는 문제가 결코 아니다. 우리가 앞으로 로빈슨 크루소가 될 용기가 없다면, 어떤 식으로든지 뉴미디어의 바람직한 활용문제와 대면할 수밖에 없을 것이다. 결국 중요한 것은 PC통신의 한계와 문제점을 최대한 줄이면서 그 순기능을 극대화시키는 작업일 것이다.

두번째로 PC통신비평이라고 칭할 수 있는 텍스트 중에서, 적어도 아직까지는 지적인 균형감각이나 단련된 지성의 향취를 지니고 있는 글보다는 단순한 배설에 가까운 글과 치기 어린 욕설에 가까운 글이 다수를 차지하고 있다는 사실을 지적하지 않을 수 없다.[13] 아울러 통신상에서 서로의 입장을 충분히 고려하는 성숙된 관점보다는, 무조건적으로 자신의 입장을 편협하게 주장하는 관점이 더욱 흔하게 발견된다는 점도 사실이다. 이는 통신의 구조적인 성격, 즉 익명성과 대중성에서 연유한 문제라고 보인다. 그러나 때로는 그 치기 어림과 편협한 고집이 세련된 지성이 차마 못 건드리는 중요한 문제제기를 시도할 수도 있다는 가능성도 열어두어야 할 것이다. 이 문제는 우리 문화의 전반적인 성숙과 나란히 가는 문제로서 장기적인 안목으로 개선되어야 할 것이다.

세번째로는 2-1 '탈제도적인 전복적 상상력'에서도 간단히 언급되었지만, PC통신을 통해서 이루어지는 비평적 흐름이 결과적으로 또하나의 새로운 권력이 될 수도 있다는 점을 명심해야 한다. 예컨대 이용욱은 『버전업』창간호의 '에디토리얼 보드'를 통해 "사이버 문학은 주변이 아니라 중심이 될 것이며 '위기'에 대한 '대안'이 될 것이다"라고 주장하고 있는데, 이는 그가 주장하고 있는 사이버 문학이 또하나의 새로운 권력체계임을 명료하게 보여준다. 사실 모든 비평적 담론은 근원적인 의미에서 권력적이다. 그러므로 자신들의 비평이 권력에 대한 도전, 권력에 대한 비판을 수행하고 있다는 사실을 애써 강조하는 것보다는 바로 자신들의 비평이 또하나의 권력일 수 있음을 고통스럽게 인정하면서, 주체에 대한 냉철한 반성적 사유를 끊임없이 제기하는 것이 필요하다고 하겠다.

---

13) 이러한 의미에서 하이텔 문학관의 '문예비평' 란이나 '산책길'의 '이론과 비평' 란, 천리안 영화동호회의 '영화를 보고' 란 등은 돋보인다. 게시판의 성격을 관리하고 제도화하는 방식에 따라서 충분히 좋은 비평문들이 한 자리에 모아질 수 있는 것이다.

이러한 의미에서, 권력화되는 주체를 경계하면서 유목민적인 탈주의 여정을 보여주는 것이 오히려 통신비평의 유력한 존재방식이 아닐까 생각된다. 통신을 통해 창작활동을 시작한 송경아나 김영하 같은 소설가들이 기성 문단에 자리를 잡으면서 통신활동을 중단하거나 최소한도로 줄이고 있는 현실은, 적어도 아직까지는 통신공간이 기성 문단에 대한 대안적 매체라기보다는 기성 문단으로 나아가는 과도기적 매체에 머물고 있다는 사실을 입증해주고 있다.

마지막으로 비평을 포함한 통신문학 전반에 걸쳐서 나타나는 문제로서, 통신을 통해 전개되는 문학적 행위에 대한 정밀한 자의식이 아직 형성되지 않았다는 점을 지적하지 않을 수 없다. 그러니까, 이용욱의 선구적인 원론비평(『사이버 문학의 도전』)을 제외하면 대다수의 비평들이 기존의 비평과 통신을 통한 비평이 어떠한 변별성을 지니고 있는가, 하는 점에 대한 의식적 성찰이 부족하다는 것이다. 이러한 점은 정과리의 표현대로 "현재의 컴퓨터 문학이 아직 그 자신의 존재론적 조건에 대한 의식적 성찰을 못 하는 채로, 그것의 욕망을 수동적으로 방출하고 있다는 것을 의미"[14]하는 것이다. 중요한 것은 컴퓨터 '문학'이 아니라 '컴퓨터' 문학인 것이다. 아울러 통신망을 장악하고 있는 빅 브라더의 전략 및 통신망의 운영원리에 대한 면밀한 파악이 동시에 요구된다고 하겠다. 그리하여 PC통신에서 진행되고 있는 문화적 행위나 비판적 담론들이 혹시 어떤 게임의 법칙에 의해서 그 한계가 근원적으로 규정되고 있는 것은 아닌가, 하는 질문을 끊임없이 던져야 할 것이다.

지금까지 언급한 몇 가지 한계와 취약점에도 불구하고, PC통신을 통한 비평과 창작은 잠재적인 가능성의 측면에서 무한한 가능성을 담보하고 있는 것으로 보인다. 분명한 것은 현재, 통신의 가능성과 잠재적인 능력이 아직 충분히 활용되지 않고 있다는 사실이다. 예를 들어 유수한 문

---

14) 정과리, 「문학의 크메르루지즘 : 컴퓨터 문학의 현황」, 『문학동네』 1995년 봄호, 33쪽.

학계간지들이 인터넷이나 PC통신에 사이트를 만들어 잡지가 나올 때마다 다양한 독자의 비평과 의견을 청취하고, 그 잡지의 문학관에 동의하거나 반대하는 기고문을 통신상으로 받으며, 게시판을 통해 잡지의 이념과 진로에 대한 활발한 논의를 진행시키는 것은 지금이라도 충분히 가능하다. 그뿐인가. '민족문학작가회의' 사이트를 인터넷이나 PC통신에 개설하여, 회원모집, 잡지 발간, 다양한 문학토론, 합평회, 선언문 발표 등등의 다채로운 활동을 전개할 수 있는 것이다. 그리고 기성의 문인들이 중심이 된 문학동호회의 개설도 침체된 문학을 새롭게 부흥시키는 신선한 계기가 될 수도 있을 것이다. 이러한 활동이 현실화된다면, 비판과 논쟁이 사라진 문학계가 통신을 활용한 '비판의 제도화'를 통해 생산적인 대화와 논쟁을 활성화시킬 수 있을 것이다.

이러한 과정을 통해 우리는 대학에서, 기성 문단에서, 문화계에서 사라진 진지한 인문적 지성과 치열한 문화적 토론을 '뉴미디어'에서 새롭게 발견하게 될지 모른다. 이 얼마나 유쾌한 역설인가! 이러한 잠재적인 가능성을 현실화하는 주체의 의지와 열정을 기대해보자.

4. 글을 맺으며

비평가의 숫자만큼이나 비평의 방식도 제각각이며 다양하다. 잘못된 문학적 현상이나 타락한 문학을 날카롭게 질타하면서 바람직한 문학의 모습을 강조하는 비평이 있는가 하면 작품의 속살 깊은 곳으로 들어가서 그 작품의 섬세한 결을 어루만지는 '살림의 비평'도 있다. 이 글에서 관심을 둔 비평은 당연히 전자이다. 개인적으로 필자는 후자의 엄청난 매혹에도 불구하고 전자의 중요성을 환기시키기 위해서 이 글을 작성하였다. '비판'과 '전복'의 역할을 비평이 어떻게 수행하느냐 하는 문제가 최근 비평의 위기와 연관하여 대단히 중요한 테마로 부각되고 있다는 점을 감안하면, "좀더 이성적인 사회, 좀더 건강한 시민사회의 기틀을 마련하기 위해서는 비판적 지성의 육성이 필요하고 그것을 문학평론이 할 수 있습니다"라는 도정일의 주장[15]은 문학비평의 역할과 연관하여 의미심장한 지적이라고 생각된다. 바로 이 지점에서 PC통신을 통한 비평행위의 새로운 가능성이 도출되는 것이다.

지금까지 논해왔듯이 몇 가지 한계와 우려에도 불구하고, 문학비평의 비판적 역할을 강조할 때, PC통신은 우리가 눈여겨보지 않을 수 없는 중요한 문화적 공간이다. 이러한 의미에서 마크 포스터 식으로 말하자면 PC통신이라는 '정보양식'은 '새로운 비판이론'의 중추적인 역할을 수행할 수 있을 것이다. 물론 이러한 역할이 제대로 수행되기 위해서는 중요한 전제가 요구된다. 즉 PC통신에서 진행되는 부정과 비판적 상상력이 단순히 자신의 이익집단을 옹호하는 집단이기주의의 수렁에 매몰되지 않기 위한 제도적 장치의 과정으로서 정교한 상호 비판과 지속적인 토론, 그리고 비판의 주체까지도 반성적으로 사유하는 냉철한 지성이 동반되어야 한다는 것이다. 이러한 전제가 보완된다면 PC통신에서 현상되는 비평문화는 지배 이데올로기와 지배적인 문화제도를 효과적으로 '비판'하고 '전복'하는 가장 유력한 문화적 영역이자 '새로운 비판이론'을 생성하는 텃밭으로 기능할 수 있을 것이다. 문제는 이러한 가능성을 얼마나 최대한으로 현실화시키고 조직화시키는가의 문제이다. 이러한 문제의식에서 보면 가장 타기되어야 할 것은 PC통신과 같은 새로운 미디어에 대한 대책 없는 패배주의적인 태도이다. 새로운 미디어의 가능성에 눈감은 채, 비평의 지면을, 혹은 비판의 방법을 전통적인 책의 형태에만 한정시키는 태도야말로 고루한 보수적 사고일 것이다.

물론 사이버스페이스에 대한 지나친 환상[16]을 경계하는 것은 필요하

---

15) 도정일 · 최재봉 대담, 「비판적 지성과 건강한 시민사회」, 『작가』 1996년 11 · 12월호, 245쪽.
16) PC통신이나 인터넷 같은 사이버스페이스가 새로운 유토피아를 가져올 것이라는 식의 단순한 낙관주의에 대한 비판은 줄리안 스텔러브라스의 「사이버 스페이스의 탐험」(『창작과비

지만, 그러한 우려가 그 잠재적인 가능성을 애써 무시하는 방향으로 가는 것 역시 바람직한 태도가 아닐 것이다. 이러한 의미에서 전자민주주의, 혹은 카피레프트(Copyleft) 등으로 일컬어지는 통신의 가능성을 최대한 활용하는 것, 그러한 과정을 통해 기성의 비평제도가 잃어버린 비판의 활력, 전복적 상상력을 되찾는 것이야말로 이 시대 비평가가 짊어져야 할 또하나의 중요한 의무일 것이다. 설사 통신공간에서의 비평의 활성화가 통신회사의 자본의 생리에 의해서 규정받는다고 해도, 위의 전제는 여전히 유효하다. 주체, 즉 이용자들의 적극적인 활동과 욕망의 주체적 표출이 자본의 입지를 '역규정' 할 수 있기 때문이다. 요컨대, 중요한 것은 주체의 각성이며 갱신인 것이다. 이 글을 읽는 모든 통신인들의.

(『버전업』 1997년 가을호)

보유 이 글이 발표된 시점은 1997년 가을이다. 그로부터 4년의 세월이 흐른 현재, PC통신의 시대는 가고 인터넷이 광범위하게 우리의 일상을 지배하고 있다. 그렇지만 이 글에서 적용된 논리를 근본적으로 수정할 필요성은 느끼지 못한다. 이 글에서 사용된 'PC통신' 이라는 표현을 '인터넷' 으로 바꿔놓으면, 바로 이 시대의 인터넷 게시판 비평문화에 대한 평문이 될 수 있을 것이다. 그리고 이 글에서 당시 필자가 소망했던바, 유력 문예계간지의 게시판을 통해서 다양한 비판과 활발한 논쟁이 펼쳐

평』 1996년 가을호)을 참조할 수 있다. 이 글에서 스텔러브라스는 "사이버 스페이스의 가장 큰 특장으로 간주되는 방향성의 결여와 해체적 탈중심적 구조야말로 유토피아의 토대가 아니라 그 반대로 작용할 수 있음"을 지적하고 있다. 그러나 이러한 견해는 통신상에서 흔히 발견할 수 있는 무질서와 혼란, 탈중심적 논리를 너무 부정적인 입장에서만 파악하고 있는 것이 아닌가 여겨진다. 인간해방을 위한 프로젝트가 선명한 중심에 의해 단일한 방향성을 지니고 진행된다고 보는 것은 또다른 의미에서의 파시즘의 길목이 되지 않을까. 혼란과 무질서가 지니고 있는 해방적 역할에 대해서도 충분히 주목해야 되지 않을까.

질 수도 있다는 예측, 즉 "예를 들어 유수한 문학계간지들이 인터넷이나 PC통신에 사이트를 만들어 잡지가 나올 때마다 다양한 독자의 비평과 의견을 청취하고, 그 잡지의 문학관에 동의하거나 반대하는 기고문을 통신상으로 받으며, 게시판을 통해 잡지의 이념과 진로에 대한 활발한 논의를 진행시키는 것은 지금이라도 충분히 가능하다"는 바람은 2001년 현재 상당히 구체적으로 현실화되었다고 볼 수 있을 것이다.

신세대문학에 대한 비평가의 대화
—김설과 김연경의 근작을 중심으로

K 안녕하세요 J씨. 참으로 오래간만이군요. 그 동안 잘 지내셨는지요. 날씨가 갑자기 추워졌네요. 조금 지나면 크리스마스 캐럴이 거리에 울려 퍼지겠지요. 아직도 저는 크리스마스 눈사람 캐럴 연하장 같은 말을 들으면 묘한 느낌을 받습니다. 뭐라고 할까, 어떤 장엄한 시간들이 지나가는 느낌, 그래서 이제 그 시간들이 영원히 다시 오지 않으리라는 느낌이 들어요. 이 어쩔 수 없는 체질을 어떻게 하지요. 올해도 역시 아무런 이룬 일도 없이 속절없이 흘려보내는 기분이군요. 그런데 J씨는 올해 무척이나 분주하지 않았나요. 젊은 비평가 중에서 가장 활발한 활동을 한 사람이 J씨인 것 같은데, 요새 통 글을 못 쓰는 저는 여러 지면을 통해 J씨의 열정적인 현장비평 활동을 부러운 마음으로 눈여겨보곤 했답니다.

J 네 정말 오래간만이군요. K씨. 정말 그러고 보니 저는 요사이 한 사람의 비평가로 살아간다는 것이 얼마나 바쁜 것인지를 절감하고 있답니다. 무수히 쏟아지는 읽을 거리들, 그 엄청난 책들 중에서 온전한 평론의

246

대상이 될 작품을 선정하는 지난한 과정, 각고의 노력 끝에 선택한 작품을 한 편의 비평문으로 만드는 처절한 고투 등을 생각하니 벌써 머리가 아득해지네요. 그런데 K씨는 한동안 비평 활동이 뜸하던데요, 다른 바쁜 일이 있었나요? 아니면 이 상품미학의 시대에, 대중문화의 시대에 문학비평가로 자신을 세운다는 것에 대해서 '환멸'이나 '비애'를 느낀 것은 아닌지요?

　K '환멸'이라는 표현까지야 쓰기가 좀 그렇지만, 사실 요사이 제가 '문학비평'이라는 행위의 본질과 비평가가 지녀야 할 덕목이나 자의식에 대해서 심각하게 생각해온 것은 사실입니다. 비평이 제 역할을 수행하지 못하고 있는 문단의 풍토에 대해서도 근원적인 질문을 던져보았지요. 그리고 제 개인적으로도 여러 가지 바쁜 일들이 있었기에 최근 이삼년간은 현장비평에서 좀 거리를 두고 비평문단을 관찰자의 입장에서 지켜보았습니다.

　J 네 그러셨군요. 사실 지속적으로 현장비평에 참여하기 위해서는 엄청난 성실성과 열정이 요구된다고 생각합니다. 저는 올해가 등단 4년째니까, K씨보다 7년쯤 늦게 등단한 셈인데 사실 저도 이러한 현장비평 행위를 언제까지 지속적으로 수행할 수 있을지 모르겠습니다. 다만 저는 저와 동세대의 젊은 작가들에 대한 애정을 가지고 그들의 문학적 풍경에 대한 적확한 의미부여를 하는 것이 비평가로서의 저의 소중한 역할이라고 생각하고 나름대로 노력하고 있습니다.

　K 『문학과사회』에서 우리 둘의 만남을 주선했는데, 신예작가 김설씨의 장편소설 『게임 오버』와 역시 신예작가 김연경의 첫 창작집 『고양이의, 고양이에 의한, 고양이를 위한 소설』에 대해서 허심탄회하게 얘기해달라는 것이 『문학과사회』 편집진의 주문인 것 같군요. 이 두 작가는 모두 1970년 이후에 태어난 신세대 여성작가로서 비슷한 시기에 같은 출판사에서 첫 책을 출간했다는 점에서 흥미롭군요. 이 작가와 작품들에 대한 얘기를 통해서 우리 문단에서 가장 젊은 작가군의 문학적 풍경을 살

펴볼 수 있을 것 같습니다. 아울러 이러한 기회를 통해서 이른바 '신세대문학'의 성취와 한계를 짚어볼 수도 있다는 생각이 드는군요. 물론 김연경씨와 김설씨의 문학이 '신세대문학'이라는 모호하고 애매한 개념으로 전적으로 설명될 수 있는 것은 아니겠지요. 그러나 제 생각에는 그들의 작품세계는 최근의 젊은 작가들이 보여준 문학세계와 유사한 현실인식과 미학적 방법론, 한계 등을 공유하고 있다는 점에서 '신세대문학'이라는 개념을 통해 많은 것이 얘기될 수 있다고 봅니다. 우선 신세대문학에 대해서 커다란 애정을 지니고 있으면서 그들의 문학세계에 대해서 가장 적극적인 지지를 보내고 있는 J씨의 말부터 들어보지요. 언젠가 J씨는 일간신문에 신세대작가의 가능성을 한껏 옹호하는 평문도 발표한 것으로 기억하는데요, 김설씨와 김연경씨의 작품을 어떻게 읽으셨나요?

J 저는 최근에 신선한 문학적 활동을 보여주고 있는 일련의 젊은 작가군들의 작품세계, 이를테면 김영하 이응준 송경아 한강 백민석 박성원 김이태 조경란 배수아 그리고 우리가 이 자리에서 논의하게 될 김설과 김연경의 작품세계에 대해서 애정을 가지고 눈여겨보아왔습니다. 이들의 작품을 읽으면서 느끼는 점은 이제 정말 기존의 전통적인 소설과는 판이하게 구분되는 새로운 소설적 감수성이 집단적으로 출현하고 있다는 사실입니다. 때문에 끊임없는 자기 갱신을 추구하고자 하는 성실한 비평가라면 이들의 문학세계를 지속적으로 따라 읽어가면서 순발력 있게 의미를 부여해주어야 하겠죠. 이러한 전제에서 김설씨와 김연경씨의 작품에 대해서 말해보도록 하죠. 우선 김설의 『게임 오버』는 반나절 만에 가뿐히 읽히더군요. 이 소설을 읽고 나니, 마치 흥미진진한 컴퓨터 게임을 끝낸 기분이었죠. 이 작품은 소설과 게임의 형식이 어떻게 만날 수 있는가 하는 점을 절묘하게 보여주고 있다고 판단됩니다. 이에 비해서 김연경의 『고양이의, 고양이에 의한, 고양이를 위한 소설』은 책 읽는 사람으로 하여금 지속적인 긴장을 요구하더군요. 마치 이상(李箱)이나 이인성의 소설을 읽는 기분이었지요. 자아(주체)의 정체성에 대한 집요한

질문이 김연경의 소설세계의 중요한 화두라고 생각되는군요. 전반적으로 두 신예의 의욕적인 첫 작품집들을 읽어내려가면서 새로운 소설적 문법의 가능성을 인식할 수 있었습니다.

K 그 새로운 소설적 문법에 대해서 좀더 구체적으로 말씀해주시죠. 우선 『게임 오버』부터 얘기해보지요.

J 네. 우선 김설씨의 『게임 오버』는 소설과 전자오락의 만남을 특이한 형식을 통해서 보여주고 있습니다. 그러니까, 선조적으로 이야기가 진행되어 단 하나의 이야기만을 보여주는 전통적인 소설문법에서 탈피하여, 게임이 끝난 곳에서 다시 다른 줄거리가 시작되는 전자오락의 방식을 차용한 것이 이 소설의 가장 중요한 형식적 특성이지요. 작품 중에 수시로 등장하는 'GAME OVER' 라는 단어는 바로 하나의 이야기 넝쿨을 마감하면서 새로운 이야기를 선택하는 약호로 기능하고 있습니다. 논자에 따라서는 이러한 소설형식을 '하이퍼 텍스트' 라고 표현하기도 하고 '복합줄거리 소설'(김병익)이라는 용어도 사용하더군요. 어찌되었든 『게임 오버』는 전자오락, 혹은 컴퓨터 게임의 형식을 차용하여 새로운 소설문법을 개척했다는 점에서 그 문학사적 의미를 적극적으로 평가할 수 있을 것입니다. 소설이 당대의 문화적 변화의 양상과 적극적으로 교접해온 대표적인 잡종 장르라는 사실을 인정한다면, 이러한 새로운 소설형식을 발견해낸 것은 작가의 남다른 혜안에서 비롯되었다고 말할 수 있을 겁니다.

K 저는 사실 최근에 자신들의 작품집을 간행하면서 새로운 문학적 활동을 보여주고 있는 일련의 작가에 대한 적극적인 평가를 유보하고 있는 입장입니다. 저널리즘이나 J씨 같은 신진 문학평론가들은 늘상 새로운 작품에 대해서 적극적인 의미를 부여하면서 '새로운 축제'를 구성해나가는 것 아니겠습니까. 이러한 현상은 문학적 권력의 작동방식이라는 측면에서 해석될 수도 있을 겁니다. 최근에 젊은 작가들의 부상은 이러한 비평과 저널리즘의 속성 자체에서 기인하는 면도 있겠지요. 그런데 제가 보기에는 거기다 덧붙여, 문학계간지를 가진 채 단행본 출판을 통해 출

판사를 운영하는 출판자본의 난립으로 인한 치열한 경쟁이, 문학적 수련을 철저히 거치지도 않은 신인들의 때이른 화려한 등단과 스타 시스템 현상으로 나타나고 있다고 생각하고 있습니다. 오늘 이 자리에서 다루게 될 김설의 『게임 오버』만 해도 그렇습니다. 이 작품이 문학과지성사에서 출간된 것이 1997년 8월 22일인데요, 비슷한 날짜에 나온 『문학동네』 가을호를 보면 이 작가가 「천금옥」이라는 제목으로 그 잡지의 신인문학상에 응모하여 최종심까지 올라갔다는 사실을 인지할 수 있습니다. 「천금옥」이라는 작품이 『게임 오버』와 같은 작품이라는 사실 — 다소의 수정과 변개를 염두에 두더라도 — 은 심사평을 읽어보면 명확합니다. 도정일 선생이 「천금옥」에 대해서 평한 부분을 좀 인용해볼까 합니다. "응모작 「천금옥」에서 문제가 된 것은, 내가 보기로는, 게임 형식을 소설 쓰기에 들여왔다는 실험적 시도의 위험성이 아니라 그 게임의 내용이 소설적 상상력보다는 싸구려 홍콩 영화, 혹은 '디바' 풍의 오락영화적 상상력의 수준을 벗어나지 못하고 있다는 점이다. 이 작품은 새로운 형식실험은 하면서도 내용면에서는 충분히 신선하지도 모험적이지도 야심적이지도 못하다. 소설은 게임 이상의 것이다. '게임 이상의 것'을 보여주어야 한다는 것이 소설의 요청이다"라는 것이 도정일 선생의 심사평의 요지입니다.

물론 한 문예지의 신인발굴 기준이 다른 문예지와는 동일할 필요는 전혀 없겠지요. 특정한 문예지에서 평가절하된 작품이라고 하더라도, 다른 문예지에서는 높이 평가할 가능성은 얼마든지 있을 겁니다. 바로 이러한 점이 문학적 다양성이겠지요. 그렇지만, 저로서는 『게임 오버』가 그러한 다양한 문학적 평가를 감당할 만큼 문학적 가치와 새로운 미학성을 확보하고 있는 작품인가 하는 점에서는 확신이 가지 않습니다. 이러한 의미에서, 만약 『게임 오버』의 작가가 도정일 선생의 충고를 수용하여, 「천금옥」이 지닌 한계와 미숙함에 대한 냉철한 숙고의 과정을 거쳐서 출간했더라면, 『게임 오버』가 문학적으로 한층 높은 평가를 받을 수 있지 않았나 하는 아쉬움을 지니게 됩니다. 작가는 『문학동네』의 심사평을 보지도 못한 채, 책의 출간을 결정한 듯합니다.

여하튼 저로서는 『게임 오버』라는 작품이 전자오락의 문학적 변환에서 얼마나 더 나아간 작품인지 모르겠습니다. 물론 이 작가가 현대 대중문화, 이를테면 전자오락이나 필름 느와르를 비롯한 매혹적인 영상문화에 대해 거의 육체적인 친화감을 느끼면서 새로운 문학적 감수성을 표출하고 있다는 점은 분명 존중되어야 할 것입니다. 문제는 그 새로운 감수성을 드러내는 작품이 어떤 의미있는 문학적 품격도 동반하지 않고 있으며, 무엇보다도 신선한 형식 속에 둘러싸인 소설의 내용이 진부하다는 점입니다. 제가 어떤 지면에서도 표현했지만, 우리 시대의 젊은 작가들은 '참을 수 없는 존재의 가벼움'을 제대로 드러내기 위해서 존재에 대한 다채로운 철학적 성찰을 보여준 쿤데라의 진지함을 기억해야 하지 않을까요? 진정한 가벼움은 무거움의 세계를 온몸으로 통과한 사람에게서 나올 수 있듯이, 새로운 시대의 감수성을 진정으로 제대로 보여주려면 오히려 풍부한 인문학적 상상력으로 무장되어야 하는 것이 아닐까요?

J 도정일 선생의 지적이나 K씨의 의견에 동의할 수 없다는 것이 『게임 오버』에 대한 저의 생각입니다. 우선 저는 소설이라는 것이 너무나 다양한 성격을 지닌 장르라는 것, 그래서 저는 '소설은 게임 이상의 것이기도 하지만, 동시에 일종의 게임이기도 하다'라고 말하고 싶군요. 우리의 삶을 진지하게 반성하게 만들어 새로운 인식의 충격을 제공하는 것도 소설이지만, 어쩌면 홍콩 영화 같은, 유행가 같은 우리의 삶을 새로운 형식에 순발력 있게 담는 것도 역시 소설이 아닐까요? 도대체 소설과 소설 아닌 것, 혹은 소설과 게임을 구분하는 절대적인 기준이 있을까요? 도 선생과 K씨는 소설이라는 장르에 대해서 지나치게 계몽주의적이며 선험적인 시선을 지니고 있는 것은 아닌지 모르겠습니다. 문학양식 중에서 가장 대중적인 소설이라는 장르는 당대의 문화적 변모에 밀접한 영향을 받을 수밖에 없을 것입니다. 이렇게 본다면 전자오락이나 컴퓨터 게임의

형식이 소설형식에 반영된다는 것은 대단히 자연스러운 일이죠. 그리고 그 내용이 대중문화를 닮아 있다는 것은 우리의 삶이 대중문화를 닮았다는 사실의 구체적인 반증일 것입니다.

그리고 관점에 따라서는 『게임 오버』의 경우에도 이 시대의 현실을 독특한 방식으로 비판하고 있다고 볼 수도 있을 겁니다. 예컨대 수로가 경찰에 마약사범으로 검거되는 줄거리에서(물론 이 사건은 나중에 GAME OVER됩니다만), 수로가 마이크를 대는 기자에게 "이런 잡놈의 세상에서 뽕가지 않고 우째 살란 말이고? 나는 청소년에게 꿈을 주었다. 그들은 한순간이나마 행복했다. 인터넷으로 전세계에 마약을 팔지 못한 게 억울하다"고 외치고 있습니다. 이 부분은 우리 사회가 청소년들에게 얼마나 억압적이며 일률적인 문화를 제공해주고 있는가, 하는 점을 역설적으로 드러내는 구절이라고 생각됩니다. 아울러 이 책의 해설에서 김병익 선생은 이 소설이 "비디오처럼 혹은 전자오락처럼 만들었고, 그렇게 즐기도록 짜여져 있지만, 바로 그 비디오다움, 전자오락다움을 통해, 이 세계가 비디오 같고 전자오락 같음을 작가가 아프게 폭로하고 있"다고 언급하고 있는 대목도 저의 논리와 동일한 문제의식을 가진 발언으로 이해될 수 있겠지요.

K 글쎄요. 과연 그럴까요? 만약 J씨나 김병익 선생의 주장대로 『게임 오버』가 우리 사회의 어떤 환부를 비판하고 폭로하는 소설이라면 도대체 그렇지 않은 작품이 어디 있느냐고 말하고 싶군요. 그런 식이라면 상당수의 에로 만화는 우리 사회에 미만한 성에 관한 이중성을 공공연하게 폭로하고 비판하는 작품이겠지요. 『게임 오버』에서 아주 부분적으로 묘사되는 사회비판적 부분은 제스처에 불과한 것이 아닌가요. 돌아가신 김현 선생의 어투를 빌리자면, 『게임 오버』에서 묘사된 현실사회에 대한 비판은, 그 사회의 모순을 비판하는 척하면서 사실은 그 사회의 지배적인 문법(대중문화의 퇴행적인 문법)에 순응하는 가짜 비판에 가깝다고 볼 수 있지 않을까요? 백민석이나 김영하 같은 작가의 작품과 비교하더라

도 김설의 『게임 오버』가 지닌 '비판의 메시지'는 거의 무시될 만큼 미미한 것이 아닌가 생각되는데요. 분명 이 소설의 본질은 '오락' '유희' '게임'이지 '비판' '폭로' '반성'이 아닙니다. 물론 '오락'적 기능을 위주로 한 소설도 소설의 일종이겠지요. 그러나 그러한 경향의 소설이 '대중적 호응'과 '진지한 비판'이라는 두 가지 영예를 모두 차지한다는 것은 아무리 보아도 지나친 대접으로 보입니다. 제가 말하려는 것은 무엇보다 작품의 의도에 합당한 엄정한 평가가 필요하다는 것입니다. 저는 이 작품을 그냥 새로운 형식을 보여준 대중취향의 전자오락소설 정도로 평가하고 싶습니다. 오락을 목적으로 했다면 그 '오락'에 합당한 평가를 받아야 하지 않을까요?

지금까지 설명한 의미에서 김병익 선생이 해설의 마지막 부분에서 "그래서 그녀의 이 도저한 절망 앞에서, 맥도날드적, 비디오적, 전자게임적 삶에 흥분해온 스스로에 대해, 부끄러워해야, 절망해야, 한다"고 언급한 부분은 『게임 오버』의 문학적 의미에 대한 지나친 '침소봉대(針小棒大)'가 아닌가 생각되는군요. 과연 이 작품이 독자로 하여금 그러한 정도의 '각성'을 제공하는 소설인지 의심스럽네요. 이러한 김병익 선생의 발언이 선생이 소속된 출판사의 입장과 아무런 연관성이 없다고 볼 수 있는지 의문입니다. 김병익 선생의 좋은 글들은 대부분 어떠한 이해관계부터도 자유로운 글쓰기에서 비롯되는 경우 아닌가요.

아울러 저는 『게임 오버』가 문학과지성사에서 발간되었다는 사실이 미묘한 의미를 지니고 있다고 생각하고 있습니다. 그러니까, 최근에 들어와서 문학과지성사의 출판방침에 모종의 변화가 있다는 것을 이 책의 발간을 보고 인식하게 된 것이죠. 이제 문학과지성사가 세련된 엘리트주의에서 탈피하여 대중문화적 상상력에 의해 쓰어진 소설들을 폭넓게 수용하겠다는 의사가 이 책의 출간에서 상징적으로 드러나고 있군요. 문지의 변모를 이해하면서도 왠지 아쉬워지는군요. 생각해보니, 문지가 순결한 문학주의를 고집하라고 요구하는 것은 아무런 이해관계가 없는 제삼

자의 대책 없는 바람일지 모르겠습니다. 그런데 역설적으로 그러한 아무런 이해관계가 없는 상태에서 진정한 비평이 가능한 것이 아닐까요.

J 이 부분에 와서 K씨의 어투가 단호해지는군요. K씨의 발언을 들으면서 저와 K씨 사이에 놓인 인식의 편차를 구체적으로 확인하게 됩니다. 주로 K씨는 계몽, 비판, 역사의식 / 유희, 오락, 탈역사적 상상력이라는 선명한 이분법적 구도를 가지고 신세대문학을 바라보는 것이 아닌가 하는 생각이 드네요. 저로서는 김설씨의 『게임 오버』를 비롯한 김영하 백민석 송경아 등의 신세대작가의 작품들이 주목되는 이유는 그 완고한 이분법적인 구도를 탈피하여 계몽과 유희, 비판과 오락이 서로 스며들고 융합되는 독특한 문학세계를 일구었다는 점에 있다고 생각합니다. 이들의 이러한 문학적 입지는 그야말로 대중의 감성을 수동적으로 자극하는 키치적인 대중문화의 세계와 지나치게 진지하고 엄숙한 나머지 현실의 변모를 따라잡지 못하고 있는 편협한 계몽주의적 문학의 세계를 모두 갈라 치면서, 이 시대의 문화적 정황에 가장 예리하고 순발력 있게 응전하는 '미학적 현대성'의 실례로 평가받을 수 있다고 봅니다. 이러한 논지에 의한다면 제대로 된 유희의 세계는 자연스럽게 그 사회의 환부를 드러내게 될 것입니다. 또한 역설적으로 말해서 그 어떤 진지한 비판도 그 비판행위를 원격조종하는 체제(빅 브라더) 앞에서는 한순간의 유희로 전락할 수 있는 것 아닐까요. K씨와 같은 분들이 현실의 변화를 다소 단선적으로 생각하고 있는 것이 아닌가 싶습니다.

그리고 저는 좀더 근원적인 문제의식으로 어떤 문학작품의 존재의미를 지나치게 '현실비판'과 '계몽'이라는 잣대로 바라보는 관행도 이제 재고되어야 한다고 생각하고 있습니다. 우리의 문학인들은 '유희'와 '상업주의' '오락' '탈역사성'에 대해서 너무나 완고한 시선을 가진 것은 아닌지 모르겠군요. 잘 구성된 유희는 그 자체만으로도 얼마나 커다란 매혹인가요? 그리고 말이 나온 김에 언급하자면, 문학과지성사가 대중문화의 허위의식을 강조하는 아도르노 유의 대중문화관에서 탈피하여 대중문화의 육체성과 형식을 적극적으로 수용하기 시작하는 것은 너무나 자연스러운 변모라고 생각되는군요. 오히려 너무 늦은 변모가 아닌가요?

K J씨는 제가 현실의 변화에 대해서 다소 단순한 이분법적으로 접근하고 있고, 당신을 비롯한 신세대문학 옹호자들은 그렇지 않다는 것을 강조하고 있는데, 그건 관점 나름이겠지요. 이 시대의 젊은 문학을 어떻게 평가하느냐는 문제에 대해서 J씨와 저 사이에 무시 못 할 차이가 있다는 것은 분명합니다. 서로 입장차이가 있다는 것을 인정하면서 그 차이에 대해서 명백하게 말해봅시다. 사실 '차이'에 대해서 대화한다는 것은 얼마나 소중한 일인가요. 서로의 차이를 제대로 이해하는 것이 진정으로 상대방을 이해하는 첩경이라고 생각됩니다. 제가 보기에는 문학적 '차이'에 대한 끝간데까지 가는 토론이 없는 것이 우리 문단의 커다란 문제인 것 같아요.

J씨의 논지대로 말하면 이 세상에 의미가 없는 것은 하나도 없을 것입니다. 중요한 것은 그 의미들에 대한 엄밀한 가치평가와 해석이 필요하다는 사실입니다. 모든 문학작품을 상대화시켜, 이것은 어떠한 의미가 있고, 저것도 이러한 의미가 있다는 식으로 말하면, 정작 문학적으로 가치가 있는 작품과 그렇지 않은 문학작품, 말하자면 완성도가 높은 작품과 떨어지는 작품을 과연 어떠한 기준을 가지고 평가하겠습니까? 제가 주장하는 것은 『게임 오버』 같은 소설이 전혀 무의미한 작품이라는 사실이 아닙니다. 제가 비판하고자 하는 것은 항상 새로운 문학작품의 의미를 현란하게 언급하는 비평담론들이 지닌 무책임한 상대주의적 경향입니다. 이러한 의미에서 저는 김설씨를 비롯한 과연 이 시대의 주목받고 있는 신진작가들이 펼치고 있는 문학세계가 과연 복거일의 『비명을 찾아서』나 이문열 김승옥 이청준 황석영 이인성 최윤 정찬 방현석 등의 문학적으로 높은 평가를 받고 있는 작가들의 초기작들이 우리에게 보여주었던 빛나는 문학세계에 비견될 수 있는가, 하는 질문을 던지고 싶습니다. 그러므로, 최근의 젊은 작가들이 보여주고 있는 문학적 문제들을 허

심탄회하게 지적해주면서 그들이 자신의 한계를 냉철히 인식할 수 있도록, 제대로 된 비판을 전개하는 것이 우리 시대 비평가들의 중요한 의무가 아닐까 생각됩니다.

몇몇 젊은 작가들은 미숙한 문장력, 인문학적 독서의 부족, 소설형식에 대한 치밀한 공부의 부족 등의 객관적인 약점을 성실하게 보완하려는 노력보다는, 저널리즘과 일부 젊은 평론가들이 그들에게 부여한 '21세기를 열어갈 신세대소설가'라는 현란한 명칭에 자족하면서, 자기 갱신이 결여된 소설쓰기에 임하는 것으로 보이기도 합니다(이러한 면에서 저는 이응준 김영하 조경란 등이 보여주는 비교적 정확한 문장력을 높이 평가하고자 합니다). 심지어는 분명한 소설적 한계들을 새로운 소설적 문법이라고 주장하는 경향도 보입니다. 이를테면 서사형식에 대한 정밀한 수련의 부족에서 발생하는 난잡한 에세이 투의 글쓰기를 새로운 소설적 형식으로 강변하는 경우나 경박한 컬트 영화적 상상력이나 B급 홍콩 영화의 서사구조 등을 적당히 조립한 습작에 가까운 소설들을 마치 어떤 예술적 아방가르드의 징표로 내세우는 경우가 이에 해당되겠지요. 기묘한 queer 소재와 새로운 형식에 대한 지나친 과대평가를 지양해야 하지 않을까요. 가장 기본적인 문학적 요소들, 이를테면 문체나 구성이 제대로 갖추어진 다음에나 그러한 색다른 소재나 형식이 의미있을 겁니다.

J K씨가 이렇게 김설씨의 작품을 매개로 하여 신세대소설의 한계에 대해서 언급을 하니, 당신과 나 사이의 문학적인 견해차를 명확하게 깨닫게 되는군요. K씨의 문학적 입지는 기본적으로 고전적이 문학주의자에 가깝다고 생각되는군요. K씨의 견해가 부분적으로 일리가 있다고 생각되지만, 다음과 같은 측면에 대해서는 여전히 많은 견해차를 느끼게 됩니다. 저는 기본적으로 칠팔십년대에 활동한 작가들에 비해서 1990년대의 신세대소설가들의 문학세계가 저열하거나 뒤떨어진다는 발상 자체에 동의하지 않습니다. 이러한 의미에서 예술에 있어서 '진전'이나 '퇴보'와 같은 가치론적 개념을 사용하여 한 시대와 다른 시대를 비교하는

데 얼마나 설득력이 있는지도 의문이구요. 어떠한 세대의 작가도 각기 고유한 방식으로 자신들이 당면한 시대와 대결하면서 독특한 소설적 의미망을 구축해나갈 것입니다. 이러한 면에서 본다면 우리 세대의 젊은 소설가들이 대중문화적 상상력에 경도되어 있다는 것은 우리 문화의 현실이 대중문화에 둘러싸여 있다는 사실을 입증하는 것이라고 생각합니다. 이러한 대중문화적 상상력이 1980년대의 민중문학적 상상력이나 1970년대 작가들의 진지한 사회비판과 비교하여 폄하될 수 있는 것은 아니라고 생각합니다. 그것은 마치 1970년대 사회가 1990년대 사회보다 더욱 가치 있다는 주장만큼 우스꽝스러운 논리가 아닐까요.

그리고 기본적인 문학적 훈련의 부족을 얘기하시는데, 그 문제도 상대적으로 이해해야 한다고 봅니다. '문학성' 자체가 선험적으로 존재하는 것이 아니라 역사적 맥락에 따라 재구성되는 것이라면, 그 문학성을 판별하는 규준도 변모할 수밖에 없는 것이 아닐까요. 그러므로 정교한 구성이나 유려한 문체, 인문학적 교양 등, 언뜻 보기에 누구나 동의하지 않을 수 없는 듯한 고전적인 문학적 덕목도 다시금 회의하고 해체시켜야 할 낡은 문학성의 잣대일 수도 있을 겁니다. 이러한 논지에서 보면, 대중문화를 소설 속에서 묘사하는 형식 및 문체와, 계몽적 내용을 소설 속에서 수용하는 형식이나 문체는 근원적으로 이질적일 수밖에 없는 것입니다. 그 편차와 이질성에 익숙하지 않은 논자들, 새로운 소설의 감수성에 민감하게 반응할 준비가 되어 있지 않은 구태의연한 비평가들이, 찬란한 가능성을 지닌 신세대소설가들의 문학세계에 '부박한 문체' '경박한 청산주의' '탈역사적 상상력' '문학적 기본기의 결여' 등의 폭력적인 표식을 붙이고 있는 것이 아닌가 생각됩니다. 칠팔십년대 소설을 기준으로 하여, 1990년대 중반에 씌어진 신세대소설가의 작품을 비판하는 것은 획일적인 미학적 일원론이 아닐까 싶네요.

K J씨의 말을 들어보니, 우리의 논쟁적 대화는 근본적으로 미학적 상대주의와 미학적 절대주의의 편차에서 연유하는 것으로 생각되는군요.

저 역시 J씨와의 대화를 통해서 제가 짧게 생각한 대목을 교정받는 부분도 분명히 있지만, 좀더 근원적인 의미에서 문학적 견해차를 인식하게 되는군요. 김연경씨의 『고양이의, 고양이에 의한, 고양이를 위한 소설』을 통해 그러한 문학적 입장의 차이를 한층 구체적으로 확인해볼 수 있지 않을까요?

일단 저부터 김연경씨의 첫 작품집에 대해서 말해보지요. 김연경씨는, 저의 정보 한도에서 보자면, 현재 활동하는 소설가 중에서 가장 젊은 연배(1975년생)가 아닌가 싶네요. '작가 후기'에서 김연경씨는 "스무 살도 채 되지 않았던 미성년이 쓴 이 픽션들"이라는 표현을 쓰고 있는데, 이러한 표현은 자신의 소설이 습작에 가까운 작품이라는 것을 스스로 시인하는 대목이 아닌가 생각되기도 합니다. 사실 저로서는 김연경씨의 소설이 냉엄하게 볼 때, 아직 습작단계에 머물러 있다고 판단하고 있습니다. 제가, 만약에 『문학과사회』 편집동인이라면 이 작가를 좀더 숙성시켜 등단시키고, 아울러 등단한 연후에도 애정에서 비롯되는 예리한 비판을 전개하여, 이 작가가 자신의 약점을 스스로 인식하게 되는 과정을 차분하게 가진 연후에 비로소 창작집을 펴내도록 권유했을 겁니다.

J 그 얘기를 좀더 구체적으로 해주시죠.

K 우선 김연경씨의 작품은 한 편의 소설을 통해서 무엇을 얘기하려는 것인지가 선명하지 않습니다. 대체로 보아서, 『고양이의, 고양이에 의한, 고양이를 위한 소설』에 수록된 소설들이 자아의 정체성에 대한 집요한 질문을 던지는 한편, '주체'와 '타자'의 관계에 대한 실존적 양상을 탐구하는 있다는 점은 분명히 파악이 됩니다. 그런데 김연경씨의 소설에는 그러한 문제적인 주제를 한 편의 완성도 있는 소설로 직조해내는 구성력과 미학적 절제미가 결여되어 있습니다. 때문에 그의 소설은 전반적으로 난삽하고 혼란스러우며 비논리적 세계를 어떤 서술의 원칙도 없이 자유자재로 기술해나가고 있지요. 물론 논리적으로 충분히 해명될 수 없는 무의식의 세계나 요약 불가능한 삶의 지평을 독특한 문체로 묘사하는

것도 참으로 개성적인 소설일 수 있겠지요. 아울러 유의미한 '난해'와 '혼란'도 충분히 존중되어야 할 것입니다. 그러나 그 무의식의 세계와 심연 같은 삶, 선명하게 이해될 수 없는 특이한 캐릭터 등등을 최대한 논리적으로 형상화하는 것이 소설가의 과제 아닐까요. 그러니까 혼란을 이성적으로 묘사하는 모순을, 혹은 삶의 부조리를 조리 있게 연출하는 모순을 소설가는 치열하게 감당해야 하는 것입니다. 그렇지 않고 혼란을 혼란스럽게 혹은 지리멸렬하게 묘사한다면 과연 그 작품을 완성도 높은 소설이라고 부를 수 있을지 의심스럽습니다(김연경의 소설에서 상대적으로 문학적 완성도가 높은 작품은 「아 베, 혹은 생존의 방식」과 「언제나 없는 여자」라고 여겨집니다).

　지금까지 언급한 한계는 작가 김연경이 아직 자신의 소설쓰기를 충분히 객관화하고 있지 못하다는 사실에서 비롯되는 듯합니다. 작가의 입장에서는 아무리 사소한 표현과 대화도 치밀한 의도에 의해 구성하겠지만, 그 표현들이 비평가나 독자와 순조로운 의사소통이 되지 않는다면, 소설의 의미는 심각하게 훼손될 수도 있을 것입니다. 김연경은 아직 '주관성의 늪'에 빠져 있는 것이 아닐까요? 그리고 김연경의 소설에서 간간이 드러나는 어색한 표현과 지나치게 관념적인 묘사에 대해서도 지적해야 될 것 같군요. 예컨대 「바스러지는, 어그러지는 하루」를 보면 "다른 성가신 상황은 없다. 탈코드화도, 재코드화도 필요없는 것이다" "단순과 복잡의 카테고리를 묶어라, 그것을 담론으로 구성하라"라는 표현이 등장합니다. 그리고 「'우리는 헤어졌지만, 너의 초상은' 그 시를 찾아서」에는 "물론, 나의 성실성은 때때로 추함의 형상을 띨 정도로 짐승 같은 것이다"라는 표현이 보이는군요. 성실성을 "추함의 형상을 띨 정도로 짐승 같은 것이다"라고 묘사하기 위해서 김연경씨는 꽤 고민했을 것 같은데, 불행하게도 상당히 어색하군요. '동물적인 성실성'이라고 표현하는 것이 너무 쉬운 선택이라고 생각했을까요. 지나치게 멋을 부리다보니 오히려 부자연스럽게 된 표현의 전형적인 실례라고 생각합니다. 그리고 '탈코드화' '재코드화' '카테고리' '담론' 등의 표현도 영 눈에 거슬립니다. 이러한 표현들은 소설에서 좀더 자연스러운 용어로 바뀌어야 하지 않을까요. 김연경은 자신이 문화이론 리포트가 아닌 소설을 쓰고 있다는 점을 냉철하게 인식해야 할 것 같군요.

　이러한 점들로 미루어, 저는 김연경의 소설쓰기가 자기 점검과 객관화 과정, 좀더 철저한 퇴고과정 없이 지나치게 속도전의 방식으로 진행되어 온 것은 아닌가 하는 질문을 던지고 싶군요.

　상당수의 일간지에서 김연경과 김설의 첫 소설집 및 장편소설 발간에 대해서 대서특필했던 것으로 기억하는데요. 우리 냉철하게 판단합시다. 과연 이문열의 『사람의 아들』, 복거일의 『비명을 찾아서』, 이인성의 『낯선 시간 속으로』, 혹은 임철우 최윤 방현석 최수철 등의 데뷔작들과 비교하여 『게임 오버』나 『고양이의, 고양이에 의한, 고양이를 위한 소설』이 어느 정도 평가될 수 있는지를 말입니다. 이러한 엄연한 문학적 격차를 무시하고 가치중립적인 상대주의적 평가를 수행하는 것이 과연 진정으로 신세대작가들에게 도움이 될까요? 오히려 그러한 호의적인 평가들이, 그 진정한 의도와 관계없이, 많은 신세대소설가들을 자만의 구렁텅이로, 유아적인 주관주의의 미몽으로 몰아넣을 수도 있습니다.

　J 이문열 복거일 이인성 최수철 임철우 최윤 등의 일급 작가와 이제 갓 소설쓰기를 시작하고 있는 김연경 김설을 기계적으로 대비할 수는 없겠지요. 저 개인적으로는 특히 김연경씨의 문학적 가능성에 대해서는 비교적 높이 평가하는 편입니다. 『고양이의, 고양이에 의한, 고양이를 위한 소설』을 종합적으로 검토해보면, 김연경이 소설에 대단한 열정을 지닌 특이한 감수성의 소유자라는 사실을 명확히 인지할 수 있습니다. 아울러 그의 문학세계가 기존의 문학적 지평에서는 쉽게 찾아볼 수 없는 '미학적 낯섦'을 동반하고 있다는 점도 지적해야 할 것 같습니다. 특히 주체의 정체성에 대한 진지한 탐구와 자아와 타자 간의 양상에 대한 섬세한 인식은, 김연경이 신세대문학의 일반적인 경향과 상관없이, 대단히

진지하고 근원적인 주제와 대결하는 작가라는 생각을 하게 만듭니다. 굳이 분류하자면 김연경의 소설쓰기는 이인성씨나 최수철씨의 문학적 계보에 접맥된다고 할 수 있겠지요. 다만 그 특이한 개성과 새로운 소재를 절제된 미학으로 정련하는 작업이 필요할 것 같네요.

소설에 대한 엄청난 열정을 치밀하게 관리하고 소설쓰기의 방법론에 대한 구체적인 고민의 과정을 거친다면, 김연경은 앞으로 대단히 개성적인 소설공간을 일구어낼 수 있는 유망한 작가가 되리라고 확신합니다. 이러한 의미에서, 자신의 자의식조차도 엄밀하게 관찰하고 객관화시키는 냉정한 해부정신이야말로 김연경에게 절실히 필요한 덕목이 아닌가 여겨집니다.

K 중요한 지적을 해주셨네요. 김연경씨의 예사롭지 않은 문학적 잠재력에 대해서는 저도 인정하고 싶습니다. 김연경씨에 대해서는 우리의 입장이 많이 좁혀졌네요. 다만, 김연경씨를 포함하여 최근의 신세대소설가들에게는, '절제의 미학' 과 '미학적 전략' 에 대한 면밀한 고려가 필요하다는 사실만은 다시금 강조하고 싶습니다. 소설은 자신의 독특한 체험과 문화적 소양, 책읽기를 열정적으로 늘어놓는다고 완성되는 것은 아닐 것입니다. 소설을 소설이게끔 하는 것은 작가가 취득한 무수한 정보를 정교한 미학적 방법론에 의해 성실하게 재구성하는 과정 자체에 존재하는 것 아닐까요. 그 과정에, 즉 소설공학에 신세대작가들이 좀더 세심한 배려를 기울인다면, 김연경이 미래의 이문열 황석영 이청준 이인성이 되지 말란 법이 없겠지요. 바로 이러한 기대 때문에 제가 김연경씨에 대해 다소 신랄한 비판을 했다고 이해해주셨으면 합니다.

J 소설적 완성도가 기본적으로 부족한 것과, 기존의 소설적 잣대로는 온전히 해명할 수 없는 새로운 소설적 형식은 분명히 구분되어야 하겠지요. 제가 보기에는 김연경씨의 경우에는 이 두 세계의 경계선상에 걸쳐 있는 것이 아닌가 싶네요. 전자의 입장에서만 김연경의 소설을 비판하는 태도는 '미학적 보수주의' 의 새로운 변종일 수 있습니다. 저는 후자의

입장에서 김연경의 성취와 가능성을 최대한 존중해주고 싶습니다. 어쨌든 K씨도 김연경씨에 대한 확실한 비판을 하셨으니, 그 비판에 책임을 지셔야 합니다. 애정을 가지고 이 작가의 앞날을 지켜보아주시죠.

K 오늘 제가 전개한 비판적 담론들이 결국 언젠가는 부메랑이 되어서 저 자신에게 돌아올 것이라는 사실을 잘 알고 있습니다. 앞으로 저는 그 비판들이 가열한 애정의 또다른 표현임을 앞으로의 글쓰기를 통해 입증해야겠지요.

J 오늘 우리의 대화를 통해서 여러 가지 민감한 쟁점들이 비교적 솔직하게 얘기되었다는 느낌이 듭니다. 오늘 K씨와 함께 얘기하면서 비판을 구사하는 전략, 비평의 존재방식, 혹은 비평가의 정체성에 대한 여러 가지 생각을 하게 되는군요. K씨의 생각에 동의하는 부분도 있고, 그렇지 않은 부분도 있습니다만, K씨에게 한 가지 물어보고 싶은 것이 있네요. 오늘의 대담도 그렇지만 최근에 몇몇 지면을 통해 미묘한 비평적 쟁점에 대한 구체적인 비판을 진행하고 있다는 생각이 드는데, 특별한 이유가 있습니까? K씨가 최근에 『포에티카』에 발표한 「비판의 네 가지 방식 1」을 읽어보니 그 의도가 어느 정도 이해될 것 같기도 한데요. 어찌되었든 K씨의 비평적 자세에 대한 저의 관점을 담은 글을 한번 써볼까 합니다. 그건 그렇고, 우리의 대담을 『문학과사회』가 아무런 가감 없이 그대로 실어줄지 모르겠군요.

K 저는 사실 문학과지성사에 대한 커다란 애정을 가지고 있습니다. J씨도 아시다시피 저의 첫 비평집도 문학과지성사에서 출간되지 않았습니까. 어떤 의미에서는 문학과지성사에 대한 문학적 애정 때문에라도 제 소신대로 얘기해야 한다고 생각하고 있지요. 문학과지성사와 『문학과사회』가 지금까지 표방한 문학적 입장을 생각한다면, 당연히 우리 대담을 아무런 수정 없이 수록하지 않을까 싶네요.

그리고 제 비평방법은 나름대로 '비평의 위기'에 응전하는 방식으로 볼 수 있을 겁니다. 아울러 제가 담보할 수 있는 비평적 개성을 확보하는 방법일 수도 있겠지요. 누구나 비슷한 텍스트 비평을 수행하면 평단도 역시 천편일률적으로 유사해지지 않을까요. 그래서 저는 당분간 비평에 대한 비평에 주력할 생각입니다. 굳이 말하자면, 한 사람의 비평가로서 저만의 목소리를 발성하는 방법의 일종으로 최근의 비평적 문제의식이 생성된 면도 있고, 비평가로 등단하여 10년이 넘는 세월 동안 제가 느끼고 배우며 성찰하며 상처받은 체험의 총량이 저를 지금의 비평적 태도로 이끈 면도 있을 겁니다. 아울러 무엇보다도 강준만씨의 최근 작업(『인물과사상』 1·2·3호)을 눈여겨보면서 절실하게 인식하게 된 사실이, 강준만씨의 치열한 문제의식이 가장 필요한 분야가 다름아닌 문학비평이라는 점을 깨닫게 되었다는 것을 말하고 싶습니다. 이러한 대목도 분명히 최근 저의 비평적 행보에 중대한 영향을 미쳤을 것입니다.

이제 문학비평도 적당히 눈치보면서 애매한 표현으로 비판과 칭찬 사이에서 줄타기를 벌이지 말고, 소신 있는 실명 비판을 수행하는 것이 시급히 필요하다고 생각합니다. 비판의 실명화가 이루어지지 못해 벌어진 해프닝이 바로 최근에 벌어진 『현대문학』과 『세계의문학』의 기묘한 논쟁 아닐까요.

J K씨의 비평적 모색에 대해서 관심을 가지고 지속적으로 지켜보겠습니다. 아마도 언젠가는 제가 K씨와 치열한 논쟁을 전개할 수도 있을 것입니다. 그때에는 서로의 차이를 지금보다 더욱 면밀하게 말해봅시다.

K 모든 글이 그렇지만 비평도 결국 그 사람이 체험한 만큼, 공부한 만큼, 고민한 만큼 쓰는 것이겠지요. 저는 이러한 의미에서 비평가의 삶의 자세가 그의 비평에 어떤 식으로든지 스며든다고 생각합니다. 만약 저의 비평이 경박하다면, 저의 고민이 깊지 않았다는 증거이겠고, 저의 비평이 그 나름대로 의미가 있다면 저의 고민이 나름대로 진술했다는 증거겠죠. 결국 삶 자체의 진정성이 비평과 함께 갔을 때, 그 비평도 의미를 띠게 되리라 봅니다. 이렇게 보니, 제가 정말 케케묵은 고전주의자 같다는 생각도 드네요.

물론 저 나름대로 제대로 된 비평을 하기 위해서 노력하겠지만, 결코 쉽지 않겠지요. 기나긴 가시밭길을 앞두고 있는 기분입니다. 솔직히 말하면 때로 자신이 없어지기도 합니다.

마지막으로 이 대담을 맺기 전에 김설씨와 김연경씨에 대한 죄송한 마음을 반드시 전하고 싶군요. 『문학과사회』의 '오늘의 한국문학' 란은, 『문학과사회』의 편집진이 그 분기에 리뷰의 가치가 있다고 선정한 작품에 대해 작품론 형식으로 호의적으로 서술한 비평으로 대부분 채워져 있더군요. 사실 저는 '오늘의 한국문학'이나 '총평 : 문학공간'에서 다루어지는 작품들이 대부분 호의적인 평으로 일관하는 것에 대해서 커다란 불만을 가진 사람 중의 하나입니다. 그렇지만 그 관행을 기대한 두 작가에게는 이러한 식의 대담이 역시 불만이겠지요. 그러나 우리들로서는 '오늘의 한국문학' 란도 다양한 방식으로 서술될 수 있다는 것을 보여주고 싶었습니다. 그러니 기존의 '오늘의 한국문학' 란에서 펼쳐지던 비평적 관행을 산뜻하게 전복시키는 것이 우리가 이 글을 대담형식으로 진행한 의도이기도 합니다. 『게임 오버』와 『고양이의, 고양이에 의한, 고양이를 위한 소설』에 대한 좀더 분석적인 비평은 누구보다도 열정적인 신세대 비평가인 J씨에게 기대해보겠습니다. 저에게 많은 생각거리를 제공해준 J씨와의 오늘 대화가 참으로 즐거웠다는 사실을 마지막으로 밝혀두고 싶네요. 앞으로도 J씨의 왕성한 비평활동이 저에게 끊임없는 자극으로 다가오기를 기대해보겠습니다.

J 기회가 되면 김설씨와 김연경씨를 비롯해서 최근에 새로운 소설적 감수성을 보여주고 있는 소설가들에 대한 정밀한 작가론과 작품론을 써볼까 합니다. 그 동안 신세대소설가들의 작품세계가 내실 있게 조명되기보다는, 지나친 상찬과 저열한 비판 사이에서 풍문으로만 존재했다는 생각이 들기 때문입니다. 오늘 K씨와의 대담을 통해 저 역시 저 자신의 비평방법을 되돌아보는 소중한 기회가 되었습니다. 아울러 혹시 제가 신세대문학에 대한 지나친 당파적 옹호를 하고 있는 것은 아닌가 심각하게

되돌아보는 기회가 되기도 했지요. 앞으로 K씨의 활발한 비평을 다시 보게 되기를 진심으로 바랍니다. 오랜 시간 동안 수고하셨습니다.

(『문학과사회』 1997년 겨울호)

4부 문학적 에세이의 매혹

'유목'의 시대와 '탈주'의 연대를 위하여
—파리의 고종석 형께

 5년도 더 지난 어느 늦여름날 동숭동에서 '김영현 논쟁'에 관한 저의 원고를 고종석 형께 보여주던 생각이 납니다. 그때는 젊은 문학비평가와 이 땅의 유일한 진보적 일간지의 열정적인 문학기자로 만났던 우리가 이제 『리뷰』라는 대중문화 계간지의 지면을 통해, 한 사람의 신예작가와 아직도 젊은 비평가로 다시 만났습니다. 어느 날 형이 특별한 이유도 없이, 아니 어떤 세속적인 이유보다도 어떤 절실한 '마음의 기미' 때문에 가족과 함께 홀연히 파리로 떠났다는 애기를 듣고 저는 과연 고종석답다는 생각을 했었지요. '파리' 하니까, 우선 그곳에 있는 여러 지인들이 떠오릅니다. 문학평론가 박철화, 조선일보 기자 박해현 씨 등등. 그러나 파리와 연관하여, 제가 가장 가슴에 새겨두고 있는 사람은 언젠가 김윤식 선생님이 언급하였던 동경대 교수 '모리 아리마사' 씨입니다. '노틀담의 미학'에 반해서, 파리가 간직하고 있는 묘한 분위기에 매혹되어서 동경에 있는 가족과 오랫동안 등지면서 십수년간 혼자서 파리 생활을 영위한 모리 교수의 초상은, 우리에게 정녕 자유로운 지식인의 면모를 인상적으로 보여주는 것이 아닌가 싶습니다. 모든 세속적인 잡사와 의무, 권리로부터 완벽하게 단절된 채, 자신이 진정으로 열망하던 '삶의 방식'을 소신껏 선택한 어느 일본인 교수의 삶을 통해, 저는 무수한 인연과 현실적 이데올로기에 둘러싸여 있는 저의 삶을 되돌아보았습니다. 이를테면 나는 과연 그렇게 과감하게 내가 궁극적으로 동경하는 일을 선택할 수 있을까 하는 감정 말입니다. 어느 날 갑자기 파리로 가고 싶어서 비행기를 탔다는 종석 형의 결단 역시, 어떤 실용적인 목적에 의해서가 아니라, 자신의 마음의 무늬에 따라서 진행된 자연스러운 행위라고 생각됩니다. 사실 어떤 부류의 사람들에게는 파리의 노틀담 주변을 둘러싼 분위기 자체가, 그리고 파리를 둘러싼 논리적으로 설명할 수 없는 묘한 문화적 아우라가, 민족보다도, 국가보다도, 자신을 둘러싼 가족이라는 인연보다도 월등 소중하게 다가올 수 있을 것입니다. 형도 바로 그러한 부류에 가까운 사람이 아닐까 생각됩니다. 대부분의 평범한 사람들이 가족 때문에, 자식 때문에, 고독 때문에, 비전 때문에, 기타 등등의 복잡한 사정 때문에 자신이 마음먹은 대로 살기보다는 현실이라는 거대한 벽 앞에서 주눅이 든 채 구차스런 일상을 영위하고 있다면, 형은 바로 그 일상으로부터 탈출하여, 전혀 새로운 일상 속에서 신생의 삶을 살고 있는 것은 아닐까요. 그곳에서 형은 「제망매」라는 올해 '동인문학상'의 최종 후보에까지 올라갔던 탁월한 단편을 쓰는가 하면 가까운 지인들을 대상으로 씌어진 편지 형식의 유려하고도 날카로운 산문들을 통해서, 형 특유의 '전복적 상상력'을 활짝 펼쳐놓고 있더군요(『고종석의 유럽 통신』, 문학동네, 1995). 또한 한겨레신문의 주재원이라는 위치를 통해, 형이 또렷하게 응시하고 있는 프랑스 사상계와 문화계의 동향에 대한 예의 날카롭고 개성적인 분석과 해석을 보여주고 있기도 합니다. 들뢰즈의 투신자살을 계기로 하여 들뢰즈에 대한 가장 신속하고 민감한 정보를 전달한 매체가 다름아닌 한겨레신문이었다는 사실은 무엇보다도 형의 존재와 결부되어 설명될 수밖에

270

없을 것입니다. 기존 제도의 자장으로부터 탈주한 비판적 지식인, 그리하여 상대적으로 민족이나 국가, 가족이 강제하는 유형 무형의 이데올로기로부터 자유로운 유목민적인 지식인이 바로 그 제도가 시민들에게 무의식적으로 부여하는 지배 이데올로기에 균열을 생성시키면서, 비판적이며 전복적인 상상력을 가장 적극적으로 보여줄 수 있다면, 형은 바로 그러한 자유로운 지식인의 가능성을 누구보다도 유력하게 담보하고 있는 것이 아닐까요? 바로 그 기대 때문에 제가 형에게 이러한 서신을 띄우는 것이겠지요.

해외에 거주하면서 모국어로 창작활동을 수행하는 많은 문인들을 기억합니다. 박상륭 마종기 김지원 등등. 그들 모두 나름대로 인상적인 문학세계를 일구어왔습니다. 그러나 제가 보기에 그 해외파 문인들은 당대 한국의 문화나 정치와 치열한 응전을 수행하면서 민감한 글쓰기를 전개해왔다고는 생각되지 않습니다. 해외에서 창작활동을 영위하는 대부분의 문인들의 경우, 그들이 이국에서 삶을 영위한다는 사실 자체가 당대 한국사회의 현실보다는 글쓰기의 한결 중요한 토양으로 작용하였다고 여겨지는군요. 그리하여 몇몇 예외를 제외한다면 해외에서 작품활동을 영위하는 교포문인들의 문학세계는 일종의 소재주의에 머물러, 우리 문학에 생산적인 자극을 지속적으로 산출하는 작업에 실패한 경우가 많았습니다. 이러한 의미에서 형의 글쓰기는 단연 주목됩니다. 비록 해외에서 씌어진 글이지만, 당신의 글쓰기는 우리 사회와 문화를 지배하고 있는 현안과 정면대결하면서 자신의 자유로운 사고를 활짝 펼쳐놓고 있습니다. 특히 『고종석의 유럽 통신』에 수록된 몇몇 글이 그러하지요. 아울러 「제망매」에서 당신이 파리에 있는 프랑스혁명 당시에 죽임을 당한 '무명 용사의 묘'를 국내 진보적 진영의 현실과 대비시키는 장면도 인상적이었습니다. 그러므로 당신의 글이 함축하고 있는 날카로운 '부정적 상상력'은 바로 한국이라는 현실과 제도의 그물을 일단 벗어나서, 다시금 그 한국이라는 실체에 대해서 진지하게 고민한 사람만이 보여줄 수 있는 정신적 태도가 아닐까 합니다. 저는 이러한 의미에서 당신이 한국 현대지성사에서 '자유로운 지식인'의 새로운 분기점을 개척했다고 평가하고 싶습니다. 현실 대학 국가 민족 서울 등등의 이 사회의 무수한 제도의 그물을 빠져나가 저 서구문화의 매력적인 보편성(?) 속에서 삶을 영위하면서 다시금 한국을 바라보기가 당신이 선택한 특유한 삶의 방식인 셈이죠. 이와 연관하여 저는 독일에 거주하는 사회철학자 송두율 선생의 남북한의 지배 이데올로기를 모두 예리하게 갈라 치는 냉철하고 비판적인 태도는 그가 이 땅을 떠나서 오랫동안 삶을 영위했다는 사실과 모종의 연관성이 있지 않을까 하고 생각해보기도 합니다.

언젠가는 다시 이곳으로 돌아올 당신이지만, 저로서는 당신이 되도록 오랫동안 파리에 머물러, 파리 문화의 속살을 한결 구체적이며 육체적으로 파악할 수 있기를 바랍니다. 수많은 후진국 지식인의 동경의 대상이었던 저 유럽의 중심인 파리 문화의 영광과 그늘을, 성취와 한계를, 유산과 약탈물을, 진보와 야만을 온몸으로 체험했을 때, 당신의 한국 읽기도 그 내공이 한층 깊어질 것이기 때문입니다. 우리 지식인 사회에서 적어도 한 사람쯤은 당신과 같이 제도와 현실적인 정치의 논리에서 벗어나 고독한 자신만의 성채를 세우는 역할을 담당해야 되지 않을까요. 바로 이러한 의미에서 당신의 임무는 막중합니다. 지적인 긴장력이 조금만 감퇴되어도, 당신의 글쓰기는 팔자 좋은 지식인의 객담으로, 이 땅의 현실과 유리된 덜떨어진 낭만주의자의 몽상으로 전락하게 될 것입니다.

아직도 우리 사회는 제도와 안정의 그물을 벗어난 창조적인 유목민에게, 그리고 기성의 논리에 대한 전복적인 상상력을 구사하는 비판적 지식인에게, 주류 미학을 거슬러 신선한 미학적 영토를 외롭게 개간하는 소신 있는 예술가에게 주로 커다란 상처와 좌절감만을 심어주는 경우가 많습니다. 바로 이러한 의미에서, 이 시대의 우리 문화에 진정으로 필요한 것은 전복적 상상력으로 무장한 '탈주의 정신'이 아닐까 합니다. 그 탈주와 유목의 대열의 맨 앞쪽에서 당신이 성큼성큼 걸어가고 있습니다.

당신의 여정은 외롭지만, 바로 그 외로움이 당신의 사리가 되어 중심과 정착을 안이하게 선택했던 사람들이 쉽사리 도달할 수 없는 '혜안'을 가져다줄 것입니다.

밤이 깊었습니다. 이제 며칠 후면 1995년도 아득한 역사의 뒤안길로 접어들겠지요. 새해에는 영혼이 움직이는 대로 자신의 삶을 선택할 수 있는 그런 사회가 되었으면 좋겠습니다. 아울러 소신 있는 유목민들이 더욱 환영받을 수 있는 문화계가 되었으면 합니다. 종석 형의 건필을 기원하며 펜을 놓겠습니다. 안녕히.

1995년 연말 서울에서, 권성우 드림.

(『리뷰』 1995년 겨울호)

자발성, 주체성, 그리고 문화

　김화영 교수의 평론집 『소설의 꽃과 뿌리』(문학동네)를 읽었다. 한 편, 한 편, 마치 수를 놓듯이 정성스럽게 씌어진 그의 아름답고 분석적인 비평집을 읽으면서, 이 시대 예술과 학문의 존재방식에 대해서 생각해본다. 김화영의 이번 저서는 그가 1964년 『세대』지에 「시인의 날개」를 발표하면서 비평가로 등단한 이래, 어언 34년 만에 처음 발간되는 비평집이라고 한다. 물론 그는 프랑스 문학 연구와 번역, 문학적 에세이에 상대적으로 많은 열정을 바쳤기에, 비평가보다는 탁월한 번역가, 가장 정확한 미문을 구사하는 에세이스트, 섬세한 프랑스 문학 연구가로 널리 알려져 있다. 그러나 이번에 발간된 평론집에는 비평가 김화영의 실력과 재능이 유감없이 발휘되어 있다. 한 편의 태작도 없이, 자신이 스스로 열애하는 텍스트에 대해서 '행복한 이미지 분석'을 수행하고 있는 그의 평론집을 통해서 우리는 34년에 걸친 세월의 연륜과 농익은 지성의 향취, 따뜻한 몽상의 흔적, 가슴으로 파고드는 시적 울림, 행복한 유미주의자의 내면을 엿볼 수 있는 것이다.

김화영은 청탁과 관계없이 자신이 열애한 텍스트를 대상으로 비평을 쓰는 드문 비평가에 해당된다. 이러한 의미에서 그의 비평은 속도주의나 물량주의와 전혀 무관하다. 그의 첫 평론집이 보석과 같은 광채를 뿜고 있는 이유는 바로 김화영의 글쓰기가 지닌 자발적 매혹됨, 자기 엄격성, 비평적 주체성에 근거하는 것이 아닌가 싶다. 한 편의 비평을 쓰기 위해서, 우선 자발적으로 텍스트를 선택하고, 그 연후에는 텍스트와 주체(저자)의 밀도 있는 대화를 통해, 오랫동안 텍스트를 보살피며, 애무하고, 천천히 저작하는 과정에 의해 탄생하는 그의 비평은, 청탁을 통해 관성적으로 비평 쓰기에 임하는 비평가들에 대한 통렬한 문제제기로 다가오는 듯하다. 그리하여, "어느 때는 일 년 내내 한 작가의 작품을 읽고 또 읽는 일로만 지내기도 한다"는 김화영의 발언은 이즈음 우리 예술계에 현저히 부족한 철저한 장인정신의 아름다운 풍경을 보여주는 것이다.

우리는 김화영의 글쓰기를 통해서, 글쓰기를 둘러싼 조건 가운데, 글 쓰는 주체의 자발성 주체성과 같은 덕목들이 그 글들의 매혹과 완성도에 커다란 기여를 하고 있다는 사실을 확인할 수 있는 것이다. 현금의 예술계, 문화계에 절실하게 필요한 것은, "길거리에서 이 조그만 책을 열어본 후 겨우 그 처음 몇 줄을 읽다 말고는 다시 접어 가슴에 꼭 껴안은 채 마침내 아무도 없는 곳에 가서 정신없이 읽기 위하여 나의 방에까지 한걸음에 달려가던 그날 저녁으로 나는 되돌아가고 싶다"며 장 그르니에의 『섬』이 지닌 문학적 매력을 전파하던 알베르 카뮈의 저 절절한 매혹의 정서이다. 바로 이 책을, 혹은 바로 이 글을 쓰기 위해서 나는 작가, 혹은 비평가가 되었다고 말할 수 있을 정도로 자신의 선택에 모든 것을 거는 자세가 필요하지 않을까 싶다.

이런 점에서 최근에 타계한 『혼불』의 작가 고(故) 최명희는 자신의 글쓰기에 참으로 철저했던, 단아한 장인정신의 표본을 보여주는 실례가 아닌가 여겨진다. 1980년 중앙일보 신춘문예에 「쓰러지는 빛」을 발표하면서 등단한 최명희는 그후 17년에 이르는 세월 동안 오로지 『혼불』한 작품만을 위해서 자신의 모든 에너지와 지혜를 바쳐온 것이다. 한 편의 작품에 모든 생애를 거는, 그리하여 '언어는 정신의 지문' 이라는 사실을 작품 자체로서 보여준 최명희의 태도는 이 시대 예술가의 귀감(龜鑑)이라고 감히 말하고 싶어진다. 그 17년의 세월 동안 최명희는 얼마나 고독하고, 얼마나 행복했을까? 그리하여 최명희는 『혼불』단 한 편의 장편소설로, 고만고만한 무수한 작품들을 발표한 작가들을 압도하고 있는 것이다.

최근에는 경제상황이 어려워지면서 최명희와 같은 뚝심 있는 예술가를 더욱더 보기 힘들어졌다. 문학을 비롯한 대부분 분야의 전업작가들은 최저생계비에도 못 미치는 수입으로 근근이 살아가고 있다. 이러한 조건 속에서, 자신이 필생의 테마로 생각하고 있는 예술적 주제에 대해서 오랜 시간 동안 저작하고 천착할 여유는 도저히 생길 수 없는 것이다. 상당수의 전업소설가들은 단지 생계를 위해서, 마치 프로젝트를 완수하듯 관성적으로 장편소설을 발표하고 있는 것이 아닌가. 아울러 다른 직업을 가진 작가가 자신의 모든 역량과 재능을 전적으로 문학에 투자할 수 없는 환경 속에 놓여 있다는 것도 불을 보듯 훤한 사실이다. 재능은 있으나, 자신의 미래에 대해서 확신하지 못하는 많은 예술가들이 평범한 생활인으로 전락하는 사회가 바로 우리 문화계의 현실이 아니던가.

양이 질을 압도하는 문화계의 우울한 풍속도는 학계에서 더욱 천박한 방식으로 현상되고 있는 것이 아닌가 생각된다. 최근 대부분의 대학들은 이른바 '교수 업적 평가제' 를 실시하고 있으며 연봉제를 시행할 예정으로 있다고 한다. 경쟁의 무풍지대였던 대학사회와 교수사회에 경쟁의 원리를 도입하겠다는 발상은 그 자체로 충분히 이해가 간다. 다만 그 과정에서, 학문의 다양한 특성을 감안하지 않은, 물량 위주의 논문평가가 지닌 위험성에 대해서는 한번쯤 심각하게 짚어보아야 할 것이다. 이제 학자들은, 연구사의 새로운 지평을 획기적으로 돌파할 논문이나 장기간의 시간과 탐색을 거쳐 작성한 심혈을 기울인 논문보다, 쉽게, 단시간에 작성할 수 있는 논문을 선택하는 경향이 많다. 다름아닌 더 많은 연봉이나 승진, 그리고 교수라는 지위를 지속적으로 유지하기 위해서.

그렇다면, 자신의 연봉이나 교수 업적 평가점수가 뚝뚝 떨어지는 것을 보면서도, 맘 편하게 몇 년에 걸쳐서 심혈을 기울인 정교한 논문을 발표할 수 있는 교수가 과연 몇 명이나 될 것인가? 특히 인문사회과학 분야에서 논문의 질을 합리적으로 평가할 수 있는 척도가 전혀 마련되어 있지 않다는 사실은, 논문 편수로 교수의 연구능력 경쟁을 유도하는 최근의 풍토에 심각한 문제점이 있다는 점을 환기시킨다. 우수한 학술지와 열등한 학술지의 엄정한 차별화와, 주관적인 가치관이나 학맥으로 인한 논문평가를 최소한도로 불식시킬 수 있는 제도적 기반의 마련 없이, 단지 논문의 양으로 교수의 연구능력을 경쟁시키겠다는 발상은, 그 진의에 관계없이, 학계에서 '악화가 양화를 구축하는' 사태를 광범위하게 불러일으킬 수도 있을 것이다. 이제 자신이 기획한 필생의 연구 테마를 위해서, 한 권의 전작 단행본 저서를 몇 년간에 걸친 각고의 노력으로 발간하고자 하는 의욕적인 학자는 경쟁의 대열에서 탈락해, 심지어는 교수라는 지위를 잃거나 가장 적은 연봉을 받게 될 수도 있다.

예술이건, 학문이건 일단 삶이 유지되어야 할 수 있는 법이고, 온 사회가 어려움을 겪고 있는 마당에 예술과 학문의 특수성을 지나치게 강조하는 것은 일면 그 분야의 '밥그릇 챙기기'일 수도 있다. 그러나 우리는 예술과 학문의 기본적인 존재이유에 대해서 한번쯤 심각하게 생각해보아야 할 것 같다. 뛰어난 예술작품과 탁월한 학문적 업적이 우리의 문화와 인생에 얼마나 커다란 위안과 도움을 주는지에 대해서는 더이상의 긴 설명이 필요하지 않을 것이다. 한 편의 위대한 소설이 얼마나 많은 사람들의 인생을 풍요롭게 할 것인가, 그리고 한 점의 아름다운 그림이 얼마나 많은 사람들의 눈을 즐겁게 할 것인가.

문제는 이 사회에 우리의 가슴을 그토록 설레게 했던 탁월한 예술작품들, 논리의 정교한 아름다움을 인식하게 만들었던 뛰어난 논문들이 자연스럽게 생산될 수 있는 토양이 점차 척박해지고 있는 현실이다. 이 시대의 예술가들과 학자들에게 그 어떤 경제적 어려움과 신분상의 불안정에도 불구하고, 뛰어난 예술작품과 필생의 논문을 위해서 자신의 삶을 장기간 희생하라고 말할 수 있는 권리가 우리에게 있을까.

이제 우리는 예술과 학문마저도, 경제적인 '제도의 그물' 속으로 본격적으로 편입되는 우울한 시대를 맞이하고 있는 것이 아닐까. 그 완강한 그물을 시원스럽게 찢어버리면서, 자신이 꿈꿔온 고유한 독창성을 서늘하게 보여줄 수 있는 우리 시대의 진정한 예술가, 학자들은 과연 누구일까. '약속 없는 세대'인 그들이 과연 새로운 밀레니엄에도 살아남을 수 있을까.

(『리뷰』 1998년 겨울호)

신세대문화와 신보수주의
—문화적 진보 개념의 재구성을 위하여

　수천년 전 바빌로니아 시대의 금석문에서도 '요새 애들은 문제가 많아' 식의 젊은 세대를 질타하는 내용이 발견된다고 한다. 신세대의 새로운 문화와 이미 지배문화로 정착된 공식문화의 갈등과 길항현상은 역사상 어느 시기에도 발견되지만, 최근 우리의 문화적 지형에서 나타나고 있는 그 갈등과 부딪힘의 풍경은 그 어느 때보다도 격렬하고 전면적이며, 복합적인 성격을 지니고 있다고 판단된다. 생각건대, 1980년대에 있어서 문화적 지형과 문화적 갈등의 그림은 사실 지금 이 시대보다는 한결 단순하고 명쾌한 형상으로 나타나지 않았던가.

　한국전쟁 이후 30여 년간이나 위세를 누려온 보수적 이데올로기와 '순수'의 때깔을 뒤집어쓴 지배적 문화흐름에 대해, 마르크스-레닌주의를 중심으로 한 비판적 사회과학과 구체적 현실인식으로 무장한 1980년대의 저 진보적 문화전사들은 총체적인 전면전을 선포했던 것이다. 그리하여, 문학 미술 음악 종교 출판 학술 영화 노래 등등의 문화의 거의 모든 영역에서 보수적 인습과 지배 이데올로기에 대한 진보적 문화진영의 파상적인 공세와 비판적 전복이 1980년대 내내 지속적으로 이루어졌던 것이다. 그런데 여기서 우리가 눈여겨보아야 할 사실은 1980년대의 문화적 전선에는 세대론적 문맥이 적극적으로 개입할 여지가 없었다는 점이다. 말하자면, 갓 대학에 입학한 운동권 신입생과, 문익환 목사로 대변되는 원로 재야인사 간에도 진보의 이념 자체에 대한 근원적인 불화는 없었던 것이다. 오히려 동일한 대학생 계층 내에서 진보적 진영과 그 진보적 진영에 공감하지 못하는 보수적 진영 사이의 불화와 몰이해가 더욱 근원적이었다고 볼 수 있으리라. 그러니까, 그 당시의 진보적인 흐름은 무의식적으로 진보-민중민주주의-선(善) / 보수-자본주의-악(惡)의 이분법적 구도를 어느 정도 용인하고 있었다고 할 수 있겠다.

그러나 이제 1990년대 중반에 들어서고 있는 현금의 문화적 지형은 1980년대의 그것과는 사뭇 다른 그림을 그리고 있다. 동구사회주의의 사실상의 붕괴, 그와 관련된 국내 진보적 진영의 총체적 위기, 한국자본주의의 지속적인 성장, 냉전 이데올로기와 반공이데올로기의 무력화 등의 현상들이 1990년대에 들어와서 문화적 지형의 새로운 재편과 재구성을 적극적으로 추동했던 것이다. 이러한 변화를 통해 새로운 문화적 지형의 중요한 논점으로 등장한 것이 바로 '세대론'에 기반한 인식틀이다. 이제 진보-보수라는 문화적 인식틀은 더이상 모든 문화적 정세를 가장 유효 적절하게 포괄하는 인식론적 도구로 자리매김될 수 없는 정황에 처해버린 것이다.

물론 1990년대에도 인간의 이성과 합리성에 착목하여 인간사회를 좀더 살 만한 사회로 만들고자 하는 진보적이며 계몽주의적 기획이 사회 각 분야에서 필요한 것은 사실이며 또한 마르크스-레닌주의를 비롯한 비판적 진보적 사회과학의 성과와 정신이 우리 사회의 장기적인 현안인 인간해방과 민주주의의 실현을 위해 지속적인 기여를 할 여지가 광범하게 남아 있다고 할 수 있을 것이다. 그러나 중요한 것은 한 사회의 문화를 추동하고 생산하는 어떤 구조적 요인, 혹은 알튀세의 용어를 원용하자면 문화적 심급의 변모이다. 그래서 1990년대는 '세대론'이라는 새로운 문화적 설명도구가 그 어떤 문화적 인식소(에피스테메)보다 문화와 문화이론, 문화적 논쟁의 중심부에 위치하게 되었던 것이다. 이른바 신세대문학을 둘러싼 격렬한 찬반논의, 신세대의 의식구조와 첨단 대중문화를 연계시켜 조망하고 있는 다양한 문화적 논의와 이론, 컬러 TV를 보고 자라난 신세대의 문화적 체험에 주목하면서 영상문화를 중심으로 문화적 체험의 질적 변별성을 강조하는 다기한 논의 등의 배후에는 바로 '세대론'이라는 인류사 이래로 끊임없이 제기되었던 '뜨거운 감자'가 자리하고 있는 것이다.

세대론이라는 용어가 문화이론과 문화적 체험, 문화적 논점의 주요한 화두로 등장하면서 발생한 일은 기존의 문화적 진보—보수의 개념이 근원적으로 재구성·해체되고 있다는 사실이다. 미메시스 동인의 『신세대 : 네 멋대로 해라』라는 기획처럼 신세대론과 기존의 이념적 진보주의를 절묘하게 접합시키고자 하는 노력은 사실 기존의 이념적 분류나 이해방식으로는 명쾌하게 해명되지 못하는 새로운 시도가 아닐 수 없는 것이다(그 논리적 적실성은 논외로 하더라도). 서태지를 "20세기의 가장 창조적인 아티스트의 한사람으로 추천하고자 한다"는 구절이나 "나는 미니스커트로 자신을 표현하는 사람들을 대하면서 그들이 자본의 억압으로부터 자신의 삶의 욕구를 어떤 방식으로 표현하고 있는가를 발견한다"며 미니스커트에서 애써 '문화적 진보성'을 발견하려는 그들의 발언들을 통해 우리는 이미 1980년대적 진보—보수의 틀이 지금 이곳의 문화적 현실에 더이상 전면적으로 통용될 수 없음을 극명하게 확인할 수 있는 것이다.

아마도 1980년대 같으면, 헐렁한 청바지를 입고 사회과학 도서를 가방에 넣고 다니는 진보적 학생과 미니스커트와 야한 화장으로 상징되는 향락주의적인, 혹은 보수적인 학생의 이분법적 틀로 대학생을 구분했을 것이 아닌가! 그리고 후자야말로 '진보'라는 숭고한(?) 용어와는 아무런 연관성을 맺지 못하는 부류에 대한 야유조의 표현이 아니었던가. 그래서 그 1980년대에 "슬픔도 노여움도 없이 살아가는 사람은 / 조국을 진정으로 사랑하고 있지 않다"는 네크라소프의 시 구절이 대학사회에 그토록 회자되었던 것이 아닌가.

이렇듯 최근 문화적 지형에 있어서, 진보 / 보수의 개념 혼란은 신세대 문화에 관련된 논의 전반에 확산되고 있는 듯하다. 가령, 문학의 경우를 예로 들어보면, 몇몇 신세대문학에 대해서 몰아친 기성 문단의 과잉 비판과 마녀 사냥, 아울러 민중문학비평가들의 신세대소설에 대한 냉정한 비판 등에 대해서, 대부분의 신세대문인들은 그 비판들의 합리적 핵심을 일면 이해하면서도 동시에 그러한 비판들이 기대고 있는 인식론적인 전제나 미학적 입장이 이미 고루한 문화적 보수주의에 다름아니며, 혹은 기존의 문학적 문화적 권력을 유지, 보존하려는 체제유지적 욕망에 불과하다고 바라보고 있는 것이다. 아마도 신세대문학인들은 미메시스 동인들에서 전형적으로 볼 수 있듯이, 그들이야말로 기존의 지배적인 조류와 보수적인 창작방법에 맞서서, 예술 본연의 새로움과 열린 정신을 추구하는 '진정한 진보주의자'라고 자처할 것이다. 동일한 의미에서 미메시스 동인은 민중가요보다는 서태지의 〈하여가〉를 이 시대의 가장 창조적이며 진보적인 노래라고 생각할 것이다. 그러니까 '진보'의 개념 자체에 대한 합리적 정의와 규준이 붕괴되면서 '진보'라는 시니피앙 이면에 있는 시니피에가 극단적으로 분화되고 있다는 점이 지금 현재 일어나고 있는 중대한 문화적 사건인 것이다.

지금까지 이끌어온 논지에서 보자면, 최근 마이클 잭슨의 한국공연이 무산된 것과 그러한 조치를 강행한 정부의 입장을 '문화적 신보수주의'로 규정하는 시각은 한번쯤 검토될 만하다. 신세대의 새로운 문화를 긍정하는 입장에서 보자면 마이클 잭슨은 더이상 미국 제국주의 문화의 첨병이라는 식으로 수용되지 않는다. 그는 단지 전세계적인 사랑을 받고 있는 위대한 아티스트일 따름이다. 그래서 그의 공연이 문민정부의 '고통분담'이라는 모호한 취지 때문에 무산된 것은, 신세대의 입장에서 보자면 '문화적 야만'에 다름아닐 것이다. 또한 '서태지와 아이들'이 독특한 머리모양 때문에 일시적으로 TV방송에 출연이 금지당한 사실 역시 인간의 가장 기본적인 자유를 제한하는 행위로 해석될 수 있을 것이다. 이미 우리는 유신이라는 보수주의와 독재주의의 괴물이 '장발'을 야만적으로 단속한 문화 파시즘의 참담한 실례를 알고 있지 않은가. 문민정부의 문화정책이 예술가와 시민의 자유를 합리적인 이유 없이 규제하는 식으로 전개될 경우 우리는 거기서 정말 위험한 신보수주의의 논리를 감지할 수가 있을 것이다. 그 문화적 신보수주의가 치밀한 정치적 책략과 연계되어 있는 경우, 우리는 신세대의 문화적 입장에 전면적으로 동의하지 않더라도 그 신보수주의에 당연히 저항해야 한다(현재의 일관성 없는 문화정책과 거기에 은밀히 연루된 정책적 목적은 분명히 '문화적 유신'으로 전화될 수 있는 가능성이 존재한다). 그러나 동시에 서태지가 20세기의 가장 창조적인 아티스트 중의 한 사람이라는 사실에 동의하지 않을 사람이 많은 것처럼 그 화려하고 신속하며 가벼운 신세대문화가 진정 '진보적인' 예술이 아니라 단지 일시적인 유행이나 문화적 포즈에 그칠 가능성 역시 분명히 엄존한다는 사실을 우리는 직시해야 한다. 오히려 신세대문화가 정부의 문화정책에 교묘히 조종되면서 진정한 진보적 문화를 몰아내는 보수주의의 충실한 방패 역할을 수행할 가능성도 높은 것이다. 지금 무엇보다도 필요한 것은 이 두 가지 가능성에 대한 세밀한 검토라고 생각된다.

　모든 중요한 문제는 결코 단일한 방식으로 해결되거나 조망되지 않는다. 단일한 문장으로 완결되는 결론이란 존재하지 않는다. 신세대문화 역시 마찬가지일 것이다. 신세대문화가 진정 진보적인지, 혹은 문화적 보수주의의 변형태인지를 가늠하기 위해서는 좀더 시간이 필요할 것이다. 우리에게 진정으로 필요한 자세는 '진보'의 개념에 대해서 치밀하게

검토하면서 신세대문화의 가능성과 한계에 대해서 객관적으로 조망하는
것, 그리고 서로를 이해하기 위한 열린 자세일 것이다. 그러니, 진보와
보수의 칼날은 그 어느 쪽으로도 향해 있는 셈이다. 신세대문화가 진보
의 새로운 칼날이 될지, 혹은 보수주의의 진부한 방패가 될지 흥미롭게
지켜볼 일이다.

(『서울예대 학보』 1993년 9월)

매혹과 반성, 그 절묘한 외줄 타기
─유하 산문집, 『이소룡 세대에 바친다』에 대하여

1

거의 날마다 발간되는 수많은 시집과 소설집 산문집의 홍수 속에서, 하여 책 발간하기가 이토록 용이해진 이 시대의 서점에 범람하는 무수한 신간서적 속에서, 허전한 우리의 마음에 따뜻한 등불을 켜줄 매혹적인 책을 만난다는 것은 참으로 소중한 축복이자 행운일 것이다. 그 글을 쓴 사람의 땀과 열정이 감지되는 책, 새로운 인식의 충격을 제공하는 책, 우리의 선입견과 상투적인 사유를 산뜻하게 뒤집어버리는 책을 만날 때 우리는 한 뼘 더 자란 '정신의 키'를 지니고서 새로운 시선으로 세상을 바라보게 된다. 그 독서체험은 책읽기에 흥미를 지닌 사람들에게 세상을 좀더 신비하고 살 만한 곳으로 느끼게 만드는 삶의 청량제일 것이다. 책을 읽는 것이 직업에 가까운 필자에게도 그러한 상쾌한 체험은 결코 흔하지 않다. 유하 산문집 『이소룡 세대에 바친다』의 초고를 밤새워 읽어가면서 정말 오래간만에 바로 이러한 '행복한 책읽기'를 체험하였다. 산문집으로는 『고종석의 유럽 통신』을 읽은 며칠 전의 감흥 이후에 연속 적시안타가 터진 셈이다. 그 행복한 체험을 널리 전파하지 않는다면 그것은 문학비평가의 직무유기일 터. 그래서 필자는 지금 이 글을 쓰고 있다.

그렇다면, 『이소룡 세대에 바친다』의 상큼한 매력은 무엇일까. 그 매력은 무엇보다도 시인 유하가 지니고 있는 대중문화에 대한 거의 육체적인 친화감에서 발원하고 있는 것으로 여겨진다. 유하 자신의 표현에 의한다면 그는 "대중문화의 스펙터클에 본격적으로 감염되기 시작한 세대"로서 유하는 바로 이러한 세대적 특성을 흥미롭게 보여준다. 이러한 의미에서 유하는 고루한 문학중심주의와 문학에 대한 편협한 순결주의적 경사를 경쾌하게 벗어던진 첫 세대라고 할 수 있지 않을까. 대중문화에 대한 관심이 폭증하고 있는 지금 이 시대보다 훨씬 이전에 이미 유하는 자신의 삶과 대중문화를 최대한 밀착시키면서 새로운 문화적 징후의 뇌관을 터트릴 준비를 하고 있었다고 말할 수 있을 것이다. 그러니까, 대중문화와 문학이 서로 적극적으로 교접 삼투하는 풍경이 지금 이 시대의 중요한 문학적 징후라면, 그 풍경의 가장 전위에 '유하'라는 시인을 위치시켜도 좋을 것이다. 그는 무협지 영화 팝송 재즈 비디오 스타 거리문화 등의 전방위적인 대중문화를 어떤 문인보다도 감각적이며 '육체적으로'(바로 이 점이 중요하다) 이해 향유 수용하면서 새로운 문학의 영역과 대중문화비평을 개척하고 있는 아방가르드이다. 이러한 의미에서 적어도 1990년대의 시문학사를 대중문화와의 연관성 아래 한정짓자면 '유하이전'과 '유하 이후'로 나눌 수 있을 것이다. 최근에 대중문화에 대한 관심을 뚜렷하게 보여주고 있는 문인들이나 문화비평가들이 간혹 자신들의 실제적인 삶과 대중문화를 육체적으로 일치시키지 못한 채, 문화적 지형의 변모에 따라 주로 관념적이며 당위적인 책상물림 차원에서, 대중문화의 중요성을 언급하고 있음에 반해, 유하는 이미 대중문화의 열풍이 불어오기 전부터 그야말로 대중문화를 직접적으로 살아내고 있었다(이

286

러한 의미에서 그의 첫 시집 『무림일기』는 시와 대중문화와의 본격적인 만남을 선구적으로 보여주었다는 시사적 의미를 지니고 있다). 이를테면, 영화감독의 체험, 무협지 아르바이트, 재즈 뮤지션의 계보학을 꿰뚫고 있는 대중음악에 대한 식견, 신해철 강수지 등의 대중가수의 노래세계에 대한 면밀한 이해, 대학시절의 연극회 활동, 이소룡 최진실 심은하 등의 대중스타에 대한 매니아 수준의 관심, 압구정동 문화에 대한 선구적인 의미부여와 문학적 형상화 등등으로 설명될 수 있는 유하의 다채로운 문화적 이력은, 바야흐로 '문화전쟁' '문화의 시대'로 불리는 현재 참으로 소중한 문학적 자산으로 작용하고 있는 것이다.

유하의 『이소룡 세대에 바친다』는 바로 이러한 유하의 대중문화에 대한 식견과 섬세한 감각이 다채롭게 드러나 있는 산문집이다. 이 산문집을 통해서 유하는 시와 영화를 통해서 미처 펼쳐놓지 못한 대중문화와 연관된 아련한 '추억의 사진첩'을 독자들에게 보여주기도 하고 자신을 열광시킨 대중스타에 대한 분석을 시도하기도 하며, 대중문화에 대한 기성세대나 보수적 언론의 선정주의를 날카롭게 비판하기도 한다.

2

『이소룡 세대에 바친다』에서 '문학'에 관한 담론은 거의 등장하지 않는다. 이 산문집을 채우고 있는 것은 주로 영화와 음악, 무협지, 대중가수와 대중스타, 압구정동 문화 등에 대한 유하의 재기발랄하면서도 정밀한 분석이다. 유하의 절친한 문우였던 고(故) 진이정 시인과 허수경 시인의 초상을 묘사하고 있는 두 편의 글(「진이정, 엘 살롱 드 멕시코를 위하여」 「내가 그녀에 관하여 알고 있는 몇 가지 : 허수경」)도 실상 그들의 문학적 글쓰기보다는 인간 자체의 매력에 초점이 맞추어져 있다. 유하는 대중들의 무의식을 지배하고 있는 대중문화에 대한 분석을 통해서, 또한 자신의 욕망과 무의식을 매력적으로 자극한 대중문화에 대한 통찰을 통해서, 이 시대의 문화에 대해서 얘기하기도 하고 추억의 문화적 자서전을 작성하기도 한다.

유하의 대중문화분석이 이채로운 것은 그가 여타의 대중문화비평가에 비해서 대중문화 자체의 현란한 매혹을 그야말로 육체적으로 통과하여 그 매혹된 풍경을 진솔하게 펼쳐놓고 있다는 점에서 결정적으로 연유하는 것으로 보인다. 이를테면 「이소룡 세대에 바친다」나 「보리쌀로 세운 시네마 천국」 같은 글은 유하가 이소룡이라는 1970년대의 불세출의 대중스타에 매혹되는 과정 및 유년기 시절 영화라는 새로운 장르에 흡인되어가는 흥미로운 풍경을 유하 특유의 정감 어린 문체로 묘사하고 있다. 이를테면 이런 식이다.

봄날 오후, 버스를 타고 가다 우연히 이십여 년 전 유행했던 장현의 노래를 들은 적이 있다. 지금은 제목을 잊어버렸지만, '시냇물 흘러서 가면 넓은 바닷물이 되듯이~'로 시작하는 너무도 귀에 익은 노래. 그 흘러간 유행가의 멜로디에 무심코 몸을 맡기는 순간, 문득 어떤 서글픔 같은 것이 가슴을 꿰뚫고 지나갔다. 뭐랄까, 가슴 떨리는 생의 시원으로부터 걷잡을 수 없이 멀어져가고 있다는 느낌. 그 노래 속엔 변함 없이 70년대의 장현이 살고 있었고, 그의 허스키하면서도 부드러운 저음을 따라 유년의 내가 어디론가 달려가고 있었다.(「이소룡 세대에 바친다」에서)

동년배로서 그와 문화적 체험을 상당 부분 공유하고 있는 나로서는 그의 이러한 추억 불러오기를 통해 나의 1970년대로 여행을 떠나게 된다. 나 또한 장현의 그 노래를 얼마나 즐겨 들었던지. 그가 TV를 처음 보던 그 황홀한 순간, 영화를 처음 보던 그 가슴 설레던 시절, 첫사랑의 아련한 추억을 얘기할 때, 모든 독자들은 자신이 TV와 영화를 처음 접하던 순간, 자신의 첫사랑을 떠올리며 작은 미소를 지을 것이다.

3

유하의 몇몇 압구정동 시편들이나 그가 감독한 영화 〈바람부는 날이면 압구정동에 가야 한다〉를 통해서만 유하를 이해하고 있는 사람은 특히 누구보다도 『이소룡 세대에 바친다』를 섬세하게 읽어볼 필요가 있을 것이다. 압구정동의 현란한 이미지만으로 유하의 문학과 유하의 예술활동을 기억하고 있는 사람에게 이번 산문집은 그가 폭넓고 유연한 인문학적 지식과 문화적 현상에 대한 날카로운 비평감식안을 보유하고 있는 일급의 에세이스트라는 사실을 확연하게 보여줄 것이다. 그리하여, 그가 움베르토 에코나 장 보드리야르, 프레드릭 제임슨, 롤랑 바르트, 김현 등의 이론을 빌려와서 대중문화현상을 분석할 때, 그 이론과 대상 사이에 커다란 괴리감이 느껴지지 않는 이유는 그가 대상의 육체성에 깊이 취해서(최진실에 매혹되어보지 않은 사람이 어떻게 최진실에 대한 정확한 분석을 할 수 있겠는가?) 그 대상을 가장 적절하게 해명할 수 있는 분석틀을 빌려오기 때문이다. 그 취함, 다른 말로 표현하자면 대상에 대한 매혹은 대중문화에 대한 단순한 계몽주의적 분석이 수행할 수 없는 행복한 동화의 경지를 보여준다. 가령, 「보리쌀로 세운 시네마 천국」이나 「영화관에서 시간 죽이기」「강수지, 그리고 몇 가지 흩어진 생각들」 같은 글이 바로 그러한 실례에 해당된다. 또한 〈대부〉는 마피아의 세계를 그린 영화이다. 그러나 영화 속의 마피아는 다분히 과장되게, 영화적으로, 모사(模寫)된 인물이다. 대중들은 그 모사된 마피아 이미지가 진짜라고 믿는다. 결국 진짜 마피아들은 말론 브란도가 보여주는 마피아 상, 즉 모사된 마피아 상을 다시 모사하게 된다. 요즘 자주 등장하는 오렌지족이나 미시족의 경우도 그러한 매스컴에 의한 시뮬레이션이 아닌가 싶다"(「노스탤지아 드라마, 혹은 심은하 읽기」)라는 구절은 이미지가 실제보다 더욱 리얼하다는 그리하여 종국에는 현실이 이미지를 모방하게 된다는 최근의 포스트모더니즘 이론을 〈대부〉라는 영화의 분석에 그럴듯하게 적용시키고 있다.

그러나 그렇다고 해서, 유하의 대중문화비평이 시종일관 대상에 대한 행복한 매혹의 표정만을 짓고 있는 것은 아니다. 그 자신의 표현에 의한다면 유하는 대중문화에 대한 "매혹과 거부감"을 동시에 지니고 있는 이중적인 시선을 지니고 있다. 유하가 한때 저널리즘이나 보수적 매체의 집중적인 과녁이 되었던 '오렌지족'이나 '압구정동족'이라는 용어의 문제점에 대해서 던지는 냉철한 비판은 그가 대중문화를 단순한 쾌락적인 향유의 대상으로만 여기지 않고 있다는 사실을 명료하게 보여준다. 유하는 다음과 같이 말한다.

나의 단견으론 오렌지족이란 말은 일부 신세대에 대한 현 사회의 도덕적 질타 그 자체라기보다는, 기성세대의 패러다임을 고수하기 위한 일종의 '저지전략'처럼 느껴진다. 보드리야르 식으로 말하자면, 우리 사회의 오렌지족은 미국의 디즈니랜드와 같은 것이다. (……) 디즈니랜드라는 공간은 미국이 갖고 있는 온갖 만화처럼 허황된 이미지를 대속(代贖)하고 있는 일종의 희생양인 셈이다. 그렇다면 오렌지족은? 그것은 '건강한' 우리 사회가, 사실은 오렌지 빛깔의 불길한 욕망에 오염되었음을 감추기 위해 거기에 존재한다. 말하자면 현 사회의 모든 형태의 오염되고 부정적인 이미지들을 오렌지족으로 기호화된 대상에게 떠넘김으로써, 기성세대는 자신들의 가치관에 대한 상대적인 건강함을 획득한다. 그리고 설령 그것이 도덕적 개탄이라고 할지라도 진정으로 도덕적이지는 않다. 왜냐하면 자기반성이 없는 개탄이기 때문이다.(「디즈니랜드와 신세대」에서)

위의 전언은 '신세대' '신세대문학' '압구정동족' '오렌지족' 등의 용어가 함축하고 있는 정치적 무의식, 세대론적 무의식을 날카롭게 까발리고 있다. 유하는 현란한 매혹과 인공적인 이미지 뒤에 도사리고 있는 지배 이데올로기의 전략을 직시하고 있는 것이다. 아울러 "무엇보다도 기성세대가 먼저 해야 할 일은 십대들(new kids)에 대한 즉각적인 개탄이나 질타가 아니라, 그들의 결핍이 근원적으로 어디에서 기인하는가를 바로 인식하는 일일 것이다"(「뉴 키즈에 열광한다고? 아니다, 그렇지 않다」)라는 지적은 뉴 키즈 사태를 바라보는 저널리즘의 보수적이며 천편일률적인 도덕관을 그야말로 근원적으로 전복시키고 있는 것이 아닌가. 보수적인 문화비평이나 잘못된 주류 이데올로기에 대한 유하의 비판이 생각보다 차분한 설득력을 확보하고 있는 것은 그가, 그 대중문화나 압구정동을 그의 삶 속에서 육체적으로 체험한 연후에 상호 주관적인 맥락에서 조망하고 있다는 점에서 결정적으로 연유하는 것으로 여겨진다. 이러한 의미에서 유하는 대중문화와 연관된 '매혹'과 '반성'의 이중적 풍경을 동시에 보여주고 있는 드문 논자이다. 유하에게 있어서 대중문화의 '매혹'은 그에게 대중문화의 속살을 정교하게 이해 수용할 수 있는 재능을 선사한 것으로 보이며, 대중문화에 대한 '반성'은 그 대중문화의 현란한 이미지 밑에 도사리고 있는 정치적 맥락을 간취할 수 있는 시선을 제공했다고 말할 수 있으리라. 이러한 의미에서 유하를 "키치 중독자인 동시에 키치 반성자"라고 표현한 김현 선생의 지적은, 유하의 성취와 한계에 대해서 정곡을 찌른 표현이라고 하겠다.

물론 매혹된 사람의 비판이, 혹은 중독당했던 사람의 반성이 국외자적인, 방관자적인 비판이나 반성보다 항상 치열하고 정당하다고 볼 수는 없을 것이다. 그러나 분명한 것은 매혹당한 사람만이 그 매혹의 아득한 육체성을 가로질러 자신의 체험마저도 부정하는 근원적인 반성을 보여줄 수 있으리라는 사실이다. 아울러 더욱 중요한 사실은 매혹당한 논자만이 그 매혹의 경계에 놓인 자들에게 한결 설득력 있는 비판과 반성의 정당성을 제공해줄 수 있으리라는 점이다. 따라서 한국 여배우들의 상투적인 얼굴에 대한 문제제기를 하면서 다음과 같이 중국 여배우를 치켜세우는 유하의 발언은 사대주의에 근거한 자기 비하가 아니라 한국 여배우들의 외모와 연기, 육체를 한없이 구체적으로 응시했던 문화인의 절실한 자기 돌아봄으로 인식되어야 할 것이다.

　　거기에 비해 지금 우리 배우들의 얼굴은 어떤가. 극단적으로 말하면, 현재 활약하고 있는 대부분의 우리 배우의 얼굴에는 포토제닉함이 부족하다. 얼굴 속에 관객의 눈동자를 붙잡아둘 수 있는 정령(精靈)이 살지 않는다는 얘기다. 정령이 살지 않는 까닭에 배우로서의 생명도 그리 길지 않다. 어디선가 베낀 듯한 얼굴들이 반짝 떠올랐다가 소리없이 사라져간다. 베낀 얼굴이 더 잘 베낀 얼굴에게 바톤을 물려준다. 화면빨을 위하여 상당수가 쌍꺼풀 수술을 하고, 턱을 깎고, 코를 높인다. 그와 같은 행위들은, 간단히 정리하자면 서구적 미의 패러다임 속에 자신을 끼워놓으려는 노력에 다름아니다. 그러나 분명한 것은, 그 '미인병'적 사고가 우리 영화의 개성과 고유성을 많이 약화시킨다는 사실이다. 그리고 관객들이 진정으로 원하는 얼굴은, 국화빵 틀로 찍어낸 이쁜 인형 같은 얼굴이 아니라, 그만의 미적 아우라가 존재하는 얼굴이다. 되풀이하지만, 중국 영화의 화면이 우리에게 강력한 흡인력으로 다가오는 근본적인 요인도, 그 속에 얼굴의 국적을 확실하게 지키는 배우들이 온전히 보존되어 있기 때문이다. 나는 공리라는 여배우의 묘한 웃음을 생각한다. 바로 그 웃음의 아우라가, 그들 특유의 대륙적 문화의 충만함 속으로 나를 한없이 이끌어갔던 것이다.(「중국 영화에 대한 단상」 중에서)

4

　　1989년의 어느 가을날, 누군가의 시상식 자리에서 유하를 처음 만난 이후에 우리는 서로 절친한 문우(文友)로 지내왔다. 아니다. '문우'라는

292

상투적인 표현으로는 우리들의 애틋한 우정을 도저히 묘사하지 못할 것이다. 모두가 잠든 새벽, 저 강 건너편 무역센터의 지시등만 반짝이던 시간에 나는 검은 강물을 바라보면서 어김없이 유하에게 전화를 했고, 내가 잊을 무렵이면 그가 전화를 했다. 그러고 보니 우리는 늘 심야통화를 통해서 서로 만나고 서로를 확인한 셈이다. 그게 우리들 방식의 고유한 사귐이라고도 할 수 있으리라. 그 늦은 시간들의 대화를 통해서 우리는 서로 발가벗겨진 내면의 무늬들을 서로에게 한껏 보여주었고, 중요한 일이 있으면 누구보다도 먼저 상의하는 친구가 되었다. 그와의 대화를 통해 나는 여러 가지 복잡한 문화적 문학적 고민들을 나름대로 명쾌하게 정리할 수 있었고 삶을 한층 구체적으로 바라볼 수 있었다. 나는 그에게서 정말 많은 것을 배웠다. 내가 가지고 있지 못한 것을 그는 가지고 있었기 때문이다. 특히 대중문화와 연관해서는 대중문화를 구체적인 육체성의 매혹으로 접해야 한다는 것을 그에게서 배웠다. 김현 선생 식으로 표현하여, 만약 고마움이 작은 눈송이라면 나는 그에게 커다란 눈사람을 보여주고 싶다.

여러 가지 방황 끝에 이제 글쓰기를 평생의 업보로 생각하고 있는 그에게 이번 산문집의 발행은, 그의 글쓰기에 있어서, 중요한 분기점으로 작용할 것 같다. 주로 시라는 장르를 통해서 자신이 이 세상에 말하고자 하던 바를 표출했던 그가 이제 산문이라는 장르에 손대면서 정밀한 산문 정신을 체득해가고 있다. 그 체험이 그의 글쓰기에 더없이 소중한 자산으로 작용하기를 바란다. 아울러 항상 그래왔듯이 자신의 글쓰기에 대한 근원적인 부정을 수행할 수 있는 여유를 그가 여전히 가지기를 바란다. 끊임없는 문학적 갱신이야말로 그의 일용할 양식이 되어야 할 것이다. 앞으로 그와 함께할 무수한 세월은 아득하지만, 그가 있기에 그 세월은 나에게 그다지 쓸쓸하지만은 않을 것 같다. 마지막으로 전업시인인 그의 이 산문집이 그의 생계를 해결하는 데에도 커다란 도움이 되었으면 한다. 내 확신건대, 이 산문집은 수많은 사람에게 기꺼이 추천할 수 있는 몇 안 되는 책이기 때문이다.

(유하 산문집, 『이소룡 세대에 바친다』 발문, 1995)

휴머니즘의 문학
— 이균영 유고집, 『나뭇잎들은 그리운 불빛을 만든다』에 부쳐

    새로운 학기가 시작되자마자 올라가본 8층 인문관 연구실에는 이제 다른 선생님의 명패가 달려 있었다. 그 명패를 보면서 나는 이균영 선생님의 '부재'를 그야말로 감각적으로 느낀다. 우리가 같은 직장에서 보냈던 그 일 년여의 세월이, 이미 나에게는 무엇보다도 소중한 보석처럼 가슴에 박혀 있는 것이다. 나는 마치 무언가 중요한 물건을 잊은 사람처럼 연구실 주변을 배회하면서 이제는 저 세상 사람이 된 이균영 선생님을 회상해본다. 따뜻하면서도 강직한 품성, 이지적인 미남의 풍모, 마음속 깊이 간직한 엄청난 열정, 늘상 밤늦게까지 불이 밝혀져 있던 연구실, 치열한 학문적 성실성, 타인에 대한 폭넓은 인간적 관심, 그리고 학교 주변에서의 즐거웠던 술자리 등등을. 8층 연구실의 복도 창문으로 보이는 서울의 야경을 쳐다본다. 월곡동 산동네 중턱에서 고즈넉이 빛을 발하는 십자가와 무수한 불빛들을 바라보면, 삶과 죽음, 권력과 욕망, 영광과 좌절, 혁명과 반동, 이 모두가 아련한 환상으로 여겨지기도 한다. 숙명적으

로 유한한, 그렇기에 그토록 허무한 인간의 삶. 과연 우리 모두가 왜, 무엇을 위해서 이토록 아등바등하면서 성실하게(?) 살아가는 것일까?

한 사람의 유능한 사학자가 있었다. 그는 자신의 전공분야에서 누구 못지않은 탁월한 업적을 남겼다. 『신간회 연구』라는 저작은 그에게 '단재학술상'을 안겨주면서 한국현대사를 연구하는 학자로서의 보람과 명예를 가져다주었다. 그런데 그는 동시에 소설가이기도 했다. 그는 역사라는 공식적인 학문의 세계가 온전히 담보할 수 없는 인간의 구체적인 숨결과 개성적인 체취를 문학을 통해서 표출하고자 했다. 그는 역사연구를 하면서 생기는 자투리 시간을 최대한 활용하여 소설쓰기에 투자한다. 1984년 그는 「어두운 기억의 저편」이라는 중편소설로 이 땅에서 가장 권위 있는, 대중적인 문학상인 '이상문학상'을 수상하게 된다. 이 작품은 민족문학의 가장 중요한 테마 중의 하나인 분단문제를 현대적 일상사와 절묘하게 결합시킨 수작으로 평가받았다. 그후 그는 일단 역사연구에 매진한다. 그는 전업소설가가 아니었기에, 또한 문학을 전공한 처지도 아니었기에, 자신의 직업이기도 한 역사학자로서의 아이덴티티를 결코 포기할 수 없었던 것이다. 어쨌든 자신이 참여한 두 가지 분야에서 누구보다도 열정적인 노력을 기울여 양쪽 모든 분야에서 높은 평가를 받게 되었다. 한 분야에서 일정한 경지에 오른다는 것도 결코 쉽지 않은 일인데, '단재학술상'과 '이상문학상'을 모두 수상한다는 것이 범상한 일인가.

그는 최근에 정말로 좋은 소설을 쓰고 싶어했다. 역사연구가 그에게 무척이나 소중하고 의미 깊은 작업임에는 분명했지만, 그는 싸늘한 실증과학이 포착하지 못하는 인생의 신비와 다채로운 삶의 무늬를 적극적으로 보여주는 분야, 즉 문학이야말로 그가 궁극적으로 자신의 열정을 바쳐야 할 분야임을 인식하게 되었던 것이다. 그는 이상문학상 수상 이후 10여 년의 공백을 딛고, 『노자와 장자의 나라』(중앙일보사, 1995), 「자유의 먼 길」 등의 문제작을 연이어 발표하면서 소설가로서의 화려한 재기를 학수고대하고 있었다.

1996년 2학기부터 시작된 연구년은 그에게는 소설을 쓸 수 있는 절호의 기회였다. 프랑스에서 벌어졌던 한국문학주간에 초대받아서 돌아본 프랑스의 풍물과 정서가 그에게는 무척이나 인상적으로 다가왔었던 것으로 보인다. 그는 연구년 기간 동안 바로 프랑스에서 소설을 쓰기로 작정하고 이 땅을 떠난다. 아무도 자신을 알아보지 않는 이역에서 그는 자신의 영혼을 태워 오로지 소설만을 쓰고 싶었던 것이다. 프랑스에 기거하던 작가는 병상에 계신 아버님의 병문안차 다시 이 땅에 들어오게 되었다. 그게 바로 작년 초겨울의 일이었다. 부모님께 문안을 마치고 서울로 돌아온 작가는 고속터미널에서 자택인 일산으로 택시로 귀가하다가 불의의 교통사고로 그 열정적이며 성실했던 삶을 마감하고 만다. 그가 바로 소설가이며 역사학자였던 고 이균영 선생님이다.

사고가 있던 당일, 이균영 선생님의 가방에는 깨알 같은 글씨로 정성껏 씌어진 유고가 있었다. 하얀 백지에 볼펜으로 써나간 그 유고는 그가 이 세상에서 생을 영위하는 마지막 순간까지 보듬고 있었던 유품이었다. 그러니까, 그가 생의 마지막 순간까지 관심을 기울이던 영역은 다름아닌 '소설'이었던 것이다. 바로 그 작품이 이 유고집에 수록된 「빙곡」이라는 제목의 장편소설이다. 이균영 선생님이 이 세상을 떠나신 후, 남은 이들은 누구보다도 성실했던 그의 학문과 문학을 어떻게 기릴 수 있는가, 하는 방안에 대해서 논의를 했었다. 그 결과 일단, 책으로 발간되지 않은 작품과 발표되지 않은 유작을 모아서 유고 창작집을 간행하기로 중지를 모았다. 민음사는 이 뜻깊은 시도를 적극적으로 수용해주었으며, 유고집 발간을 위한 작품 선정과 해독을 필자와 민음사 편집부에서 맡게 되었다. 바로 이러한 과정에 의해서 이 유고 창작집이 탄생하게 된 것이다.

이 책에는 이균영 선생의 가장 최근작들이 수록되어 있다(작년에 월간 『문학사상』에 분재되었던 장편소설 「떠도는 것들의 영혼」은 따로 단행본으로 발간되어야 할 것이다). 중편소설 「자유의 먼 길」은 『현대문학』 1995년 6월호에 발표된 작품이다. 이 작품은 '한국소설가협회'가 선정하는 우수한 중편소설로 선정되어 이균영의 문학적 재기를 선명하게 알린 바 있다. 또다른 중편소설 「나뭇잎들은 그리운 불빛을 만든다」는 『세계의문학』 1997년 봄호에 수록된 이균영 선생의 소중한 유작이다. 이 작품은 작년 8월 말경에 완성되어 프랑스에서 인편으로 필자에게 보내진 작품이다. 그러니까, 이 작품은 작가가 연구년을 프랑스에서 오로지 소설쓰는 작업에 바치기로 한 뒤의 첫 결실이라고 하겠다. 이 작품이 유고작이 되리라고는 정말 상상도 하지 못했다. 한편, 「빙곡」은 이균영 선생님이 몇 년 전부터 꾸준히 구상하면서 조금씩 써내려가서, 불의의 사고를 당하기 직전에 완성한 장편역사소설이다. 그렇다면 이러한 세 작품의 문학세계는 어떠한가.

「자유의 먼 길」을 통해 이균영 선생은 대학교수 사회의 추악한 행태들을 짜릿하게 고발하고 있다. 교수채용의 문제점, 과 교수들과의 인간적인 불화와 패거리의식, 철저한 학맥과 인맥 위주로 움직이는 교수사회의 폐쇄적인 문화, 이러한 구조적인 문제 속에서 실존적인 고민을 거듭할 수밖에 없는 한 외로운 교수의 초상 등등이 이 소설 속에서 생생하게 형상화되고 있다. 아마도 이균영 선생의 실제 체험이 일정하게 반영되어 있을 이 소설을 통해 선생은 자신이 몸담고 있는 대학사회를 준열하게 비판하고 있는 것이다. 특히 주제는 대학사회에 광범위하게 존재하고 있는 교수들 사이의 갈등으로 모아진다. 사실 자신이 직접 몸담고 있는 세계를 비판하는 것은 결코 쉬운 일이 아니다. 그 비판의 과녁이 자기 자신에게 돌아오지 않는다면, 아울러 그러한 비판의 양식이 철저한 자기 반성과 자기 객관화를 동반하지 않는다면, 그것은 '누워서 침 뱉기'에 다름아닐 것이다. 그리하여 그 비판과 고발은 이를테면 '나는 순수하고 정당하지만, 세상은 온통 썩었다' 는 식의 나르시시즘에 가까운 태도에 함몰되기가 십상인 것이다. 그러나 「자유의 먼 길」에서 표출되는 주인공 교수의 태도는 이러한 자기 중심적인 안이한 비판을 명확하게 탈피하고 있다. 예컨대, 교수채용을 둘러싸고 생성된 오해에 대해 주인공은 "다 제가 부족한 탓이 아닙니까"라고 받으면서, 자신에 대해 근원적으로 탐문하고 있는 것이다. 이러한 태도는 격렬한 분노보다 훨씬 윗길에 놓여 있는 자신을 객관화하는 태도이다. 다음의 예문 역시 이러한 자기 객관화를 위한 노력을 인상적으로 보여준다.

그는 그들 모두가 그가 이 학교에 임용되는 것을 맹렬히 반대했다는 사실을 알고 있었다. 반대는 당연한 것이었다고, 그가 그들 중의 그였다고 하더라도 그것은 마찬가지였을 것이라고 그는 생각했다. 문제는 나에게 있으며 그것은 곧 해결될 것이다. 나는 겸양하고 겸손하고 예의를 지키고 열심히 가르치고 열심히 연구할 것이다. 그렇게 시간이 가다보면 모든 게 풀릴 것이라고 그는 자신했다.

위의 구절은 같은 과 교수들과의 불화를 자기 나름대로 견디면서 성실한 연구에 임하겠다는 주인공의 다짐을 묘사하는 대목이다. 타인의 입장에 서서 생각해보면서 자신을 객관화하는 주인공의 이러한 독백은 대학교수를 둘러싼 여러 가지 문제를 묘사하는 이 소설의 근원적인 태도를 구성하고 있다. 물론 완전무결하게 객관적인 시점은 존재하지 않을 것이다. 때문에, 「자유의 먼 길」에서 나타나는 주인공의 태도 역시 그 주인공의 주관적인 입장이 분명히 개입된 차원의 상대적인 진실만을 담보하고 있다고 말할 수 있으리라. 그러나 그 주인공의 주관적 진실은 냉철한 '자기 성찰'을 동반하고 있다는 점으로 인해 진정성을 확보하고 있다. 바로 이러한 점 때문에 「자유의 먼 길」은 단순한 세태비판소설과는 구별된다. 자신에 대한 철저한 객관화과정을 통해 주체와 타자에 대한 동시적 반성, 바로 이것이 이균영 선생이 「자유의 먼 길」을 통해서 추구한 대학교수 비판의 방법론이다. 이러한 성찰적 비판을 통해서, 대학교수 사회의 추악한 환부가 생생하게 드러나게 되는 것이다.

「나뭇잎들은 그리운 불빛을 만든다」는 이균영 문학의 매력적인 정서를 대표적으로 보여주는 수작이라고 할 수 있다. 그 정서는 인생은 쓸쓸하고 고독하다는 명제와 연결된다. 우수 어린 회한에 휩싸인 어느 기관사의 추억과 회상이 이 소설의 주제이다. 즉, 31년 7개월 동안 92만 킬로가 넘는 엄청난 거리를 기차로 운행한, 노기관사 박석우의 기구한 사랑의 운명과 고독한 삶의 표정이 바로 이 소설의 주된 내용이라고 할 수 있다. 그러니까, 인간은 누구나 영원히 만나지 않는 철로처럼 원초적인 고독과 대면하지 않을 수 없다는 것을 우리는 「나뭇잎들은 그리운 불빛을 만든다」를 통해서 거듭 확인할 수 있다고 하겠다. 이러한 이 작품의 우수어린 정서는 이균영 선생의 초기 평판작인 「멀리 있는 빛」의 세계와 연결된다. 젊음의 우수와 낭만, 알 수 없는 방황과 센티멘털리즘이 바로 이 소설의 정서라고 할 수 있을 터인데, 「나뭇잎들은 그리운 불빛을 만든다」의 경우에는 이제 정년퇴직을 앞둔 노기관사의 추억과 회한을 소재로 하고 있다는 점에서 청년기의 방황을 소재로 하고 있는 「멀리 있는 빛」과 구별된다. 그러니, 「멀리 있는 빛」의 세계가 이유 없는 막연한 방황에 가깝다면 「나뭇잎들은 그리운 불빛을 만든다」의 세계는 이제 달관의 경지에 이른 한 노기관사의 정갈한 감상에 가깝다. 다음의 예문을 보자.

닿는 곳마다 그곳엔 역 이름이 있다. 그러나 박석우씨에겐 어느 곳에 닿아도 좋았다. 그곳은 다른 어떤 곳이라도 상관없는 곳, 박석우씨의 화차가 닿았다 떠나는 곳, 세월에 따라 꽃피고 혹 새들 울고 쓸쓸함, 안타까움, 실의, 외로움, 자유, 설렘……은 일상을 벗어난 떠도는 자들, 떠나고 돌아오는 자들의 것일 뿐 박석우씨에게 그곳은 어느 곳이라도 상관없는 곳이었다.

그런데 실상 언제나 일상을 벗어나 떠도는 자가 바로 다름아닌 주인공 박석우 기관사였다고 할 수 있지 않을까. 고독과 우수로 점철된 화물열차 기관사의 여정이 일상화되는 것이 박석우의 인생 자체라고 볼 수 있을 것이다. 그렇다면 그러한 고독과 우수는 어디서 발원한 것일까.

그 기관사에게는 소중한 사랑의 추억이 있었다. 그의 청년기를 온통 사로잡았던 옥순이라는 여자와의 애틋한 연애가 바로 그 사랑의 실체였다. 그리하여 "오직 그만이 빛날 수 있는 때가 누구에게나 존재한다면 박석우씨에게 그때는 바로 옥순의 그 시절이었다"고 말해질 정도로 박석우에게 그 사랑의 시절은 행복감으로 충만된 시기였다. 그러나 옥순은 박석우를 배신하고 서울로 올라간다. 그녀는 그들의 고향이었던 탄광촌과 그 탄광촌에서 탈피할 수 없는 석우의 인생보다는 현란한 도시의 매혹과 교육받은 남자의 세련됨을 선택했던 것이다. 그녀는 천성적으로 더 매혹적인 환상을 향해 끊임없이 현실을 배신할 수밖에 없는 존재였던 것이다. 바로 이 사랑의 좌절이 석우를 아득한 환멸에 빠뜨린다. 그 환멸 때문에 석우는 급기야 고졸 검정고시를 통해 기관사가 되었던 것이다. 결국 사랑의 좌절이 그로 하여금 평생 어딘가로 떠날 수밖에 없는 기구한 운명을 만들었던 것이다.

그 이후에도 박석우의 기구한 운명은 계속된다. 옥순과의 재회, 재이별, 술집 여자 조아진과의 새로운 만남, 조아진과의 동거 시작 등등. 그것은 정말 '운명'이라고밖에 표현할 수 없는 파란만장한 사랑의 여정이었다. 정년을 일 년 앞둔 노기관사 박석우가 첫 운행을 시작한 신참기관사와 한 조가 되어, 인생과 사랑에 대한 대화를 주고받으며 자신의 청년기를 지배했던 여자와 사랑을 추억하는 장면은 마치 한 편의 '추억의 명화'처럼 상큼하고 아름답다.

한편, 「빙곡」은 이균영 선생이 필생의 테마로 선정한 작품으로 여겨진다. 현대사를 배경으로 한 이 장편소설을 통해 선생은 자신의 전공인 역사와 문학의 만남을 모범적으로 보여준다. 선생은 한국현대사에 대한 해박한 지식을 무기로 하여, 역사가 할퀴고 지나간 '문제적 인물'의 파란 만장한 삶을 인상적으로 부조하고 있다. 「빙곡」의 주인공인 박용태의 다채로운 편력은 그 자체로 한국현대사의 굴곡을 함축적으로 보여주고 있다. 사회주의 성향의 비밀독서회 사건으로 징역까지 살았던 일제시대, 조선공산당 압곡지구당 조직부장을 맡았던 해방 직후, 여순 반란사건 시절의 산사람 생활, 그후 체포되어 대한청년당 보도연맹에 가입할 수밖에 없었던 6·25시절, 생존 그 자체를 위해서 자유당 압곡군당 조직선전 부장을 맡아야 했던 1950년대 이후의 정치적 이력 등등이 '문제적 인물' 박용태의 기구한 삶의 궤적이다. 이러한 삶의 여정은 역사와 이념이 한 개인의 삶에 얼마나 폭력적으로 개입할 수 있는가 하는 점을 역연히 보여준다.

박용태의 삶을 일관되게 지배하고 있는 덕목은 무엇보다도 휴머니즘이다. 공산당 조직의 간부였음에도 불구하고 좌우익 충돌과 민중봉기를 최대한 제어하여, 인명 살상을 방지하려는 그의 노력은 고귀한 휴머니즘 정신에서 비롯되는 것이다. 그가 6·25 이전의 명백한 좌익적 입장에도 불구하고 6·25 이후에도 생존할 수 있었던 것은 그러한 그의 휴머니즘 정신이 무고한 양민의 살상을 방지했다는 것을 인정받을 수 있었기 때문이다. 또한 그가 나중에 자유당 활동을 하게 되는 것도 궁극적으로, 이념적 차원의 문제보다는 자신과 함께했던 사람들의 생존을 더 중시했기 때문이다. 박용태의 인도주의는 다음과 같은 발언으로 요약될 수 있다.

내가 헐 수 있는 말은 좌건 우건 사람들이 더이상 죽어서는 안 된다는 것, 더이상 죽어서도 안 된다는 것, 원한과 증오, 삶의 그 모두가 우리의 사상, 사회주의 실현과는 무관하다는 이 말뿐이네.

이러한 박용태의 입장을 한국현대사는 여지없이 할퀴고 지나간다. 그는 어느 쪽에도 편하게 자신을 맡길 수 없었던 것이다. 그는 단순한 공산주의자가 될 수도 없었고, 경박한 자유민주주의자가 될 수도 없었다. 그러나 바로 그 점 때문에 그의 인생은 기구해진다. 자식과 아내의 비참한 죽음을 체험하기도 하고 치사한 변절자로 몰리기도 하는 주인공 박용태의 기막힌 편력을 찬찬히 이해할 수 있을 때, 우리는 한국현대사의 그림자 때문에 상처받으면서 살아온 수많은 민중들의 내면을 이해하게 될 수 있지 않을까 한다.

지금까지 살펴본 세 작품의 표면적 주제는 판이하다. 「자유의 먼 길」의 경우에는 대학교수 사회의 패거리의식을 주제로 하여 잘못된 세태를 비판하고 있으며 「나뭇잎들은 그리운 불빛을 만든다」의 경우는 인생에 대한 존재론적인 질문을 던지고 있다. 그리고 「빙곡」은 격동의 현대사를 배경으로 한 역사소설이라고 할 수 있다. 그러나 이 세 작품을 관통하고 있는 가장 중요한 속 깊은 전언은 바로 휴머니즘의 문제라고 할 수 있다. 이념보다도, 집단보다도, 달콤한 연애감정보다도, 바로 따뜻한 인간애가 인간 삶에 있어서 가장 중요한 덕목이라는 사실을 이균영 선생은 위의 세 작품을 통해서 일관되게 전달하고 있는 것이다. 바로 이러한 부분이 평소 선생이 보여주던 삶의 자세가 소설의 주제에 그대로 배어 있는 부분이라고 하겠다. 그의 따뜻한 휴머니즘과 고급한 센티멘털리즘을 이제 남아 있는 작품으로밖에 느낄 수 없다는 것이 정말 너무나 안타깝다.

같은 직장에 근무하는 일 년여의 세월 동안 필자는 이균영 선생님으로부터 분에 넘치는 은혜와 후의를 입었다. 신참 교수로서 내가 대면할 수밖에 없었던 여러 가지 고민에 둘러싸여 있을 때, 그는 항상 따뜻하고 자상한 큰형님의 풍모로 다가와 여러 가지 도움을 주셨다. 이 짧은 글은 그 커다란 마음 씀씀이에 대한 소중한 기억에서 비롯된다. 진작에 출간되었어야 될 책이 필자의 게으름으로 이렇게까지 늦어졌다. 부디, 지하에 계신 이균영 선생님이 다시 한번 따뜻하게 이 후배의 나태함을 감싸안아주시기만을 바랄 뿐이다. 이제, 마지막으로 고인이 이 세상에서 꿈꾸었던 모든 일들이 지하에서만이라도 순조롭게 이루어지기를 간절히 바란다. 하느님은 재주 많은 사람을 먼저 데려가신다고 하니, 아마도 재주 많고 따뜻한 선생님은 저 세상에서 원하는 모든 것을 얻으셨을 것이다.

(동덕여대 교지 『목화』 27집, 1997년 5월)

우리는 어떻게 진정으로 변화할 수 있을까요?

—이문열 선생님께

아무런 의미가 없다고 느껴지는 시간들과 한순간 제가 이 세상에 살아 있다는 것의 환희를 느끼는 시간들이 교차하는 그런 아름다운 봄날들이 흘러가고 있습니다. 답답한 마음을 떨칠 요량으로 얼마 전에는 해남과 강진 일대를 일 년 만에 다시 둘러보면서 남도의 봄을 온몸으로 느끼고 돌아왔습니다. 그날따라 땅끝마을에서 바라다본 남해바다는 에메랄드 빛을 발하고 있었으며 영랑 생가에는 모란이 활짝 피어 있더군요. 이천 의 부악문원에는 이제 여러 가지 꽃이 만발했겠지요. 사람의 마음은 참 으로 간사해서 변함없는 자연을 통해 마음의 위안을 얻나봅니다. 남도의 바다와 꽃을 접한 후에 한결 푸근해진 제 마음에서 차라리 연민과 슬픔 을 느꼈습니다.

강진에서 돌아와서 곧바로 빨간 장정의 『아가』를 읽었습니다. 그리고 인터넷을 통해서 몇몇 신문지상에서 진행된 『아가』에 대한 논쟁을 보면 서 참으로 여러 가지 생각을 했습니다. 저의 이즈음의 화두인 어떻게 해야 정말 제대로 된 비판, 즉 아름다운 비판을 할 수 있겠는가, 과연 한 사람의 소설가에게 지속적인 자기 갱신과 자기 성찰이 어느 한도까지 가능할 것인가, 그리고 그 갱신과 성찰이 작품세계에는 어떠한 영향을 미칠 것인가, 한 문인에게 부여된 편견이란 얼마나 집요한 것인가 등등. 그 논의들을 보면서, 저는 당신이 가장 행복한 작가이면서, 동시에 가장 불운한 작가이기도 하다는 생각을 했습니다. 어떻게 생각하면, 바로 이러한 절묘한 모순이 당신의 문학적 운명일 수도 있겠다는 생각이 들기도 합니다. 이제 저는 『아가』를 읽으며 생성된 몇 가지 주제들에 대해서 당신과 열린 마음으로 대화를 진행하고자 합니다.

제가 처음 접한 당신의 작품이 무엇이었는지 곰곰이 생각해보니 『젊은 날의 초상』이더군요. 1980년대 초반에 그 작품을 접했으니, 어언 20년 가까운 세월 동안 당신 작품의 독자로 살아온 셈입니다. 스무 살 무렵을 전후해서 접했던 『젊은 날의 초상』『사람의 아들』『황제를 위하여』『영웅시대』, 「금시조」「들소」 등의 주옥같은 작품을 통해 문학에 대한 열정을 새록새록 키워가던 그 시절이 그리워지기도 합니다. 그 무렵의 당신 작품에 대한 책읽기가 제 문학공부와 책읽기의 가장 유쾌하고 진지했던 순간들로 남아 있다는 사실을 알려드리고 싶습니다. 생각해보면, 문학청년이던 그 시절, 제가 당신의 작품에 '열광'하고 있었다고 표현해도 분명 과언은 아닐 것입니다. 정말 그러했으니까요. 문학청년 시절 누구나 열애하는 작가가 한두 명은 있게 마련입니다. 감동 잘 하는 낭만주의자이자 초보 문학청년이었던 저에게 그 대상은 이문열의 소설들이었습니다. 제가 문학비평이라는 글쓰기(「이문열론 : 세계관의 변화과정을 중심으로」, 서울대 대학신문, 1985. 12. 2)를 처음 시작했을 때의 대상작품이 바로 당신의 초기작이라는 사실도 바로 이러한 사실과 연관되겠지요. 그 후 저는 문학비평가로 등단을 했고 조금씩 문학비평을 쓰기 시작했습니다. 이러한 문학적 인연이 저로 하여금 당신에게 「작가에게 보내는 젊은 비평가의 편지」(『작가세계』 창간호, 1989년 여름)를 쓰게 만들었던 이유이기도 합니다. 이 편지에서 저는 당신께 다음과 같은 부탁을 드린 적이 있었습니다.

저는 당신이 언젠가는 씌어질 문학사에서 몇 편의 재미있고 기발한 소설을 썼던 소설가가 아니라 주어진 시대의 문제에 대해 가장 치열하게 고뇌했던, 그리하여 독자들의 가슴 깊숙한 곳에 '영혼의 충격'을 주었던 소설가로 기억되기를 진심으로 바랍니다.

이 편지 이후 정말 많은 세월이 흘렀습니다. 공식적인 지면을 통해 발표된 이 편지를 보낸 책임을 지기 위해서, 저는 그후에 당신이 발표한 거의 모든 작품과 글쓰기를 지속적으로 읽어왔습니다. 애송이 문학비평가가 당시 가장 인기 있는 작가에게 보냈던 편지는 실상 문학적 애정의 다른 이름이었겠지요. 이제 당신에게 보냈던 첫 편지로부터 어언 11년이 지난 이 시점에서 저는 두번째 편지를 보내게 되었군요. 물론 이 편지의 표면적인 계기는 『아가』를 읽으면서 형성된 여러 가지 생각과 성찰이었지만, 사실 저는 몇 년 전부터 당신에게 간곡한 편지를 드리고 싶었습니다. 『선택』이라는 작품이 불러온 격렬한 페미니즘 논쟁을 안타까운 마음으로 지켜보면서, 당신에 대한 문학적 관심과 신뢰를 일찍이 표명해온 저로서는 당신의 글과 삶에 대해서 열린 대화를 하고 싶었답니다. 그러나 제 편지는 결국 씌어지지 못했고, 이제서야 이러한 특이한 방식의 사신(私信)을 드리게 되었군요.

『아가』의 뒤에 덧붙인 '작가의 말'을 읽어보니, 당신이 『선택』을 펴낸 후 『아가』에 이르는 시기 동안 무척이나 고독했으리라는 짐작이 듭니다. 당신은 "지난 삼 년 내 내면은 실로 괴이쩍은 질풍노도에 휩쓸려 있었다. 틀림없이 소모이고 낭비였지만, 이제 그것들이 진지한 문학적 투입으로 전환되는 날도 기대해본다"고 얘기하고 있습니다. 생각해보니, 그 삼 년의 시기는 『선택』을 펴낸 후에 지금에 이르는 시기와 정확히 일치하더군요. 위의 발언을 통해서 『선택』으로 인한 페미니즘 논쟁이 당신의 내면을 얼마나 황폐하게 만들었나 하는 점을 인식할 수 있었습니다. 그러니, 당신이 또한 『아가』에 대해 언급하면서 "이 작품을 쓰기 시작할 때 나를 사로잡은 것은 변화의 열정이었다. (……) 교양 욕구에 지나친 배려를 보내는 일, 미문의 만연함에 도취하는 일도 피해보려 했다"고 언급한 심정을 충분히 이해합니다.

『선택』으로 인해서 자신에게 씌어진 부정적인 이미지를 탈피하는 동시에 새로운 작품을 통해서 문학적 전환을 꾀하고 싶다는 당신의 염원이 바로 '작가의 말'에 선명히 드러나고 있는 것 아닐까요. 그렇다면 『아가』는 과연 새로운 문학적 변화를 열망하는 당신의 바람을 얼마나 충족시켜주고 있을까요?

『아가』는 성인이 되도록 예닐곱 살 정도의 지능밖에 가지지 못한, 한마디로 몸과 마음이 모두 성하지 못한 주인공 '당편이'의 인생유전에 대한 문학적 보고서라 할 수 있겠지요. 외모와 지능의 면에서 정상이라고 할 수 없는 당편이로 인해 벌어지는 숱한 에피소드의 모음이 『아가』를 풍성하게 둘러싸고 있습니다. 연민과 흥미를 동시에 유발하는 당편이를 둘러싼 에피소드들을 읽다보면 당신에게 부여된 '능란한 이야기꾼의 솜씨'라는 문학적 재능이 이 작품에서도 여실히 발휘되고 있다는 사실을 확인하게 됩니다. 이야기를 만들고 구성하는 능력이 소설가의 중요한 자질이라면, 당신은 분명 뛰어난 소설가입니다. 당신의 글쓰기를 비판하는 사람이라도 적어도 이 점은 부정할 수 없을 겁니다. 저는 당편이를 둘러싼 기상천외한 에피소드도 흥미로웠지만, 당편이와 황 장군이 서로 동거하게 되는 과정에 대한 묘사나 특히 당편이와 건어물장수 영감이 지극한 나이에도 불구하고 서로 맺어지는 과정에 대한 묘사는 흥미 차원을 넘어 일면 감동적이기까지 했습니다. 그리하여 저는 『아가』를 읽는 동안 몇 번이나 웃음을 참지 못했으며, 역시 몇 번이나 잠시 책을 접어둔 채 당편이의 인생편력에 대해서 생각해보곤 했답니다. 말초적인 흥미를 유발하기 위한 상투적인 이야기가 아니라면, 분명 이야기의 흥미와 스토리 축조능력 자체는 그 작품의 매력을 담보하기 위한 중요한 조건일 수 있습니다. 곰곰이 생각해보면, 1990년대 소설의 주류적 경향들은, 바로 이러한 이야기의 축조능력 면에서는 황석영이나 이청준, 김원일 그리고 당신 등이 확보한 탄탄한 기본기에 비해 현저하게 부족한 측면이 있다고 판단됩니다. 1990년대 문학의 새로움이 확보한 문학사적 의미와 신세대문학이 구사하는 현란한 미학적 전략의 필연성에 대해서 나름대로 충분히 이해하면서도, 그 문학적 가치에 대해서 흔쾌히 손을 들어주기가 주저되는 부분도 본질적으로는 바로 이러한 이야기 구성능력의 문제에서 연유하는 것이 아닌가 생각됩니다.

물론 『아가』는 단순히 흥미진진한 이야기라는 관점만으로는 포착할 수 없는 근원적인 문제의식을 함축하고 있습니다. 그것은 근대 이전의 공동체사회를 지배하던 인간교류 방식에 대한 의미부여입니다. 당편이로 상징되는 심신 장애자들을 따뜻하게 포용하던 그 옛날의 공동체사회에 대한 그리움과, 이성과 합리성을 기치로 내건 구별과 분화의 논리를 통해 그들을 중심에서 배제하고 있는 현대사회에 대한 불편한 느낌은 분명히 『아가』를 지배하고 있는 주된 정서라고 할 수 있을 것입니다. 가령, "예전 그들이 우리 곁에서 어떤 역할을 하면서 함께 어울려 살았는지는 분명하지 않다. 그러나 어쩌다 머릿속에 그들의 모습과 행적을 떠올리면 까닭 모를 미소가 입가에 함께 떠오르고 때로는 가슴 깊이 뭉클 그리움까지 치솟는 걸 보면"(『아가』, 9쪽)이라는 대목은 바로 이러한 화자의 세계관을 인상적으로 보여주고 있습니다. 이러한 세계관적 성향이 다름아닌 작가 이문열의 세계관과 밀접한 상관성을 맺고 있다는 사실은 분명합니다. 그것은 『그대 다시는 고향에 가지 못하리』 이후 당신의 문학세계를 관류하고 있는 기본적인 성향이라고 여겨집니다.

그리하여 "어떤 공동체가 불구나 흠결의 껍질을 벗고 온전한 성원들로 이루어진 중심만 남았다는 것은 발전이나 진보로 해석될 수도 있다. 하지만 그 중심이 일체감으로 융합된 실체가 아니라 양파의 속처럼 쪼개진 동심원들의 집합일 뿐이라면 그 바깥의 동심원들이 벗겨져나간 것은 크기의 축소와 보호막의 상실을 뜻할 뿐이다"(『아가』, 243쪽)이라는 예문에서 상대적으로 강조되는 단어는 분명히 '발전'이나 '진보'가 아니라, '축소'와 '상실'이겠지요. 바로 이러한 감정, 즉 당편이를 따뜻하게 감싸주던 그 옛날의 고향 동족부락에 대한 한없는 그리움이 바로 『아가』를 낳은 기본적인 모티프가 아닐까요. 그 감정은 자연스럽게 지금 이 시대의 인간교류 방식에 대한 비판과 견제의 의미를 내포하고 있습니다. 화자에 의하면 현대사회는 기본적으로 인간관계의 보호막이 상실된 차가운 사회인 것입니다. 그러니, 당편이의 운명은 바로 '현대성의 등장'과 함께 막을 내리게 됩니다. 이러한 의미에서 『아가』가 현대성의 경험에 대한 결연한 적대의식을 보여준다는 한 평자의 해석은 분명히 이문열 문학의 한 지점을 정확히 짚어내고 있습니다.

　물론, 작품에 스며든 특정한 세계관을 검출하여, 그 세계관에 대한 비판을 수행하는 것으로 한 작품의 의미를 전체적으로 파악할 수는 없을 테지요. 발자크의 예를 들 것도 없이, 작품을 통해 검출된 보수적인 세계관, 혹은 반동적 세계관 자체가 그 작품의 성과나 한계로 직결되는 것은 아닐 것입니다. 그런 식이라면 모든 걸작 마피아영화는 폭력주의의 산물이며, 보들레르의 시는 퇴폐주의의 승인이겠지요. 당연하게도, 보수적 세계관이나 퇴폐, 혹은 폭력의 어떤 경지를 문학적으로 심도 있게 묘사하는 것은 그 자체로 의미 있는 문학적 성과라 할 수 있다고 생각합니다. 문학은 진보적 세계관을 위한 실천강령도 아니고 도덕 교과서도 아닐 테니까요.

　정작 제가 『선택』이나 이번의 『아가』에 대해서 지니고 있는 아쉬움은 다른 곳에 있습니다. 이 얘기를 하기 전에 우선 신문지상에서 진행된 『아가』에 대한 비판적 논의를 언급하지 않을 수 없겠지요. 저는 『아가』에 대한 논의를 보면서, 한 작가에게 부여된 편견이나 이미지가 얼마나 뿌리 깊은 것인지를 새삼 확인할 수 있었습니다. 희한하게도, 아니 어쩌면 당연하게도『아가』에 대한 논의의 상당 부분이『선택』에 대한 논의의 과정에서 차출되었던 '과거에 대한 향수'라든가, '페미니즘'이라는 동일한 잣대에 의해 진행되고 있더군요. 이를테면 "당편이를 녹동어른이 거두어들이는 설정은 불구여성을 통해 가부장의 시혜를 부각시키는 이씨 특유의 남성 중심 시각과 여성 비하"(최혜실)라는 주장이 그런 예에 해당되겠지요. 적어도 저로서는 이러한 시각이 페미니즘이라는 커다란 칼로『아가』라는 섬세한 문학적 구조물을 거칠게 요리한 예가 아닌가 생각되더군요. 물론『아가』에 대한 비판과 조언은 필요하겠지만, 그 비판이 상투적인 인식에 근거한 타성적 비판이 되어서는 안 된다고 생각합니다. 실상 작품의 주제적 측면에서 보자면 당편이가 남성으로 설정되어도 그 내용은 커다란 변화가 없었을 것입니다. 또한 당편이의 인생 여정과 연관하여, "도대체 멸시받는 것이 혼자인 것보다 낫다는 심오한 철학이 이 불쌍한 여인에게 가당키나 한 것인가?"라고 언급한 같은 평자의 주장에 대해서도 저는 좀 어리둥절할 뿐입니다. 과연 그 누가 "멸시받는 것이 혼자인 것보다 낫다"고 생각하겠습니까? 주인공 당편이가 놓여진 정황이나 역사적 맥락에 대한 섬세한 검토 없이, 평자의 편협한 잣대로 주인공과 작품을 단순하게 재단하는 모습이 이러한 평문에서 나타나고 있는 것 아닐까요. 위의 주장은 당편이가 한때 건어물장수 영감과 행복한 동거생활을 영위하였다는 사실을 설명하지 못합니다.

그리고 "결국은 과거의 남성 중심적이고 가부장적인 질서로 되돌아가야 한다는 주장이다. 이는 불가능하다. 그런 향수는 자기 위안에 불과하다"(고미숙)는 주장은 작품 속에서 드러난 화자의 의식을 지나치게 확대 해석하여, 그것을 그대로 작가의 확정적 세계관으로 공식화하고 있는 것이 아닌가 하는 의문이 들더군요. 물론, 당신의 정서적 취향이 과거의 동족부락에 대한 향수를 지니고 있는 것은 확실합니다.『그대 다시 고향에 가지 못하리』가 바로 이러한 당신의 성향이 가장 전형적으로 표출된 작품이겠지요. 그러나 그 향수와 그리움을 남성 중심적인 가부장적인 질서에 대한 정당화로 연계시키는 것은 지나친 비약이 아닐까 싶습니다.

굳이 말하자면, 『아가』는 무엇보다도 당편이라는 인물의 파란만장한 인생역정에 대한 구체적인 묘사와 당편이를 둘러싸고 동족부락에서 벌어지는 여러 가지 에피소드가 작품 내용의 핵심을 구성한다고 보아야 하지 않을까 싶네요. 그리하여 당편이를 통해 "그녀가 평범한 우리들에게 자아 인식 내지 자기 정화의 계기로도 기능함을 잘 드러내고 있다"는 점이 이 작품의 포인트일 터입니다. 이 부분에 대한 원숙한 문학적 묘사 덕에, "바보 열전의 새로운 개가"(황종연), "이문열만한 대가가 아니고서는 도저히 도달할 수 없는 문학적 성취"(하일지) 등의 평가가 내려지는 것이겠지요.

이제 정말 당신에게 하고 싶은 얘기를 해야 할 차례가 아닌가 싶습니다. 페미니즘, 가부장적 과거에 대한 미화라는 잣대로 신문지상에서 전개되는 『아가』에 대한 논의가 적어도 작품의 미학적 핵심을 둘러싼 정확한 맥락을 비껴갔다는 점을 지적하고 『아가』의 문학적 성과를 적극적으로 인정한다 해도 여전히 『아가』에 대한 아쉬움은 남습니다. 무엇보다도 저는 이 소설의 화자, 즉 '우리'로 통칭되는 화자의 성격에 대해서 주목해보지 않을 수 없더군요. 작품 속에서, '우리'는 "이제부터 우리는 몇백 년 고향을 같이해온 산골 동족부락의 또래들이다"라는 표현으로 설명되고 있습니다. 이 '우리'는 이 소설의 전지적 해설자로 기능하면서, 스토리에 대한 해설과 의미 부여를 도맡아 하고 있습니다. 가령 "이제 다시 우리 당편이의 삶을 재구성하는 일은 전설과 후문의 몫으로 돌아간다"는 개입이 이에 해당됩니다. 한마디로 말해서 이러한 기법은 전기 형식의 고전소설 기법에 해당되겠지요. 이 기법은 무엇보다도 이야기의 자율적인 원리에 의해 스토리가 구성되는 것이 아니라, 화자의 적극적인 개입에 의해서 스토리가 전개되어나간다는 특성을 지니고 있습니다. 물론 이러한 기법 자체가 폄하의 대상일 수는 없을 것입니다. 그러나 이러한 기법이 필연적으로 작가의 지나친 개입과 주관적 해설을 동반한다고 생각합니다. 사실 『선택』이나 『오딧세이아 서울』에서도 문제가 되었던 것이 바로 이러한 대목이었지요. 제가 생각하기에 『선택』의 문제점은 그 주제 자체보다는 주제를 전달하는 소설기법에서 결정적으로 연유했던 것이 아닌가 생각됩니다.

인동 장씨 정부인의 삶은 그 자체로 흥미롭고 이색적인 문학적 소재이지만, 그 소재가 궁극적으로는 작가 자신의 여성관을 전파하는 수단으로 활용되었다는 점에 『선택』의 한계가 존재하는 것 아닐까요. 그러한 작가 개입의 욕망이 『아가』에서는 한결 줄어들었지만, 본질적인 면에서 보자면 커다란 차이가 없습니다. 전근대적 공동체인 고향 마을에 대한 그리움 자체는 당연히 소중한 문학적 소재일 수 있습니다(예를 들어, 이문구 선생의 『관촌수필』에서 감동적으로 묘사되던 그 아름다운 과거는 참으로 의미 있는 문학적 소재일 것입니다). 그러나 그 그리움과 향수의 감정이 작품 내적 질서에 의해 구현되지 못하고, 작가의 개입이나 화자의 해설에 의해서 구체화된다면, 적어도 그 작품이 세련된 미학적 장치에 의해 씌어졌다고 할 수는 없을 것입니다.

저는 최근 몇 년 동안 당신이 신문지상에서 민감한 문화적 정치적 쟁점에 대해 적극적으로 의견을 제시한 것을 잘 알고 있습니다. 물론 작가가 특정한 문화적 사안이나 정치적 쟁점에 대해서 자신을 입장을 밝히는 것은 자연스러운 일입니다. 그런데 문제가 되는 것은 당신의 경우 이러한 계몽적 의지가 소설 창작에 다소 직접적으로 스며드는 경우가 많다는 것입니다. 특히나 당신이 저널리즘을 통해 개진하는 입장이, 애초의 선의와는 관계없이, 결과적으로 균형감각을 상실한 당파적인 논리로 나타난다면 더욱 커다란 문제가 됩니다(이러한 대목에 연관하여, 마광수의 『즐거운 사라』 사건을 비롯한 몇몇의 사안에 대해서 당신이 개진한 입장이 분명히 적절치 못했다고 생각하고 있습니다. 이 부분에 대해서는 언제 당신과 허심탄회한 대화를 하게 되기를 기대합니다). 사회와 정치에 대해서 발언하고 개입하고자 하는 당신의 열정이 강하면 강할수록 그것이 알게 모르게 작품의 구조에 개입하여 작품의 자연스러운 구성을 방해하게 되는 것이 아닐까요. 계몽적 내용이 작품 속에 배치될 때에는 철저하게 작품 내적 질서에 의해 자연스럽게 스며들어야 합니다. 소설은 작가의 계몽적 의지를 전파하는 연설문이 아니니까요. 그 어떤 주제라도 그것이 스토리의 자율적인 전개와 내적인 구성에 의해서 제시되었을 때, 보편적인 문학성과 자연스러운 공감대를 획득할 수 있는 것 아닐까요. 지금까지 설명한 논리에서 보자면, 상당수의 비평가들이 당신의 작품에서 검출한 세계관이나 주제의식을 작가 자신의 세계관으로 그대로 공식화하여 설명하는 관행은 무엇보다도 항상 민감한 쟁점에 대해 저널리즘을 통해서 자신의 입장을 밝히는 당신의 남다른 계몽적 의지에서 연유하는 것이 아닌가 싶네요.

당신은 『아가』의 작가 후기에서 "변하고 싶었지만 변하고 싶은 만큼 변하지는 못했다"고 말하고 있습니다. 실상, 스토리의 전개방식이나 소설의 구조라는 측면에서 보자면, 분명 『아가』는 당신의 작품 계보에서 무척이나 낯익은 작품입니다. 감히 말씀드리자면, 당신의 진정한 변화는 소재나 주제의 차원에서보다는 그 주제를 제시하는 방식에 대한 근본적인 혁신에서 비롯되지 않을까 합니다.

저는 세상을 향해 자신의 입장을 개진하고자 하는 당신의 계몽적 열정을 이제 문학 내적인 구성에 대한 치열한 천착으로 옮겨놓기를 기대하고 있습니다. 한낱 상투어가 되어버린 '작가는 작품으로 말한다'는 에피그램이 지금 바로 당신에게 필요한 것이 아닐까요.

이제 이 편지를 마무리지을 때가 온 것 같습니다. 마지막으로 저는 당신에게 요즈음의 대학생 얘기를 하고 싶습니다. 제가 대학에서 문학을 가르치기에 대학생들의 독서 성향에 대해서는 비교적 구체적으로 파악하고 있는 편입니다. 언젠가 당신이 대학생을 대상으로 한 설문조사에서 가장 좋아하는 한국작가로 선정되었던 사실을 기억하고 있습니다. 그런데 흥미로운 사실은 근래의 대학생에게 당신은 무엇보다도 『선택』의 작가로 기억되고 있다는 점이었습니다. 그리하여, 이문열＝반페미니즘 작가라는 앙상한 선입견이 그들을 지배하고 있더군요. 더욱 흥미로운 점은 그들의 상당수가 『선택』을 읽어보지도 않고 당신에 대한 선입관을 가지고 있다는 사실입니다. 이것은 한마디로 센세이셔널리즘의 폐해가 아니겠습니까(그러니, 역설적인 의미에서 당신의 예민한 사안에 대한 신문기고도 그 진의와 상관없이, 일면 선정주의의 자장 안에 있다고 생각되는군요. 저는 당신의 몇몇 민감한 정치적 문화적 사안에 대한 신문기고가 일종의 부메랑이 되어 당신의 이미지를 평면적으로 만들고 있는 것은 아닌가 하는 생각을 해보았습니다. 이렇게 본다면 신문기고는 본질적으로 선정주의에 편승하면서 선정주의를 비껴가야 하는 모순된 운명의 글쓰기입니다).

당신의 20년 독자로서, 솔직히 이 점이 너무나 안타깝더군요. 상당수의 학생들은 『황제를 위하여』나 『사람의 아들』 『젊은 날의 초상』 「금시조」 등의 당신의 걸작을 접할 기회를 차단당한 채, 『선택』을 둘러싼 풍문으로 당신의 문학세계를 간단히 규정하고 있더군요. 이 점은 그들에게나 당신에게나 모두 불행일 것입니다. 저는 당신이 『선택』의 작가이기보다는 『사람의 아들』의 작가, 『변경』의 작가, 『황제를 위하여』의 작가, 『젊은 날의 초상』의 작가, 「금시조」의 작가, 나아가서는 앞으로 씌어질 또다른 걸작의 작가이어야 한다고 생각합니다. 이 점과 연관하여 저는 당신이 최근 한 인터뷰에서 새로운 독자를 만드는 것보다는 당신을 지속적으로 읽어온 독자들과 끝까지 함께 가겠다는 취지의 발언을 한 것을 기억합니다. 생각하기에 따라서는 이러한 당신의 발언이 기존 문학세계에의 안주로 해석될 수 있을 것입니다. 더욱 문제적인 것은 이러한 경우 기존 독자들도 감소할 수 있다는 사실입니다. 예전에는 이문열을 높이 평가하고 즐겨 읽었지만, 지금은 당신으로부터 떠나버린 독자도 분명히 있다고 저는 생각합니다. 그 독자들을 다시 당신에게로 돌아오게 만들어야 하지 않을까요. 이를 위해서는 무엇이 필요할까요?

부디 당신이 처음 소설을 쓰던 초발심으로 돌아가 이 시대의 젊은 독자들에게도 여전히 진지한 문학적 감동을 선사할 수 있는 그런 소설을 쓰게 되기를 바랍니다. 이를 위해서 이 땅의 문학사는 당신에게 또 한 번의 근원적인 자기 갱신을 요청하고 있는 것이 아닐까요? 그 자기 갱신은 당신의 글쓰기를 그 밑바닥까지 투명하게 성찰하는 발본색원(拔本塞源)적인 태도에서 비로소 가능해질 것입니다. 제 생각에 이미 당신은 이러한 성찰과 변화의 필요성에 대해서 절실하게 느끼고 있으리라고 봅니다. "변하고 싶은 만큼 변하지는 못했다"는 당신의 발언이 이를 암시합니다. 당신은 자신의 한계까지도 본능적으로 느끼는 예리한 감각을 지니고 있습니다. 바로 이러한 믿음 때문에 지금까지 이 글을 이끌어올 수 있었습니다.

저는 당신이 당신의 문학적 명성만큼이나 문학적으로 사랑받는 작가가 되기를 진심으로 바랍니다. 그 바람을 위해서, 저는 11년 전에 부탁드렸던 바로 그 얘기를 이 자리에서 다시 한번 반복하고자 합니다. "저는 당신이 주어진 시대의 문제에 대해 가장 치열하게 고뇌했던, 그리하여 독자들의 가슴 깊숙한 곳에 '영혼의 충격'을 주었던 소설가로 기억되기를 진심으로 바랍니다." 또하나 덧붙인다면, 앞으로 씌어질 당신의 작품 중에서 당신의 대표작이 나올 수 있기를 기대합니다.

밤이 깊었습니다. 새 천년의 새 봄이 다 가기 전에 당신을 뵙고 싶습니다. 그리하여 당신의 그 예리한 감각으로 최근의 제 글쓰기에 대한 제대로 된 비판을 해주시기를 기대하겠습니다. 저 역시 변화의 필요성을 절실하게 느끼고 있답니다. 당신의 비판이 제가 스스로 변화하고 갱신하는 소중한 계기가 될 수 있을 것입니다. 늘 건강하시기를.

2000년 어느 봄날에 권성우 드림

(『세계의문학』 2000년 여름호)

5부 문학현장과의 만남 : 문학 리뷰

다시 문제는 '부정적 상상력'이다

1. 부정적 상상력을 위하여

　자신의 모든 인생을 걸고 자신이 그토록 갈망하는 사회의 도래를 위해 시(詩)라는 무기를 가지고 '적'들과 치열하게 싸워왔지만, 막상 그 사회가 실현된 후에 한 사람의 예술가의 입장에서 그 사회의 관료화에 대해서 온몸으로 저항하지 않을 수 없었던 마야코프스키의 치열한 예술가정신과 부정의 정신을 지금 이 땅의 예술가들에게 요구하는 것은 정녕 시대착오적인 행위일까. 진정한 부정과 합리적인 비판이 현란한 상품미학의 위세에 눌린 지금, 여기, 이 땅을 살아가는 우리 시대의 예술가들에게 가장 절실하게 필요한 것은 다름아닌 '부정의 변증법'과 정교한 '비판적 사유', 그리고 편안한 중심을 단호히 거부하는 '노마드 정신'과 아웃사이더의 '과감한 해체주의'인 것으로 보인다. 비록 편협했지만, 그러했기에 더욱 위대했던 '비판'과 '부정'이 활활 타올랐던 '순수의 시대'는 이제 어슴프레한 추억과 아련한 후일담 속에서만 등장할 뿐이다. 그 '비판'과 '부정'과 '순수'를 이제 상품미학이라는 막강한 괴물이 친친 감고 있다. 자신의 몸을 감고 있는 상품미학의 완강한 그물코를 풀고 '푸른 꽃'을 찾기 위한 험난한 여정에 동참하는 예술가와 문학인들은 이제 그야말로 소수의 아웃사이더에 그치고 있다. 왜냐하면, 이 땅에서 아웃사이더가 된다는 것은 그토록 고통스러운 고문이기에. 그리하여, 지배 이데올로기와 상투적인 현실인식, 불가사리 같은 상품미학 등으로 둘러싸인 완강한 그물코를 저격 해체하면서 새로운 미학의 지평과 신선한 세계인식을 우리에게 보여주는 문학작품을 만난다는 것은 이제 정말 너무나도 드문 체험이 되어버렸다(그러한 체험의 양과 탁월한 비평의 탄생은 정확히 연계된다). 특히 최근 일이 년 사이에, 황색 저널리즘과 대중의 환호를 등에 진, 상품미학에 기반한 문학작품들은 한층 가공할 위세를 떨치고 있는 것으로 보인다. 이제 '문학은 상품이 아니다'라는 고전적인 진술은, 교보문고나 종로서적의 문학 코너나 현란한 수식어로 채워진 일간신문 문학광고의 융단폭격 앞에서는 단지 영락한 군주가 내뱉는 구슬픈 비가에 다름아니다. 그렇다면, 문학은 이제 어떤 방식으로 존재해야 하는가? 이에 대해서는 대체로 두 가지의 견해가 존재하고 있다.

그 하나는 대중의 의식과 감수성을 정밀하게 탐사하면서 대중문학의 가능성에 대해서 진지한 눈길을 보내는 입장이다. 이러한 입장은 기존의 우리 문학이 실제 작품의 수용자인 독자대중의 존재에 눈감으면서 마치 밀교의식을 행하듯 편협한 문학주의에 매몰되어 있었다고 주장한다. 이들에게 대중의 호응이 담보되지 않은 엘리트주의적인 글쓰기는 단지 공허한 메아리에 불과한 것이다. 그리하여 본격적인 탐구와 평가가 이루어지지 않았던 대중문학의 존재에 대한 적극적인 의미부여가 필요하며 이에 따라서 대중들이 흥미있게 접할 수 있는 문학작품의 활성화가 앞으로 우리 문학의 주요한 과제라고 파악하는 주장들이 이러한 입장에서 발원한 문학에 관한 인식 태도이다.

또다른 입장은 이와 상반되는 문학적 견해로서, 영상문화 중심의 다소 감각적이고 즉물적인 흥미 위주의 대중문화가 우리 문화를 강력하게 지배하면 할수록 오히려 문학은 '반성적인 사유'를 극대화하는 예리한 부정적 상상력과 촘촘한 언어의 조직을 보여주어야 한다는 입장이다. 예를 들어서 "문학에게서 모든 것을 빼앗는다 하더라도, 스스로 세상의 상처가 되는 이 즐거움만은 빼앗지 못할 것이다"(「문학공간 : 1994년 봄」, 『문학과사회』1994년 봄호)라는, 영화 〈시라노〉에서도 등장했던 몰리에르의 어투를 빌린 입장이 여기에 해당된다. 이러한 입장은 마치 발터 벤야민의 '좌절한 자의 순수성과 아름다움'을 연상시킨다. 몰락했기에, 패배했기에, 혹은 좌절했기에 스스로 상처가 되어, 이 세상의 소금이 될 수 있고 창공에 빛나는 별이 될 수 있는 존재가 바로 문학인 것이다. 이러한 논리에서 보면, 대중의 호응도나 저널리즘적인 관심은 그 문학작품을 평가하는 중요한 척도가 결코 될 수 없다. 설사, 대중들이 그 작품에 전혀 관심을 기울이지 않아서 그 작품의 정확한 의미를 이해하는 독자가 극소수에 불과하다 하더라도, 그 작품이 아도르노적인 의미에서 '관리되는 세계(Verwaltete Welt)'의 장막을 벗겨내면서 존재의 진실과 실존의 두께를 인상적으로 보여준다면, 혹은 모순과 부패로 가득 찬 이 세계를 통렬하게 풍자함으로써 인간다운 삶을 향한 인류의 영원한 그리움을 상징적으로 형상화하고 있다면, 그 작품은 당연히 인류의 중요한 유산으로 수용될 수 있을 것이다.

물론, 지금까지 설명한 두 가지 입장 사이에서 문학과 예술의 존재방식을 섬세하게 고민하는 수많은 입장들이 존재한다. 여기서 명백한 것은 우리가 앞에서 내세운 '부정적 상상력'과 '촘촘한 언어의 조직' '반성적 사유의 확장'은 후자의 입장, 즉 스스로 상처가 되고 스스로 소외되는 문학의 입지에서 한결 효과적으로 구현된다는 사실이다. 이와 연관하여 염두에 두어야 할 점은 대중성에 대한 근원적인 반성과 정밀한 탐구가 결여된 전자의 입장은 그 진정한 의도와 관계없이 상품미학의 '이론적 들러리 역할'을 수행하게 된다는 엄연한 사실이다. 실지로 노골적으로 문학의 대중성과 국제화를 주장했던 한 문화적 논의(「UR시대의 문화논리」, 『상상』 1994년 봄호)는 '상품미학'과 끈적끈적한 혈연관계를 맺고 있는 자신들의 문학적 정체성을 은폐하면서 대중성의 확보를 마치 우리 문학의 유일한 대안인 것처럼 호도하기도 했었다. 그 매혹적이며 그럴듯한 발상법에도 불구하고, 대중과 만나야 한다는, 혹은 우리 문학도 이제 세계시장을 겨냥해야한다는 그들의 공공연한 문학적 주장은 실상 '대중'과 '세계문학' '국제화'라는 애매한 거대 담론을 통해 자신들의 문학적 모순과 불순한 상업적 의도를 숨기기 위한 '알리바이'에 불과했던 것이다.

비평의 중요한 임무 중의 하나가 어떤 주장이나 이데올로기가 은연중에 숨기고 있는 '정치적 무의식'을 날카롭게 적발하는 것이라면, 지금 우리 시대의 비평가들은 무엇보다도 『상상』의 편집진들이 주장하는 대중문학에 대한 담론과 문학의 국제화 논의들이 지닌 허위의식 및 그러한 논의들이 상품미학과 맺는 교묘한 유착관계에 대해 정확히 직시하고 비판해야 한다.

지난 분기에 발표된 문학작품 중에서 우리가 앞에서 예시한 문학 본연의 첨예한 부정적 상상력과 세밀한 언어의 조직을 통해 진정한 새로움의 미학을 보여준 작품을 발견하기는 쉽지 않았다. 다만, 이문열이 「아우와의 만남」 「홍길동을 찾아서」 같은 수작들을 통해서 문학적 저력을 발휘하였으며 이윤기가 『하늘의 문』으로 『장미의 이름』의 번역자다운 독특한 소설적 상상력을 보여주었다는 점이 그나마 소중한 위안이었다. 동시에 박경리의 『토지』가 이번 여름에 완간되었다는 사실을 기려야 할 것 같다. 『토지』의 완간은 한국현대문학의 성숙과 영광을 상징적으로 보여준 기념비적 사건이었다. 그런데, 그 드넓은 『토지』 사이로 무수한 작은 강이 흘렀지만 그 강에서 우리 문학의 희망을 발견하기에는 그 강의 뿌리는 너무 얕았고 메말랐던 것이 아닐까. 이러한 가뭄의 와중에서 우리는 작은 희망의 꽃씨를 발견하기도 했다. 그 씨가 앞으로 풍성한 언어의 꽃다발로 화할지, 아니면 비극적인 '불임의 운명'으로 귀결될지는 아직 미지수지만, 분명한 것은 그 씨앗들이 각기 독특한 방식으로 '부정적 상상력'을 드러내고 있다는 사실이다. 김지하의 『중심의 괴로움』, 박상우의 『섬, 그리고 트라이앵글』, 이진우의 『적들의 사회』가 바로 이번 호의 문학 리뷰에서 선택한 치열한 '부정적 사유'의 소중한 흔적들이다. 이 작품들은 다른 한편으로 부정적 사유가 빠져들 수 있는 참담한 실패의 자취도 보여주고 있는데, 그 부정적 사유의 성취와 한계를 세심하게 살펴보는 것이 이 글의 의도라고 할 수 있다.

2. 김지하와 부정적 사유의 변증법

『중심의 괴로움』은 『별밭을 우러르며』(1989) 이후에 5년 만에 발간된 김지하의 시집이다. 그런데, 여기서 5년이라는 역사적 기간은 시인 개인적으로나, 세계사적으로나, 엄청난 역사적 소용돌이가 굽이치던 시절이었다. 한국현대문학사를 통해 진보와 부정의 '뜨거운 상징'이었던 김지하 시인은 강경대의 어이없는 죽음을 둘러싼 1991년의 분신정국이라는 정황에서, 적어도 표면적으로는 진보와 부정적 상상력의 반대편에 위치해 있는 것으로 보였다. 그러나 수사학적으로 일정한 문제점이 있었음에도 불구하고, 다소 단선적이고 맹목적인 진보주의의 편향에 대한 김지하의 비판은 우리 지성계에 '진보'의 진정한 의미에 대해서 근원적으로 성찰할 수 있는 계기를 제공해주기도 했다. 비판적 지성의 대명사인 시인이 '부정의 변증법', 즉 부정의 부정을 통해 일부 속류 진보적 기획의 반생명주의적 모순을 해체시켰던 것이다.

『중심의 괴로움』에는 주체와 객체, 인간과 자연, 주관과 객관이 좀처럼 화해할 수 없는 시대에, 그 두 가지 대립항 사이의 생태학적 교류를 간절하게 꿈꾸는 시인의 열망이 진하게 배어 있다. 자연과의 너무나 자연스러운 동화감, 아득한 여백의 미학, 모더니티가 낳은 문명의 현란한 찌꺼기들에 대한 체질적인 거부감, 권력과 중심으로부터 등을 돌리는 정갈한 노장사상의 체취 등이 『중심의 괴로움』을 관류하고 있는 시적 자질들이다. 이런 예를 들 수 있겠다.

> 저 먼 우주의 어느 곳엔가
> 나의 병을 앓고 있는 별이 있다
>
> 하룻밤 거친 꿈을 두고 온
> 오대산 서대 어딘가 이름 모를
> 꽃잎이 나의 병을 앓고 있다
>
> 시정에 숨어 숨 고르고 있을
> 기이한 나의 친구
> 밤마다 병든 나를 꿈꾸고
>
> 옛날에 옷깃 스친 어느 떠돌이가
> 내 안에서 굿을 친다
>
> ―「저 먼 우주의」 중에서

자연이 아프면 내가 아프고 나의 병이 자연의 병과 연계된다는 이 시의 전언은 『중심의 괴로움』을 관통하는 시적 화두를 효과적으로 보여주고 있다. 그렇다면, 『중심의 괴로움』은 단지 자연과의 합일을 꿈꾸는 '낭만적 자연시'의 현대적 변종에 불과한 것인가. 아니다, 그렇지 않다. 김지하의 자연은 '모더니티의 매혹과 좌절'을 온몸으로 체험하고 '진보의 그 기나긴 회랑'을 정처없이 유랑해본 사람만이 도달할 수 있는 경지일 것이다. 위의 시에서 인식할 수 있듯이, 김지하의 자연은 단순한 무위자연이 아니라, 인간사의 욕망과 폭력 전쟁 모순이 진하게 스며들어 있는 자연이다. 그러니, 내가 아프면 자연이 아픈 것이다. 『타는 목마름으로』 이후 줄기차게 전개된 김지하의 '부정적 사유'는 이 시집에서는 한층 우회적이며 비유적인 방식으로 구현되고 있다. 표면적으로 보았을 때, 『중심의 괴로움』은 '곡선의 미학'으로 불릴 수 있는 유현(幽玄)한 동양적 정서를 바탕에 깔고, 이 세계에 널려 있는 부정과 모순과 부패를 주체의 마음에 의해 융화시키는 달관의 정서를 담고 있다. 그러나, 좀더 세심한 눈길로 『중심의 괴로움』을 지켜보면, 곡선의 미학 자체가 직선의 미학에 대한 강렬한 부정이라는 것, 인간과 자연의 화해에 대한 열망은 자연을 정복의 대상으로 간주했던 근대 계몽주의적 자연관에 대한 단호한 거부의 포즈라는 것, 그리고 틈과 여백의 시학은 경박한 형식실험과 요설로 가득 찬 현대시에 대한 우회적인 비판이라는 사실 등등을 간취할 수 있다. 김지하의 『중심의 괴로움』을 읽어내려가면서 현대인들에게 무의식적으로 스며들어 있는 모더니티의 폐해에 대한 심원한 성찰의 시간을 가질 수 있으리라. 그러나 동시에 김지하라는 이름이 지니고 있는 시인과 사상가로서의 무게를 생각하면서 다음과 같은 일련의 질문들을 김지하에게 던지는 것은 어떨까?

우선 그의 생명사상과 연관하여, 모더니티의 폐해만큼이나 모더니티의 가능성에 대해서도 주목하는 입장에 선다면, 김지하의 발언들이 모더니티의 부정적인 점에 대해서만 너무나 민감하게 반응하고 있는 것은 아닌지, 그에 따라서 생명사상에 대한 그의 주장들은 그 진정한 의도와 관계없이 우리 사회에 절실히 요구되는 '근대적 기획'의 중요한 덕목들을 희석시키는 역할을 하게 되는 것은 아닌지에 대해서 물어볼 수 있을 것이다. 물론 하나의 새로운 사상이 등장하는 과정에는 항상 다소 과장된 '담론의 전략'이 작동하고 있다는 것, 따라서 '모든 새로운 사상은 과격하다'고 말할 수 있을 것이다. 그렇지만 그 사상이 단순한 유행을 탈피하여 현실의 모순과 질곡을 정확히 해결하기 위한 구체적인 방책이 되길 바란다면, 그 사상은 무엇보다도 정밀한 논리와 현실적 기획을 동반해야할 것이다. 정말 중요한 것은 새로운 사상의 화려한 등장이 아니라 그것의 구체적인 현실화일 터이다. 지금 김지하에게 요구되는 것은, 진정한의미에서의 '부정의 변증법'이 아닐까.

여기서 우리가 다름아닌 '부정의 변증법'을 강조하고자 하는 이유는, 한때 현실의 모순을 강렬하게 고발했던 비판의 칼날이 어느 순간 '부정적 상상력'을 억압하는 '권력의 칼날'로 이동하는 경우를 수없이 목격했기 때문이다. 이제, 생명사상도 엄청난 권력으로, 이 시대의 가장 유행적인 화두로 변모하고 있는 것은 아닌지. 그리하여 그토록 치열했던 시인의 '부정적 사유'는 이제 생명사상에 이르러 그 자가발전을 멈춘 것이아닌지. 『중심의 괴로움』을 읽어내려가면서 너무나도 편한 마음 때문에, 마치 생명사상의 모범답안 같은 안정된 시들 때문에 오히려 불안했다고말한다면, 그리고 그 편안함이 생명사상의 제도권으로의 성공적인 정착과 모종의 상관관계를 맺고 있는 것은 아닌가라고 질문한다면, 그것은한 젊은 비평가가 대시인에게 부리는 투정에 불과한 것일까. 아니면 "문학은 편안함에 익숙해져 있는 우리를 끊임없이 고문하는 것이다"라는식의 삐딱한 문학관에 익숙해져 있는 나 자신의 무의식의 발로일까. 우리는 다만 김지하의 '부정의 변증법'이 멈추지 말고 지속되길 바랄 뿐이다. 그러기 위해서 김지하는 그가 그토록 열렬히 주창했던 '생명사상'에대해서도 '부정과 회의의 칼날'을 거두지 말아야 할 것이다.

3. 박상우의 조직사회 비판

박상우의 새로운 장편소설 『섬, 그리고 트라이앵글』이 겨누고 있는 대상은 무엇인가? 박상우는 이 신작장편을 통해, 철저히 '관리되는 세계'에서 살아가는 현대인의 우울한 실존과 비극적인 사랑의 테마를 보여줌으로써, 현대산업사회의 병리적 현상과 서로에게 하나의 '섬'으로만 다가갈 수밖에 없는 단절된 인간관계의 풍속도를 비판적으로 해부하고 있다. 조화로운 인격의 발휘와 자유의지에 따른 소신 있는 행동이 불가능한 '관리사회'는 권력의 구도에 따른 자본의 효율적인 이윤창출을 위해서, 일상생활의 대부분이 치밀하게 기획된 기능적 연관에 따라 제약을 받을 수밖에 없는 닫힌 사회이다. 단지 사회의 한 '나사못'만으로 기능적으로 존재할 수밖에 없는 현대인은 그러한 '관리되는 사회'로부터의 화려한 탈출을 꿈꾼다.

『섬, 그리고 트라이앵글』의 주인공들인 정인욱 하서연 신은희는 바로 이러한 '탈출'에 대한 욕망과 '일탈'에의 매혹을 지니고 있다는 점에서 서로 의기투합한다. 그들이 만든 특이한 인간관계의 '트라이앵글(삼각형)'은 서로가 서로에게 '열정'과 '새로움'으로 다가가는 이상적인 인간관계의 상징이다. 그 트라이앵글이라는 특수한 인간관계망을 통해, 그들은 서로가 상대방에게 단지 '벽'으로 다가왔던 '관리사회'에서는 전혀 느낄 수 없었던 '희열'과 '인간애'를 느낀다. 어떤 조직에서 소외되면서, 그 조직의 바깥에서 사유할 수 있다는 것은, 그 조직의 근원적인 한계를 인식하면서 동시에 새로운 창조적인 인간관계를 재구성할 가능성을 담보하고 있다는 사실을 의미한다. 『섬, 그리고 트라이앵글』은 그러한 가능성의 최대치와 그 가능성의 참담한 좌절을 동시에 보여준다. 그토록 인간적이며 이상적인 관계였던 '트라이앵글'은 '사랑'이라는 '감성의 블랙홀' 때문에 해체되어, 종국에는 서로에게 트라이앵글 이전보다 훨씬 커다란 상처만을 남기게 되었던 것이다. 그 트라이앵글의 붕괴는 관리사회를 완벽히 탈출하고 초극하려는 현대인의 시도가 궁극적으로 실패할 수밖에 없다는 비극적인 현실을 보여준다. 그렇다면 그 시도는 왜 실패했는가? 무엇보다도 이상적인 인간관계를 향한 인간의 열망이 '사랑'이라는 인류사 이래로 가장 치명적인 저 독선적인 소유욕에 의해서 무참히 좌절되어버렸기 때문이다.

트라이앵글의 '붕괴'는 그 자체로 이상적인 인간관계를 구조적으로 차단하는, 서로가 서로에게 단지 '섬'으로만 다가갈 수밖에 없는 현대산업사회의 기능적인 인간관계에 대한 강렬한 부정이다. 다만, 그 부정이 좀더 현실적인 추동력과 구체성을 확보하기 위해서는, 가끔씩 발견되는 감정의 과장이 등장인물의 심리를 냉철하게 묘사하는 데 장애물로 작용하고 있다는 점, 바로 이러한 점 때문에 때때로 인물의 유형화현상이 나타난다는 점 등등을 작가가 염두에 두어야 할 것이다.

아마도 이런 식으로 말할 수 있을 것이다. 『섬, 그리고 트라이앵글』은 조직사회에서 스스로 소외된 사람, 〈카사블랑카〉라는 영화에서 남편과 애인 사이에서 고뇌하는 잉그리드 버그만의 안타까운 방황을 기꺼이 이해하는 사람, 항상 저녁놀이 진 후에야 집으로 돌아가는 이른바 '황혼병'에 걸린 사람, 진정한 인간적 만남을 희원하는 사람, 자신이 아웃사이더라고 생각하는 사람, 심각한 삼각관계에 빠져본 적이 있는 사람 등에게 이 꽉 짜인 관리사회에서 살아간다는 것의 의미를 되돌아보게 만드는 소설이라고.

4. 이진우의 문단 비판

이진우의 『적들의 사회』는 문단의 마피아 구조에 연루되어 화려한 권력을 구가했지만, 결국 그 구조에 적응하지 못하고 탈출을 시도하다가 죽임을 당한 한 소설가의 비극을 통해, 부패한 문단의 권력관계에 대해서 비판한 소설이다. 최근에 씌어진 소설 중에서는 드물게도, 문단의 구조적인 모순에 대해서 비판의 칼날을 들이댄 이 소설은 '모든 출판사가 이 소설의 출판을 거부했다'는 식의 선정적인 광고문안과는 별도로, 일단 우리의 충분한 관심의 대상이 될 만하다. 왜냐하면, 이 작품은, 한 편의 소설이, 문학에 대한 욕망이 유통되고 관리되는 문학제도를 어떻게

'비판' 할 수 있으며 그 '비판' 은 과연 얼마나 효과적이며 합리적인가 하는 중대한 문제에 대해서 성찰하게 만들기 때문이다. 문학출판사 경영자, 문학평론가, 신문사 문학담당 기자, 문학적 출세를 꿈꾸는 소설가, 소설가 지망생들이 공동의 이해관계 아래 일종의 거대한 마피아 구조를 이루어 문학적 권력을 공모하고 관리하는 과정을 다소 과장해서 보여주는 이 소설은, 그 막강한 문학 마피아의 권력에 저항하고자 하는 욕망마저 궁극적으로 집요한 문학적 권력과 출세욕의 자장으로부터 자유롭지 못하다는 사실을 흥미롭게 보여준다. 구체적으로 말하면, 소설가 강승우의 의문사 후에 그 진상을 규명하기 위해서 노력했던 소설가 지망생 윤지연도 결국에는 그 마피아의 구조에 편입되는 대가로 진상규명의 노력을 포기하는 대목이 그러한 예에 해당된다. 이러한 소설의 결말은 비판의 진정성이 결여된 비판적 행위가 때로 지배 이데올로기의 거대한 블랙홀 속에 용해되어 애초의 의미를 상실할 수 있다는 사실, 아울러 그러한 비판이 역설적으로 '체제의 안전판' 으로 작용할 수도 있다는 착잡한 현실을 풍자하고 있는 것으로 보인다.

그렇다면, 결국 『적들의 사회』에서 전개된 비판의 유효성에 대해서 질문해야 한다. 이 소설의 문단권력관계 비판이 문단에서 서식하는 거대한 종양에 어떤 구체적인 도움을 주는가. 말을 바꾸면, 『적들의 사회』에서 시도된 기존의 문학적 제도와 권력에 대한 '비판' 은 정직하고 유효한 비판이라고 할 수 있는가. 베리 스마트에 의하면, 비판은 '계몽(Enlightenment)' 에서 유래한 개념으로 "저항적 사유로서, 흑막을 벗겨내고, 사람 제도 사상 따위의 정체를 폭로하는 행위로서의 비판"[1]이라는 의미에 해당된다고 한다. 『적들의 사회』에서 시도된 비판은 바로 이러한 베리 스마트의 비판 개념과 정확히 부합된다. 그 비판은 부분적으로 우리 문단의 숨겨진 흑막을 벗겨내고 모순을 폭로하는 소중한 기능을 수행하기도 하지만, 다

---

1) Barry Smart, *Foucault, Marxism, and Critic*, Routledge & Kegan Paul, 1983.

음과 같은 측면에서 치명적인 한계를 지니고 있다고 보인다.

무엇보다도, 『적들의 사회』에서 등장하는 문단의 부패한 현실과 마피아적 구조가 다소 과장된 방식으로 묘사되고 있다는 점을 지적하지 않을 수 없다. 예컨대, '작가와 현실'을 중심으로 한 문학 에콜이 그들의 문학적 권력과 명성을 유지하기 위해서 '공동창작'을 통해 작가를 키우거나 밀어준다는 내용, '작가와 현실' 그룹을 탈퇴하고자 하는 강승우의 의도가 결국 그 그룹의 기존 구성원에 의한 강승우의 죽음(타살)으로 귀결된다는 내용, 혹은 주명석으로 대변되는 신문기자가 '작가와 현실' 그룹과 밀착하면서 언론과 문학출판의 공모를 적나라하게 보여주는 장면[2] 등은 좀더 구체적인 자료 제시와 설득력 있는 형상화를 통해 묘사되어야 하지 않았을까 싶다. 위의 실례들은 적어도 지금 이 시대의 우리 문단의 구체적인 현실에 비추어볼 때, 지나치게 직설적이며 작위적인 묘사라고 생각된다. 물론 문단과 문학적 헤게모니를 둘러싼 여러 가지 바람직하지 못한 양태가 존재하는 것은 사실이며, 이에 대한 비판이 요청된다는 점 또한 부정할 수 없을 것이다. 그러나 문단의 구체적인 모순이 과연 이진우가 묘사한 방식대로 적나라하고 직설적으로 나타나고 있는지에 대해서는 좀더 세밀한 탐색이 필요한 것이 아닐까 싶다. 문단권력은 이진우의 묘사보다 한층 은밀하고 섬세하게 작동하는 것이 아닐까. 소설은 허구이지만, 그 허구는 최대한으로 구체적인 현실의 양태에 기초해야 할 것이다. 특히 '비판'을 목적으로 하는 『적들의 사회』 같은 소설은 더욱 그렇다. 이런 관점에서 보면, 『적들의 사회』라는 작품 자체가 혹시 문단비판이라는 흥미진진한 주제를 통해 문학적 관심을 끌겠다는 '욕망'에 이끌려서 씌어진 것이 아닌가 하는 의문을 던지게 만든다. 진정한 '비판'과

---

2) 이 글이 씌어진 것은, 1994년 가을 무렵이다. 그런데 약 5년 후인 1999년 무렵부터 몇몇 비평가들에 의해 언론과 출판자본의 유착에 대한 비판적 발언이 본격적으로 나타나기 시작했다는 사실을 적어두어야 할 것 같다. 그 대표적인 예로, 김정란의 「조선일보를 위한 문학」(『조선일보를 아십니까?』, 개마고원, 1999)과 「그들의 치명적 얽힘」(『인물과사상』 12호, 1999. 10)을 들 수 있다.

는 전혀 관계가 없을 듯한 자극적이고 노골적인 광고문안, 저자의 문단
에 대한 선입견과 편견을 소설 속에서 기계적으로 적용시킨 점들이 이러
한 의혹을 부풀리게 만든다. 상당수의 비평가들과 유수한 출판사들이 이
작품을 주목하지 않았다면, 그것은 특별한 다른 이유 때문이 아니라, 다
름아닌 이 소설에서 전개된 '비판'의 작위성과 부자연스러움 때문이 아
닐까. 결론적으로 말해서, 『적들의 사회』에서 전개된 '비판'은 그 진정
한 의미에 값하지 못한 채, 비판이라는 행위 자체가 '상품미학'의 그물
코에 나포되어 있는 형국이 아닐까.

  진정으로 값진 비판은, 그 비판주체의 뼈를 깎는 성실한 현실인식과
치열한 자기 반성의 과정에서 비로소 시작될 수 있는 것이 아닐까. 비판
하려는 자신의 욕망마저도 그 비판의 도마에 올릴 수 있을 때, 비로소 비
판의 대상에게 치명적인(?) 비판이 시작될 수 있는 것이 아닐까. 이러한
의미에서 작가 이진우에게 있어서 진정한 비판은 바로 지금부터일 것이
다. 그가 성실한 후속 작업을 통해서, 지금까지 전개된 『적들의 사회』에
대한 비판을 한낱 휴지 조각으로 만들 수 있게 되기를 기대한다.

                                        (『리뷰』1994년 겨울호)

창공의 별들은 언제 반짝이는가

1. 인공낙원 시대의 문학

수많은 젊은 작가들의 다채로운 장편들이 마치 차가운 밤거리의 현란한 네온사인처럼 가지각색으로 반짝이면서 각기 자신의 존재를 증거하고 있다. 서점가를 빽빽하게 채우고 있는 그 무수한 신간 장편소설들의 유혹을 보라! 그러나 다분히 인공적인 그 유혹에는, 몇몇 뛰어난 예외를 제외하고는, 대부분 치밀히 기획된 자본의 역겨운 냄새가 묻어 있거나 '한탕주의'의 역력한 흔적이 발견되고 있는 것으로 보인다. 그것은 이 시대 문학의 숙명일까. 그 존재 자체만으로 의미가 풍만했던 창공에 빛나는 은은한 별들의 시대는 이제 점차 마감되어가고 있는 것은 아닐까. 네온사인과 대기가스로 채워진 밤하늘에는 이제 총총히 빛나는 별은 보이지 않는다. 이 시대는 역설적인 의미에서, 창공에 빛나는 별들이 네온사인의 인공적인 현란함을 동경하는 시대이다. 밤하늘에 빛나는 별들의

332

'고전적인 로맨티시즘'은 네온사인의 인공적인 현란함 앞에서 대책없이 패배할 수밖에 없는 운명에 처해 있다. 그 별들의 로맨티시즘에는 삶의 깊이와 혜안, 드넓은 인문적 지성, 날카로운 비판적 사유가 내장되어 있었다고 말한다면, 나는 도저히 구제받지 못할 '복고주의자'가 되는 것일까.

　세상의 일은 알 수 없어서, 어느 날 진보의 씨앗을 복고주의의 허름한 창고에서 발견할지도 모른다. 이즈음의 예술에서 '중세'에 대한 관심이 증가하는 추세는 단선적인 근대주의와 진보주의에 대한 비판적 성찰에서 연유하는 것이 아닌가.

　그렇다면 이 시대의 현란한 네온사인은 무엇을 함유하고 있을까. 그 속에는 공허한 허무주의와 지루한 일상과 욕망의 거품이 들어 있지 않을까. 사람들은 이제 별을 쳐다보지 않는다. 독자들은 네온사인의 현란함에서 더욱 커다란 실재성을 느끼고 한층 자극적인 영상을 기대하는 것이다. 그것은 그 자체로 일상의 권력이며 자본에 의한 예술의 식민화이다. 네온사인과 대기가스로 채워진 이 시대의 밤하늘에서, 홀로 은은한 빛을 발하는 별을 발견하는 것은 일종의 축복이 아닐까. 별을 발견하는 것만큼이나 진정한 예술의 향기를 맡는 것은 지난한 작업이다. 이 시대는 바로, 그런 시대이다. 몇 편의 장편소설과 몇 편의 중단편소설, 그리고 한 권의 비평집을 읽은 소감은 바로 이러하다.

2. 우리 시대 비평가들의 딜레마

　장정일의 『너희가 재즈를 믿느냐?』와 윤대녕의 『옛날 영화를 보러 갔다』를 읽으면서 필자가 끊임없이 생각한 것은 '과연 이 시대의 젊은 비평가들은 동세대 문인들의 문학적 새로움을 어떻게 바라보아야 하는가'의 문제였다. 한국현대문학사를 되돌아보면, 새로운 문학의 출현은, 대체로 새로운 문학적 이념과 형식을 선구적으로 보여준 일군의 젊은 시인 소설가들의 등장과 이들의 글쓰기가 함유하고 있는 문학사적 의미를 적극적으로 옹호했던 젊은 비평가들의 열정적인 비평을 동반하고 있었다.

가령, 최인훈 이청준 김지하 김승옥 서정인 정현종 오규원의 문학은 4·19세대 비평가들인 김현 김병익 백낙청 김치수 염무웅 등의 적극적인 지원사격에 의해서 그 문학적 의미가 풍부하게 확장되고 증폭되었다는 사실을 부인할 수 없으리라. 또한 임철우 이인성 황지우 이성복 양귀자 등의 1980년대의 중요한 시인, 작가들은 정과리 성민엽 홍정선 등의 동세대 비평가들에 의하여 그 문학적 의미가 치밀하게 조망되어 문학사적 맥락이 온전히 규명되었으며, 박노해 방현석 정화진 김하기 김영현 등의 민중문학계열의 문인들은 김명인 임홍배 임규찬 손경목 등의 진보적인 젊은 비평가들에 의하여 진정한 '문학적 진보성'의 의미가 명쾌하게 해석되었다고 할 수 있다. 이렇듯 이 땅의 현대문학사가 전개된 이래로 대부분의 젊은 비평가들은 동세대의 시인과 작가들을 전폭적으로 옹호하고 그들을 그 이전 세대와 의도적으로 분리하면서 이른바 신세대문학, 혹은 젊은 문학의 자부심과 영광을 전파하는 전령사 같은 존재였던 것이다. 그렇다면 예컨대 박상우 장정일 윤대녕 신경숙 공지영 이인화 등의 신세대작가들, 즉 1990년대 초반에 들어와서 활발하게 작품활동을 전개하고 있는 젊은 작가들은 어떤 비평가들이 그 문학사적 맥락을 정확히 짚어줄 수 있을까 그들은 그들의 문학세계를 전폭적으로 지원해줄 수 있는 젊은 비평가군과 행복하게 만나고 있는가.

바로 여기서 젊은 비평가들의 중요한 딜레마 중의 하나가 제기될 수가 있을 것이다. 몇몇 뛰어난 시인 소설가들의 문학적 행로와 동세대의 비평가들의 비평적 입지가 비교적 행복하게 조우할 수 있었던 전대의 문학적 정황과는 달리, 현재 젊은 소설가들의 문학적 행로와 동세대의 비평가들이 이상적인 모델로 상정하고 있는 작품들 사이에는 비교적 커다란 간격이 형성되어 있는 것으로 보인다. 가령, 상당수의 비평가들은, 동세대작가들, 그중에서도 이른바 신세대작가들로 불리는 소설가들의 문학세계에 대해서 비판적인 태도를 보이고 있다. 이러한 의미에서 동세대의 작가들을 최대한의 애정을 가지고 감싸안아야 한다는 문학사적 연대감과, 자신이 끝까지 옹호하고 지켜내야 할 '미학적 입장'이 동세대 소설가들의 작품세계와 행복하게 일치하지 않는다는 딜레마 사이에서 우리 시대의 젊은 비평가들이 고뇌하고 있다고 말할 수 있지 않을까.

3. 호랑이 등에 올라탄 장정일

장정일은 이인화와 더불어 이른바 신세대작가들 중에서 가장 광범한 독서량과 폭넓은 정보량을 지니고 있으며 아울러 재기발랄한 문학적 재능과 체질적인 유목민 기질도 지니고 있다고 여겨진다. 특히 최근 출간된 『장정일의 독서일기』를 읽다보면, 그의 무책임하다고까지 할 수 있는 타인과 동료에 대한 일방적인 비판과 매도에도 불구하고 작가 장정일의 도저한 지적 호기심과 탐욕스러운 독서욕, 박람강기(博覽强記)로 표현될 수 있을 다양한 관심, 타인의 글을 통해서 자신의 정체성을 확립하려는 집요한 욕망 등등을 충분히 인식할 수 있다. 이러한 의미에서, 우리는 장정일의 독서일기를 통해서 그의 글쓰기가 단순한 예술적 광기나 미숙한 실험의식에 의해서 진행된 것이 아니라, 그 나름대로 철저한 미학적 기획에 의해서 씌어지고 있다는 사실을 분명히 감지할 수 있을 것이다. 그의 최근 소설들이 내장하고 있는 문제의식의 표면적인 맥락을 중시한다면, 장정일이 1990년대 들어와서 산출한 새로운 문학적 성과들은 단순한 계몽주의적인 지평이나 고전적인 미학관으로 충분히 해석될 수 없는 '미학적 현대성'의 독특한 경지를 일구었다고 볼 수도 있을 것이다. 특히 「아담이 눈뜰 때」는 젊음의 새로운 문화적 지평과 그 풍속사적 감각을 작품에 반영하고자 하는 장정일의 실험정신이, 독특한 미학적 품격과 만난 도드라진 문제작이었다고 할 수 있다.

그렇다면 『너희가 재즈를 믿느냐?』의 경우는 어떠한가. 간단히 말하자면, 장정일은 이제 새로운 소설형식을 창출하겠다는 욕망에서 연유하는 '깊이 없는 새로움' 이라는 '호랑이의 등' 을 타고 정신없이 달리고 있는 것이 아닐까. 그는 과연 그 호랑이의 등에서 내려서 자신의 소설에 대해 근원적으로 성찰할 수 있을까. 바로 이러한 문제의 한복판에 『너희가 재즈를 믿느냐?』의 문제적 의미망이 존재하고 있다. 물론 우리는 『너희가 재즈를 믿느냐?』를 지배하고 있는 일명 '재즈적인 글쓰기' 를 고전적인 소설구성의 원리나 리얼리티의 원칙을 척도로 하여, 일방적으로 평가절하할 수는 없을 것이다. 대부분의 장정일의 소설들은 전통적인 소설독법으로는 그 의미를 논리적으로 해독할 수 없는 독특한 미학적 자질과 소설적 전략을 수반하고 있으며 전통적인 소설형식 자체를 겨냥한 파격적이며 전복적인 상상력을 동반하고 있다. 이는 장정일만이 지닐 수 있는 지극히 개성적인 유목민적 상상력에서 연유하는 것이리라.

　최근작인 『너희가 재즈를 믿느냐?』는 일견 무의미한 '장난' 에 가까운 형식파괴를 통해, 비디오를 비롯한 대중문화와 현대적인 일상에 중독된 현대 도시인의 초상을 특이하게 보여주고자 하는 작가의 의도가 노골적으로 드러난 작품이다. 그러나 장정일의 이러한 소설적 전략이 성공적으로 이루어졌는가 하는 점에 대해서 우리는 대체로 회의적이다. 진정한 예술적 새로움은 그 새로운 정신에 조응하는 고유한 예술철학과 독창적인 현실인식, 그리고 실험정신의 진정성이 수반되어야 하는 것이 아닐까. 우리의 관점으로는 『너희가 재즈를 믿느냐?』에서 발견할 수 있는 몇 가지 특징들, 가령 내용과는 거의 연관성이 없는 파격적인 제목들, 비현실적인 에피소드의 무의미한 반복, 진정으로 사랑하는 처제를 계속 보기 위해서 결국 그 언니와 결혼한 주인공의 황당한 일상과 왜곡된 인간관계, 상식을 벗어난 인물들의 독특한 행태, 인과적 논리를 거부하는 혼돈과 부조리의 세계, 단지 작품의 장식으로 기능하는 음악과 대중문화의 세계 등등은 새로운 소설미학을 추구하고자 하는 치열한 작가정신의 비등점에서 생성된 미학적 특징이라고 판단되지 않는다. 오히려 위에서 열거한 특징들은, 장정일이 '새로움을 위한 새로움'을 추구하는 과정에서, 자신과의 대결에서 적당히 타협하면서 고안된, 철저하게 의도된 '미학적 포즈'의 일종이 아닐까.

물론 장정일은 책의 뒤표지에서 "그는 성냥으로 담뱃불을 붙이고 라이터를 탁자 위에 놓았다" 식의 비논리적인 문장을 "이번 소설에서 시도하고 있는 재즈적인 글쓰기의 극단적인 예"라고 규정하면서 『너희가 재즈를 믿느냐?』에서는 불협화음과 반복되는 장식음의 변주, 즉흥적인 돌발성을 특징으로 하는 재즈음악과 같은 글쓰기가 실험되고 있다"고 주장하고 있다. 그러나 이러한 발언은 고도로 계산된 '미학적 알리바이'에 가깝다. 말하자면, 장정일은 '재즈'라는 이 시대의 유행하는 문화적 담론을 통해, 자기 소설의 미학적인 새로움을 스스로 공인하고 있는 것이다. 그러니, 장정일의 의도대로, 이 작품을 읽을 필요는 없을 것이다.

적어도 「아담이 눈뜰 때」의 실험은 기존의 지배적 가치에 대한 신선한 전복적 사유와 상큼한 젊음의 풍속도를 간직하고 있었다. 그러나, 그 이후에 전개된 장정일의 소설들은, 그러한 전작(前作)의 문학적 폭발력과 미학적 문제성을 지속적으로 보여주기에는, 이미 사유의 창고와 경험의 보따리가 바닥나버린 소설가의 문학적 상상력의 빈곤에서 배태된 미학적 산물에 가깝다. 적어도 필자에게는 그렇다. 새로운 사유의 축적과 새로운 미학적 지평을 위해, 장정일에게는 모든 문화적 권력(자신의 사적인 독서일기를 공적으로 간행하는 장정일은 얼마나 권력적인가. 그의 독서일기는 얼마나 권력적으로 읽히고 수용되는가. 그는 독서일기를 통해서, 타인, 즉 글쓰는 동료들에게 자신의 권력을 공적으로 행사하고 싶었던 것이 아니었을까)과 문학적 평가에 대한 집착에서 자유로울 수 있는 자기 성찰이 필요한 것으로 보인다. 그의 프랑스 체류가 모든 현실적인 부담감에서 탈피하여, 진정한 '노마드'로서의 자신의 삶과 자신의 문학을 재정립하는 소중한 기회가 되기를 진심으로 기원한다. 그랬을 때, 그의 실험은 단지 독특한 문화적 유희가 아니라 상투적인 현실의 구조를 충격적으로 전복시키는 진정한 전위적 기획으로 평가받을 수 있을 것이다. 그는 충분히 한국문학의 장 쥬네가 될 수 있는 능력이 존재한다. 그가 진정으로 원하는 것은 바로 그러한 문학적 아방가르드가 아닌가.

4. 윤대녕, 혹은 작은 것(단편소설)은 아름답다

윤대녕의 사진을 몇 번 본 적이 있다. 그 사진은 그가 무척이나 여리고 순정적인 예술가라는 사실을 예의 예리하면서도 우수 어린 표정으로 말해주고 있었다. 『은어낚시통신』에 대한 폭발적인 관심이 그에게 부담이 되었던 탓일까. 『은어낚시통신』에서 세련된 도시적 감성으로 매혹적인 소설적 상상력을 보여주었던 윤대녕은 『옛날 영화를 보러 갔다』에서는, 작가에게는 미안한 말이지만(왜 미안한가? 나는 전업작가인 윤대녕에게 좋은 단편만을 쓰라는 얘기를 아무 거리낌 없이 하지 못한다), 적어도 아직까지는 그가 전형적인 동시에 탁월한 단편작가라는 사실을 독자들에게 환기시키고 있다. 최근의 출판관행은, 매스컴과 비평계의 초점이 되는 유망한 작가에게 한꺼번에 흡혈귀처럼 달라붙어서, 적지 않은 선인세의 미끼와 더불어 장편계약을 유도한다. 특히 등단한 지 몇 년 안 되는, 그리하여 경제적으로 불안하고 문학적 전망이 불확실한 젊은 전업작가에게 그 유혹은 회피하기 힘든 유혹이다. 그 유혹에 효과적으로 저항하면서 얼마나 냉정한 자기 관리를 수행해나가느냐의 여부가 그들의 성공적인 문학활동에 커다란 변수로 작용하리라.

『옛날 영화를 보러 갔다』는 우찬제의 표현에 의하면 전형적인 '문화형성소설'에 해당된다. 작가 자신의 직접 체험보다는 영화나 음악 독서 같은 문화적 체험이 소설의 중요한 소재로 작용하고 있다는 점에서 그렇다. 주로 번역 일을 하면서 살아가는 주인공의 문화적 체험과 유년의 가슴 아픈 추억, 그리고 현대적 일상과 독특한 이성관계, 번역작업을 둘러싸고 벌어지는 기이한 사건 등이 이 작품의 줄거리를 구성하고 있다. 그런데, 『옛날 영화를 보러 갔다』와 연관하여 주목할 점은, 단편소설에서라면 매력적이며 독특한 소설적 자질로 작용했을 몇 가지 소설적 특징들, 이를테면 수시로 출몰하는 문화적 체험의 담론들, '되새떼'와 같은 기이하고 환상적인 이미지들, 카페와 레코드점, 술집을 중심으로 한 문화적 공간들의 빈번한 등장, 경쾌하면서도 자기 성찰적인 문체 등은 적어도 『옛날 영화를 보러 갔다』와 같은 장편소설에서는 작가 고유의 미학적 아우라와 특유의 매력을 발산하지 않는다는 사실이다.

윤대녕은 강렬한 서사성보다 이미지의 매혹으로 소설을 쓰는 작가이다. 이는 윤대녕의 더할 수 없는 매력이자 동시에 약점일 것이다. 그러나 이미지와 파편적인 상징은 반복되고 늘어질 때, 그 신선한 매혹을 상실하게 되는 것이다. 『옛날 영화를 보러 갔다』가 바로 이러한 한계를 지니고 있는 것은 아닐까. 윤대녕은 단편소설의 미학을 장편소설에서도 고스란히 적용시키고 있다. 이러한 창작방법론 자체를 평가절하할 수는 없겠지만, 적어도 『옛날 영화를 보러 갔다』에서는 『은어낚시통신』에서 간간이 엿볼 수 있었던 단편소설의 상큼한 매혹을 그다지 찾을 수 없었다는 점은 작가가 반드시 염두에 두어야 할 고려사항일 것이다.

물론, 이러한 주장에 대해서, 『노르웨이의 숲』과 『댄스 댄스 댄스』의 하루키가 있지 않느냐고, 『농담』과 『참을 수 없는 존재의 가벼움』의 밀란 쿤데라가 있지 않느냐고 반문할 수 있을 것이다. 그들의 소설에 기대어 우리의 젊은 작가들의 최근 장편소설들을 비판하고 싶지는 않다. 그렇지만 이 점만은 지적해두기로 하자. 소설사에서 이름을 등재시켰던 모든 신선한 소설적 시도는 그 자체가 처음이자 마지막이라고. 그 처음은 지금까지 존재했던 소설과 완전히 구별되는 소설을 쓰겠다는 열정적인 탐구심, 독자적인 예술철학, 그리고 그 예술의 텃밭이었던 문화사적 배경 등등에 의해서 비로소 가능했다고. 그 예술철학과 문화사적 맥락이 뒷받침되지 않은 모든 소설들은 궁극적으로는 그 위대한 '처음'들의 아류에 불과할 것이라고.

윤대녕은 앞으로도 장편소설을 쓸 수밖에 없을 것이다. 그러나 그 장편은 그가 지속적으로 써나가야 할 단편과의 치열한 길항관계를 통해서 그 고유한 자리를 찾을 수 있을 것으로 보인다. 열병을 앓듯이 정밀한 단편소설들을 한 편, 한 편 끊임없이 쓰면서 그 단편미학의 끝간데를 처절하게 통과했을 때, 비로소 장편소설의 길이 어렴풋하게 보이지 않을까. 윤대녕은 현재 단편미학의 막막한 통로를 아직도 통과중이다.

우리가 이 글에서 수행한 이 모든 비판에도 불구하고, 이 시대의 젊은 비평가들은 궁극적으로 윤대녕 장정일 신경숙 공지영 박상우 구효서 이순원 등등과 함께 갈 수밖에 없을 것이다(이러한 점은 90년대 비평가들의 존재론적 조건일 터이다). 그들의 절망과 작은 성취를 함께 나누며, 우리들의 비판이 그들에게 소중한 자양분이 되기를 기대한다.

5. 최윤 : 지성의 매혹

생물학적인 나이에 관계없이 최윤은 1990년대 들어와서 가장 활발한 창작활동을 보여준 1990년대 작가이다. 최윤의 『속삭임, 속삭임』에서 한국소설미학의 새로운 가능성을 발견할 수 있었다는 것은 이번 계절 책읽기의 소중한 소득이었다. 첫 창작집 『저기 소리없이 한 점 꽃잎이 지고』(1992)에서 보여주었던 개성적인 세계인식과 뚜렷한 실험정신, 논리적이면서도 감성적인 특유한 문체를 이어받은 이번 두번째 작품집은 첫 작품집에서 간간이 발견되었던 작품 간의 커다란 편차와 일말의 불안감을 떨쳐내고 한결 정제되고 매혹적인 단편미학의 진수를 보여주고 있다. 무엇보다 인상적인 것은 『속삭임, 속삭임』에 수록된 작품 한 편 한 편이 각기 독자적인 영역을 확보하면서 독특한 미학적 향기를 내뿜고 있다는 사실이다. 말하자면, 『속삭임, 속삭임』에는 창작집치고는 드물게 태작이 한 편도 없다. 최윤은 네온사인의 현란함보다는 은은하게 빛나는 밤하늘의 별이 되기로 작정한 것은 아닐까.

『속삭임, 속삭임』에 수록된 일곱 편을 비롯하여 작년 이상문학상 수상작이기도 한 「하나코는 없다」 등의 작품을 통해서, 우리는 한 탁월한 장인의 솜씨가 축조한 매력적인 소설공간을 편력할 수 있다. 그 공간에는 고감도의 위태로운 관념이 내장되어 있는가 하면, 현실에 적응하지 못하는 우수 어린 지성의 산책이 있으며, 이념에 의해서 상처받은 삶의 쓰라린 무늬가 있고, 상투적인 중심의 논리를 거부하는 유목민의 열정이 응축되어 있으며, 영상으로 포착할 수 없는 작가 특유의 논리적이면서도 감각적인 문체가 빛을 발하고 있다. 무엇보다도 최윤은 이상 김승옥 오정희 한수산 서정인 윤후명 이문열 등의 작가와 더불어 그의 문체로 인해 한국소설사에 기록될 것이다. 최윤의 문체가 서구적인 지성으로부터 많은 자양분을 수용한 것이 사실이지만, 그 문체를 결코 단순하게 이국적인 번역투의 문체라고 규정지을 수는 없을 것이다. 오히려 최윤의 문체에는 우리 소설문학에서 현저히 부족한 관념과 지성의 깊은 향취가 배어들어 있다. 그렇기 때문에 그의 문체는 이국적이고 서구적이지만, 경박하기는커녕 오히려 매혹적이라고 말할 수 있는 것이 아닐까. 그 관념과 지성의 향취는 잠언 투의 에피그램 형식을 취할 때 일종의 빛나는 성취를 이룩한다. 가령, 표제작 「속삭임, 속삭임」의 다음과 같은 구절들의 여운은 어떤가.

일찍이 황무지를 본 사람은 삶에 대해 아주 부끄러운 미움을 갖게 되지. 그리고 삶에 대해 많은 것을 바라게 되지 않는단다.

사라져버린 모든 것이 다 아름답지는 않다는 것을 나는 일찍이 배웠다. 타인의 숨은 삶의 증인이 되는 것은 얼마나 두려운 일이던가. 그것은 일생을 두고 따라다니는 빛과 같은 것임을 나는 일찍이 알았기 때문이었다.

이러한 문장들은 단지 재기발랄한 감수성이나 단순한 문장연습만으로 씌어질 수 없으리라. 삶의 실존적인 막막함, 외로움의 단애(斷崖), 지성의 울창한 숲을 정면으로 통과해본 사람만이 이러한 에피그램을 적시적소에 찾아 쓸 수 있을 것이다. 『속삭임, 속삭임』에서는 이러한 빛나는 문장들이 단순히 장식으로 기능하지 않고 작품의 전체적인 내용에 의해서 뒷받침된다는 점에서 그 의미를 적극적으로 인정할 수 있을 것이다.

『속삭임, 속삭임』을 관통하는 전체적인 선율을 간단하게 규정할 수는 없겠지만, 최윤은 대체로 이상(李箱)과 김승옥의 계보를 이어받으면서 그만의 고유한 소설적 특질을 보여주기도 하는데, 「푸른 기차」와 같은 독특한 작품을 보면 그가 현대적인 의미에서, 고(故) 이상의 문학적 적자(嫡子)라는 사실을 명쾌하게 인식할 수 있을 것이다. 아울러, 그가 항상 유랑하는 보헤미안적 아웃사이더의 입장에서 세상 읽기를 시도하고 있다는 점 역시 최윤 문학의 중요한 특질일 것이다. 이와 연관하여, 최윤의 소설에는 주인공의 '산책'과 '길'의 모티프가 소설의 중요한 구성요소로 자주 등장한다. 가령, 「워싱턴 광장」의 경우에는 주인공의 산책에 의해서 유년의 추억 속의 소녀를 오랜 시간이 흐른 후에 우연히 만나게 되고, 「푸른 기차」의 경우에는 "아무런 목적 없이 대중에게서 버림받은 시간의 거리를 돌아다"니는 것이 자폐적이며 관념적인 주인공의 유일한 낙인 것이다. 「푸른 기차」에서 주인공의 서울 도심으로의 산책은 「날개」 주인공의 경성 거리 산책을 연상시킨다(지나가는 김에 지적하자면, 「푸른 기차」는 이상의 「날개」를 철저하게 의식하고 씌어진 작품이다. 「푸른 기차」의 주인공은 「날개」 주인공의 현대적 변용이 아닐까). 또한, 자전소설인 「집, 방, 문, 벽, 들, 장, 몸, 길, 물」에는 다음과 같은 길에 대한 고백을 찾아볼 수 있다.

모든 길들은 너를 유혹한다. 가끔 네 기억 속의 몇 개의 길의 냄새와 빛깔이 고스란히 되살아올 때 너는 끝도 없는 우수에 사로잡힌다. 너의 온 존재는 그 길을 향해, 그 시간 속으로 달려간다. 길을 좋아하는 사람이 길을 달릴 때는 이렇다 할 목적이 없다. 길의 목적 그 이외에는.

최윤은 마치 길거리를 산책하는 것처럼 그렇게 소설을 써온 것이 아닐까. 생계의 방편을 위한 소설이나 이념의 전달을 위한 소설이 아니라, 소설쓰기 자체가 목적이 되는 그런 소설을. 그의 정확하고 아름다운 문체와 공들인 단편소설들이 이를 입증한다.

『속삭임, 속삭임』을 덮으며 나는 이런 생각을 해보았다. 만약 작가 최윤이 기본적인 생계에 많은 시간을 투자할 수밖에 없는 전업작가라면 지금과 같은 정교한 단편을 위주로 창작할 수 있을 것인가. 분명한 것은 최윤의 정밀한 단편미학은 그의 안정적인 글쓰기 환경의 커다란 도움을 받고 있다는 사실이다. 그 역시 전업작가라면 몇 권의 장편을 써야 했으리라. 동시에 또 한 가지 분명한 점은 대학에 있거나 생활이 안정된 소설가들이 모두 최윤과 같은 정교하고 개성적인 단편미학의 진수를 보여주고 있는 것은 결코 아니라는 엄연한 사실이다. 최윤은 소설 그 자체를 목적으로 하여 소설을 쓰는, 그리하여 그만이 쓸 수밖에 없는 소설을 쓰는 드문 소설가이다.

6. 도정일 : 비판적 지성의 변증법

좋은 시집이나 좋은 소설집이 드문 것처럼 좋은 비평집도 무척 드물다. 끊임없는 지적 갱신의 활달한 표정과 냉철한 지성이 제공하는 인식의 충격, 날카로운 전복적 사유, 비평 그 자체의 아름다운 매혹 등을 발견할 수 있는 비평집은 더더욱 드물다. 비평집의 간행이 한 정신적 궤적의 장기적인 지적 기획에 의한 성실한 글쓰기의 필연적인 성과가 아니라, 취업을 위한 업적 늘리기나 청탁에 의한 단발적 글 묶음에 그치는 경우가 대다수인 현금의 비평풍토에서, 뚜렷한 개성과 지적 단련의 흔적을 명확히 감지할 수 있는 탁월한 비평집의 탄생은 진정 축하해야 할 경사일 것이다. 이러한 의미에서 우리는 도정일 비평집 『시인은 숲으로 가지 못한다』를 간만에 접하는 '탁월한 비평집'의 반열에 기꺼이 올려놓고자 한다. 사십대 후반부터 본격적인 비평활동을 시작한 도정일(1941년생)은 그가 묵묵히 지적 단련에 바쳐왔던 그 오랜 세월만큼이나 웅숭깊고 진중하면서도 날카로운 비평적 혜안을 『시인은 숲으로 가지 못한다』에서 활짝 펼쳐놓고 있다. 그의 또래들과 후배들이 이미 중견비평가로 맹활약하고 있었던 그 세월에 그가 절차탁마(切磋琢磨)했던 것은 서구고전 및 서구사상사의 두터운 뿌리와 인간과 사회, 예술을 바라보는 튼실한 시선이 아니었을까. 과연, 『시인은 숲으로 가지 못한다』에는 현대의 문화적 사상적 동향의 거대한 뿌리라고 할 수 있는 서구고전사상과 신화에 대한, 남다른 정확한 이해와 날카로운 현대적 적용이 돋보인다.

그래서, 그리스 로마 신화와 플라톤, 아리스토텔레스에서부터 라캉과 보드리야르, 알튀세르에 걸치는 서구지성사의 장구한 지적 여정에 대한 정확한 선이해(先理解)는 도정일 비평의 중요한 무기로 작용하고 있다. 또한 그 지적 무기를 적재적소에 활용하고 있기 때문에 그는 어떠한 첨단의 매혹적인 사상이나 최신 문학이론이라 할지라도 이를 비판적으로 섭취하고 그 사상사적 맥락을 정확히 짚어낼 수 있는 것이다. 「문화, 이데올로기, 일상의 삶」「형식, 패러디, 영상기법」과 「시뮬레이션 미학, 또는 조립문학의 문제와 전망」 같은 글들이 바로 이러한 실례에 해당된다고 하겠다.

아울러, 『시인은 숲으로 가지 못한다』가 주목되어야 하는 중요한 이유 중의 하나는 이 비평집이 '비판적 사유의 확장'과 그 현대적 전개에 커다란 기여를 하고 있기 때문일 것이다. 대부분의 '비판'이 오히려 체제의 안전편 역할을 수행하거나 뇌관이 제거된 폭탄의 기능을 수행할 수밖에 없는 이 시대, 그리고 날카로운 비판의 담론도 체제의 거대한 블랙홀 속에 용해되곤 하는 이 시대에, 도정일이 줄기차게 강조하고 있는 '비판의 현대적인 기획'은 지배 이데올로기나 상품미학이 은폐하고자 하는 책략의 핵심을 정확하게 직시하면서 그 모순을 예리하게 까발리고 있다. 특히 포스트모더니즘의 부정적인 측면에 대한 도정일의 비판은 이러한 비판의 모범적인 모델에 해당된다고 할 수 있을 것이다. 이러한 측면에서, 이 시대 비평의 중요한 역할에 대해서 역설한 「문화의 몰락과 비평의 위기 : 이 시대의 문학비평은 무엇인가」라는 글은 문학비평의 근원적인 기능에 대한 천착을 보여준다는 면에서, 주목에 값하는 글이라고 여겨진다. 이 평문은 문학비평이 그 사회적 책임을 방기하고 있다는 인식하에, 문학비평이 그 특유의 비판적 역할을 회복해야 한다는 절실한 주장을 펼치고 있다. 이 글을 통해서 우리는 비판적 지성의 전형을 목도할 수 있을 것이다. 또한, 루이 알튀세르와 앙리 르페브르의 비판적 문화론에 대해서 고찰한 「문화, 이데올로기, 일상의 삶」이라는 글 역시 비판적 문화론의 현대적 전개를 짚어보면서 비판적 사유의 현대적 확장을 모색하고 있는 글이다. 이렇듯, 도정일은 비평의 제 기능 회복을 통한 비판적 사유의 확장을 문학비평이 감당해야 할 가장 중요한 임무로 생각하고 있는 것으로 판단된다. 그리고 그의 이러한 목표가 『시인은 숲으로 가지 못한다』에서 효과적으로 구현되었다는 사실을 부인할 필요는 없을 것이다.

　그런데, 여기서 우리가 지적하고자 하는 것은, 그의 비판이 때로는 그가 그토록 비판하려고 노력한 지배 이데올로기의 파시즘적 사유와 유사한 성격을 보여주고 있다는 사실이다. 그토록 '비판적 사유'의 중요성을 강조해 마지않는 도정일도 '타자'에 대한 왜곡된 비판을 통해 '전체주의적 사고'에 매몰될 수도 있다는 역설을 여기서 지적해야 하지 않을까 한다. 이를테면, 해체주의와 포스트모더니즘에 대한 도정일의 비판이 때때로 이러한 성격을 지니고 있다. 가령, 그가 해체주의적 비평의 부정적인 문제점에 대해서 격렬하게 비판하면서, "자본주의적 현실을 깨기 위해서는 인간 자체가 깨어져 분열증 환자가 되어야 한다는 논리는 인간이 일시에 집단 자살함으로써 악의 문명에 종지부를 찍자는 주장과 마찬가지로 그 기발성이 놀랍도록 무책임하다"고 주장하고 있는 대목을 검토해보자. 위의 인용은 전후맥락을 검토해보면, 도정일이 한겨레신문 지상을 통해서 논쟁을 벌인 철학자 김진석의 입론을 염두에 두고 개진한 주장이라는 사실을 알 수 있다. 그런데, 도정일의 이러한 주장은 김진석의 논리에 대한 명백한 오독이자 확대해석이 아닌가.

김진석의 주장은 정교한 그물코처럼 짜인 자본주의의 제도와 일상화된 삶에 대한 반성과 전복적 성찰이, 그 자본주의 사회에 적응하지 못하면서 분열증적 징후를 보이는 일종의 광인의 존재에 의해서 가능할 수도 있다는 맥락으로 해석되어야 한다. 그러므로 김진석의 논법은, 도정일이 폭력적으로 단순화시킨 것처럼 인간이 분열증 환자가 되어야 자본주의적 현실이 타파될 수 있다는 식의 안이한 발상에 해당된다고 볼 수는 없을 것이다. 이러한 의미에서, 우리는 도정일이 표명하고 있는 해체주의적 비평의 위험성에 대한 경고에 십분 공감하면서도, 동시에 해체주의적 비평의 전복적 가능성과 그 비판적 동력을 애써 무시한 채, 그 부정적인 편향만을 적발해내는 그의 태도에 대해서 커다란 아쉬움을 느끼게 되는 것이다.

혹시 한 사상이나 지적 사조의 한쪽 면만을 과장해서 바라보는 그의 태도가, 한겨레신문에서 전개된 김진석과의 논쟁이 보여주는 것처럼, 상대방의 입장에 대한 다소 폭력적인 곡해와 오독을 낳은 것은 아닌지. 그것이 아니라면, 일단 진보의 재구성이 시급한 한국적 현실에서, 도정일에게 월등 절실하게 다가왔던 것은 해체주의의 가능성이 아니라, 해체주의의 블랙홀이었을까. 그가 이러한 의문들에 대해서 지속적인 작업을 통해 명쾌하게 해명해주기를 기대한다.

도정일의 『시인은 숲으로 가지 못한다』는, 진보를 향한 희망의 등불이 희미해진 이즈음, 문학비평이 담보할 수 있는 '비판적 사유'의 복원에 적극적으로 기여하고 있다는 점에서 주목받아 마땅한 노작(勞作)일 것이다. 그의 건필을 기대한다.

7. 은은히 빛나는 별을 위하여

지금 이 시대는, 밤하늘의 찬연한 별빛이 도시의 가로등과 네온사인에 가려져 있는 그러한 시대이다. 그 별에는 대중의 환호와 갈채, 상품의 매혹, 네온사인의 현란함은 존재하지 않는다. 그러나 그 별은 어떤 네온사인보다도 지속적이고 은은한 빛을 간직하고 있다. 둘 중 어느 편을 선택할 것인가. 모든 예술가에게, 이러한 물음은 도저히 회피할 수 없는 근원적인 물음이다. 그 물음에 대한 한없는 고뇌 속에서 또 새로운 별이 탄생하리라.

(『리뷰』1995년 봄호)

'진보' 와 '비판' 의 새로운 시작을 위하여

1. 예술가의 길

지식인은 항상 자신이 몸담고 있는 그 시대를 가장 첨예한 '위기의 시대' 라고 인식한다는 유명한 에피그램은 지금 이 시대에도 정확하게 통용되고 있는 것으로 보인다. 후쿠야마 유의 자본주의의 미래에 대한 낙관적 예찬이나 수많은 저널리즘이 호들갑스럽게 불어넣는 첨단 정보화 사회의 '장밋빛 미래' 에도 불구하고, 이 시대의 뛰어난 지성과 탁월한 예술가들은 지금 이 시대의 스산한 풍경에서 이성의 파산을, 합리성의 죽음을, 저 불가사리 같은 자본과 상품미학의 완벽한(?) 승리를, 새로운 비합리주의의 불길한 발흥을, 타자를 억압하는 자기 동일성의 탐욕스러운 팽창을, 음울한 중세적 분위기로의 회기 등등을 끊임없이 목도하고 있다. 과연 그렇지 않은가. 최근 보름 사이에, 지구 곳곳에서 일어난 일만 보더라도 이러한 진단은 명백한 설득력을 담보하고 있다고 할 수 있을 것이다. 일본 동경의 독가스 사건, 미국 오클라호마 시의 끔찍한 테러 사건, 르완다 난민들의 거대한 참상, 대구 지하철 공사장 폭발 사건을 비롯한 이 땅의 수많은 사건, 사건들. 그리고 그 사건의 파장을 최대한 축소시키려는 이 나라 언론의 '알아서 기는 행동들' ······

그렇다면, 이러한 사태 앞에서 문인이나 예술가가 할 수 있는 것은 무엇일까. 그가 만약 사회과학자라면, 당연히 '이성의 도구화 현상'을 냉철하게 응시하면서 '이성의 합리적인 복원'을 위한 새로운 지적 기획을 세울 수 있으리라. 그러나 예술가들은 합리적 기획 그 자체를 수행하는 사람들은 아니다. 그들은 새로운 희망과 해방을 위한 예언의 목소리를 들려주거나, 사회과학자들이 추진하고 있는 합리적 기획의 과정에서 발생할 수 있는 또다른 모순과 억압의 실체에 대해서도 민감하게 반응하며, 또한 이미 진행된 역사적 사건을 다시 한번 '추억'의 형식으로 진지하게 되돌아보기도 하는 것이다. 이러한 의미에서 문인이나 예술가들은 노동과 생산의 기획에 직접적으로 참여하는 방식으로가 아니라 그 변두리에서 노동의 기획이 함유하고 있는 이데올로기에 대한 풍요로운 성찰과 반성을 다양하게 제시하는 방식으로 이 세계에 참여한다. 그러므로, 그가 진정한 예술가라면, 그는 필연적으로 아웃사이더, 유목민, 뜨내기, 주변인이 될 수밖에 없다. 그러한 운명을 얼마나 성실하고 치열하게 수용하느냐에 따라서 그의 진정한 예술적 가치가 결정될 것이다.

최근 우리 문단을 보면, 새로운 희망과 유토피아를 꿈꾸거나 예언적으로 들려주는 소설가와 시인들의 목소리는 현저히 줄어들고 있다. 오히려, 그들이 노래하는 미래는 온통 세기말의 음울한 검은빛 휘장으로 둘러싸인 불길한 공간이다. 1990년대에 들어와서 우리의 예술가들은 이전 연대에 비해볼 때 희망이나 유토피아 낙관 해방 아침 밝음 열림의 정서보다는 비관 허무주 검은빛 죽음 저녁 닫힘의 정서에 현저하게 경도되어 있는 것으로 여겨진다. 아울러, 미래에 다가올 새로운 희망보다는 과거의 상처를 되돌아보는 작품이 한층 두드러지고 있다는 점도 1990년대

문학의 특징적인 양상이다. 1980년대의 치열했던 삶을 추억하는 그 수많은 소설들을 보라. 1990년대가 중반에 이른 현재에도, 지난 연대의 상처와 추억으로 인하여 1990년대의 변모된 사회적 정황에 적응하지 못하는 '상처받은 삶'에 대한 소설적 묘사는 끊임없이 씌어지고 있다. 필자가 최근에 읽어볼 수 있었던 그 소설들은 고종석의 「제망매(祭亡妹)」(『문학과사회』 1994년 겨울호), 김영현의 「그리고 아무 말도 하지 않았다」(『그리고 아무 말도 하지 않았다』, 창작과비평사, 1995. 3), 김인숙의 「먼길」(『실천문학』 1995년 봄호) 등의 중편이다. 이 소설들은 각기 다양한 방식으로 이념과 인간, 정치와 인간, 인간과 인간 사이에 놓인 그 미묘한 갈등과 복합적인 연관관계에 대해서 미세하게 접근하고 있다. 이러한 의미에서, 이 소설들은 이념과 인간 사이에서 소설이 놓일 자리를 제각기 개성적으로 찾아간 소설들이라고 할 수 있을 것이다. 그 소설들을 함께 읽어보자.

2. 고종석의 「제망매」

고종석은 이미 1993년 12월에 지성의 향취와 자유분방한 사색이 파동치는 『기자들』이라는 장편소설로 유려한 에세이풍의 독특한 글쓰기를 우리에게 보여준 바 있다. 고종석이 한겨레신문 문화부에 재직하면서 쓴 개성적인 기사들을 인상 깊게 기억하는 이라면, 그가 다양한 글쓰기의 형식을 집어삼킨 '소설'이라는 매력적인 장르를 선택한 것에 대해서 지극히 자연스러운 반응을 보냈으리라. 고종석은 이어 작년 겨울, 『문학과사회』에 「제망매」를 발표하면서 본격적으로 자유로운 글쓰기에 나서고 있는 것으로 보인다. 이 소설은 누구보다도 자기 희생적이며 진보적인 삶을 묵묵히 영위하였던 김혜원이라는 이종사촌의 죽음을 접한 주인공이 그 사촌누이의 정결하고 치열했던 삶을 회상하는 얘기로 이루어져 있다. 그러나 이 작품은, 요새 유행하는, 가령 한때 치열하게 투쟁하다가 불치의 병으로 비극적인 인생을 마감한 운동권 투사식의 '후일담 문학'과는 본질적으로 상관이 없다. 고종석은 단지, 거의 본능적으로 '이타성이 몸에 배어 있었'던 한 순결한 영혼의 '아름다움'에 대해서, 그리고 그 영혼과 함께 보낸 시간에 대한 애틋한 추억에 대해서 말하고 싶었던 것이 아니었을까. 소설의 화자가 김혜원에게 던지는, "네가 그렇게 열심히 하는 그런 야학활동이라는 게 무슨 큰 의미가 있니? 네가 가르친 사람들이 어찌어찌해 검정고시라도 봐서 대학엘 가게 되고, 어렵사리 어떤 신분상승을 이룬다고 해도 그게 이 사회를 살 만한 것으로 만드는 데 무슨 도움이 될까? 그건 그 사람들 개인의 조그만 행복과 또, 어쩌면, 김혜원이라는 여자의 자기 만족에만 기여하는 것이 아닐까? 잘못된 사회제도는 여전히 그대로일 테고"라는 다소 악의적인 질문에 대해서 김혜원은 다음과 같이 답하고 있다.

"내겐 그런 게 그리 사소해 보이지 않아. 오빠. 내 주위에 있는 사람들, 내가 우연히 인연이 닿아 만나게 된 사람들의 조그만 행복이 내겐 중요해. 그게 또 사실 오빠 말대로 내 자기 만족의 근거가 되기도 하고, 그런 조그만 행복들, 그런 조그만 자기 만족들이 사회 전체의 메커니즘과 관련해서 선이냐 악이냐가 내겐 그렇게 중요하게 보이지 않아. 아니 그렇다기보다는 그런 생각을 할 만큼 내 머리가 조직적이질 못해."

위의 예문은, 이를테면 사회의 진보와 혁명을 위한 조직적인 사고와 치밀한 기획보다는 타인에 대한 순수한 이타심으로 남을 위해서 자신의 삶을 헌신했던 김혜원의 풍모를 효과적으로 드러내고 있다. 그렇다면, 고종석이 이렇게 특이하고 남다른 성격의 인물을 등장시킨 의도는 무엇일까. 고종석은 김혜원을 통해, 진보적인 삶이라는 것은 과학적이고 명료한 논리나 사전에 의식적으로 기획된 정치적 실천에 의해서뿐만 아니

라 인간에 대한 한없이 소박한 사랑에서도 솟아날 수 있음을 보여주려고
한 것이 아닐까. 김혜원의 소박하고 순수한 이타성은 전위적인 진보적
지식인의 목적의식적인 실천이 놓치고 지나간 자리를 따뜻하게 감싸안
는다. 그런데, 다름아닌 그토록 정결한 삶을 영위했던 김혜원이 골수암
이라는 불치의 병에 걸려 이 세상을 마감했던 것이다. 죽음 앞에서도 그
토록 의연하고 명랑했던 김혜원의 모습을 회상하면서, 주인공 이진우는
자신의 직장동료였던 정경희와 함께 자연스럽게 '파리의 코뮌 전사들의
벽'에 이른다. 최윤의 「아버지 감시」 이후에 우리 문학사에서 다시 파리
코뮌의 무명용사들이 등장하는 장면이다. 거기서, 그들은 "그 벽 앞에서
산화한 한 세기 전의 노동자들을 정부차원에서 추도해줄 나라가 다섯 손
가락으로 꼽을 만큼밖에는 남아 있지 않다는 사실"을 새삼 쓸쓸하게 떠
올린다. 김혜원의 불행한 죽음과 결국에는 정부군에 의해서 학살당했던
파리 코뮌의 무명용사들을 생각하면서 그들이 도달한 사유의 귀결은
"이제 삶의 반 고비를 겨우 넘기다보니, 하긴 이 반 고비란 말두 건방진
얘기지만요. 미립 하나가 생겨난 것 같아요. 뭐 별건 아니구, 세상에 뜻
대루 되는 일이 별루 없다는 사실을 깨달았다는 거예요"라는 주인공의
동료 정경희의 발언에서 여실히 드러난다. 실제 역사에서는 김혜원이나
파리 코뮌의 무명용사들처럼, 그토록 아름다운 선의나 다수의 행복을 위
한 지난한 노력이 처절히 패배하거나 불행한 종말로 귀결될 수도 있다는
'역사의 아이러니' '인생의 아이러니'를 그들은 인식했던 것이 아닐까.
그리하여, 작가는 어떤 명백한 선의와 진보적 기획을 일순간에 배반할
수도 있는 이 세상의 엄연한 논리와 삶의 근원적인 덧없음에 대해서 얘
기하고 싶었던 것이 아니었을까 한다. 사회과학이 적절히 포괄할 수 없
는 소설의 진실이 바로 이러한 미묘한 인식에 대한 실감 있는 묘사에서
획득될 수도 있는 것이라면, 고종석의 소설은 바로 그 묘사에서 성공하
고 있다.
　요컨대, 고종석의 「제망매」는 우리가 결코 회피할 수 없는 인생의 쓸

쓸하고 비극적인 깨달음을 냉철하게 응시하고 있다고 할 수 있을 것이다. 다름아닌 이 점 때문에 고종석의 「제망매」는 일부 후일담문학의 경박스러움, 호들갑스러움과 근원적으로 변별되면서, 신뢰할 만한 문학적 깊이를 획득하고 있는 것으로 보인다. 고종석의 또다른 소설을 기대해보자.

3. 김영현의 「그리고 아무 말도 하지 않았다」

하인리히 뵐의 동명의 제목을 따온 김영현의 중편소설 「그리고 아무 말도 하지 않았다」는 작가가 장편소설 『풋사랑』(1993. 9)을 발간한 연후에, 일 년여의 침묵을 깨고 발표된 작품이라는 점에서 우선 우리의 관심을 끈다. 『풋사랑』에 가해졌던 여러 가지 비판들을 접하면서, 김영현에게는 자신의 소설쓰기에 대한 근원적인 성찰을 수행할 필요성이 존재했던 것이 아니었을까. 과연, 그 시간 동안 김영현이 고민한 것은 무엇이었을까. 이 소설은 화가인 주인공 재섭이 강원도 태백의 산 속에 있는 어느 한적한 수도원의 신축건물 담벽에 벽화를 그리면서 자신에 대해서 성찰하는 과정을 묘사하고 있다. 교통사고로 인한 딸 승희의 죽음, 그로 인한 아내와의 불화, 곧 이어진 아내의 가출, 그리고 언젠가 술자리에서 "혁명이 없어졌다는 것은 참을 수 있다. 하지만 온 존재를 걸 수 있는 절대적 가치가 사라졌다는 것은 참을 수 없다"고 외쳤던 친구 정민의 죽음으로 황폐해질 대로 황폐해진 주인공 재섭의 내면은 점차 현실의 모든 것에 대해서 한없는 환멸과 냉소를 보내는 상태로 빠져들게 된다. 재섭이 어떤 근원적인 것과 절대적인 세계에 대한 그리움을 느끼면서 느닷없이 '인도 여행'을 꿈꾸는 대목은 바로 지옥과 같은 이 땅을 떠나 현실성이 탈각된 시원적 공간으로 도피하겠다는 욕망의 표출로 해석될 수 있을 것이다. 그러다가, 재섭은 우연히 친구의 제의로 태백에 있는 수도원에서 벽화를 그리면서 자신의 헝클어진 마음을 정리하게 된다는 내용으로 소설이 전개된다. 이 소설에서 재섭의 고뇌는 확고한 이념의 푯대나 선명한 형이상학적 지붕이 사라진, 이 모호하고 막막한 시대를 살아가는 진보적 지식인의 내면과 겹쳐진다. 이러한 의미에서 볼 때, 재섭이 동경하는 '인도 여행' 은 때로는 순정한 진보적 지식인을 어느 순간 사로잡을 수 있는, 구체적인 전망을 상실한 탈역사적이며 허무주의적 세계인식과 맥이 닿아 있다고 할 수 있을 것이다. 수도원의 벽화를 그리면서, 자신의 내면을 감싸고 있던 혼란스러운 감정들을 추스르는 주인공의 모습에서, 우리는 이념의 파도가 사라진 뒤에, 자신이 모든 열정을 바쳐서 일할 대상이 사라져버린 지식인들이 과연 어떤 방식으로 '새로운 시작' 을 일구어나갈 수 있을 것인가에 대한 중요한 암시를 받는다. 우선, 무엇보다도 자신의 내면과 욕망을 정직하게 바라보라는 것이 작가가 소설을 통해 제시하고 있는 그 질문에 대한 해답이다.

「그리고 아무 말도 하지 않았다」에서 주인공 재섭이 막막한 혼란을 거쳐 자기 정체성을 회복하는 과정은 수도원에서 그림을 그리는 행위를 통해서 비로소 이루어진다. 산 속의 수도원이라는 한적한 공간과 수도원에서 새롭게 만난 사람들, 그리고 수도원의 특이한 풍속도는 재섭에게 자기 자신의 내면을 투명하게 응시하는 소중한 기회를 제공했던 것이다. 주인공 재섭의 고뇌에서 작가 김영현의 얼굴을 떠올리는 것은 너무나 자연스러운 행위일 터이다. 김영현은 이 소설을 통해서 상처받은 자신의 내면을 정리하고 자신을 투명하게 바라보고자 했던 것이 아닐까. 그런 냉정한 자기 응시를 통해서 김영현은 비로소 새로운 글쓰기를 시작할 수 있었던 것이 아니었을까.

4. 김인숙의 「먼길」

김영현의 「그리고 아무 말도 하지 않았다」의 주인공 재섭이 인도 여행을 동경하다가 결국 태백의 수도원으로 망명(?)했다면, 김인숙의 「먼길」의 주인공들은 고국의 정치적 현실에 처절하게 절망한 끝에, 최근까지 김인숙이 머물렀던 호주로 짐작되는, 머나먼 타국에까지 와서 새로운 삶의 닻을 내리게 된다. 1970년대에 대마초를 피우면서 통기타 가수활동을 하다가 〈먼길〉이라는 곡목의 금지곡 때문에 모진 고문을 받고 그로 인한 상처 때문에 호주에 와서 바다 낚시로 소일하는 냉소적인 의식의 소유자 한림, 8년 전 시위대열의 투석과 전경들의 최루탄이 치열하게 대결하던 시절에 이곳으로 와서 교민 잡지사에서 일하는 한림의 동생 한영, 결국에는 고국에서의 운동권 체험으로 인한 고문 후유증 때문에 망명자로 분류되어 영주권을 받은 청년 명우, 이렇게 세 사람의 인물이 각자 지니고 있는 마음의 상처와 고국을 떠나 이민을 올 수밖에 없었던 정황 등이 소설 속에서 주로 묘사되고 있다. 그들이 고국을 떠나온 것은 한결같이 고국의 정치적 현실이 그들의 실존에 커다란 상처를 가져다주었다는 이유 때문이다. 그 상처를 잊기 위해서 그들은 한림의 노래 제목이자 이 소설의 제목이기도 한 '먼길'을 떠났던 것이다. 즉, 그들은 새로운 삶의 기항지로 머나먼 이국을 선택했던 것이다. 그 절박한 심정을 명우는 다음과 같이 털어놓고 있다.

"그렇습니다. 나는 숨고 싶었던 겁니다. 더이상은 세상을 주체할 자신이 없어졌던 것이 아니라 더이상은 나 자신을 주체할 자신이 없어져서, 나는 이렇게 숨고 싶었던 겁니다. 나와 함께 감옥에 있던 사람들이 없던 곳에, 내 구호를 쫓아 시위대열로 스며들었던 사람들이 결코 없던 곳에, 내가 물고 뜯고, 재단까지 했던 내 나라의 역사가 없는 곳에, 나보다 먼저 달려나가 마치 담장 위의 새앙쥐처럼 나를 내려다보는 그 진보라는 것이 없는 곳에…… 나는 숨고 싶었던 겁니다."

그러나, 그곳이 유토피아가 아닌 다음에야 그들이 고국을 떠나서 선택한 공간 역시 그들에게 수많은 버거운 문제들을 던져준다. 한없는 외로움, 그 사회의 아웃사이더가 필연적으로 겪을 수밖에 없는 무수한 갈등, 조국에 대한 절실한 그리움, 자신의 인생이 패배한 것이라는 자학, 조국의 우울한 소식을 접했을 때의 답답한 심정 등등. 소설의 말미에서 한영이 명우에게 "돌아가라구요, 제발"이라고 절규하는 장면은 그들의 '마음의 병'은 결국 조국으로 귀환했을 때, 그 진정한 치료가 비로소 시작될 수 있을 것임을 암시하고 있다. 그들이 조국에서 돌아와서 느낀 또다른 내면의 무늬에 대한 김인숙의 소설을 기대해보는 것은 어떨까. 그 요구는 김인숙의 독자로서의 당연한 권리가 아닐까.

5. 김남주 유고시집 『나와 함께 모든 노래가 사라진다면』

정치적 압력과 상처에 대응하는 과정이라는 측면에서 보았을 때, 지금까지 우리가 살펴본 작품의 주인공들의 방식과 고(故) 김남주의 방식은 사뭇 이질적이다. 김남주는 끝까지 이 땅의 상처와 정면 대결했던 강건한 전사(戰士)였다. 아니 더 정확하게 말하자면, 김남주는 정치적 현실에 환멸을 느껴서 다른 먼 곳으로 떠날 정신적 육체적 여유가 없었다고 말하는 것이 진실에 가까울 것이다. 수배 구속 감옥 고문으로 점철되었던 그의 인생 역정은 망명이나 이민, 혹은 도피마저도 사치스러운 선택이라고 할 수 있을 정도로 치열했던 것이 아니었을까. 김남주의 유고시집 『나와 함께 모든 노래가 사라진다면』이 최근에 발간되었다. 이 시집의 표제시에서 김남주는 "나와 함께 모든 별이 꺼지고 / 모든 노래가 사라진다면 / 내가 어찌 마지막으로 눈을 감는가"라고 구슬프게 노래하고 있다. 그는 자신의 죽음을 예감하는 순간까지 자신이 발을 딛고 살아왔던 이 땅의 모든 존재에 대한 참으로 강렬한 연대의 심경을 고백하고 있는 것이다. 모든 별과 모든 노래가 자신의 운명과 일치할 것이라는 시적 발언은

섣부른 영웅주의의 노출이 아니라, 그가 살았던 세상에 대한 뜨거운 애
정과 그 땅을 곧 떠나게 될 수밖에 없는 자신의 운명에 대한 참으로 절절
한 아쉬움의 표현으로 해석되어야 할 것이다. 결국 그는 이 세상을 떠나
갔다. 그러나 김남주의 존재는 그가 「혁명의 길」이라는 시에서 다음과
같이 노래했듯이 영원히 "지하로 흐르는 물"이자 "밤으로 떠도는 별"이
될 것이다. 그러나, 그 '물'에서는 어떤 소리보다도 맑고 깊은 소리가 날
것이며, 그 '별'에서는 어떤 별보다도 찬연한 광채가 발할 것이다. 그것은
결코 쉬운 일이 아니다. 그는 "죽음으로써만이 끝장이 나는" 혁명의 길을
결국 완수하였다. 그것은 오로지 김남주만이 할 수 있는 일일 것이다.

> 혁명의 길은
> 다정히 둘이 손잡고 걷는 길이 아니다
> 박수 갈채로 요란한 도시의 잡담도 아니다
> 가시로 사납고 바위로 험한 벼랑의 길이 그 길이다
> 끝이 보이지 않는 도피와 투옥의 길이고
> 죽음으로써만이 끝장이 나는 긴긴 싸움이 혁명의 길이다
> 그러나 사내라면 그것은 한번쯤 가볼 만한 길이다
> 전답이며 가솔이며 애인이며 자질구레한 가재도구며……
> 거추장스러운 것 가볍게 털어버리고
> 한번쯤 꼭 가야 할 길이다
> 과연 그가 사내라면
> 하늘의 태양 아래서
> 이름 빛내며 살기란 쉬운 일이다
> 어려운 것은
> 지하로 흐르는 물이 되는 것이다. 소리도 없이
> 밤으로 떠도는 별이 되는 것이다. 이름도 없이

6. 이동하의 비판적 지성

최근에 창간된 『씨네 21』이라는 영화주간지는 '이들이 영상문화를 움직인다' 라는 제하의 창간특집을 기획하여, 현재 우리 시대의 영상문화에 커다란 영향력을 미치고 있는 50인을 선정한 바 있다. 이 기획을 읽으면서 흥미롭게 확인할 수 있었던 점은 그 50인의 명단에 현재 활발하게 평론활동에 참여하고 있는 영화비평가나 대중문화비평가가 단 한 명도 포함되어 있지 않다는 사실이었다. 대신에 주로 영화사 사장이나 기획사 대표, 방송국의 PD와 같은 '기획' 이나 '자본' 과 연관된 직종에 종사하는 사람들이 다수 포함되어 있었다. 과연, 이러한 현상을 어떻게 보아야 할까. '비평' 이라는 행위는 이미 문화적 대세에 아무런 영향력을 미치지 못하는 고급 딜레탕트들의 마스터베이션에 불과한 것인가. 아울러 제대로 된 비판의 기능을 발휘하지 못하고 상품미학의 블랙홀에 용해되어버린 타락한 비평행태가 이러한 사태를 낳은 원인이 아닐까. 근원적으로 조망하자면, 비평의 탄생, 그 시초부터 비평가는 힘이 없었던 존재가 아니었을까. '비평' 이 제대로 된 영향력을 발휘해야 한다는 비평가들의 주장은 혹시 자신이 참여하는 일이 강력한 헤게모니를 동반하기를 염원하는 비평가들의 자기 중심주의가 우회적으로 표출된 형태가 아닐까. 이러한 수많은 질문들이 문학비평가인 필자의 뇌리를 스치고 지나간다.

그러나, 비평의 영향력과 기능에 대한 무수한 회의에도 불구하고, 이런 때일수록, 작품에 대한 독창적인 해석과 날카로운 비판의 칼날을 구사하는 비평의 순기능은 지속적으로 요구될 것이다. 몇 년 전에 비해, 상품미학이 본격적으로 활개치기 시작하는 이즈음이야말로 제대로 된 비판이 요구되는 시기가 아닌가. 이러한 면에서 우리가 이번 계절에 인상적으로 읽었던 비평은 단연코 이동하의 「김현의 『한국문학의 위상』에 대한 한 고찰」(『전농어문연구』 제7집, 1995. 2)이었다. 비록 이 비평문은 서

울의 한 대학 국문과에서 발간한, 그리하여 그 대학의 재학생과 교수들
외에는 다른 독자가 거의 없으리라고 짐작되는 논문집에 수록된 글이지
만, 그 의미만큼은 대단히 문제적이며 폭발적이다. 이동하는 이 글에서,
한 시인에 의해서 일세기에 한번 나올까 말까 한 비평가라고 칭송을 받
았던 대형 비평가 고(故) 김현의 기념비적 저서인『한국문학의 위상』을
비판적으로 해부하고 있다. 이동하는, 김현의 글에 대한 찬사와 존경 호
평을 담은 글은 상당히 축적되었지만, 합리적인 비판이 수행된 경우는
거의 없었다는 문제의식 아래, 김현의 가장 중요한 저서라고 할 수 있는
『한국문학의 위상』에 나타난 몇 가지 문제점에 대해서 집중적으로 살펴
보고 있다. 이동하에 의하면, 그 문제점들은 첫째 "문학은 써먹는 것이
아니다"라는 김현의 유명한 명제의 적실성 여부, 둘째 김현이 1970년의
저항적 민중문학에 대해서 가했던 비판이 지니고 있는 오류, 기타 참여-
순수 논쟁에 대한 김현의 평가절하 등을 비롯한 사소한 몇 가지 사항들
이다. 문학을 지망하는 문학도들에게 엄청난 영향을 미쳤으며, 그에 따
라서 필자 자신도 거의 무의식적으로 내면화하고 있던 김현 비평의 주요
원리와 몇 가지 전제들에 대해서 이동하는 치밀한 비판과 집요한 전복적
탐색을 수행하고 있다. 그 비판의 요점을 거칠게 간추리자면, "문학은 유
용하지 않기 때문에 인간을 억압하지 않는다"는 김현의 전언은 특정한
문학에 대한 자신의 제한된 견해를 문학 전체로 일반화시킨 무리한 논리
와 성급한 비약으로 이루어진 주장이라는 것, 참여문학이나 민중문학에
대한 김현의 비판은 여러 가지 측면에서 그 설득력을 상실하고 있다는
것, 김현이 외국문학 이론가들의 논리를 아전인수격으로 왜곡하거나 자
신의 글쓰기에 기계적으로 적용시킨 부분이 발견된다는 것 등으로 정리
될 수 있다.

　물론 그 비판에 필자가 전적으로 동의하는 것은 아니지만, 이동하의
김현 비판이 지금까지 이루어진 김현에 대한 몇 안 되는 비판 중에서 상
대적으로 논리적이고 합리적인 비판적 태도를 취하고 있다는 점, 김현

비평의 한계나 문제점에 대한 지적과는 별도로 김현 비평의 중대한 의의를 충분히 인정하고 있다는 점, 무엇보다도 김현에 대한 이동하의 수많은 비판들이 충분한 근거와 상당한 설득력을 지니고 있다는 점 등으로 인해 그 평문의 가치에 대해서 적극적으로 인정하고 싶다. 사적인 감정이나, 복잡한 정치적 맥락에 근거한 비판을 극복하여, 김현에 대한 정확하고 합리적인 비판이 활성화되었을 때, 역설적인 의미에서 우리는 김현 비평정신의 진정한 소중함을 제대로 인식할 수 있을 것이며, 김현이 생전에 그토록 강조해 마지않았던 '비판'과 '반성'의 정신이 남은 사람들에 의해 올바르게 계승될 수 있을 것이다. 이동하의 글은 그러한 중대한 노력의 소중한 이정표로 기능할 것이다. 이동하의 글이 계기가 되어서, 김현 비평에 대한 더욱 활발하고 심층적인 논의가 있기를 간절히 고대해 본다.

(『리뷰』 1995년 여름호)

근원 해체의 열망들

1. 주류 이데올로기를 거스르는 문학의 길

　기존의 문화적 인습과 지배 이데올로기의 틈을 비집고, 그곳에 커다란 균열을 생성시키는 문화적 게릴라들의 활동이 왕성하게 펼쳐졌던 것이 지난 분기의 문화계였다고 말할 수 있지 않을까. 그 활동을 일러 '근원 해체의 열망들'이라고 부르기로 하자. 그 문화적 유격대들이 내장하고 있는 다양한 문제의식은, 특히 최근에는 다음과 같은 세 가지 주제에 대해서 집중적으로 향해 있는 것으로 보인다. 그 하나는 '민족주의'가 현재 우리 사회에서 아직도 진보적이며 보편적으로 옹호받을 수 있는 가치인가 하는 문제이다. 두번째는 단지 이성애(異性愛)만이 정상이고 동성연애는 비정상인들의 일탈적 현상에 불과한 것인가 하는 물음이며, 마지막으로 '가족'이라는 우리 사회의 가장 보수적인 공동체가 함축하고 있는 의미망에 대한 근원적인 문제제기이다. 지금 열거한 이러한 주제들은 불과 몇 년 전만 하더라도, 극소수의 예외적인 지성을 제외하면 우리 사회가 보편적으로 신봉하고 옹호했던 절대적인 가치이자 '주류 이데올로기'였다. 그러나, 이제 그 몇 년 전과는 비교가 안 될 정도로 문화적 정황, 사회적 분위기, 이념적 지형이 변모했다. 아니 정확히 말하면 그러한 미묘한 주제들을 조망하는 주체들의 시선이 변한 것이리라. 그리하여, 동성연애의 철학적 정당성을 옹호하는 팜플렛 수천 장이 대학가에서 순식간에 동이 나는가 하면, 민족주의적 감성을 원시적으로 자극하는 쇼비니즘적 문화(『무궁화 꽃이 피었습니다』의 열풍을 보라)와 '민족'이라는 가치체계의 전면적인 폐기를 주창하는 코스모폴리탄적 문화가 미묘하게 공존하는 복합적인 문화적 풍경이 펼쳐지기도 한다. 그리고 또다른 한편에서는 가족주의 이데올로기가 점차로 붕괴되어가는 조짐과 그에 대한 역풍으로서 보수적인 가족주의로의 회귀가 심심찮게 발견되기도 한다.

아마 이러한 문화적 분위기를 가장 순발력 있게 반영하고 있는 문화적 흐름은 무엇보다도 영화를 비롯한 대중문화일 것이다. 몇몇 대중문화 정보지가 동성연애 서클의 주도자들을 파격적으로 인터뷰하는가 하면, 몇 년 전부터 영상을 통하여 집중적으로 조망되고 있는 동성연애의 테마는 이제 영상의 가장 자극적이고 일탈적인 볼거리로, 지배적 가치를 가장 충격적으로 전복하는 문화적 상징으로 자리잡고 있는 것이 아닌가. 또한 외국자본의 영향력이 강력하게 미치는 대중예술인 영화에서, 건강한 민족주의적 문제의식이 약화되면서 극도의 국수주의적인 민족주의가 팽배하고 있다는 것은 이미 어제오늘의 일이 아니다. 그렇다면, 이러한 문화적 흐름을 어떻게 보아야 할까. 지배적인 규범이나 문화적 인습에 대한 도전이, 또다른 상업주의와 연루된 선정적 포즈로 전락하건, 혹은 그야말로 문화적 폐습과 주류적 문화의 관행을 비판적으로 성찰하는 소중한 시도로 자리잡건 간에, 분명한 것은 이러한 문화적 과정을 우리가 어떻게 수용 비판 성찰하느냐의 문제가 중요하다는 사실이다. 왜냐하면, 한 사회의 문화적 깊이는, 사멸해가는 전통과 새롭게 부상하는 가치 사이에서 그 변화의 과정을 얼마나 치밀하게 사유하느냐에 따라서 상당 부분 결정될 것이기 때문이다.

　지금까지 언급한 새로운 문화적 추세를 문학이라는 매체는 어떻게 반영하고 있을까. '문학은 그 시대의 징후를 민감하게 반영하는 가장 예민한 성감대'라는 식의 다소 문학중심주의적인 에피그램은 적어도 지금, 이 시대의 문화적 현실에는 효과적으로 적용되지 않는 것처럼 보인다. 예를 들어서 동성애 문제만 하더라도, 오히려 영화나 대중문화 분야가 적어도 문학보다는 월등 민감하게 반응하고 있으며, 또한 박재호 감독의 〈내일로 흐르는 강 Broken Arrow〉에 대한 토니 레인즈의 지적(『씨네 21』 제13호, 26쪽)대로 '유교적 가족관에 대한 전면적인 도전'이 영상에서 더욱 충격적으로 다루어지고 있다. 그러나, 우리는 이렇게는 말할 수 있을 것이다. '언어'가 지닌 장점을 가장 적극적으로 활용할 수 있는 문학이, 비록 시기적으로는 뒤질지 모르겠지만, 다른 매체에 비해서는 적어도 한 시대의 징후를 비교적 치밀하고 반성적으로 접근할 수 있다고. 그리하여 문학의 천천히 가는 길이 가장 멀고 근원적인 '유랑'이 될 수 있다고. 이러한 문제의식에 의거하여, 이번 호의 문학 '리뷰'는 지배적인 문화적 가치와 사회적 인습에 대해서 전복적으로 성찰하며 새로운 관점을 제기하고 있는 문학적 성과에 대해서 주목해보기로 한다.

2. 김명인 : 전향이냐? 갱신이냐?

　1987년 6월 민주항쟁의 목소리가 조금씩 잦아들 무렵, 우리 현대비평사에 하나의 중요한 매듭이 될 당찬 문건이 발표되었다. 그 문건의 제목은 「지식인 문학의 위기와 새로운 민족문학의 구상」이었으며, 그 평문을 발표한 사람은 당시 혜성처럼 떠오르고 있던 '김명인'이라는 신예비평가였다. 그의 글은 발표된 이후에 커다란 대중적 반향을 얻게 되었으며,

김명인은 이 한 편의 글로 이른바 '민중적 민족문학론'을 전파하는 가장 치열한 비평전사 중의 한 사람으로 부상하게 되었다. 그후 김명인은 '민족문학논쟁'에 깊숙이 관여하면서, 민족문학론의 갱신과 변모과정에서 그만의 깃발을 힘차게 휘날린 바 있다. 그로부터 어언, 8년여의 세월이 흐른 현재, 김명인은 민족문학론의 넉넉한 텃밭으로 작용했던 『실천문학』이라는 지면을 통해 다음과 같이 충격적인(?) 고백성사를 수행하고 있다.

　　나는 이제 우리의 '민족문학'에 감히 작별을 고하고자 한다. 이제 민족문학은 끝이다. 깃발을 내림은 물론 문도 닫아야 한다. '반제 반봉건 민주주의 민족혁명'의 문학적 교두보로서의 민족문학, 프롤레타리아 계급혁명을 위한 문학적 통일 전선 전술의 담지체로서의 민족문학, 또는 분단된 민족 현실의 처음과 끝을 증언하는 문학적 근거지로서의 민족문학, 그 어느 편이든 오늘날 우리 삶의 총체성을 다 끌어안기에는 이제 너무 낡았다.[1]

우리는 김명인의 이러한 발언이 지니고 있는 이론적 타당성의 문제나 현실적 정합성의 문제와는 별도로, 그의 논의가 내장하고 있는 민족문학 진영의 주류적 입장에 대한 '폭발적 전복력'을 주목하려 한다. 물론, 1980년대 후반 이후, 치열하게 전개된 민족문학논쟁의 전위에 서 있었던 김명인의 이념적인 입지만을 선명하게 기억하는 사람에게 위의 발언은 거의 '배신'이라고 표현될 수 있을 정도로 명확한 '전향선언'으로 받아들여지리라. 그러나 진정으로 중요한 것은 이념의 순수성을 올곧게 지켜내는 것이 아니라, 현실의 변모에 어떻게 창조적으로 대응하느냐의 문제일 것이다. 자신의 입장에 대해서 "이러한 나의 태도가 청산주의적임을 굳이 부정하지 않겠다. 단순한 전략 전술적 미봉책만 가지고는 아무

---

1) 김명인, 「지상토론 : 90년대 문학계의 신쟁점을 논한다」, 『실천문학』 1995년 여름호 176쪽.

것도 해결되지 않기 때문이다"라고 언급하고 있는 대목은 그가 민족문학론을 유지 관리 보수하면서 자신의 비평적 권력을 적당히 유지하는 것보다는 민족문학의 존재론적 위상에 대한 발본색원(拔本塞源)적인 성찰을 진행시키고 있음을 의미한다.

확실히 그의 입론은 민족문학이라는 용어를 관성적으로 사용하면서 그 용어의 전통적인 이미지에 무임승차하여 비평적 권력을 유지하는 것보다는, 한층 도발적이고 해체적이며 근원적인 관점을 동반하고 있다. 이러한 부정정신과 전복적 성찰력은 그 자체로 소중하다. 그리하여, "근래에 이루어지고 있는 근대성의 논의의 과정에서 나는 하버마스 유의 계몽적 이성보다도, 푸코 유의 해체적 회의보다도 보들레르의 고통스런 자기 응시의 노력에 더 관심이 간다. 하버마스의 기획도 푸코의 회의도 근대성을 대면하는 방법이지만 보들레르의 고통은 방법이 아니라 삶이라고 할 수 있다"는 김명인의 발언을 우리는 순수하게 수용할 수 있을 것이다. 그럼에도 불구하고 그에게 다음과 같은 질문을 던지는 것은 한 전복의 정신이 함몰할 수도 있을 또다른 심각한 부정적인 징후를 그의 선언에서 발견했기 때문이다. 우선, 그로서도 수많은 번민과 고뇌를 통해서 제출되었으리라고 짐작되는 그의 민족문학 포기선언은, 그 주장의 파격성에 걸맞은 치밀한 논증과 합리적인 정세분석, 그리고 입장의 변모를 자연스럽게 설명해줄 수 있을 개인사적 사회사적 문학사적 필연성 등을 결여하고 있는 것이 아닐까. 가령, 최근에 한국자본주의의 부분적 성장으로 말미암아, 적어도 우리가 주장하는 경제적인 민족주의의 개념이 국제사회에서 항상 진보적인 가치만을 담보할 수 없다는 사실, 그리하여 우리 사회에서 민족주의에 대한 근원적인 재검토가 필요하다는 사실, 이와 연관하여 민족문학 개념에 대한 재구성이 절실하게 필요하다는 사실 등등에 관한 세밀한 검토가 동반되었더라면 그의 파격적인 선언은 한결 논리적인 진술이 되지 않았을까 싶다. 바로 이러한 한계 때문에, 김명인 자신의 진의와 상관없이, 그의 충격적 선언이 자신을 끊임없이 민족문학비평의 중심에 위치시키고자 하는 자기 중심적 욕망에서 비롯되었다고 볼 수도 있는 것이다(그 욕망은 너무나 인간적인 것인가). '선언'이야말로 어떤 의미에서는 자신을 극적으로 드러내는 동일자의 방식이 아닌가. 김명인이 그러한 욕망을 딛고, 민족문학론의 위상과 현존에 대한 냉철한 탐색작업으로 나아갔을 때, 우리는 그의 비평적 기획의 의미를 보편적으로 인정할 수 있으리라. 무엇보다도 성실한 후속작업을 통해서, 자신이 주창한 입론과 선언에 대한 논리적 타당성을 확보하는 문제가 시급해 보인다. 이러한 의미에서 그의 후속작업을 기대하지 않을 수 없겠다.

3. 이혜경의 『길 위의 집』: 가족주의 이데올로기를 거슬러

이혜경의 『길 위의 집』은 남성 중심의 가부장제적 가족 이데올로기가 위기에 처해 있는 모습을 작가 특유의 꼼꼼하고도 농익은 형상화를 통해 보여주고 있는 드물게 보는 수작이다. 물론 『길 위의 집』은 가족주의를 근원적으로 비판하거나, 과격한 탈가족주의를 주창하지는 않는다. 오히려, 이혜경은 이 작품을 통해서, 가족 구성원들의 다양한 삶의 부침과 편력을 통해서 그들이 가족으로부터 상처받고 상처를 주는 과정을 치밀한 언어의 집과 노회한 세상읽기를 통해 보여줄 뿐이다. 그 과정을 통해, 우리에게 과연 '가족'이란 무엇인가, 혹은 '가족'은 우리가 그토록 애정과 정성을 가지고 수호할 만한 가치가 있는 제도인가, 라는 본질적인 질문들이 던져지는 것이다. 그러한 질문을 던지는 것만으로 무반성적인 가족 이데올로기에 조그만 균열을 생성시킬 수 있는 것이 아닐까. 이러한 의미에서, "대학에 가서 윤기는 알았다. 가족이라는 단어의 어원이 라틴어 파밀리아이며, 파밀리아는 한 사람에게 속한 노예 전체를 뜻한다는 걸. 길중씨야말로 이 어원에 충실한 가장이었고, 윤기는 유일하게 반기를 든 노예였다"라는 윤기의 사유는 『길 위의 집』의 주제를 명료하게 압축하고 있다. 그런데, 길중씨의 권위에 반기를 들거나 냉소적인 반응을 보였던 윤기와 효기가 어머니 윤씨의 실종사건 와중에서, 여동생 은용으로부터 "너, 너, 너, 조용히 해, 조용히 해, 이 개새끼들아!"라고 면박을 받는 장면은 그들 역시, 가족을 자신의 이기적인 욕망의 대상으로만 취급하고 있음을 충격적으로 확인시키고 있다. 이러한 측면에서 윤기나 효기는 가부장제 이데올로기의 피해자인 동시에 수혜자였던 것이다. 모든 가족 구성원을 이해하고 조정하는 역할을 담당하고 있는 은용의 입장에서 보았을 때, 오빠들의 존재야말로 비판과 청산의 대상이었으리라. 은용의 과격한(?) 욕설 이후의 길은 과연 무엇일까. 바로 이 점이 한국사회의 딜레마가 아닐까. 가족제도를 근원적으로 탈피하기에는 아직 한국사회는 너무나도 유서 깊은 가족주의 이데올로기에 의해서 깊게 침윤되어 있다. 그 이데올로기를 정면으로 거스르는 사람은 문화적 관행의 측면에서 보았을 때, 중세의 종교적 이단에 버금가는 정신적 문화적 제도적 불이익을 당하게 마련이다. 유교적 가족주의에 대한 전면적인 해체와 비판적 상상력을 보여주기 위해서는 우리 문학은 좀더 시간이 필요한 것일까.

『길 위의 집』을 구성하고 있는 미덕으로 주목하지 않을 수 없는 것은, 심사위원 조성기의 표현을 빌리자면 "한 뜸 한 뜸 자수를 하듯이 공을 들여 삶의 기미를 포착"하고 있는 문체의 힘이다. 섬세하고 정교한 문체로 이루어진 이혜경의 '언어의 집'은 그 자체로 하나의 경지를 이루고 있어서, 개성적인 문체 이전의 혼란스러운 언어를 새로운 소설의 길로 제시하는 몇몇 신세대적인 작품의 한계를 되비추는 거울로 작용하기도 한다. 예를 들어 이러한 문장들을 보자.

몇천 년을 땅속에 파묻혀 썩지 않던 유골이 햇살에 드러나는 순간 바스라지듯, 윤기는 아뜩해졌다.(『길 위의 집』, 173쪽)

발 밑이 그대로 꺼지는 것 같아 발을 질질 끌며 내려오던 언덕길, 언덕

길 아래에서 스름스름 올라오는 어둠처럼, 윤기의 가슴은 꺼멓게 무너져 내렸다.(95쪽)

앞의 예문은 둘째아들 윤기가 결코 잊지 못할 젊은 날의 연인 현희의 전화를, 서로 소식이 끊긴 후 너무나 오랜만에 받는 장면이며, 뒤의 예문은 역시 윤기가 그토록 사랑하던 현희가 치과의사와 결혼해서 캐나다로 이민갔다는 사실을 확인한 연후의 윤기의 내면을 묘사하는 장면이다. 윤기의 애절한 내면풍경을 비유하고 있는 위의 구절들은 작가 이혜경의 문학적 연륜과 내공을 신뢰케 한다. 이혜경이 등단 후에 침묵한 13년여의 기간은 바로 이러한 밀도 깊은 비유법을 연마하기 위한 인생연습이자 문학연습의 과정이 아니었을까. 때문에, 이 곰삭은 장인정신에 의해서 고감도로 충전된 문체와 농밀한 시선은 단지 '돈'을 위해서 무수히 생산되는 현란한 문화상품에 대한 강렬한 역풍으로 작용한다고 기꺼이 말할 수 있을 것이다.

4. 배수아의 『푸른 사과가 있는 국도』: 무국적의 자연스러운 소설미학

배수아의 비유법은 이혜경의 그것과는 사뭇 다르다. 배수아는 이렇게 묘사하고 있는 것이 아닌가.

바닷가의 바람은 일렉트릭 드럼처럼 울렸다.(「천구백팔십팔년의 어두운 방」)
주중의 한낮이었기 때문에 고수부지는 프랑스 식민지하의 아프리카처럼 초록으로 빛나고 있었다.(「여섯번째 여자아이의 슬픔」)

버터처럼 녹아버릴 것만 같은 자전거 전용도로(「검은 늑대의 무리」)

배수아의 무국적(無國籍)의 상상력은 '일렉트릭 드럼'과 '프랑스 식민지하의 아프리카'와 '버터'로 표상되고 있다. 말하자면 배수아는 서구적 영화적 상상력을 너무나도 자연스럽게 자신의 글쓰기에 수용하고 있는 것이다. 대중문화와 도시적 일상에 중독되어 있는 배수아 소설의 등장인물들은 번지점프와 승용차, 지방시의 이미테이션과 코헨의 노래와 섹스 파트너와 라흐마니노프의 피아노 음악과 다이어트 코크와 롤러 코스터와 마일드 세븐과 UCLA 야구모자와 '아주 멋있는 옆모습'을 한 남자친구에 의해서 둘러싸여 있다. 이러한 점은 장정일 소설의 등장인물들이 동성연애나 3J(짐 모리슨, 제니스 조플린, 지미 헨드릭스), 포르노, 표절, 재즈, 미스코리아 같은 처제, 탬버린 치는 남자, 펠라티오, 인공낙원, 파시스트적 가속도 등등에 의해서 둘러싸여 있는 것과 별다른 차이가 없다. 다만, 장정일의 문학적 상상력이, 대단히 의도적이며 계산된 미학적 효과를 염두에 두었기 때문에, 상당히 극단적이며 비현실적인 감성을 지니고 있음에 비해서, 배수아의 상상력은 마치 저녁이면 자연스럽게 점등되는 도시의 가로등처럼 산뜻하고 일상적이다. 역사나 민족 정치 같은 거대한 담론들은 전혀 등장하지 않고, 어떤 절박한 이데올로기도 개입되어 있지 않으며, 형이상학적인 번민의 풍경도 전혀 찾아볼 수 없는 그리하여 사회학적 독법의 가능성을 차단하고 있는 배수아의 소설들은 바로 그렇기 때문에 묘한 매력과 흡인력을 지니고 있는 것처럼 보인다. 그 매혹의 실체는 배수아의 소설들이, 도시적 일상에 중독된 신세대의 초상을 마치 현미경을 들이대듯이 자연스럽게 묘사했다는 점에 있을 것이다. 이러한 의미에서, 배수아 소설에 등장하는 인물들은 가공된 '문학적' 인물이라기보다는 지금 이 도시의 거리를 방황하는 청춘들을 날것 그대로 묘사한 사실적 인물에 가깝다(바로 이 점이 배수아 소설미학이 전통적인 '문학적인 것'에 대한 전복을 시도하고 있다고 판단하게 만드는 이유이다).

그러니까, 배수아는 자신이 알고 있는 것만을 쓰는 정직한 작가이다.

이 점은 역설적인 의미에서 배수아가 항간에 유행하는 신세대문학이나 X세대문화, 하루키 신드롬, 쿤데라 미학의 이미지에 특별히 의지하지 않고서도 가장 자연스럽게 새로운 글쓰기의 전범을 보여주고 있음을 의미한다. 특히 표제작인 「푸른 사과가 있는 국도」 같은 소설이 그렇다. 이러한 의미에서 배수아의 소설은 1990년대 문학의 또하나의 유의미한 분기점이 될 것이다. 물론, 이 새로운 방식의 글쓰기가 우리 문학의 대안이나 가장 탁월한 업적의 반열에 해당된다고는 볼 수 없을 것이다. 그러나, 분명한 것은 배수아의 소설들이 앞으로 전개될 소설문학의 가장 매혹적이며 중요한 징후를 산뜻하게 보여주고 있다는 사실이다. 그 산뜻한 징후에 주목하는 것은 또한 우리 시대를 살아가는 비평가의 소중한 권리이자 의무일 것이다.

5. 오규원의 『길, 골목, 호텔 그리고 강물 소리』 : 관념해체의 시적 전략

한 비평가에 의해서 "우리 현대시사의 몇 안 되는 진정한 기교파"로 불린 시인 오규원은 동시에 전통적인 한국 서정시의 문법(한국시의 주류 이데올로기)을 근원적으로 전복시켰다는 의미에서 몇 안 되는 진정한 '해체주의자'의 반열에 오를 만한 시인일 것이다. 이번에 발간된 신작시집 『길, 골목, 호텔 그리고 강물 소리』에서도 오규원의 이러한 시적 전략은 유감없이 발휘되고 있다. 오규원이 이 시집에서 겨누고 있는 것은 인간중심의 관념에 의해서 시적 대상의 생생한 육체성이 오염되고 있는 시적 현실이라고 볼 수 있을 것이다. 언어의 관념성이 대상의 생생한 투명성을 제약하고 있다는 것, 그에 따라서 가능한 한 인간중심의 관념에 의지하지 않고 대상의 즉물성과 생동성을 그 자체로 드러내겠다는 것이 오규원이 『길, 골목, 호텔 그리고 강물 소리』에서 의식적으로 구사하고 있는 시적 방법이다. 이러한 의미에서 오규원은 김춘수가 밟아나갔던 험난하고 작은 오솔길을 다시금 걸어가고 있다. 다만 오규원의 시들이 김춘수의 그것보다 방법론의 측면에서 한층 자각적이라는 점을 차이로 들 수 있을 것이다. 그리하여 오규원의 이번 시집에는 인간의 주관적인 감정이나 이데올로기적 발언의 흔적들이 거의 발견되지 않는다. 다만 존재하는 것은 자연과 사물의 수채화적인 풍경이며 그 자연 속에 존재하는 인간의 투명한 모습이다. 그리하여, 인간의 주관적인 감정을 극대화한 것이 시가 될 수 있다는 재래적인 시적 관습은 오규원의 이번 시집에 의해서 그 객관적 타당성을 상실한다. 다음과 같은 시를 보자.

> 그때 나는 강변의 간이주점 근처에 있었다
> 해가 지고 있었다
> 주점 근처에는 사람들이 서서 각각 있었다
> 한 사내의 머리로 해가 지고 있었다
> 두 손으로 가방을 움켜쥔 여학생이 지는 해를 보고
> 있었다
> 젊은 남녀 한 쌍이 지는 해를 손을 잡고 보고 있었다
> 주점의 뒷문으로도 지는 해가 보였다
> 한 사내가 지는 해를 보다가 무엇이라고 중얼거렸다
> 가방을 고쳐 쥐며 여학생이 몸을 한번 비틀었다
> 젊은 남녀가 잠깐 서로 쳐다보며 아득하게 웃었다
> 나는 옷 밖으로 쑥 나와 있는 내 목덜미를 만졌다
> 한 사내가 좌측에서 주춤주춤 시야 밖으로 나갔다
> 해가 지고 있었다
>
> —「지는 해」 전문

위의 시에서 시적 화자는 '주체'의 시선에 포착된 풍경만을 디테일하게 묘사하고 있을 뿐이다. 마치 활동사진을 언어로 그대로 옮긴 것 같은

이 시는 화자의 주관적 감정을 최대한 절제하면서 강변의 자연과 그 자연 속의 인간들을 묘사하고 있다. 이러한 오규원의 시편들을 읽으면서 진정으로 좋은 시란 과연 무엇일까, 라는 근원적인 질문들을 던져본다. 『길, 골목, 호텔 그리고 강물 소리』에 수록된 오규원의 시편들이 이 시대에 양산되는 무수한 시들 중에서 탁발한 개성을 담보하고 있다는 사실, 아울러 전통적 서정시의 문법을 효과적으로 전복시키고 있다는 사실에 대해서는 선뜻 동의할 수 있을 것이다. 그러나, 오규원의 시집을 덮으면서, 과연 이러한 시들을 보편적으로 좋은 시라고 할 수 있을까. 더욱 근원적으로 좋은, 혹은 훌륭한 시란 무엇인가. 기존의 존재했던 시적 경향과 다른 방식으로 시를 쓰겠다는 시도는 좋은 시를 쓰겠다는 시도와 다른 층위에서 전개되는 시적 전략이자 방법이 아닐까? 등등의 물음들이 필자의 뇌리를 스친다. 분명한 것은 끊임없는 방법론적 갱신을 통해서 씌어지는 새로운 시적 성과들이 문학적으로도 높은 평가를 받을 수 있을 때, 그 시인은 가장 행복할 것이라는 점이다. 오규원의 끊임없는 변모와 갱신이, 저 엄격하고 냉혹한 문학사의 시선을 충분히 감당해낼 수 있는 풍요로운 시적 성과로 자리매김 되기를 기대해본다. 아마도 그 기대는 배반당하지 않을 것이다. 왜냐하면, 갱신이나 전복의 정신이 한순간에 경박한 일탈이나 무의미한 포즈로 전락할 수 있음을 누구보다도 철저하게 인식하고 있는 시인이 바로 오규원이기 때문이다.

6. 글을 맺으며

사멸하는 전통을 더욱 공고하게 유지코자 하는 국수주의적인 문화와 그 전통의 경계를 정면으로 거스르면서 급격하게 부상하는 혁신적 문화가, 치열하게 상호간의 인정투쟁을 벌이는 시기가 '문화적 과도기' 라면, 최근의 문화적 정황은 그 과도기의 특성을 전형적으로 보여준다. 그리하여 지금, 우리 사회에서는 문화 영역의 곳곳에서, 주류 이데올로기를 전복시키기 위한 진지전과 전면전이 동시에 진행되고 있으며, 이에 대한 민감한 역풍으로써 주류 이데올로기를 수호하기 위한 보수주의자들의 별동대들이 준동하고 있다. 이러한 문화적 과도기가 혼란스러울수록, 흔히들 '진정한 혁신'과 '무의미한 파괴' '가치 있는 전위적 실험'과 '새로움만을 향한 경박한 포즈' '지배 문화의 핵심을 관통하는 비판'과 '지배 문화를 오히려 도와주는 어설픈 비판' 등등의 대립쌍들이 명쾌하게 구분되지 못한 채, 서로 혼동되기 마련이다. 바로, 이 지점에서 진정한 비평의 역할이 다시금 언급될 수 있을 것이다. 이러한 의미에서, 지금 우리에게 절실하게 필요한 것은 주류적 관점과 지배문화를 날카롭게 갈라 치는 진정한 '문화적 전위'를 보듬어안으면서, 곳곳에서 새롭게 부상하고 있는 혁신적인 문화의 넉넉한 터전을 만드는 작업일 것이다.

(『리뷰』 1995년 가을호)

문화적 게릴라들의 형태 파괴적인 열망

1. 장정일, 『장정일의 독서일기 2』

'행복한 책읽기'의 산뜻한 체험을 선사하는 탁월한 산문집과 기행집, 독서일기들이 연이어 발간되고 있다. 신문 광고면을 현란하게 도배하는 베스트셀러 소설과 소녀 취향의 감상적인 시를 통해서는 결코 쉽게 접할 수 없는 진솔한 실존의 내면과 예리한 전복적 상상력, 아슴프레한 추억의 창고, 유쾌한 냉소주의, 매혹적인 지성의 축제 등등이 다채로운 형식의 변두리적 글쓰기에 풍요롭게 담겨 있다. 『고종석의 유럽 통신』, 유하의 『이소룡 세대에 바친다』, 『장정일의 독서일기 2』 등의 책들이 바로 그러한 대상들이다. 보통 산문집이나 기행집 하면 시나 소설을 쓰다가 남은 시간을 투자해서 얻은 가외소득이라는 생각을 하고 있지만, 위의 책들을 읽다보면 장정일 고종석 유하 등은 시나 소설 이상으로 산문(에세이)이라는 장르에 대해서 각별한 매혹을 느끼고 있으며, 자신들의 시간과 열정을 좋은 산문 쓰기에 아낌없이 투자하고 있다는 사실을 여실히 느낄 수 있다. 이들의 다채로운 글쓰기를 통해서 확인할 수 있는 사실은, 자신의 장르에서 문학적 '명성'과 신뢰할 만한 '깊이'를 확보한 문인이 대체로 산문도 잘 쓴다는 것, 아울러 산문의 매력은 글쓰는 주체의 삶 자체의 넓이와 지성의 깊이와 직결된다는 것이다.

이러한 의미에서 프랑스로 떠난 장정일은 대단히 문제적이다. 장정일은 프랑스에서도 여전히 수많은 책을 읽고 있는 것일까. 장정일은 그토록 무수한 책을 프랑스에서 어떻게 구해 읽는 것일까. 그가 작년 말에 발간한 『장정일의 독서일기 2』는 우리들에게 이와 같은 의문을 던지고 있다. 1994년에 발간된 『장정일의 독서일기』 첫 권에 이어서 장정일은 일년 만에 독서일기 두번째 권을 발간했던바, 이러한 사실은 그가 지속적으로 독서일기 형태의 글쓰기를 진행할 것임을 암시하고 있다. 그렇다면 장정일의 자유분방한 책읽기는 어떠한 특성을 지니고 있는가.

김현의 『행복한 책읽기』를 읽으면서 우리는 그토록 성실하게 책읽기에 도취한 지성의 아름다운 성찰을 행복하게 엿본 바 있다. 장정일은 독서일기를 통해 김현이 『행복한 책읽기』에서 보여주었던 미덕에다가 자신만의 독특한 책읽기를 유감없이 보여주고 있다. 김현의 책읽기가 세련된 인문주의자의 진지한 반성적 성찰에 가깝다면 장정일의 책읽기는 기존의 통념에 재기 발랄하게 의문을 제기하는 유목민의 냉소적 열정의 소산이라고 할 수 있을 것이다.

『장정일의 독서일기』를 통해서 확인할 수 있는 사실은 장정일의 독서가 한 작품의 순금 부분에 대한 정확한 의미부여와 태작이나 문학적 수준이 떨어지는 작품에 대한 신랄한 공격으로 이루어지고 있다는 점이다. 특히 타인의 작품에 대한 비판과 공격은 서슬 퍼런 비수와 같다. 가령 다음과 같은 부분들.

젊은 소설가들에게서 길들여지지 않은 '버릇없음'과 광신도만이 좋아

할 수 있는 '조잡함'을 읽고 싶어하는 나는, 징그러울 만큼의 '예의바름'과 전 대중을 향해 호소되는 '완벽함'으로 무장된, 너무 아름다운, 윤대녕의 소설이 싫다.(75쪽)

크리스타 볼프의 『나누어진 하늘』(민음사, 1989)을 읽다. 이토록 재미없는 소설을 내 생애에 또 읽게 될까 겁난다. 억지로라도 재미를 붙여보려고 소설을 읽는 중에 역자 해제를 두 번이나 읽어보았으나, 작가에 대한 악감정만 생겼다.(99쪽)

또한 장정일은 김남일의 『청년일기』에 대해서 "난삽하고 상투적이다. 꼭두각시 같은 주인공들을 내세워 한 시대의 연표나 나열해도 소설이 되는 건가?"라고 신랄하게 비판하고 있으며 이순원의 『압구정동엔 무지개가 뜨지 않는다』에 대해서는 "압구정동은 '똥통'도 아니고 거기 사는 사람도 '벌레'일 리 없다. 한의 테러는, 맨 먼저, 작가 자신에게 돌아가야 한다"고까지 언급하고 있다. 김형경의 『세월』에 대해서는 "노인네가 써댈 이따위 글을 소설이라고 내놓았다니, 약간 기가 찬다"고 말하고 있다. 이러한 극렬한 비판은 장정일 자신이 선호하는 작품에 대한 이례적인 극찬과 등을 맞대고 있다. 가령, 장정일은 문형렬의 장편소설 『바다로 가는 자전거』에 대해서 "읽을 게 아주 많은 이 소설은, 같은 뇌성마비아를 다룬 오에 겐자부로의 『인생의 친척』에 조금도 밑지지 않는 좋은 소설이고 세계문학전집 속에 넣어놓아도 단연 빛날 소설이다"라고 언급하고 있다. 이러한 비판과 찬사는 실상 자신의 감식안에 자신감이 없다면 결코 쉽게 할 수 없는 경지라고 생각되는데, 장정일이 누구보다도 이러한 민감한 발언을 독서일기라는 형태로 발표할 수 있었던 것은 그가 학연이나 문학적 인맥, 지연(그러나 이 점은 한층 엄밀한 검증이 필요할 것 같다. 우연의 일치인지 모르겠지만, 장정일은 박일문을 제외하고는 김원일 이인화 문형렬 등의 대구 출신 작가들에게 지나친 호평을 내리는 것은 아닌지?) 등의 전근대적인 인습으로부터 누구보다도 자유로운 '노마드'라는 사실에서 결정적으로 연유한다고 여겨진다. 어떤 눈치도 볼 필요 없는 원초적 자유로움을 강력한 무기로 활용하면서 장정일은 독서일기를 문단의 독특한 자신만의 권력으로 형성시켜나가는 것은 아닐까.

『장정일의 독서일기』를 통하여 또한 우리는 그가 대단히 광범위한 독서를 진행하고 있다는 것, 아울러 김승옥의「무진기행」에 대한 정교한 분석에서 선명하게 드러나듯이 문학비평가로서의 재능도 유감없이 발휘하고 있다는 것을 확인할 수 있을 것이다. 아울러, 장정일의 독서가 상당히 다채로운 분야에 걸쳐서 이루어지고 있다는 사실도 주목할 만하다. 장정일은 제임스 미치너의 문학수업기『작가는 왜 쓰는가』에 대해서 논하면서 "그는 우리가 혀를 내두를 만큼 엄청난 분량의 엄선된 고전을 읽고 또 읽었다"고 얘기하고 있는데, 이러한 지적은 장정일에게 되돌아가도 그다지 무리가 없을 것이다. 바로 이와 같은 광범한 독서편력이 장정일의 작품을 발표될 때마다 상투적인 소설경향을 전복하는 문제작으로 평가받게 만드는 요소 중의 하나가 아닌가 생각된다. 이러한 창조적인 노마드로서의 작가생활을 지속적으로 영위하기 위해서, 장정일은 일련의 무기력한 소설가 소설에 대해서 준열하게 비판함과 동시에 바람직한 소설가의 삶에 대해서 다음과 같이 언급하고 있다.

'목구멍 때문에 주문제작에 바쁘게 부응하느라 신변잡기로 대신하고 있습니다. 죄송합니다' 하는 게 아니라 최저생계비로 살 각오를 해야 한다. 필요를 줄이고 욕망을 줄여서, 문단의 관심으로부터 소외받고 싶지 않다는 우려와 나도 다른 사람들이 사는 것만큼 살아야 한다는 속물적 요구를 정지하고서야, 청탁을 물리칠 수 있고 자기가 쓰고 싶은 글에 전력투구할 수 있다('소설가 소설'은 '죄송합니다. 소설'이다. 우리는 진짜 이야기로 언제 독자 앞에 당당해지나?)

상당수의 소설가들이 읽었다면 가슴이 뜨끔했을 이러한 지적을 거침없이 내뱉는 장정일의 내면은 무엇일까. 적어도 자기 자신은 위의 예문에서 적은 진정한 소설가의 덕목을 지키겠다는, 혹은 현재 지키고 있다는 자부심이 이러한 자신만만한 선언을 낳은 것이 아닐까. 우리는 장정일의 이러한 다짐이 무엇보다도, 자기 자신에게 엄격하게 적용되어 그가 문학사에 기록되는 탁월한 소설가로 남기를 기대해본다. 그의 엄청난 독서와 문학적 재능을 감안해볼 때, 그가 21세기의 한국문학을 이끌어가는 가장 문제적인 작가 중의 한 사람이 될 것이라고 예측을 하는 것은 자연스러운 일로 보인다. 다만, 그의 독서일기에서 냉철한 자기 반성이 거의 발견되지 않는다는 점이 우려되기도 한다. 그래서 우리는 혹시, 장정일이 지금까지 발표한 작품들이, 문제작으로 인정받기는 했지만, 문학성의 면에서 신뢰할 만한 깊이와 보편타당한 동의를 획득하지 못했다는 점, 아울러 그의 놀랄 만한 독서량에 비할 때, 그의 작품들이 그 광대한 독서의 깊이와 넓이를 제대로 반영하지 못하고 있다는 점, 그리고 역설적인 의미에서 장정일이야말로 문단에서 소외받고 싶지 않다는 욕망을 집요하게 간직하고 있는 것은 아닌가 하는 점, 등등의 의문을 지녀보는 것이다. 장정일의 자기 반성의 부재와 다소 냉소적인 비판의 태도에서 바로 그러한 문제점들이 연원하고 있는 것이 아닐까. 이러한 의혹을 후속 작품을 통해서 시원스럽게 날려버리기 위해서는, 무엇보다도 장정일은 자기 자신에 대한 철저한 성찰과 응시의 과정을 막막한 고독 속에서 거쳐야 할 것이다. 그러했을 때, 그의 독서일기는 자기 현시욕에 휘둘려 독특한 문학적 권력을 창출하기 위한 게릴라적 글쓰기가 아니라, 무수한 타자의 글쓰기를 통해 자신을 투명하게 응시하는 자기 성찰의 도정으로 자리매김될 수 있을 것이다.

2. 이인성, 『미쳐버리고 싶은, 미쳐지지 않는』

이인성에게 소설은 무엇일까? 이인성에게 소설은 무엇보다도 소설 양식 자체에 대한 끊임없는 질문이자 전복일 것이다. 새로운 소설을 향한 이인성의 시도는 『낯선 시간 속으로』(1983), 『한없이 낮은 숨결』(1989), 그리고 이번에 발간된 『미쳐버리고 싶은, 미쳐지지 않는』(1995) 등의 소설집들을 통하여 일관하여 전개되고 있다. 이러한 의미에서 우리는 이인성을 우리 소설문단에서 가장 '근원적인 해체주의자'라고 부를 수 있을 것이다. 그에게 있어서는, 인습적인 소설미학과 낯익은 소설구조를 혁신하고자 하는 노력이 바로 소설쓰기 그 자체가 된다. 그리하여 6년 만에 발간된 이인성의 『미쳐버리고 싶은, 미쳐지지 않는』에는 '철학의 소설적 수용'으로 정리될 수 있는 독특한 미학적 방법이 발견된다. 이 소설은 이성복 황지우 최승자 김정환 기형도 곽재구 김중식 장정일 유하 최승호 등등의 모두 50명에 달하는 시인들의 시편들을 짧은 소설들의 앞머리에 인용하면서 각각의 소설의 내용을 앞에 인용한 시들의 내용과 절묘하게 대응시키고 있다. 그러므로 이 소설은 50편에 이르는 짧은 소설 — 아니 소설이라기보다는 짧은 상념의 집적 — 으로 이루어져 있는 것이다. 각각의 짧은 소설은 앞머리에 인용된 밀도 깊은 시적 진술의 문학적 육체화라고 할 수 있다.

이인성은 1980년대와 1990년대에 걸쳐서 인상적인 문학적 세계를 보여주었던 50여 명의 시인들의 시세계를 면밀하게 독서하여, 그 시들의 함축적인 이미지를 소설적 육체로 전환시키면서 시와 소설이라는 장르가 어떠한 방식으로 서로 스며들 수 있는가를 보여준다. 그러므로, 『미쳐버리고 싶은, 미쳐지지 않는』에서 중요한 것은 소설의 서사적 내용이 아니다. 이인성은 시의 농밀한 비유와 이미지를 자신의 소설문장으로 전환하여 풀어쓰는 작업을 진행하면서, 소설 역시 시만큼이나 풍요로운 '언어의 집'을 구성할 수 있으며 동시에 소설이야말로 고도의 철학적인 사유의 텃밭이라는 사실을 인상적으로 보여주고 있다. 과연 『미쳐버리고 싶은, 미쳐지지 않는』에는 관념적 사유의 육체화라고 불릴 수 있는 내용들이 가득한데, 가령 광기와 이성, 무의식과 의식, 어둠과 밝음, 타자와 동일자, 육체와 정신, 부재와 존재 등등의 명료한 이항 대립적인 테마들의 경계선이 사라져버리는 대목들을 그 실례로 들 수 있다. 그리하여, 어느 순간 광기야말로 이성적인 것으로 전화되고, 무의식이 의식을 대체한다. "혹시, 혹시, 이 여자가 그 미친 여자가 아닐까?" 라는 구절처럼 인식 주체 역시 자신의 판단에 대한 명석한 확신을 가지지 못하는 것이다. 때문에, 이 소설의 세계관을 구성하고 있는 것은 무엇보다도 '혼란'의 세계관이다. 그러므로 이 소설에 의하면 명석한 것이야말로 한번쯤은 의심해보아야 할 가공의 진리인 것이다. 그리하여, '혼란' 자체의 가능성을 끝간데까지 밀어붙이면서 이항 대립적인 구도의 빈틈을 균열시키는 것이 이 소설의 철학적 문제의식인 것이다. 물론 이러한 단계는 주체 중심적인 이성의 한계와 의미를 면밀하게 사고한 연후에 도달한 새로운 인식의 경지이다.

이인성의 『미쳐버리고 싶은, 미쳐지지 않는』을 통해 우리가 확인할 수 있는 점은 무엇보다도 이인성이 젊은 시인들의 시세계에 대한 주도면밀한 독서를 꾸준하게 수행하고 있다는 사실이다. 그러니까, 무수한 젊은 시인과의 팽팽한 문학적 대화를 통해, 이인성은 지속적인 문학적 갱신을 시도하고 문학적 자극을 부여받는 것이리라. 이러한 사실은 이인성이 단지 경박한 실험에 대한 욕구에 의해서 소설을 쓰는 작가가 아니라, 당대의 중요한 동료 시인 및 작가들과의 밀도 깊은 문학적 대화에 촉발되어 소설을 쓰고 있다는 점을 알려준다. 그러므로 단지, 자기 현시욕에 촉발되어, 혹은 거대한 상금에 촉발되어, 별다를 것이 없는 자신의 체험들을 과장해서 드러내는 소설가들의 안이한 글쓰기에 비하면 이인성이 보여주는 성실한 책읽기, 문학과 철학의 팽팽한 대화, 근원해체의 열망, 극한대까지 진행되는 사유의 모험 등은 참으로 소중한 문학적 자질이라고 하겠다. 그러나 어떤 논자에게는 이인성의 소설이 난해한 지적 유희의 소산이라고 불릴지도 모른다. 그 비판적 시선에 작가가 굴복할 필요는 없겠지만, 이인성은 자신의 소설적 전략의 유의미성을 최대한 간직하고 있으면서도 가능한 한 다수의 독자들에게 그 전략이 자연스럽게 수용될 수 있는 방법에 대해서 생각해볼 필요가 있지 않을까 한다. 확실한 것은 이인성의 소설을 지속적으로 따라 읽어온 독자는 문학적 허영에 탐닉한 독자이거나 진정으로 소설을 사랑하는 열린 상상력을 지닌 독자, 두 가지 경우 중의 하나일 것이다. 당신은 과연 어느 편인가?

3. 김도현, 『로그인』

최근에 등단하여 인상적인 작품활동을 전개하는 젊은 소설가들의 이력이나 '신춘문예' 당선자들의 이력을 살펴보면 그들이 대부분 국문과나 문예창작과 출신이라는 사실을 알 수 있다. 외국문학을 전공한 사람을 포함한다면, 신진작가의 90퍼센트 이상이 문학을 전공했다고 볼 수 있을 것이다. 그렇다면 이러한 현상은 어떠한 의미를 지닌 것일까. 확실한 것은 이러한 현상이 결코 바람직하지 않다는 사실이다. 소설쓰기가 기술이나 방법론, 혹은 소설원론에 대한 공부만으로 이루어지지 않는 인간의 다채로운 체험과 지식, 열정, 가치관 등등의 복합적인 분비물이라면, 소설가들의 전공이 문학 쪽으로만 한정되는 것은 소설 자체의 다양한 스펙트럼을 위해서도 바람직하지 못한 일일 것이다. 자신이 전공한 특수한 분야와 연관된 삶의 문양을 구체적으로 보여줄 수 있는 자신만의 소설소재가 부챗살처럼 확장되었을 때 한국소설의 넓이와 깊이 역시 아울러 확보될 수 있을 것이다.

그러므로 사회 경제 문화를 아우르는 폭넓은 지식을 구사하는 소설가 복거일의 존재는 우리 소설계의 대단히 소중한 자산일 것이다. 또한, 이

러한 의미에서, 최근에 장편소설 『로그인』을 발표하면서 이색적인 신진
작가로 떠오르고 있는 항공우주공학도 김도현의 존재는 우리가 기꺼이
주목해보아야 할 대상일 것이다. 우리 삶에서 과학이나 산업이 차지하고
있는 중대한 위상에 비교해볼 때, 그러한 전문적인 세계에 대한 소설적
묘사는 대단히 드물었다고 생각된다. 김도현의 『로그인』은 작가 자신의
전공분야인 항공우주산업에 연관된 과학자와 연구실의 풍경을 구체적으
로 묘사하면서 과학과 권력의 관계에 대해서 흥미진진한 성찰을 행하고
있는 문제작이다. 물론 『로그인』은 대부분의 캠퍼스 소설이 지니고 있는
치기와 상투성을 시원스럽게 탈피하지 못하고 있다. 특히 황진석과 아버
지 황태훈 검사에 대한 묘사는 지독한 상투형에 가깝다. 그러나 저자의
전공을 십분 살린 과학과 정치에 연관된 박진감 있는 묘사는 우리 소설
에서는 쉽게 볼 수 없었던 문학적 소재라고 할 수 있는 것이다. 작가가
계속 소설을 쓸지는 확신할 수 없지만, 자신에게 익숙한 과학과 연관된
소재를 한층 치밀하게 형상화했을 때, 김도현은 한국현대소설의 커다란
빈터를 조금씩 메울 특이한 소설가가 될 수 있을 것이다. 우리로서는 김
도현이 계속 소설을 써주기를 기대한다. 과연, 그가 안정된 과학자의 삶
을 포기하면서 지속적으로 소설을 쓸 수 있을까? 이 점을 지켜보는 것,
역시 흥미진진한 문학적 관심사가 아닐 수 없을 것이다. 진정한 문학이
란 어차피 무수한 소중한 것을 포기하면서 얻어낸 '상처의 영광' 혹은
'영광의 상처'라는 사실을 김도현에게 강조해주고 싶다.

(『리뷰』 1996년 봄호)

문학동네 평론집
비평의 희망
ⓒ 권성우 2001

초판인쇄 │ 2001년 10월 22일
초판발행 │ 2001년 10월 25일

지 은 이 │ 권성우
책임편집 │ 김현정 조연주 장한맘 손미선
펴 낸 이 │ 강병선
펴 낸 곳 │ (주)문학동네
출판등록 │ 1993년 10월 22일 제22-188호

주   소 │ 136-034 서울시 성북구 동소문동 4가 260번지 동소문빌딩 6층
전자우편 │ editor@munhak.com
          하이텔 : podo1
          천리안 : greenpen
전화번호 │ 927-6790~5, 927-6751~2
팩   스 │ 927-6753

ISBN 89-8281-436-1 03810
* 잘못된 책은 바꿔드립니다.
www.munhak.com